MOEWIG

EIN PLAYBOY TASCHENBUCH
IM MOEWIG VERLAG

PLAYBOY
SCIENCE FICTION

SCIENCE FICTION
Orson Scott Card
Die große Weihe

14 neue Stories von Spitzenautoren der Gegenwart

Herausgegeben von Roy Torgeson

MOEWIG

Titel der Originalausgabe: Chrysalis 5
Aus dem Amerikanischen von Wolfgang Crass und Henner Keim

Umschlagillustration: Norma
Umschlagentwurf und -gestaltung: Franz Wöllzenmüller, München
Verkaufspreis inkl. gesetzl. Mehrwertsteuer
Auslieferung in Österreich:
Pressegroßvertrieb Salzburg, Niederalm 300, A-5081 Anif
Printed in Germany 1981
Druck und Bindung: Ebner Ulm
ISBN 3-8118-6722-9

Inhalt

Orson Scott Card

Die große Weihe

Delot Bramwi ist tot. Für mich ist der Verlust persönlicher als für die meisten Menschen, mit deren Leben er in Berührung gekommen ist; aber ich habe nicht vor, über meinen Kummer zu schreiben. Er hätte meinen Kummer trivial genannt; vielleicht hätte er aber auch gesagt, daß er viel zu wichtig sei, um ihn nur Worten anzuvertrauen.

Als Vorwort berichte ich über Delot Bramwis letztes Werk. Er wußte schon Monate vorher, daß sein Tod auf ihn zukam, und hatte ein Projekt von atemberaubendem Umfang ins Auge gefaßt – dessen Durchführung ihm nicht gelang. Im Verlauf seiner vergeblichen Bemühungen schuf er jedoch auch dieses kleine Zeugnis, das vielleicht eine würdigere Inschrift auf dem Monument für ihn ist, als das sein Leben bereits war. Es ist ein unbedeutendes Werk, so wie wir am Ende seines Lebens erkannten, daß Vater Delot ein unbedeutender Mann war; natürlich nicht unbedeutend, wenn man ihn an anderen Menschen mißt, denn es ist wohlbekannt, daß sich die Menschheit bei Betrachtung der allgemeinen Bevölkerung nicht durch eine hohe Konzentration von Größe auszeichnet. Er war vielmehr unbedeutend, wie wir alle unbedeutend sind, wenn man uns mit Größen wie dem Tod, dem Verfall oder der Sorge und dem Kummer vergleicht. Aber er hoffte.

Die Hagiographie hat bereits begonnen. Berichte über

seine bemerkenswerten geistigen Leistungen im Alter von vier oder fünf Jahren breiten sich bei den Menschen aus, die den Namen *Delot* aussprechen, als sei er nicht gewöhnlich und weit verbreitet. Die Intellektuellen ziehen bedeutendere Sagen vor; die Historiker kennen die wahren Geschichten, die nicht weniger bemerkenswert als die erfundenen sind, denn sie alle sagen eine Art von Wahrheit über diesen Mann.

Ich will in meiner Einleitung nur von zwei Episoden berichten, denn ich hoffe, ich schreibe zur Einführung seiner letzten Worte nicht mehr als er selbst.

Mein Vater war einer der ersten Verdienstpräfekten; und nachdem Delot der Macht entsagt hatte, brachte mich mein Vater im Alter von elf Jahren zu Vater Delots Schule.

„Das ist meine Tochter Lovina“, sagte er, und Delot nickte. Delots Assistent jedoch, ein grimmiger junger Mann namens Soren Tuk, schüttelte den Kopf.

„Ich kenne ihre Tests“, sagte er kalt, „und nach ihnen verdient sie es nicht, in diese Schule aufgenommen zu werden.“

Ich verstand genug, um zu wissen, daß ich nach seinen Worten nicht schlau genug war, um eintreten zu können. Mein Vater war voller Kummer. Soren schien zu einer Diskussion bereit. Allein Delot blieb ruhig.

„Dann werde ich nicht versuchen, eure Meinung zu ändern“, sagte mein Vater, denn er wußte, daß Delot unbestechlich war, selbst durch Freundschaft.

„Warte“, sagte Vater Delot.

„Ihr könnt nicht daran denken“, sagte Soren, „für ein so durchschnittliches Kind eine Ausnahme zu machen.“

„Lovina“, sagte Delot zu mir, und ich trat nach vorne. Er legte seine linke Hand auf meine Wange und seine rechte auf mein Genick, nahm meinen Kopf in die Wiege seiner Hände, so daß ich mich sowohl vertrauensvoll als auch aufgeregt fühlte, obwohl ich noch recht jung war und mir die Bedeutung seiner Person nicht in das Bewußtsein drang. „Mädchen“, sagte er, „erkennst du mein Dilemma? Ich liebe deinen Vater sehr – es gibt nichts, das ich ihm verweigern wollte, wenn ich es geben kann. Auf der anderen Seite habe ich diese Schule für außergewöhnliche Kinder eingerichtet – Kinder wie Soren – die in ihrem Geist das Potential dazu tragen, die Probleme der Welt zu lösen. Wie kann ich meine Grundsätze verletzen? Verstehst du das?“

Ich nickte.

„Dann sage du mir, was ich tun soll“, sagte er, „und ich werde deiner Entscheidung folgen, wenn ich das kann.“

Ich dachte also nach. Und ich war im Alter von elf Jahren in gewisser Beziehung ein kluges Kind – aber nicht so klug, daß mir Lösungen sofort völlig durchdacht einfielen. Ich sprach daher zögernd. Meine Ideen weiß ich noch, und ich werde sie hier klar wiedergeben, aber damals redete ich noch nicht halb so gut.

„Mein Vater weiß, daß Ihr ihn liebt. Wenn Ihr ihm daher seine Bitte verweigert, wird er wissen, daß Ihr das nicht getan habt, um ihn zu verletzen, und deshalb wird er nicht verletzt sein.

Eure Schule hat ein Ziel, und meine Aufnahme in sie würde nicht zu diesem Ziel führen, sondern von ihm ablenken. Wenn Ihr deshalb zu mir freundlich wärt, dann wäre das den anderen Kindern gegenüber grausam, die Ihr aufgenommen habt, und deshalb ist es eine größere Freundlichkeit, wenn Ihr mich ablehnt.

Was mich betrifft, so weiß ich, daß ich nicht brillant oder außergewöhnlich bin. Ich habe nicht darum gebeten, zu dieser Schule gebracht zu werden. Ich bin mitgekommen, weil ich meinen Vater liebe und er es gern sehen würde, daß ich zu der Art von Mädchen gehöre, die in eine Schule wie diese hier eintreten können. Es ist aber nicht mein Fehler oder Euer Fehler, wenn ich das nicht bin."

Obwohl ich zögernd sprach, lächelte Vater Delot, als ich zu Ende geredet hatte, und er wandte sich Soren zu. „Es gibt Arten von Weisheit, die deine Tests nicht entdecken, junger Soren", sagte er. Und er lächelte meinem Vater zu und sagte ihm, er wolle mich gern in seine Schule aufnehmen.

In der Zwischenzeit haben sich Sorens Tests als richtig erwiesen. Intellektuell bin ich den am wenigsten schlauen Schülern von Vater Delot bei weitem nicht ebenbürtig. Trotzdem hat Vater Delot mir zusammen mit Soren die Leitung der Schule übertragen. Warum? Mögliche Vermutungen liegen auf der Hand, aber eine Tatsache steht fest: Vater Delot beurteilt Menschen nicht so, wie das andere tun.

Und eine weitere Anekdote:

Einmal, als Vater Delot als Lykurg von Talloman Harwith regierte, besuchte ihn ein berühmter Künstler aus Selway. Der Künstler verlangte, die Präfekturen auf nationaler Ebene sollten abgeschafft werden. „Sie verfügen über zu viel Macht über das tägliche Leben der Menschen", erklärte der Künstler.

„Es gibt keine Macht", antwortete Delot, „als die über das tägliche Leben der Menschen – es sei denn, man findet eine Rasse, die von Jahr zu Jahr lebt. Es gibt nur die Macht über die Handlungen der Menschen, und sie handeln von Tag zu Tag."

„Die Macht der PNEs ist zu umfassend", beharrte der Künstler. „Nichts könnte sie davon abhalten, eine bestimmte Person als Bedrohung für die Gesellschaft zu erklären und sie zu verbannen, obwohl dafür kein Grund vorliegt.

In ihrer Hand liegt das Potential für Tyrannei. Ihre Macht ist fast absolut, und absolute Macht korrumpiert absolut."

Darauf gab Delot eine Antwort, die meiner Ansicht nach typisch für die Art ist, mit der er alle solche Fragen beantwortete:

„Die Tatsache, daß ein Sprichwort alt ist, macht es noch nicht wahr. Die Wahrheit sieht vielmehr so aus, daß absolut korrupte Personen zwangsläufigerweise auch jegliche Ausübungen ihrer Macht korrumpieren müssen. In den alten Zeiten ist die Macht denen zugefallen, die sie angestrebt haben; das Machtstreben selbst ist korrupt; so hatte es den Anschein, als sei dieser Ausspruch weise, so wie manche Menschen dachten, daß der Hahnenschrei den Morgen bringt.

Die Präfekten auf nationaler Ebene werden gegen ihren Willen bestimmt. Sie verachten die Macht und wissen ihre Zeit besser anzuwenden als zu regieren. Daher kenne ich keinen einzigen Fall, in dem sich ein Präfekt den Grenzen seiner Macht genähert hätte. Kennst du Beispiele für Mißbrauch?"

„Es ist die Möglichkeit des Mißbrauchs", sagte der Künstler, „die mir Angst einflößt."

Darüber lachte Delot, und schließlich sagte er: „Mein Freund, du bist Künstler. Glaubst du, daß die Kunst auf die Menschen einen Einfluß hat?"

„Ja."

„Verändert sie ihre Natur oder ihr Verhalten?"

„Das tut sie, aber sie ist nicht *politisch*."

„Das ist wahr. Sie ist weit stärker als bloße politische Macht. Regierungen nämlich können nur die Handlungen ihrer Bürger beeinflussen, Künstler aber können Gedanken und Gefühle der Menschen ändern. Es ist darüber hinaus

Künstlern möglich, das zu erreichen, und ihr Publikum bemerkt kaum, daß eine solche Veränderung eintritt."

„Ihr überschätzt unsere Möglichkeiten."

„Du unterschätzt meine Beobachtungsgabe. Früher gingen die Machthungrigen in die Politik. Die aber, die so sehr nach Macht hungern, daß sie nicht zu Kompromissen bereit sind und denen daher der Erfolg in der Politik versagt bleiben muß, die werden Künstler. Sie sind weit gefährlicher als jeder Politiker."

„Und doch. Es gibt nicht genug Schönheit im Universum. Wir tolerieren daher eure Macht wegen der Geschenke, die ihr uns gebt. Wenn wir euch die Macht nähmen oder sie beschränkten, würden wir eure Geschenke verlieren, nicht wahr?"

„Wenn man annimmt, daß wir eine solche Macht besitzen, ja."

„Das Geschenk der Regierung ist innerer Friede und internationale Sicherheit, ohne es den Menschen zu schwer zu machen, sich des Lebens zu freuen. Dein Präfekt braucht Macht, um dieses Geschenk vergeben zu können. Auch er ist ein Künstler. Du bist nur eifersüchtig, weil er öfter als du Erfolg hat. Eine Gesellschaft, in der der Künstler die Öffentlichkeit kontrolliert, ist ebenso gefährlich wie eine Gesellschaft, in der die Regierung die Künstler kontrolliert."

Und das Gespräch war zu Ende.

Warum ich diese beiden Episoden ausgesucht habe, weiß ich nicht; ich weiß aber, daß beide Geschichten wahr sind, und sie drücken für mich Delot Bramwis Kern aus. Die Krankheit, an der er starb, nahm ihm auch den Verstand. Das kurze Zeugnis, das nun folgt, ist jedoch vielleicht seine klarste Aussage. Obwohl die Spitzfindigkeiten der Philosophie sich seinem Griff entzogen, waren seine menschlichen

Emotionen, glaube ich, nie klarer. Vielleicht hat er seinen Verstand verloren und damit sein Herz gefunden; aber das hieße, daß er es zu irgendeiner Zeit nicht gefunden hatte. Und das war nie der Fall, das weiß ich. Er hoffte immer.

Seine Worte:

Die Krankheit wirkt sich so aus, daß der Mensch, der an ihr leidet, nicht merkt, daß seine Verstandeskräfte nachlassen. Er spürt nicht, daß sein Gehirn zerfällt. Er sieht nicht, daß seine Ideen albern sind. Kurz gesagt verliert er fröhlich und ohne Trauer den Verstand, und nur die anderen um ihn herum sehen das, verstehen es und beweinen den Verlust.

Den meisten Menschen sagt man es daher nicht, wenn sie sich die Krankheit zuziehen. Ich jedoch bin Delot Bramwi; nach der Legende weiche ich der Wahrheit nicht aus, welchen Schmerz das auch kosten möge. Die ängstlichen Ärzte haben daher zusammen Mut gefaßt und mich informiert, daß im Verlauf des nächsten Jahres meine Geisteskräfte nachlassen würden. Aus mir werde geistig ein Dreijähriger werden, der bei seinem Tod glücklich am Daumen lutscht.

Das war keine frohe Nachricht, aber ich bin in der Lage, viele Dinge mit Gelassenheit zu ertragen. Ich faßte sie daher nicht als Urteil, sondern als Frist auf. Tod und Wahnsinn würden mich nicht überraschen, ich war ihnen einen Schritt voraus. Mir blieb Zeit für ein Werk.

Nicht ein Monument, das sicherstellte, daß mein Name Bestand für die Ewigkeit behielt. Mein Name hat bereits Bestand für die Ewigkeit. Seit der Zeit, als der Weltenrat an mich herantrat, mich beauftragte, mich bestürmte, den Mantel des Lykurg überzuwerfen und das Universum der Menschheit wieder zu einem Gebäude aufzurichten, das sowohl ewig bestehen konnte, als auch für so viele Menschen wie möglich das Leben lebenswert machte, war es deutlich, daß die Kühnheit dieses Projekts allein mich meines Ruhms versichern mußte, ganz gleich, ob mein Werk scheiterte oder gelang.

Nach einunddreißig Jahren als Diktator der Menschheit hatte ich aus den Trümmern des verschlafenen alten Reichs eine neue Ordnung aufgebaut. Als ich erkannte, daß die Maschine in der Lage war, von selbst zu funktionieren, dankte ich freiwillig ab und kehrte nach Hause zurück, zu meiner kleinen Schule, zu den Schülern, die glaubten, ich könne ihnen noch etwas beibringen, zu meinen Freunden, die in ihrer Weisheit wußten, daß ich noch viel Liebe zu geben und anzunehmen in mir trug.

Das Werk, das ich mir vornahm, hatte nicht das Ziel, mir einen Namen zu machen. Ich nahm mir vielmehr vor, das zu schreiben, was kein anderer Mensch schreiben konnte: die Abhandlung über die letzte Wahrheit des Menschseins. Wenn das Hybris ist, sage mir, wer dafür eine bessere Ausbildung hat.

Ich bin auf jedes mögliche Problem gestoßen, das für eine Regierung auftreten kann, und ich habe es gelöst, nicht nur für meine Zeit, sondern auch noch für zukünftige Generationen.

Ich habe absolute Macht gespürt und gebraucht, habe sie aufgegeben und die Hilflosigkeit eines Königs gefühlt, der sein Königtum verliert.

Ich bin gehaßt, geliebt, gefürchtet, abgelehnt, verachtet und verehrt worden, und ich bin nicht, oder zumindest war nicht, verrückt.

Aus diesen Gründen dachte ich, daß ich etwas von der Wahrheit verstehe, und ich begann zu schreiben. Ich vertraute mich mit meinem Projekt nur wenigen Schülern an, und für Tage und Stunden und Wochen und Monate sagte ich in den Wänden meiner Räume die Worte, die zu dem perfekten Meisterwerk der Weisheit gesammelt werden sollten.

Ich falle in Ironie.

Was verleiht einem Menschen den Ruf von Weisheit? Zunächst beanspruche ich sie für mich nicht, sondern führte meine kleine Schule. Und doch, als jene, die die Last der Regierung zu tragen hatten, an den Punkt der tiefsten Verzweiflung gekommen waren und sich eingestehen mußten, daß die Welten der Menschheit mit gegenseitigem Einverständnis nicht mehr zu regieren waren, hatte ich einen solchen Ruf von Weisheit, daß sie ohne Gespräch, ohne Untersuchung, sogar ohne viel Überlegung zu dem Entschluß kamen, ich sollte zum Gott in der Maschine werden, ich solle kommen und die Furien in Schach halten, bis sie endlich den Frieden der Ewigkeit fanden.

Ob dieser Ruf von Weisheit berechtigt war oder nicht, als ich anfing, hatte ich am Ende meiner einunddreißigjährigen Regierungszeit doch das Gefühl, daß ich als Resultat davon, daß ich die Arbeit, für deren Voraussetzung man Weisheit gehalten hatte, getan und durch sie endlich diese Weisheit gefunden hatte.

Das war es, was ich zu schreiben versuchte. Und während die Worte aus meinem Munde flossen, bewunderte ich ihre Weisheit. Ein Gedanke führte zum anderen, aus Ideen wurden Worte, aus Tönen Melodien, Gefühle zu brennender Leidenschaft, bis meine ganze Person und der gesamte Inhalt meines Kopfes auf den Bändern festgehalten und zur Herausgabe bereit war.

Und dann rief ich meine treuesten Schüler zu mir: Soren Tuk, einen Mann mit scharfem Verstand und grausamer

Scharfsicht, der eine Lüge schon fast zerschmettern konnte, bevor sie ausgesprochen wurde, und Lovina N, eine Frau von tiefster Güte, die die Toten trösten und Frieden in das Herz des Wahnsinnigen tragen konnte.

Sie hatten meine Worte in all den Monaten, die ich für mein Werk brauchte, fast sofort gehört, nachdem ich sie ausgesprochen hatte, und ich hatte vor, sie mit den Vorbereitungen für seine Veröffentlichung zu beauftragen.

„Ihr werdet dort Kommas hinsetzen, wo sie hingehören; ihr werdet meine Gedanken aufnehmen und sie so einordnen, wie das die Ordnung verlangt.“ Und sie nickten und waren bereit, ihr Einverständnis zu geben.

Aber ich respektierte ihren Geist, und daher stellte ich ihnen auch eine Frage.

„Junger Soren“, fragte ich, „was hältst du von dem, was ich geschrieben habe?“

Er gab mir keine Antwort.

Und in seiner Stille hörte ich ein schreckliches Brüllen. Ich hörte die ganze Eitelkeit meines Lebens wieder. Mir fiel wieder ein, daß ich mit den elf intelligentesten Frauen, die ich finden konnte, elf Kinder gezeugt und das mein eigenes privates eugenisches Programm genannt hatte. Wo waren diese Kinder? Warum war ich nicht in der Lage, sie zu finden und mich an sie zu klammern und sie dazu zu zwingen, die schreckliche Wahrheit, die im Schweigen des jungen Soren wartete, von mir fernzuhalten?

„Du schweigst“, sagte ich, „und deshalb ist es doppelt wichtig, daß du sprichst.“

Lovina schüttelte den Kopf und sah den jungen Soren unverwandt an. So verlangte ich von Soren, daß er mir es sagte, und er sagte es mir:

„Vater Delot, es war zu spät für Euch. Die Krankheit hat

Euch überholt. Eure Klarheit ist verschwunden. Euer letztes Werk zeigt weder Klarheit noch Aufbau. Es enthält keine Einsicht, die nicht schon vor langer Zeit von dürftigen Geistern und glatten Rednern abgetragen worden ist. Eure letzte Weisheit ist nichts weiter als die Torheit eines alten Mannes, der kurz vor seinem Tod steht."

„Das ist nicht wahr!", rief Lovina, um mich zu schützen.

Aber der junge Soren sagte zu ihr mit leidenschaftlicher, exaltierter Stimme: „Vater Delot hat sein ganzes Leben für die Wahrheit gelebt. Soll ich ihn kurz vor seinem Tod mit einer Lüge verraten?"

Und so blieben wir still, bis ich schließlich wußte, was ich wirklich gern tun wollte, und ich sagte: „Dann setze die Kommas, junger Soren, und lege das Manuskript den Gelehrten vor. Es hat sicherlich seinen Wert als Lehrstück für einen Zerfall, und man kann es mit meinen Arbeiten aus früheren Tagen vergleichen, als mein Kopf noch klar und meine Schaffenskraft groß war."

Und dann ließen sie mich allein, und ich saß in der Dunkelheit in den Räumen, die nur dazu da waren, alle meine Worte aufzufangen und sie für immer aufzubewahren. Jetzt ist der Morgen gekommen, ich habe die ganze Nacht hier gesessen, und mir wird klar, daß ich nur ein Zeugnis zurücklassen kann, wo ich ein Testament hinterlassen wollte. Ich bin ein Zeuge ohne den Geist, der Summe menschlichen Wissens noch etwas hinzuzufügen. Werden also auch diese Worte wertlos sein?

Es ist gleich. Ich werde sie aussprechen:

Die Wahrheit ist eine Suche, kein Fund, und am Ende meines Lebens verliere ich all das, was ich gefunden hatte. Das ist die bitterste Wahrheit meines Lebens. Der junge Soren hat mich mit seiner Wahrheit bis ins Herz verletzt;

mein Blut liegt am Boden, und mir fehlt der Mut, es zu schmecken, zu verschlingen, wieder zu einem Teil von mir selbst zu machen. Ich bin geschlagen. Ich habe versagt.

Mein Leben lang habe ich Schmeichelei gehaßt; dennoch entdecke ich jetzt, daß nicht die Lüge grausam ist, sondern die Entdeckung der Lüge. Weil der Tod meines Verstandes so nahe bevorsteht, hätte es keine Entdeckung und damit auch keine Grausamkeit gegeben, wenn der junge Soren mich angelogen hätte; nie hätte ich den tödlichen Schmerz des gebrochenen Vertrauens gespürt. Die Lüge wäre mein Trost gewesen, während ich alles verlor, das mir das Leben lebenswert gemacht hatte; nur der Trost, wie er auch erreicht wird, bedeutet Schönheit, die über bloße Detailgenauigkeit hinausgeht. Die Wahrheit einer Sache liegt höher als ihre Fakten.

Gern wäre ich glücklich gestorben; nun sterbe ich, und das Versagen überschattet alle meine Erfolge.

Und doch.

Und doch frage ich mich jetzt, ob wir gestern nicht die allergrößte Wahrheit gefunden haben: daß meine Worte wirklich mein Testament waren, daß die vagen und verwirrten und widersprüchlichen und abgegriffenen Ideen eigentlich der Kompost waren, der allen meinen Taten die Fruchtbarkeit verliehen hat. Was ist, wenn mein Ruf von Weisheit unverdient ist und die Dummheit meines letzten Werks alles war, was ich je in mir getragen habe?

Wird dadurch meine frühere Arbeit umgeworfen? Teilen sich die Nationen wieder, setzt die Unterdrückung wieder ein, beherrscht die Verzweiflung wieder die Welten des Menschen? Unterminiert die Unwürdigkeit des Erbauers die Schönheit seines Gebäudes?

Das wäre Dummheit.

Die einzige Weisheit, die ich je besessen habe, war der Glaube, daß ich die Arbeit tun könnte, die man von mir verlangte; daher hätte das, was ich getan habe, auch von einem beliebigen Menschen getan worden sein können, der ebenso ein Narr ist wie ich. Ich habe gehandelt, und mein Handeln wird sich noch auswirken, lange nachdem meine Worte vergessen sind.

Daher sage ich zu dem jungen Soren: Achte die lebenden Taten von Menschen ohne Verzweiflung. In ihnen liegt die einzige unverletzliche Wahrheit.

Ich nenne das Universum gut; ich lache und weine und klatsche, während die Musik im Adagio all die zusammenhanglosen Lieder spielt; Sela für mein Leben; Amen zu allen Leben; und wenn auch das Narretei ist, dann schätze sie aus Liebe zu meiner eigenen vertrockneten Schönheit, denn sie wird bleiben, auch wenn mein Gedanke endlich verschwunden ist.

Endlich bin ich drei Jahre alt, und ich will spielen.

Susan Janice Anderson

Rückkehr zum Mittelpunkt

Als die Dämmerung kam, hatten der Erzieher und ich die Flutbecken fast erreicht, aber ich war nicht in der Lage, Jonathans Enthusiasmus zu teilen. Ich dachte noch an die Co-Oper.

„Ich möchte gern wissen, ob ich sie nach meiner nächsten Wanderung besser verstehe", sagte ich halb zu mir selbst.

„Du darfst nicht denken, daß es mit dem Alter leichter wird", sagte Jonathan und schüttelte den Kopf. „Wir haben uns zu weit von unserem Ursprung entfernt."

Ich wollte ihm noch mehr Fragen stellen, aber an dem Thema schien ihn etwas zu stören.

„Wir sind jetzt schon fast bei den Flutbecken", sagte Jonathan, und seine Miene hellte sich auf.

Ich beobachtete sein wettergegerbtes Gesicht – die feinen Linien waren eine Karte seiner langen Reisen und Selbstprüfungen –, und ich fragte mich, wie ich nach den nächsten Wanderungen aussehen würde. Wir hatten jetzt die Flutbecken erreicht, und für den Augenblick war jegliche Unterhaltung über die Co-Oper vergessen. Mehr wie ein Kind als wie ein Erzieher rannte Jonathan fort von dem Wohnwagen und schwenkte wild die Arme. Ich stöhnte innerlich, denn ich wußte, daß wir jetzt stundenlang nicht weggehen würden. Im Augenblick sehnte ich mich nach nichts mehr als nach einem ordentlichen Schlaf.

„Verrückte Biologen“, brummte ich, „sie sind unersättlich. Wir Mythenbauer brauchen dann und wann die Möglichkeit, uns auszuruhen.“

„Rosanna, Rosanna vom Wind“, rief Jonathan. „Komm hier heraus! So viele faszinierende Organismen.“

Als ich mich endlich über die glatten Felsen auf den Weg machte, war Jonathan fast außer Sicht.

„Nur noch ein letzter Co-Op“, sagte ich mir selbst und gähnte. „Dann geht es zurück zum Mittelpunkt.“

Der Gedanke an die blau-grünen Wälder belebte mich einen Moment lang. Wenn ich mich erst einmal ausgeruht hatte, konnte ich die Arbeit an meiner Mythe beginnen, dem kreativen Ausdruck aller meiner Erlebnisse während meiner Wanderungen. Das Bild der Co-Oper drang jedoch wie ein dunkler, dissonanter Ton in meine Gedanken ein und trübte und verwirrte meine Vorstellungen.

Ich folgte meinem Spiegelbild in dem Wasser und sah zu, wie die bräunliche Farbe meiner Haut sich mit dem rötlichen Orange der untergehenden Sonne vermischte. Orangene Seesterne schwebten in geometrischem Tanz an stachligen Seeigeln vorbei. Ich ging so leichtfüßig wie möglich, denn ich wußte, daß unter meinen Füßen Gräser atmeten und Schnecken und Muscheln auf die kommende Flut warteten. Ein achtloser Tritt konnte das durchsichtige Haus einer Schnecke zerdrücken oder Algen von ihrer schwachen Verankerung losreißen. So, wie manche Menschen Muscheln sammeln, sammelte ich Bilder, die ich in meine Mythe verweben konnte.

„Los, beeil dich, alte Krabbe!“ rief ich Jonathan voller Zuneigung zu, aber die Wellen ertränkten meinen Ruf.

Muscheln, fast alle in Bruchstücken, glitzerten in den Flutbecken. Perlmutter, von Seemoos leicht grün gefärbt, fiel mir ins Auge. Meine Hände streckten sich durch Myriaden von verwobenen Lebensfäden, wirbelten Sandwolken auf und jagten kleine Organismen in hastige Flucht. Ich hob die Muschel kurz in das rötliche Licht hoch und ließ sie dann als einen winzigen Meteor, der auf einen wäßrigen Himmel zurast, durch meine Finger gleiten.

Es war unmöglich, jetzt schon zu sagen, welche Form meine Mythe einnehmen würde. Ich wußte nie vorher, welche Sprache sich die Bilder suchen würden. Manchmal ergossen sie sich als Tanz oder als Lied, manchmal in Worten oder Bildern. Aber nur in der ruhigen, kontemplativen Umgebung des Mittelpunkts konnte meine Mythe aus mir entstehen. Wie viele Bilder aus der natürlichen Welt hatte ich in unseren Monaten der Wanderung gesammelt, die immer wieder durch das lange, dunkle Schweigen der Co-Oper unterbrochen wurden.

„Rosanna, sieh her, was ich gefunden habe!“ rief Jonathan.

Ich eilte über die glatten Felsen und versuchte, nicht hinzufallen. Jonathan wurde nun zu einem winzigen Schatten, der sich in der Dämmerung verlor. Er hielt mit vor Aufregung weit geöffneten Augen etwas in der Hand. Zunächst konnte ich nichts erkennen. Dann bemerkte ich die Umrisse einer Muschel, so dünn, daß sie fast durchsichtig war. Und ich sah kleine gestikulierende Krallen.

„Eine Geisterkrabbe“, sagte Jon, „und damit schwimmt sie.“

Ich sah zu, wie die kleinen Gliedmaßen sich öffneten und schlossen, hilflos in einem Meer aus Luft. Einen Augenblick lang war ich unserer endlosen Wanderungen müde und sehnte mich nach nichts mehr als nach den blau-grünen Wäldern des Mittelpunkts, wohin die meisten Reisen ins

Innere führen. Die Geisterkrabbe hatte sich jetzt beruhigt und untersuchte neugierig mit ihren Fühlern die Oberfläche von Jonathans Hand.

Wer vermag auf der anderen Seite zu sagen, dachte ich, welche Bilder der nächste Tag bringen mochte?

Behutsam legte Jonathan die Geisterkrabbe auf einen Felsen, und sie kroch hastig in das dunkler werdende Wasser.

Feiner Nebel bedeckte die Küste, als wir am nächsten Morgen weiterfuhren. Endlich brach die Sonne durch und enthüllte moosige Klippen und dunkle Bäume. Dahinter erstreckte sich silbern das Meer in die Ferne.

„Der letzte Co-Op“, sagte Jonathan, als wir von der Hauptstraße abbogen.

Das vertraute Gefühl von Frustration überfiel mich, verbunden mit dem Wunsch, während dieses letzten Besuchs so viel wie möglich herauszubekommen. Wir fuhren eine Piste hinauf, die sich endlos in die Berge emporzuwinden schien. Für mehrere Meilen sahen wir keine Anzeichen von Tierleben, bis auf vereinzelte Rehe oder Hasen. Ich vergaß eine Zeitlang den Co-Op und war ein wenig erschrocken, als wir das Tor erreichten.

„Sechs Monate lang keine Wanderungen mehr“, sagte Jonathan voller Bedauern.

Und obwohl das erst meine erste Wanderung war, verstand ich seine widerstreitenden Gefühle in gewissem Maß. Die Freiheit der ständigen Bewegung, von festem Wohnsitz oder Besitzungen ungehindert, der ständig wechselnde Strom von Bildern würden mir fehlen. Trotzdem erfüllte der Mittelpunkt jetzt mehr und mehr meine Träume. Und wenn ich schließlich der tiefen Stille der Meditation müde werden würde, dann begann eine neue Wanderung. Aber nur dann, wenn ich ein wenig weiter gehen konnte, bevor diese erste Wanderung ihr Ende fand.

Ich sprang aus dem Wagen und schwang das Tor auf. Ich bereitete mich dabei innerlich auf eine weitere Begegnung mit den höflichen, aber distanzierten Co-Opern vor. Eine Frau kam auf mich zu. Obwohl sie kaum älter als ich war, machten ihre Hände und Unterarme einen wettergegerbten und zähen Eindruck durch lange Stunden von Arbeit an der frischen Luft.

„Neu hier, nicht wahr?“ sagte sie mit einer Direktheit, die mich überraschte.

Ich nickte. „Meine erste Wanderung.“

Wir gingen auf ein Haus aus grob bearbeitetem Holz zu, das bis auf einige Schnitzereien und vereinzelte bunte Glasscheiben völlig frei von Schmuck war. Wie ich das auch in anderen Co-Ops bemerkt hatte, zeigte sich selbst in der Architektur das kärgliche Leben, das die Co-Oper führten. Welch ein Unterschied zu den bis in das kleinste Detail sorgfältig geschnitzten Wänden im Mittelpunkt, den Wandteppichen und den Gärten. Jon schloß sich uns an, und wir gingen in das Hauptgebäude hinein.

„Viel Zeit habe ich nicht übrig“, sagte die Frau, als sie uns Tee einschenkte. „Im Garten ist noch viel zu tun, und wir hoffen, daß es in diesem Jahr keinen frühen Frost gibt.“

„Laß dich von uns nicht von deiner Arbeit abhalten, Tanya“, sagte Jonathan.

„Das macht nichts“, sagte sie, „ich brauche eine Pause.“ Sie wandte sich mir zu und fragte: „Und wie gefällt dir die Wanderung?“

„Nicht schlecht“, antwortete ich. Tanyas Offenheit und Wißbegierde ermutigten mich, und ich begann, mehr als gewöhnlich zu sagen. „Eine Menge von eurem Alltag ist mir noch unklar. Ich habe als Mythenbauerin ständig das Gefühl, daß ich fast nichts weiß über . . ."

Ein warnender Blick von Jonathan unterbrach mich. Tanya bemerkte seine Unruhe, tat so, als habe sie mich nicht gehört, und begann, von der Ernte zu sprechen. Nach einiger Zeit stand sie auf und ging in den Garten zurück.

„Ich sollte euch beiden wohl besser die Möglichkeit geben, euch ein wenig auszuruhen und euch auf den Abend vorzubereiten", sagte sie.

Als sie gegangen war, drehte ich mich zu Jonathan um. „Warum hast du mich unterbrochen? Sie schien bereit zu sein, über ihre Mythologie zu sprechen."

Er sah mich lange an. „Wir sind zur Erziehung hergekommen, nicht, um alte Wunden wieder aufzureißen. Es bringt nur Schmerzen, wenn man tiefer bohrt."

Genau wie zu dieser Zeit, als ich ihn nach den Ursprüngen des Mittelpunkts gefragt hatte, spürte ich, daß der Schmerz, von dem er sprach, sein eigener war.

„Komm, Rosanna", sagte er sanft, „hilf mir, die Proben aufzubauen."

Und während ich die schimmernden Muscheln berührte und die Struktur des verzweigten Seegrases verfolgte, versank ich eine Zeitlang wieder in der Welt der Bilder.

„Unser Lebenskreis", sagte Jonathan, „ist also eng mit den Lebenskreisen aller anderen Organismen verknüpft, und deshalb . . ."

Während Jon sprach, beobachtete ich, wie das Licht des Lagerfeuers auf den Gesichtern der Co-Oper spielte. Wie weit entfernt sie alle von mir schienen, als hätten meine Reisen in den letzten Monaten mir fast nichts über ihre innersten Gedanken und Gefühle, ihre Träume und Mythologien gesagt. Sie hörten Jonathan höflich zu, und ihre wettergegerbten Gesichter verrieten nur selten ihre Reaktionen. Nur Tanya schien keine Angst davor zu haben, ihre Gefühle zu zeigen. Ihre Augen glänzten voller Spannung, manchmal nickte sie begeistert, und manchmal schüttelte sie den Kopf.

„Geht leichtfüßig, wenn ihr die Flutbecken untersucht, denn genau auf den Felsen unter euren Füßen erwarten Myriaden von Lebensformen die hereinkommende Flut, abhängig von dem feinen Zusammenspiel von Temperatur und . . ."

Als dann die Reihe langsam an mich kam, begann ich meine gewohnte Nervosität zu spüren. Würden die Bilder frei fließen? Wie würde mein Publikum sie aufnehmen? Ich sah zu Tanya hinüber, die mir zulächelte und zwinkerte. Voller Dankbarkeit für wenigstens ein freundliches Gesicht nahm ich meinen Platz bei dem Lagerfeuer ein.

„Es gibt viele Methoden, die natürliche Welt aufzunehmen und uns in den größten Lebenskreis einzuordnen", begann ich mit dünner und zitternder Stimme. „Meine Methode sind die Bilder."

Während Worte und Lieder sich machtvoll ihren Weg suchten, begann der Kreis von Gesichtern um mich herum langsam zu verblassen, und ich floß mit den Gezeiten und der Sonne. Ich sang von geologischen Zeitaltern, von geschmolzenem Gestein und Binnenmeeren, von Bergen, die sich erhoben, und von Gletschern, die sich U-förmige Täler meißelten. Meere verdunsteten und bildeten sich neu, Tausende von Organismen entwickelten sich wie Zweige eines Baums. Ich tanzte über Flutbecken und auf die neue Erde. Gletscher schmolzen zu sprudelnden Bächen von blauweißem Wasser, und Moos wuchs auf den nassen Felsen. In Regenwäldern und Wüsten verbreitete sich Pflanzen- und

Tierleben in endlosen Variationen. Und unser Planet bewegte sich als ein glitzernder Lichtpunkt durch ein Meer von fremden Welten. Kosmische Fluten brachten neue Sterne hervor und trugen andere in die Finsternis.

Ich sang vom Mittelpunkt und den wechselnden Zyklen von Studien und Wanderungen, von der harmonischen Vereinigung der natürlichen Welt mit dem Bewußtsein der Menschen. Und ich sang von den Co-Ops, die wir besucht hatten, von den verschiedenen Lebensarten, die wir gesehen hatten. Gewöhnlich hörte ich an diesem Punkt auf, aber dann fiel mein Blick auf Tanyas Gesicht. Es trug einen merkwürdigen angespannten Ausdruck, der mich an unsere Unterhaltung vom Vormittag und an die Frage erinnerte, von der sie vorgegeben hatte, sie habe sie nicht gehört. Da ich sah, daß Jonathan in seine eigenen Gedanken versunken war, stellte ich die Frage noch einmal, aber dieses Mal indirekt durch Bilder.

Ich sang von der Arbeit der Mythenbauer, von der Sammlung von Bildern und ihrer Zusammensetzung. Und ganz leicht rührte ich an die dunklen Bereiche, an die Teile der Mythe, die bisher noch unvollkommen waren. Ich sah, daß Tanya fast unmerklich nickte. Dann waren unsere Darbietungen zu Ende, und die Co-Oper versammelten sich um uns. Ihre Zurückhaltung war endlich durchbrochen. Eifrig untersuchten sie unsere Proben, stellten Fragen und berichteten uns von ihren eigenen Erfahrungen. Schließlich standen wir auf, zu gleicher Zeit erschöpft und belebt. Als wir gerade gehen wollten, zog mich Tanya zur Seite.

„Wenn du unsere Mythenbauer treffen willst“, flüsterte sie mir zu, „mußt du in den Schatten des Bergs reisen.“

Ich wollte sie noch mehr fragen, bemerkte aber, daß Jonathan mich mit neugierigen und besorgten Augen beobachtete.

In dieser Nacht träumte ich, ich sei zum Mittelpunkt zurückgekehrt und hätte die Arbeit an meiner Mythe angefangen. Weiche Gräser umgaben mich und beugten ihre federleichten Spitzen im Wind. In der Ferne erstreckten sich die blau-grünen Wälder und die Gebäude des Mittelpunkts. Ihre Wände waren mit den Schnitzereien zahlloser Mythenbauer bedeckt. Ich setzte mein Instrument an die Lippen und begann zu spielen.

Klare Töne klangen auf und zeichneten eine endlose Fülle von Bildern. Wie Wolken zogen sie über einen sich schnell verändernden Himmel. Sonnenuntergang mischte sich mit Sonnenaufgang, Wald mit Meer, jeder Co-Op verschmolz mit dem größeren Ganzen, alles verbunden durch den Verlauf unserer Wanderung. Als mein Tongedicht jedoch den letzten Co-Op erreichte, stockten die Noten, und ich konnte nicht weiterspielen. Die Barriere erstreckte sich vor mir wie eine Mauer aus massivem Felsen und brachte meine Mythe zum Schweigen.

Ich legte mein Instrument zur Seite, breitete Stoffstücke auf dem Gras aus und begann, Farben und Umrisse den Bildern meiner Mythe anzupassen. Eine Stelle aber blieb leer, und die Abwesenheit von Form und Farbe begann, das größere Ganze zu beherrschen. Wieder hielt mich die Barriere wie die unüberwindliche und undurchdringliche Oberfläche eines Bergs auf. Dieses Mal aber wandte ich mich nicht ab, sondern sah noch genauer in die Leere. Als ich genauer hinschaute, konnte ich in der Dunkelheit winzige kleine Lichtpunkte erkennen. Dann verschwanden die Lichtung und der Mittelpunkt um mich herum langsam. Ich stand unter einem nächtlichen Himmel, von dem aus weit entfernte Sterne die öde Landschaft düster beleuchteten.

Unter meinen Füßen spürte ich zu Staub zerfallene Erde.

Vor mir erstreckte sich ein Berg, und ich stand von seinem Schatten umhüllt. Ich übersetzte die Bilder in Bewegung und begann zu tanzen.

Schatten umwirbelten mich und zeichneten fremde Muster auf meine Arme und Beine. Wortlos sprang ich in die Höhe und griff mit meinem Körper nach dem Berg. Und als ich die Erde wieder berührte, sah ich, daß ich am Rand eines Abgrunds getanzt hatte.

Zitternd beugte ich mich nach vorne und sah in den Abgrund hinab. Zuerst sah ich nur Finsternis, und dann bemerkte ich das schwache Glitzern von Wasser wie der Beginn eines unterirdischen Sees.

„Wenn du unsere Mythenbauer treffen willst“, sagte Tanyas Stimme, „mußt du in den Schatten des Bergs reisen.“

„Unsere Arbeit hier ist getan“, sagte Jonathan. „Es ist Zeit, zum Mittelpunkt zurückzukehren. Vergiß die Mythenbauer der Co-Oper.“

„Aber ich muß sie treffen, um meine Mythe zu vollenden“, widersprach ich.

Als er sah, daß ich von meinem Vorhaben nicht abzubringen war, schüttelte er traurig seinen Kopf. „Sie beschäftigen sich mit Dingen, die man besser vergessen sollte.“

„Welche Art von Dingen?“

„Du würdest dir nur selbst sinnlos Leid zufügen.“

„Welche Art von Dingen?“ beharrte ich.

Er antwortete mir nicht. „Es ist Zeit für die Rückkehr. Unsere Wanderung ist zu Ende.“

„Ich möchte nicht mit Bruchstücken zurückkehren“, sagte ich ärgerlich.

„Manchmal sind Bruchstücke besser als . . .“, begann er.

„Wovor hast du Angst?“ platzte ich heraus.

Als ich den Schmerz bemerkte, den meine Worte bei ihm bewirkten, bereute ich meine Frage sofort. Plötzlich ließen die Falten in Jonathans Gesicht ihn alt und müde aussehen. Er drehte sich um und sah mich mit tiefer Traurigkeit an.

„Merkwürdig", sagte er fast zu sich selbst, „wie unsere Ursprünge uns nie loslassen, wie sehr wir auch versuchen, vor ihnen wegzulaufen."

Ich beobachtete Jonathan, wie er mit sich selbst kämpfte. Voller Angst wollte ich etwas zu ihm sagen, um ihm seinen Schmerz zu erleichtern, aber der Prozeß, den ich in Gang gesetzt hatte, lief nun weiter bis zu seinem Ende. Eine lange Zeit saß Jonathan mit gebeugtem Kopf ganz still da. Als er endlich aufsah, konnte ich erkennen, daß seine Augen feucht waren.

„Wir haben nur an Wiederbebauung gedacht", sagte er. „Wir wollten die Narben zudecken und die Häßlichkeit verbergen."

„Bitte", sagte ich hastig, „ich muß nicht hingehen. Vergessen wir es."

„Nein", sagte er so leise, daß ich ihn kaum hören konnte. „Wir werden beide hingehen."

Meine Kehle schnürte sich zu, und ich schüttelte den Kopf. „Das ist nicht notwendig", sagte ich, „Tanya hat sich bereit erklärt, mir den Weg zu zeigen."

„Ich gehe ebensosehr um meinet- wie um deinetwillen", sagte er. „Es ist Zeit für mich, die Wurzeln wieder aufzudecken."

Als wir am nächsten Morgen mit Tanya aufbrachen, rasten Fragen durch meinen Kopf. Ich erinnerte mich aber noch an Jonathans Schmerz und blieb still. Wir fuhren in dem Wagen des Co-Op, einem rostigen Gerät, das jedesmal aufsetzte, wenn wir eine schlechte Stelle in der Straße passierten. Zunächst kamen wir durch dichten Wald, der mich an den Mittelpunkt erinnerte, aber als die Steigung begann, wurde die Vegetation karger, und nackte Granitfelsen schienen durch. Dann und wann sahen wir eine Gruppe von toten Bäumen, deren leblose Äste sich zu grotesken Gebilden verschlangen.

„Die Abbiegung ist nicht weit von hier“, sagte Tanya. „Die Straße ist nicht sehr stark befahren.“

„Kommen die Mythenbauer nie in den Co-Op zu Besuch?“

Sie sah mich seltsam an. „Sie verlassen die Berge nie“, sagte sie. „Das ist eine Stelle, an der sie sich den Quellen ihrer Macht am nächsten fühlen.“

Ich fragte mich im stillen, wie man sich Granitfelsen so verbunden fühlen konnte, die bis auf einige wenige kümmerliche Pinien völlig leblos erschienen.

Wir erreichten das Ende der Piste und schulterten unsere Rucksäcke. Wir überquerten eine Wiese mit subalpiner Vegetation, blaßgelben Blumen, Büschen mit purpurroten Blüten, zusammengedrängten Grasbüscheln.

„Gletscher- und Lawinenlilien“, sagte Jonathan aufgeregt. „Wir haben großes Glück, daß wir sie gerade während ihrer kurzen Blütezeit antreffen.“

Ich zwinkerte Tanya zu. Jonathan war in die Fülle von Wildblumen vertieft und schien im Augenblick seinen Schmerz vergessen zu haben. Bald begann ich jedoch, meinen überlasteten Muskeln und keuchendem Atem mehr Aufmerksamkeit zu widmen als Jonathan.

Wir ließen die Wiese hinter uns und begannen, über zerfallenden gelben Boden auf einen Kamm zu klettern. Nun war kaum noch Vegetation sichtbar, und ich erinnerte mich an das, was Jonathan über die kurze und spärliche Wachstumsperiode im subalpinen Bereich gesagt hatte. Schon die leichteste Schwankung von Temperatur oder Feuchtigkeit konnte die empfindlichen Pflanzen zerstören. Einen Augenblick lang verspürte ich eine Unruhe. Dann erreichten wir die Spitze des Kamms, wo wir eine kurze Rast einlegten. Winzige purpurrote Blumen und Ginster klammerten sich zäh an kleinen Erdstücken zwischen den Felsen fest.

„Auf der anderen Seite ist ein Rasthaus, wo wir essen können“, sagte Tanya.

Bei der Erwähnung des Rasthauses spannte sich Jonathans Gesicht an.

„Ja“, sagte er. „In diesem Rasthaus habe ich schon viele Stunden verbracht.“

Wir gingen weiter in einem Bogen um den Kamm herum. Der Pfad machte eine plötzliche Biegung und endete an einem großen, flechtenbewachsenen Felsen. Wir mußten eine kurze Strecke über zackiges Gestein klettern, bis der Pfad plötzlich wieder begann. Jetzt stießen wir auf vereinzelte kleine Schneeflächen, die zum Teil rot gefärbt waren. Tanya nahm eine Tasse voll davon auf.

„Das rote Zeug müßt ihr meiden“, erklärte sie. „Das ist eine Art von Bakterien, die im Schmelzwasser leben.“

Dann ragte vor uns ein Haus auf Stelzen auf, das direkt am Rand des Bergs gebaut war. Als wir die Stufen zu ihm hochstiegen, fiel mir mein Traum mit dem Abgrund wieder ein. Obwohl das Rasthaus gut und sauber mit Decken und Nahrungsmitteln ausgerüstet war, war niemand zu sehen. Jon trat zuerst ein und öffnete mit vertrauter Hand Schränke und Schubladen.

„Wir könnten Stunden damit verbringen, den Wolken zuzusehen, wie sie über den Berg kommen“, sagte er leise.

„Gegen Nachmittag würden dann die Ziegen herauskommen, und die Murmeltiere. So still und friedlich, bis ..." Er stockte, und ich konnte sehen, daß seine Augen feucht waren.

„Bis was?" fragte ich leise.

Er deutete in den Abgrund hinab. „Die Geschichte liegt dort unten", sagte er, „dort unten bei den Mythenbauern."

Ich sah hinab und konnte das ferne Glitzern von Wasser erkennen, das an schattigen Felsen vorbeifloß.

„Ich kann euch nur bis zum Fluß begleiten", sagte Tanya. „Hinter ihm müßt ihr selbst euren Weg finden."

„Warum?" fragte ich. Ich verspürte eine plötzliche Angst.

„Für mich ist die Zeit noch nicht gekommen, die Mythenbauer zu treffen. Er", sie zeigte auf Jonathan, „war schon einmal hier."

Das Geröll zerfiel und rutschte auf unserem Weg bergab, und wir mußten uns an Wurzeln und Felsen festhalten. Halb laufend, halb rutschend kamen wir unten an und wirbelten dabei große Staubwolken auf. Wir setzten uns auf moosbedeckte Felsen und erfrischten unsere Hände und Gesichter mit kühlem Wasser.

Während ich der Musik des Flusses lauschte, bemerkte ich eine Reihe von gleichmäßig verteilten Steinen und Baumstämmen, die eine Art natürliche Brücke bildeten. Ein leichter Nebel stieg von dem Wasser auf und verdeckte teilweise das andere Ufer.

„Wie weit noch?" fragte ich Tanya.

Sie zuckte die Achseln. „Das kommt darauf an."

„Worauf?"

„Die Mythenbauer wählen sich ihre eigene Zeit zum Erscheinen aus. Ihr könnt nur dem Pfad folgen."

Schweigend beobachteten wir das Wasser, das mit unbekanntem Ziel über die Felsen floß. Dann stand Tanya auf und machte sich wieder auf den Weg den Berg hinauf. Wir sahen ihrer stämmigen Gestalt nach, wie sie über Felsen kletterte, bis sie über den Kamm verschwand.

„Komm“, sagte Jonathan ohne Zögern.

Wir gingen auf die natürliche Brücke zu. Wir traten von einem Stein zum anderen, erreichten das andere Ufer, duckten unsere Köpfe unter niedrige Zweige und gingen auf der Schattenseite des Bergs los.

Wir folgten für einige Meilen dem Fluß, ohne jemanden zu treffen. Dann machte der Pfad plötzlich eine Kurve, und wir stiegen in eine tiefe Schlucht hinab, die sich in den Berg hineinschlängelte. Langsam drang das Geräusch von Wasser in mein Bewußtsein ein, aber viel lauter als das Geräusch des Flusses. Dann fiel plötzlich vor uns ein riesiger Wasserfall, und hinter den herabstürzenden Wassermassen lag eine Höhle.

Der Pfad führte direkt hinter dem Wasserfall in den Höhleneingang. Als sich meine Augen an die Dunkelheit darin gewöhnten, sah ich nach oben. Das Wasser hatte im Verlauf von geologischen Zeiträumen den Felsen zu feinen und komplexen Mustern abgetragen, als seien es Facetten eines gigantischen Juwels. Vereinzelte Lichtstrahlen fielen düster gebrochen durch die Kamine der Höhle herab. Als ich mich auf einen Felsvorsprung setzte, konnte ich fühlen, wie Moos und Fels von dem Geräusch des Wasserfalls widerhallten. Das Geräusch begann, durch meinen ganzen Körper zu klingen. Und wieder spürte ich etwas von der Ruhe des Mittelpunkts, aber nun mischte sich das Bewußtsein von Nähe neuer und fremder Mächte in dieses Gefühl hinein.

Wir saßen bewegungslos und lauschten dem Geräusch des Wassers. Unter dem Wasserfall stand eine Reihe blattloser Bäume. Ich starrte auf die verdrehten Umrisse, denen es irgendwie gelang, im Halbdunkel zu überleben. Am Rand meines Gesichtsfeldes glaubte ich eine kurze Bewegung wahrzunehmen, aber als ich meinen Kopf drehte, sah ich nichts als die dunklen Wände der Höhle, die sich endlos in den Berg erstreckten.

„Die Mythenbauer wählen sich ihre eigene Zeit zum Erscheinen aus."

Tanyas Worte hallten durch meine Gedanken, während ich eine wachsende Ungeduld bekämpfte. Auf der anderen Seite des Wasserfalls konnte ich den Weg erkennen, der sich in Serpentinen den Berg hinaufwand. Der Weg in die Höhle aber blieb unsichtbar. Ein leichter Wind fuhr durch die Höhle und wirbelte staubigen Boden auf. Plötzlich lehnte sich Jonathan nach vorne, als strengte er sich an, um etwas zu hören. Er stand auf und bedeutete mir durch eine Handbewegung, ich solle ihm folgen.

Wir gingen tiefer in die Höhle hinein. Was zunächst wie massiver Felsen ausgesehen hatte, erwies sich nun als gewundener Gang. Wasserbäche blitzten an den Wänden und enthüllten ständig neue Nischen und Tunnels. Das Tosen des Wasserfalls dämpfte sich nun ab, und unter uns konnte ich das Geräusch eines unterirdischen Flusses hören. Dann bog der Gang ab, senkte sich und führte in eine große unterirdische Halle.

Stalagmiten erhoben sich wie die Figuren eines feingeschnitzten Schachspiels. Über ihnen wuchsen als ihr Spiegelbild polierte und glitzernde Stalaktiten. Hier trat der unterirdische Fluß heraus und fütterte seine seltsamen, gewundenen Schöpfungen. Jonathan stand mit wachsamen Augen bewegungslos da und wartete. Dann hörte ich ein Rascheln. Zuerst dachte ich, es käme vom Fluß, aber es wurde ständig lauter. Jonathan winkte mich näher zu sich heran.

„Bald, Rosanna“, flüsterte er.

Und nicht lange, nachdem er gesprochen hatte, sah ich jemanden, der aus den Nischen der Höhle herauskam. Aus der Ferne hatte ich den Eindruck, daß der Mann viel älter als Jonathan war, so tief waren die Falten in sein Gesicht eingegraben. Als er aber näher kam, wurde mir klar, daß er ungefähr genauso alt sein mußte. Wie Fels, der starken Klimaveränderungen ausgesetzt war, schien sein dünner Körper von harten und gewaltigen Kräften geformt worden zu sein. Für einige unangenehme Augenblicke standen die beiden da und starrten sich wortlos an. Schließlich machten beide zögernde Schritte nach vorn und umarmten sich dann.

„Endlich hast du dich entschlossen, zurückzukehren“, sagte der Mann. Seine Stimme hallte seltsam durch die Höhle wider.

Jonathan schüttelte den Kopf. „Rosanna vom Wind wollte mit euch sprechen.“

Der Mann sah mich mit sanften Augen an, so anders als die harten Konturen seines Gesichts, und fast hatte ich das Gefühl, er könne in die tiefsten Tiefen meiner Gedanken hineinsehen.

„Ich mußte meine Mythe fertigstellen“, begann ich mit zitternder Stimme.

Als ich zu Ende gesprochen hatte, blieb der Mythenbauer still, als wolle er sich seine Worte sorgfältig überlegen.

„Ich kann dir zeigen, was verborgen geblieben ist“, sagte er, „aber ich muß dich warnen: Je mehr du von unserer Mythologie erfährst, desto besser wirst du eure eigenen Ursprünge verstehen. Wir sind Flüsse aus derselben Quelle.“

Ich sah, wie sich die Muskeln in Jons Gesicht verkrampften, aber er sagte nichts, denn er war entschlossen, mich meine eigene Wahl treffen zu lassen.

„Bitte teile dein Wissen mit mir", sagte ich.

Der Mythenbauer winkte, und aus der Tiefe der Höhle erschienen andere Mythenbauer. Ihre Gewänder flatterten wie unirdische Blätter. Sie versammelten sich mit wettergegerbten Gesichtern und ruhigen Augen um den ersten Mythenbauer.

„Die Äste haben sich weit ausgebreitet, aber die Wurzeln kehren zur selben Quelle zurück", sagte er feierlich.

Danach drehte er sich um und bedeutete uns, zu folgen. Wir gingen an Stalagmiten und Felsvorsprüngen vorbei an dem Fluß entlang. Die Mythenmacher wichen den Felsvorsprüngen mit geübter Leichtigkeit aus, aber ich stieß mehrmals an. Dann verließen wir die Höhle und betraten einen langen unterirdischen Gang. Die Mythenbauer begannen mit sonorer Stimme einen Gesang anzustimmen, dessen Töne von den feuchten Wänden widerhallten. Etwas in der Musik brachte mich zum Zittern, als seien Geister, die lange geschlafen hatten, wieder erweckt worden. Während wir weitergingen, wurde der Gesang wilder und dissonanter. Der Gang war jetzt völlig dunkel, und ich kroch langsam weiter und verlor dabei nie den Kontakt mit den Wänden. Plötzlich hielt die Prozession an, und der Mythenbauer sprach.

„Der Weg weiter ist eng", sagte er. „Wir können ihn nur einzeln nacheinander passieren."

Ich hörte das Rascheln der Gewänder der Mythenbauer und spürte den Druck von Jonathans Hand, als die Reihe an ihm war. Als ich jedoch weitergehen wollte, stieß ich auf massiven Felsen. Ich fuhr mit meinen Händen über die Wände und rief laut, aber die einzige Antwort war das weit entfernte Echo der Schritte der Mythenbauer. Ich tastete mit meinen Händen jedes Stückchen Wand ab, konnte aber keine Öffnung finden. Hinter mir lag die Dunkelheit und vor mir die Wand, die mich von meiner Mythe und dem Mittelpunkt trennte. Wieder rief ich, aber meine Stimme klang hohl gegen den Stein. Schließlich setzte ich mich hin und berührte Wasser. Einem Impuls folgend bewegte ich meine Hand das Bachbett entlang. Als ich dieses Mal die Wand berührte, konnte ich einen engen Gang fühlen, der aus der Höhle heraus führte.

Ich duckte mich nach vorn und kroch durch. Nun fielen düstere Lichtstrahlen in meine Richtung. Ich rannte eine Steigung hinauf und trat in gleißend helles Sonnenlicht hinaus. Die Gruppe stand bewegungslos mit schmerzerfüllten Gesichtern am Rand einer senkrecht abfallenden Schlucht. Ich ging zu ihnen hin und warf einen Blick hinein. Alles, was ich sehen konnte, war etwas, das wie ein enormer Erdrutsch aussah.

Tote Baumstümpfe waren überall verstreut. Die leblosen Strünke bleichten in der grellen Sonne. Tiefe Narben liefen an der Seite des Berges herab, Spuren der Erosion, die sogar Granitfelsen weggetragen hatte. Nirgends konnte ich eine Spur von Pflanzen- oder Tierleben entdecken. Nicht einmal die zähen subalpinen Gräser wuchsen hier.

Der Mythenbauer wandte sich mit seltsam unschuldigen Augen in seinem gegerbten Gesicht mir zu.

„Hier liegt der Anfang des Mittelpunkts“, sagte er.

Aber alles, was ich sehen konnte, war die öde Landschaft.

„Das verstehe ich nicht“, sagte ich. „Was hat eine Naturkatastrophe mit . . .“

Ich spürte Jonathans Hand auf meiner Schulter, und sein Gesicht sah tief verstört aus.

„Rosanna", sagte er unter Schwierigkeiten, „keine Naturgewalt hat diesen Berg zerstört."

Ich versuchte, seinen Worten einen Sinn abzugewinnen. Eine Idee begann sich zu bilden, aber sie widersprach so sehr allem, was ich je gelernt hatte, daß ich sie fast sofort wieder verworfen hätte. Unser ganzes Leben lang hatte man uns beigebracht, daß der Mensch mit seiner natürlichen Umwelt in Harmonie leben muß, und das war die Botschaft, die wir bei unseren Wanderungen weitergaben. Wenn das aber nicht schon immer so gewesen war?

Ich wartete darauf, daß Jon etwas sagte, meinem Verdacht widersprach. Aber er und die Mythenbauer blieben still. Ich fühlte mich schwindlig und lehnte mich an den Felsen.

„Waren das Menschen?" fragte ich schwach.

Jonathan nickte.

Als ich nun wieder den Berg ansah, fühlte ich mich körperlich krank. Chaotische Bilder wirbelten durch meinen Kopf. Ich konnte den Berg vor mir sehen, wie er früher einmal gewesen war, von Tausenden von Arten von Tieren und Pflanzen bevölkert. Dann verstummten ihre Stimmen nacheinander. Trockener Boden zerfiel und wurde weggewaschen. Ich sah Menschen vor mir, wie sie wilde Blumen zertrampelten, Bäume niederrissen und Tiere töteten.

„Nein!" schrie ich, aber die Bilder wollten mir nicht aus dem Kopf gehen. Ich konnte mich kaum noch an dem Felsen halten. Dann wurde alles dunkel.

Jonathan und der Mythenbauer beugten sich mit besorgten Augen über mich.

„Aber warum bleibt ihr hier?" fragte ich den Mythenbauer schwach. „Wie könnt ihr das aushalten?"

Er sah mich mit tiefer Ruhe an. „Alle Formen des Lebens

sind vereint“, sagte er. „Wir sind selbst mit denen verwandt, die für die Finsternis verantwortlich waren. Nur wenn wir uns eingestehen, daß wir das Potential besitzen, können wir uns entscheiden, es nicht zu benutzen.“

Die Bilder der Zerstörung kreisten noch immer in meinen Gedanken, aber nun begannen andere Bilder zu erscheinen, Erfahrungen von meiner Wanderung und aus dem Mittelpunkt. Und ich spürte, wie die beiden Bildgruppen sich zu einem größeren Muster zusammenfügten. Jonathan und der Mythenbauer hatten beide recht gehabt – Neubepflanzung war notwendig, aber die Wurzeln durften nicht in Vergessenheit geraten. Ebenso, wie ich das Wissen des Mittelpunkts mit den Co-Opern geteilt hatte, würde ich nun die Lehren der Co-Oper zurück an den Mittelpunkt vermitteln.

„Komm“, sagte ich zu Jonathan. „Langsam fange ich an zu sehen, welche Form meine Mythe haben wird.“

Charles L. Grant

Und der Sonne müde

Sie nannten mich Mr. Sunshine.

Und das scheint so lange her.

Aber früher oder später muß ich hineingehen. Es geht nicht darum, daß ich mich dazu entschließe; das habe ich schon getan. Es ist auch keine Frage von Nerven, Mut oder ob ich den Adrenalinofen anmachen muß, der mich über die Barriere treibt. Nein, worauf es wie bei allen Dingen ankommt, das ist die Frage der Resignation: Wie oft kann ich noch an den Toren vorbeigehen, als leistete ich damit etwas.

Wie Trotz.

Oder Ablehnung.

Immer wieder sage ich mir, daß es nur ein Park ist und daß nur meine sensibilisierte Vorstellungskraft den Rost auf den Eisentoren in seit langem getrocknetes Blut verwandelt.

Das sage ich mir immer wieder.

Aber früher oder später werde ich hineingehen müssen.

Es gibt keinen anderen Ort . . . keinen einzigen.

Meine unbedeutende, aber durchaus kompetente Position in der Rechtsabteilung der Firma wurde im April gestrichen. Obwohl die ökonomische Lage der Firma und des Landes das schon seit Monaten verlangt hatte, hatte ich es natürlich abgelehnt, zu glauben, das das mir passieren könnte. Dem anderen da, klar, aber doch nicht mir. Als es aber dann soweit war, war ich wenigstens vernünftig genug, zu gehen, ohne die Brücken hinter mir zu verbrennen. Es gab immer noch eine Chance, daß sich die Lage veränderte.

Das Selbstmitleid kam später, als ich allein vor dem Fernseher saß und mir wünschte, ich hätte nicht die Möglichkeit, morgen früh auszuschlafen. Dieses Mitleid verwandelte sich charakteristischerweise in Ärger, eine hilflose und frustrierende Wut, der die Kraft fehlte, auch nur die Wände meines Schlafzimmers zu durchdringen.

Und auch das wäre nicht so schlimm gewesen, wenn die kleinen Dinge in meinem Leben an ihrem Platz geblieben wären. Wie das Taschenmesser, das ich nicht finden konnte, um den Drachen für meinen Neffen fertigzumachen. Oder dieser verdammte Büchsenöffner, dem es gerade dann gelang, zu verschwinden, als ich eine Büchse Saft aufmachen wollte. Oder die schwarze Schärpe, die es genau dann schaffte, sich in leere Luft aufzulösen, als ich sie brauchte, um den Satin-Smoking zuzubinden, den ich immer dann anzog, wenn ich mir vorstellte, ich sei Ronald Coleman, und wunderbare Träume von verführerischen, hungrigen Frauen träumte.

Das war der Augenblick, in dem ich zu dem Entschluß kam, daß ich jemanden brauchte, der mir sagte, was ich für ein toller Typ war. Da Angela zur Westküste verreist war, rief ich Jerry Lennox an und verabredete mich mit ihm in unserem Lieblings-Elends-Loch.

Ich wartete eine Stunde lang, bis er endlich auftauchte und die Elektronik-Experten der Welt verfluchte, weil sie es nicht schafften, einen ganz einfachen Rasierapparat zu konstruieren, mit dem er sich in dem Grübchen an seinem Kinn rasieren konnte, ohne die Hälfte davon abzuhobeln. „Ich werde es dir sagen, Hank“, sagte er ohne Einleitung und kauerte sich in die Ecke der Nische, „da gibt es eine Verschwörung gegen gutaussehende Typen wie mich. Darauf könnte ich mein Leben verwetten."

Er prostete mir wortlos mit einem Glas Guiness vom Faß zu, starrte mich an – und wartete darauf, daß ich mich in mein Bad von Selbstmitleid stürzte. Plötzlich aber weigerte ich mich, seinem Hang nach Trostspendung oder nach meinem Selbstmord mit Worten nachzugeben. Statt dessen baute ich wieder meine Wut auf und verbrachte eine volle Stunde damit, das System mit meinem machtlosen Gift zu übertünchen und mir selbst ebensosehr wie irgend jemand anderem die Schuld für den Verlust meines Jobs zu geben.

„Das Problem ist", sagte ich, „daß ich energischer hätte sein sollen. Ich hätte eine Methode finden müssen, mir eine Machtbasis zu bauen, weißt du, was ich meine? Ich hätte mich unentbehrlich machen sollen oder so was."

„Hast du aber nicht getan", sagte er ruhig.

Ich schnippte mit den Fingern, um noch einen Drink zu bestellen. „Da hast du recht, das habe ich nicht getan. Es hat deshalb auch keinen Sinn, wenn ich mir selbst Tritte versetze, oder? Kind und Brunnen, stimmt's?"

„Siehst du?" sagte Jerry und breitete die Arme aus. „Das tue ich für dich, Kumpel. Pack deinen Optimismus wieder aus, die Nimm-den-Ball-und-renne-los-egal-ob-du-ihn-hast-oder-nicht-Haltung, die unser Land so groß gemacht hat."

„Schön gesagt", sagte ich und fischte in meinem Cocktail nach der Kirsche. „Was hältst du jetzt davon, wenn du mich zu dir nach Hause einlädst, damit ich mir anschauen kann, wie schlecht du meine arme Schwester behandelst?" Ich griff in meine Jacke nach meiner Brieftasche, stockte . . . versuchte es auf der anderen Seite . . . suchte meine Hose ab und kratzte mich am Kopf.

„Die perfekte Art, einen solchen Tag zu beenden. Du hast sie vergessen.“

Ich schüttelte langsam den Kopf. „Ich hätte schwören können, daß ich sie bei mir hatte, als ich von zu Hause weggegangen bin.“

Er lachte und schob einen Geldschein unter den Aschenbecher. „Mach’ dir darüber keine Gedanken. Komm, gehen wir doch einmal nachsehen, was Mary im Kühlschrank hat.“

Wir gingen langsam durch die dichter werdende Menge zum Ausgang und hatten die Straße schon erreicht, als mir einfiel, daß ich die Brieftasche in meine Tasche gesteckt hatte, als ich mich vor dem Spiegel kämmte. Sofort entschuldigte ich mich und fuhr nicht mit ihm. Da waren Kreditkarten und eine ganze Menge Geld drin gewesen, und wenn mir sie jemand aus der Tasche gestohlen hatte, mußte ich einen Ausflug zur lokalen Polizeistation machen.

„So ein verständnisvoller kleiner Bürger“, sagte er, während ich mit ihm zu dem Parkplatz an der Ecke ging. „Von deiner Sorte sollte es noch mehr geben, weißt du das, Sunshine?“

„Laß gut sein, Jer.“

„Wie du meinst, Sunshine. Ich fahre schon vor und sage Mary, sie soll Kaffeewasser aufsetzen.“

Ich nickte, ohne wirklich zuzuhören. Ich war bereits auf dem Weg die Straße hinunter und versuchte, mit meinen Augen so viel wie möglich vom Bürgersteig zu erfassen. Das einzige, was mir mein eifriger Scharfblick einbrachte, war die Aussicht auf Schuhe, Einwickelpapier, zerbrochene Flaschen, weggeworfene Papiertüten und dann und wann auf uninteressante Beine.

Als ich das Haus erreichte, in dem ich wohnte, hatte ich einen steifen Hals, war sauer und ließ meine Wut an dem stoischen schwarzen Portier aus, der dachte, ich würde wahrscheinlich einen meiner juristischen Coups feiern. Schließlich, als ich mein Apartment erreicht und den kleinen Gang auf Händen und Knien untersucht hatte, stellte sich heraus, daß die Brieftasche tatsächlich, wie ich befürchtet hatte, verschwunden war.

„Darauf", sagte ich zu der hageren, dunkeläugigen Reflexion im Spiegel, „muß bei nüchterner Betrachtug einer getrunken werden."

Ich riß die Türen des kleinen Schranks auf, der den Fernseher vom Aquarium trennt, klatschte voller Vorfreude in die Hände und entdeckte, daß die Flasche mit meinem besten irischen Whisky leer war. Als ich mich nicht mehr daran erinnern konnte, wann ich zum letztenmal davon getrunken hatte, wurde ich so deprimiert, daß ich mich sofort ins Bett legte, ohne vorher Jerry und Mary anzurufen, um mich bei ihnen zu entschuldigen.

Ich träumte, daß ich ertrank, und alle Episoden zogen mit guter Absicht kichernd vor mir vorüber;

ich träumte, daß ich bei einem Spiel mit Wurfpfeilen als Ziel diente und von einem Schild als deutlich, aber belanglos bezeichnet wurde;

ich träumte, daß meine Eltern noch lebten, auf meinen Beruf stolz waren, aber ohne zu wissen, warum;

Ich träumte etwas Seltsames, das sich undeutlich an den Rand meiner Wahrnehmung verschob und den Gedanken in mir erweckte, wie seltsam, wie merkwürdig dieser Traum gewesen war . . . ohne den Grund dafür zu verstehen.

Am nächsten Morgen kritzelte ich beim Frühstück die Namen der Leute und Firmen auf einen Block, mit denen ich im Verlauf der letzten zehn Jahre in Kontakt gekommen war, und schaute mir die genau an, die vielleicht daran interessiert sein könnten, mich in ihren Gehaltslisten aufzunehmen. Danach rasierte ich mich, zog mich an, hängte mir den Mantel über den Arm und machte mich unter Pfeifen auf die Jagd.

Den ganzen Tag.

Die ganze Woche.

Und als Angela endlich von ihrer Reise zurückkam, stand ich vor ihrer Tür, bevor sie ausgepackt hatte. Nachdem wir uns geküßt, uns berührt, ein Glas Wein getrunken und uns noch einmal berührt hatten, berichtete ich ihr, was in ihrer Abwesenheit ihrem Helden geschehen war. Überraschenderweise kamen ihre Tränen ohne Entschuldigung, ihr Bedauern ohne Einleitung, und sie fragte mich, was ich denn nun anfangen wolle.

„Anfangen? Was glaubst du denn, was ich die ganze Zeit mache? Ich laufe mir die Hacken krumm, telefoniere so viel, daß ich das nie bezahlen kann, und ich überlege mir ernsthaft, ob ich nicht die kümmerlichen Reste meines Stolzes vergessen und es wie alle anderen beim Arbeitsamt versuchen soll."

Sie schob ungeduldig die herabhängenden Flügel von schwarzem Haar zur Seite, die ihr immer wieder vor die Augen fielen, und schenkte sich noch ein Glas Wein ein. „Du solltest vielleicht einen Leserbrief an die *Times* schreiben", sagte sie.

„Dann hab' ich's aber auch", brummelte ich und blinzelte dumm, als sie ihr Glas auf den Tisch knallte und die Hand hob, als wolle sie mir eine Ohrfeige geben. Sie überlegte es sich aber anders und attackierte statt dessen ihr Haar.

Seltsam und etwas besorgniserregend.

Ich versuchte, den unangenehmen Moment dadurch zu überbrücken, daß ich aufstand und zum Wohnzimmerfenster hinüberging. Die Stadt erwachte für den Abend, und die Sonnen, die in Fenstern und Rollos eingefangen waren, erinnerten mich an den Tag, als Angela und ich das alles an einem späten Sommerabend vom Dach aus beobachtet hatten. Wir hatten gespielt, wir wären auf dem Mars und die Lichter wären Meteore, die unsere Zauberer nur für uns eingefangen hatten. Wir blieben dort bis zur Morgendämmerung und sahen zu, wie die Erde in Flammen erwachte.

„Hör mal zu, Angela“, sagte ich, ohne mich umzudrehen, „es hat keinen Sinn, sich dagegen zu wehren. Ich bin eben entlassen worden, und jetzt kann ich nichts machen, als mir einen neuen Job zu suchen. Ich akzeptiere das. Ich habe keine Familie, um die ich mir Gedanken machen muß, und deshalb ist dieser Teil leicht. Was soll ein Brief an die Zeitung daran schon ändern?“

„Na, du könntest zunächst mal wütend werden“, sagte sie. „Vielleicht hörst du dann endlich einmal auf, so ein verdammt netter Junge zu sein, und lernst es, zur Abwechslung einmal in der Wirklichkeit zu leben.“

Ich spürte die Worte wie einen Schlag. Ich drehte mich um und lehnte mich mit locker vor der Brust gefalteten Armen an das Fensterbrett. „Ich soll mich also ändern, mit den Wölfen heulen?“

„Ha! Du als Hündchen mit den Wölfen heulen! Da begibst du dich in gefährliche Gesellschaft, das kann ich dir sagen. Deine Kleidung könntest du zumindest ändern.“

Es war unwahrscheinlich, wie sehr sie sich manchmal wie Jerry anhörte; und als ich ihr das ohne irgendeinen Grund sagte, sah sie plötzlich aus, als hätte ich sie dabei erwischt, wie sie Fliegen die Flügel ausriß – schuldbewußt, ängstlich und auf eine arrogante Art in der Defensive. Der Ausdruck verflog, aber nicht schnell genug.

Dann: „Hank, hast du dich in der letzten Zeit mit Jerry unterhalten?"

„Klar. Vor zwei Tagen erst. Warum?"

Sie goß sich noch einen Drink ein, trank das Glas leer und goß sich noch einen hinein. „Kurz ... also, kurz bevor ich abgereist bin, habe ich mit ihm gegessen. Ich sollte für ihn einige Gebäude an der Küste fotografieren. Er ... er wollte wissen, wie stark du meiner Ansicht nach bist."

Dazu konnte ich nichts sagen. Ich hatte nicht die leiseste Ahnung, wovon sie sprach, und sie wechselte hastig das Thema und redete über den Zustand des Staates Kalifornien. Sie holte sich einen Rausch, aber mehr durch Worte als durch Alkohol, und als mir klar wurde, daß aus ihr nichts mehr herauszuholen war, küßte ich sie, wie sie da auf dem Sofa lag, versprach ihr, sie anzurufen, wenn ich sicherer wußte, was ich mit dem Rest meines Lebens anfangen sollte, und ging.

Im Fahrstuhl auf dem Weg nach unten befühlte ich meine Arme. Stark? Wozu, zum Teufel?

Zwei Tage später besuchte ich meine Schwester und ihren Mann. Mary aber war nicht zu Hause, und als ich unangekündigt hereinkam, schob Jerry einige Schriftstücke, an denen er gearbeitet hatte, in die Schreibtischschublade und mich in die Küche. Dort lehnte er sich nach mehreren Bieren und einigen weisen Aussprüchen über die Torheit einer Welt, die mein verstecktes Genie nicht erkennen wollte, plötzlich in seinem Stuhl zurück und starrte mich an.

„Sag mal, Hank – hast du dir nicht schon einmal überlegt, ob du für einige Zeit verschwinden solltest?"

„Du meinst, ein Urlaub?" Ich rieb mir mit einem Finger in einem brennenden Auge. „Alles hinter sich lassen, zurück zur Natur, Kommunikation mit dem unverdorbenen Geist der Wildnis? Etwas in der Art?"

„Nein. Ich meine ... verschwinden. Buchstäblich verschwinden."

Trotz des Biers bekam ich einen trockenen Hals. „Du meinst doch wohl nicht für immer, oder?"

„Herrgott noch mal, Hank!" Er schnappte nach einer leeren Bierdose, quetschte sie zusammen und warf sie heftig in eine Mülltüte neben der Spüle.

„Warum, zum Teufel, bist du denn so wütend? Ich kann schließlich nicht deine Gedanken lesen."

Deutlich sichtbar führte er innerlich eine lautlose Diskussion durch, und ich hatte das Gefühl, als hätte ich hinausgehen müssen.

„Hast du dich in der letzten Zeit mit Angela unterhalten?"

„Also gut", sagte ich, denn ich hatte es endlich satt. „Also gut, was, um Himmels willen, habt ihr beide vor? Nein", beschloß ich abrupt und hob eine Hand, um ihm zuvorzukommen, „nein, vergiß es. Was du ihr auch gesagt hast, es hat ihr tödliche Angst eingeflößt, und ich glaube, ich will es nicht wissen. Ich weiß sogar, daß ich es nicht wissen will."

„Hank", sagte er, als Mary und Stevie lachend in die Küche kamen, „wo ist deine Krawatte? Die, die ich dir zu Weihnachten geschenkt habe."

Meine Hand hob sich automatisch an meinen Hals. Das Hemd, das ich trug, war nicht dafür vorgesehen, am Hals geschlossen zu werden, aber als er seiner Frau für einen Kuß die Wange hinhielt, sah ich den Blick, den er mir aus den Augenwinkeln zuwarf. Er wußte ... *wußte,* daß ich sie schon seit Tagen nicht finden konnte.

Zwei Wochen später rief Mary mich an.

Jerry war verschwunden.

Er hätte schon vor mehr als einer Stunde von der Arbeit nach Hause kommen müssen, und für Jerry war das eine Todsünde. Ihm blieb sowieso schon zu wenig Zeit für seinen Sohn, und jeder Augenblick, den er zum Spielen mit ihm aufbringen konnte, war kostbar und durfte nicht ohne einen erklärenden Anruf verschwendet werden.

Für den Augenblick schluckte ich jede Erwähnung von Polizei und Krankenhäusern hinunter und versuchte stattdessen herauszubekommen, ob Jerry vielleicht eine Andeutung von Überstunden gemacht hatte.

Dann versuchte ich, sie zum Lachen zu bringen, aber ihr Schweigen war so tief wie ein Brunnen, und ihre hastigen Atemzüge kamen Schluchzern gefährlich nahe. Und meine Witze waren so dünn, daß es mir fast hochkam, als ich sie hörte.

„Na gut, Schwesterchen, ich werde versuchen, ihn aufzutreiben."

„Hank, würdest du das tun? Mein Gott, du bist ein Schatz. Ich würde ja selbst losgehen, aber . . . Ich will Stevie eben nicht alleinlassen."

Ich verstand das und sagte es ihr auch, und dann machte ich meinen ersten Anruf – in Jerrys Büro. Er war natürlich nicht da. Und da war er schon seit einiger Zeit nicht gewesen. Sie hatten ihn hinausgeworfen, und er hatte nicht den Mut gehabt, das jemandem zu erzählen.

Meine Flüche hoben meine Stimmung etwas an, aber die Suche nicht. Ich sagte Angela, sie solle für mich bei der Polizei und in den Krankenhäusern anrufen, und ging auf die Straße hinaus. Ich war wütend, daß mein bester Freund so wenig Vertrauen zu mir hatte, daß er sich nicht dazu überwinden konnte, meine Sympathie anzunehmen. Und was er seiner Frau und seinem Sohn antat, war meiner

Ansicht nach praktisch unverzeihlich. Der erste Mann, den ich traf, hätte beinahe von mir eins auf die Nase bekommen. Der Impuls stellte sich ein, aber er verschwand sofort wieder, und ich war für die Umstände erstaunlich ruhig.

Um elf Uhr hatte ich die Bars, Restaurants und das halbe Dutzend Nachtclubs abgeklappert, in die wir bei Geburtstagen und anderen Feiertagen manchmal gingen. Von einem der letzteren aus rief ich Angela an, aber auch sie konnte keinen Erfolg melden und legte auf, bevor ich ihr weitere Fragen stellen konnte.

Zwischen ein und drei Uhr rief ich zweimal meine Schwester an, und beim zweitenmal sagte sie, sie wolle sich jetzt mit der Polizei in Verbindung setzen. Ich versuchte, ihr das auszureden, aber sie setzte ihren irischen Starrkopf auf, und ich gab meine Versuche hastig auf.

Der Morgen dämmerte schon fast, als ich in eine Telefonzelle an der Ecke sank, um Mary mitzuteilen, daß ich jetzt nach Hause kommen und mich ins Bett legen wollte.

Als ich nach längerem Herumsuchen endlich eine Münze aus meiner Tasche fischte, sah ich Jerry auf der anderen Straßenseite. Er war allein, wie für die Arbeit angezogen, und lehnte sich beim Gehen nach vorne, als könne er sich nur mit Mühe davon abhalten, loszurennen.

Ich ließ die Münze fallen, stieß die Tür auf und rief ihm nach, aber er war schon in eine Seitenstraße abgebogen. Idiot, dachte ich, und spielte mit verschiedenen Taxis Matador, die mir in ihrer Corrida die Vorfahrt verweigerten. Ich rannte los, packte die Ecke des letzten Hauses und katapultierte mich um die Ecke.

Die Straße war verlassen, und ich blieb so plötzlich stehen, als hätte mich jemand von hinten mit Gewalt festgehalten.

So sportlich Jerry während unserer gemeinsamen Karriere

am College auch gewesen war, er konnte es unmöglich so schnell bis zu der nächsten Ecke geschafft haben. Ich drehte mich um, starrte wieder zu der Telefonzelle zurück und ging langsam los, um jede der engen Eingangstüren nach Spuren seines Verschwindens abzusuchen.

Die Straße war schmal, und es gab keine Neonleuchten, die tanzende Schatten hätten werfen können; nur an ihren beiden Enden fielen zwei weiße Lichtvorhänge, und in den zitternden Ölregenbögen im Rinnstein spiegelte sich schwach eine einzige Laterne wider. Auch die Geräusche waren gedämpft; der Verkehrslärm hinter mir hörte sich an wie eine undeutliche Unterhaltung aus einem Zimmer, in das man nicht hineinkommt. Meine Sohlen schabten laut auf dem Bürgersteig, bis ich die Füße hob.

Es war Juni, und ich zitterte.

Dann stellten sich Visionen ein: Eine Bande verzweifelter Straßenräuber sprang von den Dächern herab, um mich in ein verstecktes Lager in den ungezähmten Bergen zu schleifen, ein buckliger Diener, der seinen Klumpfuß wie den Schwanz einer Schlange nachzog, verschleppte mich in die Tiefen eines Labors im Balkan. Meine Haut zog sich zusammen, und meine Schultern hoben sich, der Realität näher. Es war so, als würde man eine Ziege für einen Tiger festbinden, dachte ich düster; der erste Gewaltverbrecher, der hier einen Blick hineinwirft, muß denken, er ist gestorben und in den Himmel gekommen.

Fast wäre ich an den Toren vorbeigegangen, ohne sie zu sehen.

Die Backsteinmauer war hoch, und auf ihrer Spitze sah ich gezackte Steine und blitzende Glasscherben. Die Tore selbst waren weit genug geöffnet, um eine einzige Person seitlich durchzulassen, aber ihr allgemeines Aussehen hielt mich davon ab, viel mehr zu tun, als die gedrehten Eisenstäbe zu packen und angestrengt in das Dunkel hineinzuspähen. Dort hinten in der Finsternis lag ein Park, aber ich hatte keine Ahnung, wie weit er reichte. Es gab darin keine Lichter, nur die tiefe Schwärze voll belaubter Bäume, und das Licht von der Straße drang überhaupt nicht ein.

Ich rief einmal. Kein Echo ertönte.

Ich schluckte, um mir die Kehle anzufeuchten, und rief noch einmal. Ich fluchte. Ich bettelte. Ich beschwor Mary und ihren Sohn herauf.

Ich wandte mich ab und ging zu Angela. Sie wollte mich nicht einlassen. Sie kam nicht einmal an die Tür.

Ich schlief fast vierundzwanzig Stunden und raffte mich schließlich so weit auf, mich zu Mary auf den Weg zu machen. Steven schlief, und wir warteten darauf, daß die Polizei kam, anrief, uns eine Nachricht schickte, daß Jerry gefunden worden war – lebend, tot, im Koma in irgendeinem weit entfernten Krankenhaus. Ich erzählte ihr von dem Park, aber sie tat es mit einem tieftraurigen Lächeln ab, das mir sagte, es sei eine nette Idee gewesen, Hank, aber typisch für mich. Ich hätte ihr widersprochen, aber ich war zu verwirrt.

„Er hat seinen Job verloren, weißt du." Meine Erleichterung muß komisch ausgesehen haben, denn sie tätschelte meine Hand und lachte. „Ich habe gestern seinen Boß angerufen, während du geschlafen hast. Er hat es mir gesagt. Ich wollte es nicht glauben."

„Ich auch nicht, Mary. Aber so ist er, das weißt –"

Sie schüttelte schnell den Kopf, und ich erschrak. „Nein", sagte sie scharf. „Genau so ist er *nicht*. Nie. Er hat immer alles mit mir geteilt. Wir haben uns eine ganze Stunde lang überlegt, wie wir dir einen Job besorgen können, bevor du mich angerufen hast. Als er damals den Tumor hatte, hat er mich noch vom Büro aus angerufen."

Jerrys Tumor – seitlich an seinem Hals – war in Rekordzeit exorziert (das werde ich immer glauben, und zum Teufel mit der Wissenschaft) worden, fast so, als sei da ein Fehler unterlaufen. Auch Jer muß das so empfunden haben, denn er machte ständig Witze darüber – was nicht leicht zu schaffen ist, denn unsere beiden Väter sind an so etwas gestorben.

„Nein, Hank Seyton", sagte sie noch einmal lauter, „er ist nicht so, wie du denkst. Da war ... ist etwas anderes, und ich muß herausbekommen, was es ist."

An diesem Punkt wurde Mary für meinen Geschmack meiner Mutter zu ähnlich. Sie flammte auf, wenn sie hätte schmelzen müssen, explodierte, wenn sie ohnmächtig hätte werden sollen. Hätte sollen. Das hat mir mein Vater in all den Jahren beigebracht, in denen er versuchte, meine Mutter zu dem zu zwingen, was sie seiner Ansicht nach hätte tun sollen. Mary aber hatte ihre Lektion gut gelernt. Und ich kam zu dem Entschluß, daß dies nicht die rechte Zeit dazu war, den Unsinn zu erwähnen, den Jerry mit seinem ‚Verschwinden' gesagt hatte. Ich brauchte immer noch einen Beweis, daß ich kein Idiot war.

„Na", sagte ich, „was machen wir jetzt?"

„Warten", sagte sie. „Wir haben es versucht, Hank, und wir haben es nicht geschafft. Wir sind keine Profis, aber die Polizisten sind es. Wir warten, bis sie uns etwas zu sagen haben. Wir sollten uns vielleicht in der Zwischenzeit etwas überlegen, womit wir ihnen helfen können, ihn zu finden. Sein Essen wird kalt." Sie sah mich plötzlich an, und in diesem Augenblick fing sie an zu weinen. Ohne Geräusch, ohne Bewegung – nur die Tränen und das ständige Flüstern des Kühlschranks.

Ich streckte eine Hand aus und sah zu, wie sie in der Luft über dem Tisch kalt wurde.

Ich suchte nach einem Taschentuch, um ihren Kummer aufzuwischen, und es war keines da.

Ich hörte Jerry, wie er vom Verschwinden redete, und mich fröstelte wieder, denn nun verstand ich, daß er von etwas sprach, das ich vielleicht nie verstehen würde.

Ich stand hilflos da, wanderte durch das Apartment und blieb im Bad stehen, um seine Toilettensachen zu überprüfen, blieb im Schlafzimmer stehen, um auf die Unordnung auf seiner Kommode zu starren.

Seine Haarbürste war verschwunden, diejenige, die ich ihm zu einem weit zurückliegenden und vergessenen Weihnachtfest geschenkt hatte. Und da gab es noch mehr Stellen, wo Dinge hätten sein sollen, die nicht da waren. Im Schrank waren verschiedene seiner Lieblingskrawatten weg, und es fehlte auch sein einer karierter Anzug. Als ich ihn auf der Straße gesehen hatte, war sein Anzug braun gewesen – und aus Tweed.

„Seine Schlüssel auch."

Ich ließ die Krawatte, die ich in der Hand hielt, fallen und fuhr, eine Hand an die Brust gepreßt, herum. „Verdammt noch mal, weißt du nichts Besseres, als einen Mann so zu erschrecken? Ich hätte tot umfallen können!"

Mary wanderte zum Bett und zupfte an der Daunendecke. „Er hat sich vor zwei Wochen darüber beschwert, daß er seine Schlüssel verloren hat. Es war nur einer zu der Eingangstür und einer für sein Bankschließfach, aber er hatte sie gern in der Tasche."

Soviel wußte ich bereits. Jerry ohne die Schlüssel, mit denen er herumspielte, das war nicht Jerry. Er behauptete, sie hielten ihn vom Rauchen ab.

„Er kommt nicht zurück, weißt du das?"

„Unsinn, Mary. Sie werden ihn finden, mach dir da bloß keine Gedanken."

„Glaubst du es?"

Das war eine unangenehme Frage. Die Wahrheit war, daß ich ihn für tot hielt und mich abmühte, die Trauer davon abzuhalten, sich über ihr bleiernes Nest in meinem Magen hinaus auszubreiten. Ich versuchte, ihr zu widersprechen, aber sie glitt an mir vorbei ins Wohnzimmer, wischte einen Stapel Magazine von dem gläsernen Kaffeetisch herunter auf den Boden und schüttelte das Kissen neben sich auf. Ich setzte mich hin. Sie griff in die Schublade am Tischende und zog einen zerknitterten und verschmierten Papierumschlag heraus, der an einer Ecke eingerissen war. Sie schob ihn mir in die Hände.

„Was ist das?"

„Mach es auf", sagte sie und fuhr sich nervös im Haar herum, während ich den Umschlag auf den Tisch legte und die Klappe aufschlug.

In ihm waren Papiere, Zeichnungen von Gebäuden, an denen Jerry gearbeitet hatte – das wabenförmige Kommunikationszentrum in Denver, dasjenige, das ich einmal eine Pillenschachtel mit einem Grinsen genannt hatte, ein Versicherungsbüro in Santa Fê. Vier oder fünf andere erkannte ich nicht, aber sie waren alle in der linken unteren Ecke in seinem charakteristischen Gekritzel unterschrieben. Und keine der Zeichnungen war vollständig. Ich runzelte verwirrt die Stirn und drehte jedes Blatt um, um nach den vorläufigen Spezifikationen zu suchen, die er gewöhnlich dort festlegte; die Rückseiten waren leer.

„Okay", sagte ich langsam und versuchte, nicht nachzudenken. „Er hat also in seiner Freizeit an einigen Dingen gearbeitet. Er konnte seine Arbeit nie in seinem Büro behalten, das weißt du."

„Sieh noch einmal nach", beharrte sie, wie ich das erwartet hatte. Ich grub also meinen Stift aus der Tasche aus und dachte dabei weiter nach. Er war verschwunden, ich rollte meine Augen zur Decke hoch. „Ich sage dir nur eines, Schwesterchen, in letzter Zeit werde ich einfach senil."

Sie lachte kurz und gab mir einen Stift.

Und ohne diesen Stift hätte ich es vielleicht verpaßt – aber als ich jede Linie als Konzentrationshilfe mit dem Stift nachzog, bemerkte ich, daß kaum eine von ihnen vollständig, sondern eine lange Reihe von unterbrochenen kurzen Strichen war. Diese Striche wurden mit jeder Zeichnung kürzer. Etwas Neues, vermutete ich, vielleicht eine Methode, um sich zu verlangsamen, während er sich auf das nächste Stück des Gebäudes konzentrierte. Davon aber wollte Mary nichts wissen. So arbeitete Jerry nie; seine Entwürfe waren in sich selbst Zeichnungen, die bis auf jedes einzelne Blatt eventuell vorhandener Büsche vollkommen waren.

Ich untersuchte die letzte Zeichnung noch einmal genauer, hielt sie mir nahe vor die Augen und bemerkte das fehlende Fenster im dritten Stock, die Ecke im siebten, einen fehlenden Baum in einem ovalen Garten, wo die Symmetrie einen verlangt hätte. Sie war schlampig . . . oder sie sprach eine Sprache, die noch keiner von uns beiden kannte.

Sie gefielen mir gar nicht.

Sie flüsterten mir etwas zu.

„Interessant", sagte ich lahm.

„Nimm sie mit nach Hause, Hank", sagte Mary und gab mir den Umschlag. „Vielleicht helfen sie weiter."

„Aber willst du und Stevie nicht –"

„Wir müssen uns daran gewöhnen, Hank."

„Rede kein dummes Zeug, Mary. Jer ist nicht tot. Er kommt zurück, das verspreche ich dir.“

Sie stimmte mir viel zu hastig zu, schob mich aus der Tür und wartete im Gang, bis ich den Fahrstuhl betreten hatte.

Als ich nach Hause kam, wollte der Portier meinen Ausweis sehen.

Sie war kurz. Eine Nachricht, die mit einer Nadel an die Tür von Angelas Apartment festgesteckt war. Ich sollte mir keine Gedanken machen, teilte sie mir mit, weder um sie noch um Jerry. Sie war zur Küste zurückgereist, um einige Dinge zu überdenken. Außerdem sagte sie, sie habe sehr, sehr viel Angst, und Jerry sei sehr mutig.

Und ich? „Nur Mut, Mr. Sunshine. Er sagt, alles wird sich zum Besten kehren.“

Sagt er.

Großer Gott, war ich wirklich ein so großer Schlappschwanz, daß mir niemand vertrauen konnte?

Juli, und kein Job. Jemand hatte mir das Auto aus der Garage des Gebäudes gestohlen. Die Polizei sagte mir, ich solle abwarten, aber mir nicht zu große Hoffnungen machen. Falls es gefunden werden sollte, was sie bezweifelten, wäre möglicherweise nichts Fahrbares mehr übrig.

Jerry war immer noch verschwunden.

Ich lief wieder die Straßen ab, weniger hoffnungsfroh, weniger selbstsicher, und an einem Samstagnachmittag fand ich den Park wieder, von dem die Polizei behauptete, er existiere einfach nicht.

Es war heiß und feucht, eine Vorahnung auf den kommenden August.

Unter den Bäumen aber war es bemerkenswert kühl, sogar

so sehr, daß ich meine Jacke wieder anziehen mußte. Da ich nicht wußte, wo ich suchen sollte oder warum ich überhaupt hier war, wanderte ich umher.

Parks, so hatte ich immer gedacht, seien für Kinder oder Pärchen, aber der hier war anders; hier war niemand. Kein Feld für Spiele, keine Vögel, keine Insekten, keine Pärchen, die sich im Schatten zum Geräusch der summenden Bienen umarmten. Ich blieb bei einem Marmorbrunnen stehen, um einen unbefriedigenden Schluck zu trinken, ging um die Masse einer riesigen Trauerweide herum und sah das Theater.

Genau gesagt war es eine niedrige Bühne ohne Überdachung oder Seitenwände, rund gebaut und von mehreren Faltstühlen umgeben.

Ich blieb eine Zeitlang stehen, ging dann durch einen der Gänge und lehnte mich an die Bühne. Träume von Träumen ließen einen Hauch von Melancholie in mir aufkommen. Ich fragte mich, warum ich nicht zum Theater durchgebrannt war, wie ich das einst gehofft hatte – ich hatte es dann doch nicht getan, weil ich weder damals noch heute die Nerven oder das Selbstvertrauen dazu hatte. Ich stieß mich wieder weg, gab etwas von mir, was vielleicht ein Seufzer war, und blieb wieder stehen, als ich in der Mitte des fast schwarzen Holzes Metall aufblitzen sah. Ich starrte hin, rieb mir die Augen und kletterte schwer atmend auf die Bühne.

Schlüssel. Zwei davon.

Ein Husten, und ich fuhr halb geduckt herum, richtete mich dann wieder auf und nickte, als sei bei mir keine Spur von Nervosität vorhanden.

„Ich freue mich, daß Sie kommen konnten."

Sie war groß, hatte rotbraunes Haar und trug ein leichtes graues Kostüm. Ich konnte kein Make-up entdecken und auch keinen erkennbaren Akzent feststellen. In ihrer linken

Hand trug sie ein Notizbrett, in ihrer rechten einen Stift – und obwohl es in der Welt Tausende wie ihn geben mußte, hätte ich schwören können, daß es meiner war.

„Entschuldigung", sagte ich und ging unsicher auf den Bühnenrand zu, „aber Sie sagten ... ich wußte nicht, daß ich erwartet werde. Eigentlich kenne ich Sie noch nicht einmal. Das mag von mir zwar nicht besonders weltmännisch sein, aber ich habe Namen noch nie sehr gut behalten können, besonders in der letzten Zeit."

Sie erwiderte mein Lächeln pflichtschuldig und runzelte dann die Stirn, als ich leicht auf den Boden sprang. „Gehen Sie?"

„Warum, gibt es eine Vorstellung oder so was?"

Sie sah auf etwas nach, das ein Spielplan oder eine Liste zu sein schien, und sah dann zu mir auf, ohne den Kopf zu heben. „Hier gibt es immer etwas, Mr. Seyton."

Der Nachmittag war warm, die Bühne bis auf die Schlüssel leer, und ihre Stimme klang wie die einer Mutter, die ihrem Kind sagt, es müsse wissen, daß es keine Riesen gibt. Es gab überhaupt nichts Bedrohliches, nichts lauerte mir auf oder verfolgte mich ... Aber ich war starr vor Schrecken.

Bühne ... Frau ... Schlüssel ... Frau ...

Ich fuhr herum und lief weg, stolperte und warf Stühle um. Es gab keinen *Grund,* sagte ich immer wieder zu mir selbst, während ich auf das Tor zurannte, keinerlei Grund dafür, daß ich den Wunsch verspürte, gellend zu schreien.

Ich denke jetzt, daß ich es vielleicht hätte tun sollen. Als ich in das Apartment zurückkam, war mein Telefon abgestellt und unter der Tür war ein Zettel durchgeschoben worden, auf dem ich zum Ausziehen aufgefordert wurde: Eine europäische Gesellschaft hatte das Gebäude gekauft und würde es in genau neunzig Tagen räumen lassen.

Und Mary war tot. Sie war offensichtlich zu dem Entschluß gekommen, daß ein Leben ohne Jerry weder einladend noch erstrebenswert war. Steven war bei ihren Schwiegereltern, wo er, wie sie in ihrem Brief sagte, gut versorgt war.

Die Zeit zog sich wie die darauf gedruckten Bilder zusammen, und meine nächste bewußte Handlung war, mich an eine Laterne zu lehnen und den Umschlag anzustarren, den ich aus meinem Apartment mitgenommen hatte. Da war etwas, etwas, das mir entgangen war, worauf er mich hatte aufmerksam machen wollen; ich konnte es aber nicht finden. Ich starrte und glotzte darauf, bis mir die Augen tränten, sah in eine andere Richtung in den Sonnenuntergang, schaute zurück und bemerkte es. Seine letzte Zeichnung. Zwei Männer standen in der Nähe der Stelle, an der der Baum hätte sein müssen – Jerry, der mich ansah und mir mit einer Hand die Jacke auszog.

In der anderen hielt er eine Maske von mir . . . ich sah wütend aus.

Mein eigenes Gesicht, das Gesicht auf dem Körper, war leer.

Ein leichter Regen begann zu fallen, der sich als Dampf von der Straße erhob. Ich hielt den Umschlag fest in der Hand, verbrachte einige lange Blocks damit, um meine Schwester zu weinen, um meinen Neffen, der mein Sohn sein könnte. Und als die Tränen in dem Regen zerflossen, der mich durchnäßte und trotz der hochsommerlichen Dunkelheit zum Frösteln brachte, lehnte ich mich an die Telefonzelle, die ich vor hundert Jahrhunderten gekannt hatte, und dachte an die Bühne in dem Park und eine andere Bühne, die ich in London gesehen hatte. Wo ein Mann einen König gespielt, sich gegen Gott aufgelehnt und ihn als Erzählung eines Narren abgelehnt hatte. Damals hatte es mich berührt, und es bewegte mich jetzt. Nicht, daß ich das geglaubt hätte. Narren bringen Besseres auf die Beine, dachte ich; und ich lehnte es ab, der Vorstellung nachzugeben, ich sei nur eine unbedeutende Nebenperson in einem albernen kosmischen Melodrama.

Da gab es diesen leichten Ausweg.

Jerry jedoch hatte einen anderen gefunden. Er hatte Angela davon erzählt, und sie war weggelaufen. Er versuchte, mir davon zu erzählen, und ich konnte mich nur halbherzig darauf einlassen. Und dann . . . dann hatte er versucht, die Mauern meines Ichs dadurch zu durchbrechen, daß er mir zeigte, wie, genau wie man es machte: Die Bewältigung des Tumors war der erste Schritt gewesen.

Und als ich es dann immer noch nicht verstand, begann er, von dort, wo er war, wo das auch sein mochte, Teile von mir gegen meinen Willen von mir wegzunehmen.

Die Stäbe des Tors in meiner Hand sind kalt, und ich spüre die nassen Kleider auf meinem Rücken nicht mehr. Ich starre in die vom Regen verwischte Dunkelheit und sehe Bilder von mir, wie ich war, wie ich mich langsam Stück für einsames Stück auflöste. Ein Auto fährt hinter mir vorbei, seine Scheinwerfer zerschneiden den Regen, und als sich der Lichtschein entfernt, kann ich sehen, daß ich keinen Schatten auf den *Bürgersteig zu meinen* Füßen werfe.

Ein walisischer Dichter hat einmal gesagt, daß mindestens einmal im Leben *die Augen* eines Menschen nach der kühlen Linderung flüchtiger Nächte *schreien* und *der Sonne so müde sind, die ihre Tage anzeigt*.

Und es ist wahr.

Aber diese Flucht, wenn es Flucht ist, muß nicht unbedingt für immer sein, nicht, wenn man das nicht wünscht. *Ein beschränkter Aufenthalt im Niemandsland, vielleicht eine Neustrukturierung und eine Befestigung der emotionellen Fundamente. Jerry wird zurückkehren,* mehr denn je von Licht erfüllt, und er wird der Welt ihre herrlichsten aufragenden Bauten geben. Er wird *zurückkommen, denn er hat zu meinem Trost seine Schlüssel zurückgelassen, und in meiner Ignoranz haben sie mich nur hassen gelehrt.*

Und beim Tod meiner lieben Mary fühlte ich Haß. Beim Verlust von Steven. Bei Angelas Flucht.

Sie nannte mich Mr. Sunshine.

Aber jetzt regnet es, versteht ihr?

Das ist der Grund, warum ich Angst davor habe, dort hineinzugehen, die Frau mit dem rotbraunen Haar zu treffen, die geduldig auf mich wartet, weil sie weiß, daß ich zurückkomme; ich habe Angst davor, meinen Platz auf dieser Bühne einzunehmen und hinzugehen . . . wohin man auch immer gehen muß, um für das Kräfte zu sammeln, was getan werden muß . . . neue Texte zu lernen . . . neue Macht aufzubauen.

Ich habe Angst . . . denn nach allem, was gesagt, und allem, was gesehen worden ist . . . weiß ich jetzt, daß ich zurückkehren werde. Und wenn ich zurückkehre, die Welt außerhalb des Parks wieder betrete . . .

Mein Lächeln ist mir genommen worden . . .

Und dieses Mal wird jemand bezahlen.

Hilbert Schenck

Wellenreiter

Als Arthur Piver, ehemaliger Vertreter und später nautischer Konstrukteur, nachts in einer seiner eigenen Yachten vor der Küste Südkaliforniens überflutet wurde und unterging, starb sein Traum von einem vierundzwanzigstündigen Schnellsegelrekord für diese Zeit mit ihm. Piver konstruierte Trimarane, dreirumpfige Segelboote von hoher Geschwindigkeit und ungeheurer Stabilität; und er war der Ansicht, wenn eines dieser Boote auf den Scheitel einer großen Welle, eines jener Ungeheuer, die dann und wann im Bereich der „wilden Vierziger" den südlichen Pazifik überqueren, gesteuert würde, könnte er einen ganzen Tag lang darauf reiten und die Leistungen der alten Klipper weit überbieten. Einer dieser Klipper, die *James Baines* aus Boston, hatte offensichtlich einen Vierundzwanzig-Stunden-Schnitt von einundzwanzig Knoten erreicht, wenn man der Navigation und dem Logbuch glauben kann. Nach der Schätzung Pivers konnte ein vierzig Fuß langer Tri auf einer tausend Fuß langen Welle mit Leichtigkeit die doppelte Geschwindigkeit erreichen, wenn es gelang, auf dem Abhang der Welle zu bleiben und sie sich hielt.

Trimarane hatten ihre Probleme. Ihre Stabilität und Starrheit führte zu Mastbrüchen, wenn sie von plötzlichen Windstößen erfaßt wurden und der Mechanismus zur Segellösung nicht schnell genug arbeitete. Wenn sie den Hang einer großen Welle herabglitten, neigten sie dazu, sich mit einem der äußeren Rümpfe einzugraben und sich nach vorne zu überschlagen. Da sie aber leicht waren und keinen Kiel besaßen, hatten sie nur zwei Fuß Tiefgang und konnten surfen: auf dem ständig abwärts fließenden Wasser auf der Vorderseite großer Wellen gleiten. Unter diesen Bedingungen war die einzige Beschränkung für die Geschwindigkeit des Boots die Geschwindigkeit, mit der sich die Welle selbst vorwärts bewegte, und die vergrößerte sich mit der Größe der Welle.

Arthur Pivers Traum blieb in den Köpfen der Menschen haften, die sich für solche Dinge interessierten, aber bevor ein solcher Versuch gestartet werden konnte, waren noch viele Probleme zu überwinden. Die Entwicklungen für den Amerika-Cup brachten in den siebziger und achtziger Jahren Entwicklungen wie die Boron-Legierungen und innerlich verstärkte Maststrukturen, die stark genug waren, sowohl der Belastung zu widerstehen, zu der Segler mit mehreren Rümpfen neigen, als auch die Windstöße auszuhalten, vor denen sich zu neigen sie sich weigerten. Mikroprozessoren und Servosysteme wurden entwickelt, die Veränderungen von Wind, Meer, Lage und Beschleunigung aufnahmen und dem Steuermann ständige Kurskorrekturen lieferten. Die Bestimmungen für den Amerika-Cup widersetzten sich jedoch weiter jeder mechanischen Intervention für das Steuern einer Zwölf-Meter-Yacht oder für die Bewegung ihrer Segel, so daß Interaktionsprogrammierer um die Jahrhundertwende eine letzte Entwicklung erreicht hatten, und zwar die sprechende Yacht. Die Zwölf-Meter-Yachten nannten Steuermann und Segelbedienung ständig kleine Neueinstellungen und Kurskorrekturen. Das entsprach vollständig den Regeln, denn seit kurzem war jedes Instrument für Datenaufnahme und -wiedergabe akzeptiert worden.

Die Realisierung von Arthur Pivers Traum barg andere Probleme. Ein Computer konnte die großen Tris auf einem Wellenhang nicht so gut lenken wie ein geübter Steuermann; das war im Verlauf von tödlichen Experimenten im Bereich der südlichen Vierziger bewiesen worden. Es war einfach unmöglich, die Reaktion auf Ruder und Rumpf durch mehrfach verbundene Servos zu erreichen. Was der Kapitän eines Tris aber brauchte, war Datenverarbeitung. Er mußte seine Welle finden, den Vektor für sie berechnen, und dafür waren Tage von Berechnung und Projektion nötig. Dazu kam noch die absolut korrekte Beurteilung des Zeitpunkts und Orts für den Ritt auf der Welle. Die sprechenden Tris gaben ihren Kapitänen Hinweise für die Steuerung, wie das die Zwölfer-Yachten taten, aber darüber hinaus assimilierten sie noch Angaben von den Satelliten und den ozeanografischen Instituten und lieferten rechtzeitig Projektionen der lokalen Bedingungen.

Die beste dieser ungewöhnlichen Yachten war die *Wellenreiter,* ein zweiundvierzig Fuß langer Tri mit Titanrümpfen, von denen die äußeren so scharf wie Messer waren. Die Konstruktion der *Wellenreiter* bestand aus gestützten, unter Spannung stehenden Teilen und Verbindungen, die so gebaut waren, daß sie auf der einen Seite zwischen den Rümpfen brechenden Wellen ein Minimum an Raum ließen, auf der anderen Seite aber in der Lage waren, die schlimmsten Torsionsschocks zu überstehen, die oft Tris auseinanderbrechen. Sie hatte Schaluppensegel, einen voll mit Luken versehenen Hauptrumpf und eine Anzahl von Klüvern und Spinnakern im vorderen Teil, die von der *Wellenreiter* selbst gesetzt wurden, das heißt von ihren Computern und Servos.

Die *Wellenreiter* machte zwei Versuche, den Vierundzwanzig-Stunden-Segelrekord zu brechen. Bei dem ersten bestand die Mannschaft aus Joseph Spanos und seiner Frau Beth, die selbst eine begabte Interaktionsprogrammiererin war. Nachdem die *Wellenreiter* vierzehn Stunden unterwegs gewesen war, wurde sie bei einer Geschwindigkeit von über sechzig Knoten auf einer einhundertzehn Fuß hohen Welle plötzlich von einem Seitenwind erfaßt und rollte über ihre Stabilitätsgrenze hinaus nach oben. Die Segelspitze wurde von dem Wellenkamm berührt, die Yacht übeschlug sich, und der Mast brach. Beth Spanos wurde sofort durch ein peitschenartig reißendes Tau getötet. Ihr Mann wurde neun Stunden später von einem Langstrecken-Rettungshubschrauber aus dem gekenterten Tri gerettet.

Ein Jahr später wagte Spanos im Januar, wenn die östlichen Winde wirklich stark und stetig in den südlichen Vierzigern wehen, mit der *Wellenreiter* einen zweiten Versuch. Das ist seine Geschichte.

Das Mutterschiff für den Versuch war ein gemietetes Lastschiff, die *Osaka Merchant,* das mit einem Teleskopkran ausgerüstet war, mit dem die *Wellenreiter* selbst bei schwerer See neben dem Schiff zu Wasser gelassen werden konnte. Die Finanzierung wurde hauptsächlich durch das Fernsehen geleistet; an Bord des Mutterschiffs befanden sich zwei Fernsehteams, aber die Gesamtleitung lag in den Händen des renommierten Segelmachers Hillary Brent von Marblehead, dessen „Brent-Cut"-Segel in dem Amerika-Cup und anderen wichtigen Regatten verwendet wurden.

Bis zu dem Augenblick aber, in dem die *Wellenreiter* das Mutterschiff verließ, war das wichtigste und teuerste Mitglied des Teams der ozeanografische Berater des Projekts, Professor Bob Richart, der selbst allein die Meere besegelte und die führende Kapazität für Wellenzustandsvorhersagen auf der Welt war.

Richart arbeitete Tag und Nacht in dem kleinen Kartenraum der *Osaka Merchant,* der nun mit elektronischen Geräten vollgestopft war.

Das Projekt stand in direkter Verbindung mit dem ozeanografischen Satelliten für den Südpazifik SEASAT IV, der in einer synchronen Umlaufbahn direkt über der Macquarie-Insel hing.

SEASAT lieferte unter Verwendung von interferometrischen Instrumenten detaillierte Wellenkarten des gesamten südlichen Ozeans sowie adäquate Angaben über Windfelder, die er aus Wolkenbewegungen erschloß.

Die *Osaka Merchant* hatte sich zum allseitigen Ärger bei ausgezeichnetem, ruhigem Wetter unter Rollen und Stampfen nach Süden bewegt, aber als der Januar kam, setzten südlich des fünfundvierzigsten Breitengrads endlich die Trade-Winde mit einer beständigen Windstärke sechs ein, und der SEASAT begann, interessantes Wellenwachstum zu zeigen.

Joe Spanos, ein kleiner, gedrungener Mann in den frühen dreißiger Jahren, grimmig und jedermann gegenüber distanziert, verbrachte fast so viel Zeit in dem Kartenraum wie der Ozeanograf. Nun hielt er sich ständig dort auf, während der bärtige Richart die Bilder vom SEASAT absuchte, genauer einstellte und die Berechnungen für seine Vorhersagen anstellte.

„Das ist ein guter Wind, Joe“, sagte Richart am dritten Abend.

„Siehst du“, er deutete auf helle Punkte auf dem großen Schirm, „das ist eine Gruppe von Sechzig-Füßern, die sich ungefähr in westlicher Richtung bewegt. Sie wird die kleineren Wellen überholen und ihre Energie in sich aufnehmen.“ Er deutete. „Darüber hinaus läßt sich aus der Art, wie sie sich zusammendrängen, schließen, daß sie sich jetzt bald gegenseitig auffressen werden. Und wenn sich zwei Sechzig-Füßer addieren, kommt dabei etwas recht Großes heraus. Und je größer sie werden, desto schneller wachsen sie, wenn der Wind sich hält. Meiner Ansicht nach folgen Wellen von mehr als hundert Fuß Größe dem Gesetz der Drittelenergie nicht mehr; die Energieübertragung vom Wind steigt weit schneller. Da gibt es diese enorme Randschichtenunterdrückung."

Spanos sah mit seiner ausdruckslosen Art den Ozeanografen an, dessen Gesicht und Bart durch die Schirme unheimlich grün beleuchtet wurden. „Meinst du, es kann losgehen, Doc?"

Professor Richart nickte. „Wenn du mit deiner höchstmöglichen Geschwindigkeit genau westlich segelst, dann wirst du vor den Großen in die Zone kommen. Die *Wellenreiter* bekommt natürlich ihre Angaben vom SEASAT und kann dich deshalb zu einer Gruppe von großen Wellen führen."

„Bis ich da bin, waren die Jungs aber schon eine geraume Zeit unterwegs", sagte Spanos. „Meinst du, sie brechen vielleicht zum Teil schon?"

Richart schüttelte den Kopf. „Dafür kann ich keinen Grund sehen. Der Wind bläst stetig, und das Meer ist tief. Wenn sie sich erst einmal gegenseitig aufgefressen haben und wirklich groß sind, neigen sie dazu, über lange Perioden stabil zu bleiben. Ich meine, welche Anomalie kann einer hundert Fuß großen Welle bei fünfzig . . . sechzig Knoten schon etwas anhaben? Das macht aber auch nichts, denn du kannst ja immer von hinten an einer hochsegeln und warten, bis der Schaum sich gesetzt hat." Richart drehte sich um und sah Spanos an. „Du versuchst vielleicht etwas Unmögliches, weißt du“, sagte er plötzlich. „Beim letztenmal hast du vierzehn gute Stunden erwischt, und dann kam die Ausnahme. Statistisch gesehen *müssen* diese Ausnahmen aber kommen, Joe. Es ist vielleicht unmöglich, daß ein ganzer Tag vergeht, ohne daß so etwas kommt.“

Spanos blinzelte ein- oder zweimal mit seinen schmalen Augen. „Dieses Mal wird die *Wellenreiter* nicht hochrollen, Doc. Sie kann jetzt in drei Sekunden die Segel abwerfen, wenn ein Flügel zu hoch hereinkommt. Das passiert nicht noch einmal.“

Professor Richart rieb seinen Bart. „Es passiert niemals zweimal das gleiche, mein Freund. Es ist immer etwas anderes.“

Der große, silberhaarige Hillary Brent steckte seinen Kopf in den Raum. „Nach eurer Unterhaltung würde ich sagen, daß ihr eine Welle gefunden habt?“

Beide Männer nickten, und Brent wandte sich an Spanos. „Sind Sie bereit dazu, ins Wasser zu gehen, Joe?“

Der kleingewachsene Mann nickte wieder, aber keiner von den drei Männern machte eine Bewegung. Es schien, als wollten sie irgendwie das nicht so recht anfangen, wofür sie gekommen waren. Hillary Brent sah Spanos in dem trüben Licht an und legte eine Hand auf die Schulter des kleineren Mannes. „Wir haben einen weiten Weg hinter uns, Joe“, sagte er mit seiner ruhigen Boston-Stimme. „Sie am meisten von allen.“

Joe Spanos sah den einen Mann an und dann den anderen. Er war ein Amerikaner griechischer Abstammung aus Baltimore, ein Junge vom Yachtclub, der im Alter von sechzehn Jahren die Weltmeisterschaft im Drachensegeln gewonnen hatte, während er gerade mal nicht damit beschäftigt gewesen war, den Kindern reicher Leute das Segeln beizubringen.

Er hatte alle großen Meere in Segelbooten überquert, hatte Mastbruch erlebt, war gekentert und am Rand von Hurrikanen entlanggesegelt. „Mir fehlt Beth", sagte er mit leiser Stimme zu ihnen. „Wenn das vollständig geschafft ist, kann vielleicht auch damit für mich ein Ende sein."

Professor Richart seufzte. „Ist es wirklich so wichtig, daß wir schneller als irgendein alter, steifer Furzer aus Boston vor hundertfünfzig Jahren segeln? Manchmal habe ich das Gefühl, wir sind alle nur deshalb hier, weil wir beweisen wollen, daß du besser als irgendeiner deiner Vorfahren bist, Hill."

„Wir sind hier, meine Freunde, um für die trägen Massen der Welt die Spiele und das Brot zu liefern. Diese fettwanstigen Klöße und ihre dicken Weiber werden in ihren überladenen Wohnzimmern dein Abenteuer durch die Augen der U-2 Kameras von Reuter erleben, Joe." Hillary Brent rümpfte seine gerade, spitze Nase.

Plötzlich lächelte Joe Spanos, und seine Lippen teilten sich zum erstenmal. „Diese fetten Klöße sind zufällig meine Verwandten und Freunde, Hill. Und ihnen darfst du keine Schuld geben. Es gibt nur einen Grund, warum wir das tun: Wir sind Hobby-Narren, die von einer völlig nutzlosen Idee so besessen sind, daß man uns in jeder anderen Gesellschaft schon längst eingesperrt hätte."

Professor Richart streckte eine Hand aus und ergriff Joe am Arm. „Joe, ich bleibe mit der *Wellenreiter* in ständiger Verbindung, damit ich die Angaben von mir über Größe, Ort und Vektoren der Wellen mit dem vergleichen kann, was sie direkt vom SEASAT empfängt. Wenn Sie erst einmal auf einer Welle sind, wird die *Wellenreiter* die lokalen Bedingungen beobachten, während ich den Gesamtüberblick im Auge behalte, um Sie über sich nähernde Wellenzüge, Veränderungen der Windrichtung und sonstigen Mist informieren zu können. Okay?"

Spanos nickte und drückte Richarts Schulter. „Ich kann es plötzlich gar nicht erwarten, auf diese Welle hochzukommen", sagte er zu niemand im besonderen.

Die *Wellenreiter* ruhte voll ausgerüstet mit eingerollten Segeln im Laderaum der *Osaka Merchant*. Der Lautsprecher schallte in die Dämmerung hinaus. „An alle Mannschaften und das technische Personal. Die *Wellenreiter* wird zu Wasser gelassen. Melden Sie sich bitte auf dem Frachtdeck."

Die Scheinwerfer wurden mit gleißender Helligkeit angeschaltet, und die Kameras liefen an. Joe Spanos kletterte in einem wasserdichten Overall mit der Inschrift „Brent-Cut" auf seinem Rücken an einem Nebenrumpf hoch und kroch über die Verbindungsaufbauten zu dem Hauptrumpf und dem Cockpit. Dort zog er sich die Schwimmweste über und befestigte die Nabelschnur der Sicherheitslinie. Dieses Kabel, das ihm die freie Bewegung von einem Ende des Tri bis zum anderen gestattete, aber immer eingeklinkt blieb, für den Fall, daß er über Bord gehen sollte, führte in seinem Mittelpunkt die Drähte, die Joe Spanos mit den interaktiven Computersystemen der *Wellenreiter* verband. Ein Kehlkopfmikrofon und Knochenresonanzlautsprecher erlaubten es Joe und der *Wellenreiter,* ständig miteinander zu sprechen, ohne andere Geräte dabei auszuschließen.

Nachdem Joe die Resonanzlautsprecher mit ihren Saugnäpfen befestigt hatte, sah er sich zunächst um und dann zu dem Vorderdeck, wo die vieläugige Kamera auf ihn zielte. „Bist du soweit, Baby?"

„Alle Systeme Go, Joe, mein Süßer", sagte die *Wellenreiter*.

„Das ist eine Kleinigkeit, Baby. Das Meer in Stadium drei,

wenn es soviel ist.“ Joe hob die Daumen, die Deckmannschaft warf die Reisevertäuung ab, und die Winde heulte.

Der große Tri schwang unter der Führung von drei Dutzend Händen hoch und seitlich vom Mutterschiff weg. Sie warteten auf eine ruhige Stelle und ließen ihn dann schnell ins Wasser ab. Die stark belasteten Titan-Platten klatschten dumpf auf.

„Uff!“ sagte die *Wellenreiter*.

„Alles klar, Baby?“ fragte Joe Spanos hastig.

„Alles in Ordnung, Joe. Ich bin nur nicht an solche Abbremsungen gewöhnt.“

Spanos rannte nach vorn und legte die an vier Punkten befestigten Schlingen ab, die darauf schnell von dem Tri weggezogen wurden. Die *Wellenreiter*, nun frei von dem Frachter, trieb zügig mit dem Wind weg.

„Baby, übernimm du, während ich die Segel hisse“, sagte Joe Spanos. Sobald sich der Wind in dem Segelrand fing, reagierte die *Wellenreiter* auf das Ruder und schwang in den Wind ein. Eine Minute später hatten sich die Segel prall gefüllt und zogen an, und die *Wellenreiter* entfernte sich in einer guten Brise nach Südwesten. Die Männer an der Reling des Frachters winkten ihr mit den Mützen nach und jubelten.

„Baby“, sagte Joe Spanos, „uns bleiben noch gute acht Stunden, bis es ernst wird. Ich lege mich aufs Ohr, wie man so sagt. Ruf mich, wenn der Wind sich dreht.“

„Aye, Aye, Käpten“, sagte die *Wellenreiter* in sein Ohr. „Und den verdammten Maat werde ich schon vom Rum fernhalten.“

Joe Spanos grinste und glitt nach unten in die schmale, kleine Kabine. Er schwang sich auf das schmale Bett und fragte sich, ob er würde schlafen können. Er hatte seit einem

Jahr nicht mehr gut geschlafen, selbst auf See nicht. Er lag auf dem harten Bett, und sein Körper rollte leicht hin und her, während die *Wellenreiter* stetig in einem Wind über die langen, niedrigen Wellen segelte, der ohne Veränderung wie in einem Windkanal blies. Joe Spanos spürte die leichten Bewegungen seines Schiffs unter sich, und er hörte sein bequemes Knarren und Stöhnen, als es sich ständig an die dauernd wechselnden Wasserprofile anpaßte. Das letzte, an das er sich noch erinnerte, war, wie die *Wellenreiter* ihm „Gute Nacht, Joe" in sein Ohr flüsterte.

Die Morgendämmerung brachte völlig veränderte Bedingungen. Die Wellen waren nun viel größer. Der Tri kletterte jede Welle hoch und sah aus ihrer Höhe in ein Tal von erheblicher Tiefe hinab. Dann glitt er in südlicher Richtung den Hügel des Wellenhangs hinab, drehte sich unten leicht nach Westen und erkletterte den nächsten Berg.

„Zeit fürs Frühstück, Joe", sagte die *Wellenreiter* mit ruhiger, aber lauter Stimme. Spanos wachte mit einem Ruck aus einem tiefen, schweren und beruhigenden, erfrischenden Schlaf auf, wie er ihn kaum noch kannte. Er spürte, wie die Yacht den Hang einer dreißig Fuß hohen Welle hinabglitt, und er grinste.

„So ist es schon besser, Baby", sagte er schläfrig. „Soll ich das Steuer übernehmen?"

„Mit denen hier werde ich noch fertig, Joe", sagte die *Wellenreiter*. „Iß du etwas und trink deinen Kaffee. Professor Richart schätzt, daß wir, wenn wir heute ungefähr um elf Uhr nach Südosten abdrehen, genau an den Nordrand einer Gruppe von Monstern kommen. Sobald wir den Bereich erreicht haben, wo sich die maximale Höhe findet, drehen wir wieder nach Süden. So bleiben wir dann für den Rest der Fahrt."

„Wie groß?“ fragte Joe Spanos. Er stand über den schwankenden Herd mit seiner Kardanaufhängung gebeugt und rührte geschäftig in den Eiern, um sie mit Schinken, Würstchen und Tomaten zu vermischen.

„Richart garantiert hundert Fuß Höhe, Joe. Er sagt aber, der Wind verstärkt sich noch und es könnte auch mehr werden.“

„Was meinst du, Baby?“

Darauf folgte eine Pause. „Ich meine, wir werden die Fahrt unseres Lebens machen“, sagte die *Wellenreiter.* „Hast du Angst, Joe?“ Er spürte deutlich die Gespanntheit im Ton ihrer Stimme.

Spanos aß mit dem schnellen, methodischen Genuß des Langstreckenseglers. „Angespannt. Etwas schwindlig. Aber keine Angst, Beth.“

„Bitte, Joe. Sag das nicht zu mir. Ich bin nicht deine Frau.“

Spanos zuckte die Achseln und stürzte heißen Kaffee hinunter. „Du bist alles, was von ihr übrig ist. Du machst ihre Witze, sagst die gleichen Dinge wie sie. Du fehlst mir höllisch, Beth.“

Die Yacht segelte stetig weiter die Wasserhügel hinauf und hinab. „Joe, Beth hat mich gemacht, programmiert, entworfen. Ich bin aber nicht sie. Ich kann dir nicht das gleiche geben wie sie. Ich bin die *Wellenreiter,* Joe.“

„Hältst du mich für verrückt?“ murmelte Joe in seine Tasse. „Wer kann einen Tri lieben?“ Er rieb sich energisch die Hände. „Na gut, wenn es dich stört, sage ich es nicht, *Wellenreiter*. Oder sollte ich *Wellenreiterin* sagen?“

„Sei mir nicht böse, Joe, Süßer. ‚Baby‘ ist schon in Ordnung. Wir haben einen großen Tag vor uns, mein Lieber.“

Joe Spanos schwang sich durch das enge Luk hoch und

übernahm das Steuerrad. „Ich bin dir nicht böse, Baby. Mir geht es hervorragend! Wie sagte doch die betrunkene Maus? Wo ist die verdammte Katze?“ Er sah nach Südosten über den nächsten Wellenrand, wo die riesigen Wellen schäumten und wuchsen und schneller wurden.

Vor Mittag zogen sie die Taue der *Wellenreiter* schärfer an und segelten hart vor dem Wind nach Südosten. Um vierzehn Uhr dreißig sagte die *Wellenreiter* leise: „Bald müßtest du die Gruppe im Osten sehen können, Joe. Nach SEASAT sind wir noch zwei Meilen davon entfernt, und sie können sie auf den U-2-Bildern bereits sehen.“

Als der Tri eine besonders riesige Welle überquerte, setzte Spanos das Fernglas an die Augen und stieß einen Pfiff aus.

„Jesus Maria, Baby! Das sind ja die Rocky Mountains!“

Die erste Welle der Gruppe war noch eine Meile weit entfernt, füllte aber bereits den gesamten Horizont aus und schien sich beim Näherkommen aufzubauen und zu wachsen.

„Nimm Nummer drei, Joe. Das ist der Opa.“

Die *Wellenreiter* war nun durch die hundert Fuß hohe Welle, die auf sie zuraste, haushoch überragt. Sie begann, an ihrem großen Hang hinaufzusegeln, höher und höher, diagonal zu der Welle, während der Ostwind mit stetigem Kreischen von dem Hang herabwehte. Sie überquerten die Spitze, und vor ihnen trieb die nächste, größere Welle der Gruppe.

„Wenn die nächste, dritte noch größer ist, dann ist das ein Rekord, Baby!“ rief Spanos, denn dieses Mal kletterten sie an einem Hang immer höher, der vor ihnen ständig steiler wurde. Der hangabwärts gewandte Rumpf des Trimarans schnitt scharf in die Welle ein, als sie einer Kontur folgten und sich dann immer höher arbeiteten, bis sie den schäumenden Wellenkamm durchbrachen und Nummer drei vor sich sahen.

„Hundertvierzig, Joe“, sagte die *Wellenreiter*. „Verdammt große Kiste!“

„Jawohl! Die ist genau richtig für mich!“ sagte Joe Spanos.

Die Welle beherrschte die Aussicht vor ihnen vollständig. Sie reichte links und rechts bis an den Rand des Gesichtsfeldes, ein gigantischer, rollender Hang aus grau-blauer Bewegung. Sie sah so hart wie Stein aus.

Sie näherten sich ihr durch das lange Tal in einem spitzen Winkel und begannen, an ihrem unteren Teil entlangzusegeln.

„Wie weit bis oben, Baby?“

„In Kammnähe wird der Wind stärker, Joe, aber es ist schwieriger und steiler.“

Sie arbeiteten sich in südlicher Richtung an dem Hang höher. „Es geht los, Baby. Sag ihnen, sie sollen die Uhren anstellen.“

„Das habe ich bereits vor einer Minute getan, Joe. Unser Tag hat begonnen, mein Lieber.“

Sie segelten weiter an dem Hang hoch, der sie noch immer turmhoch überragte, und folgten der Kontur nun direkt in südlicher Richtung. Der Wind pfiff von Osten über den Kamm und floß an dem Hang herab, und die *Wellenreiter* nahm ihn mit ihrem Achtersegel auf. Sie bewegte sich immer noch südlich auf der Welle, trieb aber mit der gesamten Wellengruppe, die inzwischen eine Gruppengeschwindigkeit von einundsechzig Knoten erreicht hatte, weit schneller nach Westen.

Der Kamm zeigte manchmal Unregelmäßigkeiten, und der Wind wurde plötzlich stärker oder schwächer. Wenn er nachließ, drehte Spanos den Tri etwas mehr nach unten, um sich von der Schwerkraft dorthin treiben zu lassen, wo der Wind in dem unteren, flacheren Teil der Welle stärker war. Wurden sie von einem nach oben gerichteten Windstoß erfaßt, drehten sie sich wellenaufwärts zu dem gezackten, unregelmäßigen Kamm. Auf dem Kamm selbst neigte der Wind dazu, schwächer zu sein, denn dort bildete sich ein Wirbel, wenn der starke Wind, zum Teil von den Wellen selbst eingefangen und getrieben, auf und über die schärfer werdende Wellenspitze blies. Dieser große, gewellte Wirbel enthielt Schaum und Wassertropfen, so daß der Kamm ständig in einen kalten Nebel gehüllt war.

Joe Spanos steuerte schweigend und angespannt. Er spürte die Bewegung der Yacht und lauschte ihren Ratschlägen. „Ein bißchen nach Backbord, Joe. Gerade. Wind verstärkt sich. Etwas zu starke Neigung, Baby. Festhalten, Joe. Jetzt abwärts. Genau so. Vorsicht, der Steuerbordbug, Joe . . . Ein bißchen mehr westlich. Jetzt gerade . . .“

Die Welle wuchs den ganzen Nachmittag lang ständig. Der Wind umpeitschte sie mit kalter Luft, und der graublaue Hang war hier und da durch Schaumfetzen und kleine Brüche unterbrochen. Das Monster überholte seine Begleiter und steigerte seine eigene Geschwindigkeit ständig. Als die Dämmerung kam, sagte die *Wellenreiter* leise zu Spanos: „Sie ist jetzt mehr als hundertsechzig Fuß hoch, Joe. Höher als die *Ramapo*-Welle.“

Der Tri bezog sich auf die von der U. S. S. *Ramapo,* einem Tanker von der Navy, in den gleichen Breiten gemessene Rekordhöhe einer Welle.

Spanos schnaubte. „Zum Teufel damit, Baby. Von den Satelliten aus sind seither noch weit höhere gesichtet worden.“

„Sie sind am Himmel, Joe, nicht im Wasser."

Als die Nacht kam, konnte Spanos nicht mehr die ganze Welle sehen, und er wurde immer abhängiger von den speziellen Sinnen des Tris, wenn er wissen wollte, wo sie sich auf dem Hang befanden. Die Welle war nun so groß und bewegte sich so schnell, daß der Wind auf ihrem Hang sogar nachließ. Die Welle rannte dem Sturm davon, der sie hatte entstehen lassen.

In der Dunkelheit phosphoreszierten der Wellenkamm und ihr Inneres glühend. Weil die Riesenwoge ein Generator für statische Elektrizität war, blitzten und leuchteten die Aufbauten der *Wellenreiter,* und über Masten und Verstrebungen knisterten Finger aus blauem Feuer. Die Stütztaue standen in Flammen, und die Yacht zischte und sprühte Funken.

„Kitzelt dich das, Baby?" sagte Joe und versuchte, den weißen Kamm über ihnen auszumachen.

„Nur ein bißchen statische Elektrizität, Süßer."

Der Mond ging auf, und eine Zeitlang sah es so aus, als bewegten sie sich gar nicht, sondern rollten und stampften nur auf einem endlosen Hügel von stillstehendem Wasser. Auf der Steuerbordseite erhob sich in großer Entfernung ein weiterer riesiger, undeutlicher Hügel, und dazwischen lag ein schattiges, unruhiges, geheimnisvolles Tal. Und doch bewegte sich das Ganze mit einer Geschwindigkeit von fast siebzig Meilen in der Stunde.

Die Windwelle war so riesig, daß sie sich ihr eigenes Wetter schuf. Der nachlassende Wind aus Osten drehte sich am Morgen, und jetzt wehte ein richtiger Sturm den Wellenhang hoch. Die *Wellenreiter* wechselte nun zu Steuerbordlavierung über, um ihren südlichen Kurs halten zu können. Das Wasser am Hang und der Wind bewegten sich aber jetzt in entgegengesetzter Richtung, und unstabile Bereiche begannen nun, wie Falten in einer zerrissenen Decke den Hang hochzulaufen. Manchmal wuchsen sie, um dann zu brechen, aber manchmal rissen sie auch die obersten zehn Fuß der Welle mit einer riesigen nassen Wolke ab und verloren sich in Fetzen nach Osten im Wind. Dieser ständige nach hinten wehende Strom von Wasser und Dunst war von spektakulären Erscheinungen von Elmsfeuer begleitet, die zum Teil Hunderte von Fuß lang waren.

Die Sonne ging hinter der Wolke auf, und für eine Weile segelten sie tief im Schatten. Joe Spanos konnte jedoch erkennen, daß die Welle vor ihnen kleiner geworden war und nun als kaum mehr denn ein Vorhügel von ihrem gigantischen Begleiter gefolgt wurde. „Opa ist wie das Walroß und der Zimmermann aus Alice im Wunderland“, sagte Joe. „Er hat sie alle gegessen.“

„Über zweihundert Fuß hoch und eine Zweidrittelmeile lang, Süßer. Vierundsiebzig Knoten. Die größte, die es je gegeben hat, Joe.“

An diesem Morgen segelten sie stampfend und sich aufbäumend auf einem Hang, der immer schlimmer und unruhiger wurde. Die Instabilitäten wuchsen, und ständig schlugen zehn bis zwanzig Fuß hohe Brecher auf dem Hang mit einem Neigungswinkel von dreißig Grad über ihnen zusammen. Und dann hörte Joe, wie die gleichförmige Stimme der *Wellenreiter* kurz vor Mittag sich mitten in einem Ratschlag unterbrach und stockte. Einen Augenblick später sagte sie laut:

„Joe! Richart sagt, wir kommen über das südliche Neuseeland-Schelf. Opa spürt schon den Grund! Sie können ausmachen, daß er nördlich von uns bereits steiler wird.“

Spanos steuerte sie um einen hohen Brecher herum und grunzte. „Wie lange dauert es noch, bis sie bricht, Baby?“

„Wir sollen sofort von der Welle herunter, Joe! Ich spreche gerade mit Brent. Er gibt dir den Befehl, die Welle zu verlassen. Sie wird immer steiler, und bald können wir nicht mehr aus ihr herausklettern, Joe!"

Spanos starrte hierhin und dorthin und lenkte sie auf dem Hang nach Süden.

„Joe, bitte. Sie wollen mit dir reden, Süßer. Du solltest sie anhören!"

„Wenn du sie zu mir durchstellst, ziehe ich die Lautsprecher hier ab und mache das ganz allein", sagte Spanos gleichmütig.

„Das würde ich nicht tun, Joe. Ich habe ihnen gesagt, daß ich es dir ausrichte."

„Dann sag mir, wie lange es noch dauert, bis die Rundung am oberen Rand kommt, Baby. Du hängst doch an SEASAT und dem ganzen Zeug. Ich weiß, daß Richart es uns nicht sagen wird."

„Ich will es dir sagen, Joe. Wir könnten die vierundzwanzig Stunden gerade schaffen. Die Welle fängt hundert Meilen nördlich von hier an zu brechen, und ich schätze, daß sie sich nicht schneller als mit fünfzig Knoten vorwärtsbewegt. Wir müßten die Zeit eigentlich zu Ende bringen."

Joe Spanos grinste in das wilde weiße Wasser hinaus, das ihn umgab, während das gereffte Hauptsegel und das Sturmsegel im Sturm steif knallten.

Um die Mittagszeit hatte sich die rollende Instabilität so verschlimmert, daß der gesamte, inzwischen fast unmöglich steile Hang mit weißen Brechern bedeckt war, die die *Wellenreiter* bei ihren Versuchen, auf ihm zu bleiben, schwanken und wild rollen ließen. „Sie hat angefangen zu brechen, Joe. Noch könnten wir heraus."

„Welche Vorwärtsgeschwindigkeit?"

„Ungefähr fünfzig Knoten, Joe."

„Und wir brauchen nur noch neunzig Minuten, Baby. Wir werden beweisen, daß drei Millionen Dollar und ein paar Penner den alten Donny McKay jederzeit schlagen können, wenn er uns einen Vorsprung von einhundertfünfzig Jahren läßt."

„Sie sind alle hinter mir her, Joe! Sie wollen dich unbedingt sprechen, Süßer! Irgend etwas muß ich ihnen sagen. Joe?"

„Sag ihnen, daß es mein Herzenswunsch ist, Beth", sagte Joe kaum hörbar. „Oh, Beth, das Jahr war lang, meine Liebste."

Opa wurde über ihnen immer steiler, und die Windstöße rissen immer tiefere Lücken in seinen Kamm. Die *Wellenreiter* segelte etwas weiter den Hang hinunter, um durch den bescheidenen Hügel vor ihnen etwas Schutz im Windschatten zu gewinnen. Die plötzlichen Schauer von Wasser und Schaum, die über sie hereinbrachen, verschlechterten die Sicht sehr, und das Cockpit wurde immer wieder von ständigen Wasserkaskaden überschwemmt. Die Welle ragte über ihnen auf, groß wie ein Berg, zackig, nicht mehr glatt und rollend wie einen Tag vorher, sondern nun ein echter alter Riese, aufgeschwollen und mit aufbrechenden Geschwüren von weißem, kochendem Wasser übersät, am oberen Rand gezackt und eingerissen, wo sich ganze Ströme von grünem Wasser abreißend lösten und hinter dem Monster eine Wolkenbank von Hunderten von Quadratmeilen Größe hinterließen.

Und mitten in den kreischenden, donnernden Wogen hörte Joe den Tri endlich kühl sagen: „Die vierundzwanzig Stunden sind um. Durchschnittsgeschwindigkeit sechsundsechzig Knoten. Herzlichen Glückwunsch, Kapitän Spanos. Es war mir eine Ehre, diese Fahrt mit Ihnen zu machen."

„Ich danke dir, treue *Wellenreiter*“, sagte Spanos mit formaler Stimme und grinste dabei. „Und Opa wollen wir doch nicht vergessen, wenn wir hier die Orden verteilen.“

„Joe, Süßer, den treffen wir bald genug. Opa hat inzwischen am Kamm einen Neigungswinkel von über siebzig Grad. Da können wir nicht drüber weg segeln.“

„Wie lange noch, Beth?“

„Vielleicht zwanzig Minuten, Joe.“

Spanos stand auf und legte das Steuer scharf herum. „Das Schiff wenden! Warum sollten wir Opa warten lassen?“

Die *Wellenreiter* fuhr gegen den Uhrzeigersinn herum, während ihre Segel auf die andere Seite knallten und nach Backbord standen. Sie kletterte nun in nördlicher Richtung den Hang hoch.

Bald sahen sie in der Ferne vor sich die große Wolke und die Unruhe des Zusammenbruchs der Welle. Ihr Überschlag verlief am Kamm, von hangaufwärts aus gesehen, in südlicher Richtung, und Joe konnte bereits erkennen, wie die Spitze langsam über sie her sich einrollte. Die gesamte Welle bildete einen gigantischen Tunnel, ein Loch im Wasser, und der Wind blies nun südlich aus diesem Tunnel heraus, während sie mit straffen Tauen hineinfuhren. Opa hatte sich in einem Augenblick völlig verändert, hatte sich in ein springendes, ununterbrochenes, gewölbtes Wasserdach hoch über ihnen verwandelt und gab dem Sonnenlicht eine immer tiefer grüne Farbe. Und weit vor ihnen, am hinteren Ende dieses enger werdenden, zusammenbrechenden und doch riesigen Gebildes sah Joe den weißen Zusammenbruch dieser Welle aus Dampf und Wolken auf sich zukommen und den gesamten Raum innerhalb der Rolle ausfüllen.

Joe Spanos stand bewegungslos am Steuer der *Wellenrei-*

ter und beobachtete die zerschmetterte Wellenfläche, wie sie vor ihm größer wurde und wie das fließende, sich überschlagende Dach aus Wasser dicker wurde und unausweichlich herabfiel.

„Okay, Beth", sagte er ruhig. „Es kommt, Liebste. Oh ... Beth. O Gott, ich liebe dich, Beth!"

„Es war herrlich", sagte die *Wellenreiter*. „Ich liebe dich, Joe."

Der Bruch wuchs und blockierte alles andere. Joe spürte, wie das Wasser der Rolle die Mastspitze der *Wellenreiter* erfaßte und begann, ihren Backbordrumpf herabzudrücken.

„Du warst geduldig, Opa", sagte Joe am Ende. „Wir drei sind ein Fleisch."

Die Zuschauer an den Fernsehschirmen, schätzungsweise zehn bis fünfzehn Prozent der gesamten Weltbevölkerung, bekamen dann ihr rohes, rotes Fleisch. Sie sahen, wie die *Wellenreiter,* ein winziges, kühnes Insekt auf dem gigantischen, ruinierten Gesicht der Welle, wendete und auf den rasenden Bruch zusegelte. Sie sahen, wie sie in die Höhle des Überschlags hineinfuhr, sahen, wie eine Millisekunde lang der Mast aus dem weißen Brecher herausragte, und dann das taumelnde Glitzern ihrer Rümpfe. Und die Sender wiederholten alles noch einige Tage lang in verschiedenen Geschwindigkeiten.

Und doch war den Konstrukteuren mit der *Wellenreiter* ein kleines Wunder gelungen. Man fand sie später: Sie schwamm überflutet aufrecht. Jede Spur vom Aufbau, Mast, Reling, Befestigungen, Steuer, war weggerissen. Hillary Brent stellte sie wieder her, und bei der nächsten Regatta des Amerika-Cups ruhten alle Augen auf ihr, wie sie elegant durch die Flotte der Zuschauer glitt, während jedermann die glänzende Yacht fotografierte oder auf sie deutete.

Die *Wellenreiter* aber war ein teures Spielzeug, und daher verlieh Brent sie an einen vornehmen Ferienort auf den Bahamas, wo die Leute bereit waren, für einen Tagesausflug auf dem schnellsten Segler der Welt eine Menge Geld zu bezahlen. Schließlich trat das Smithsonian-Institut in Verkaufsverhandlungen für die Yacht mit Brent-Segel ein. Im nächsten Herbst aber waren die Hurrikane extrem schlimm, und ein besonders heftiger streifte diesen Teil der Bahamas. Irgendwie riß die *Wellenreiter* sich los. Sie sahen vom Hotel aus zu, wie sie durch die Regenstürme hart vor dem Wind auf das äußere Riff trieb und dort eine Zeitlang festhing. Dann drehte sich der Wind, und sie wurde auf die Meerseite zugetrieben; die Korallen hatten ihr Löcher in die Rümpfe gebohrt, und sie trieb nach Osten ab, wo sie in fünftausend Fuß tiefem Wasser versank.

Nachdem die Wellenreiter verschwunden war, vergaßen die Menschen den Vierundzwanzig-Stunden-Schnellsegelrekord schließlich. Die Direktoren des Smithsonian hatten sowieso keine Ahnung gehabt, wohin sie die Yacht hätten bringen sollen.

Danach aber wurde in der kleinen, spezialisierten Gruppe, die die großen Wellengruppen vom Satelliten aus beobachten, immer die Spanos-Wind-Welle genannt, wenn man einen Vergleich mit der größten Welle aller Zeiten suchte. Und dann und wann, wenn Bob Richart einer großen Welle mit einer der Riesenkameras vom SEASAT folgt, fällt es ihm leicht, sich vorzustellen, wie eine winzige *Wellenreiter* unbeirrt endlos über jene weit entfernte, laufende Fläche segelt.

Alan Ryan

Bettücher

Einige Tage, nachdem er in der Abteilung für Herrenbekleidung angefangen hatte, kam eine Frau zu ihm, um ihn zu fragen, wo denn jetzt die Bademäntel wären, die doch früher genau *da* gehangen hatten. Er gestand ihr, daß er neu in der Abteilung war; er war eigentlich sogar bei Macy's neu, und in einer Orgie von Ehrlichkeit teilte er ihr mit, daß sie ohne Zweifel den Laden besser als er selbst kannte. O ja, sagte sie, sie kannte den Laden in- und auswendig; der Tag war für sie nicht vollkommen, wenn sie nicht in ihrer Mittagspause Macy's einen kurzen Besuch abstattete.

George April dachte in den folgenden Wochen oft an diese Frau und fragte sich, ob sie nicht geisteskrank gewesen war. Wenn er sich das nicht für sich selbst auch fragte.

Die Abteilung für Herrenbekleidung war gar nicht einmal so schlimm, sagte er sich selbst. Er hatte den Job schließlich nur für die Weihnachtszeit, und außerdem freute er sich über das Geld, so dürftig er auch bezahlt wurde. Man darf nicht zu wählerisch sein, erinnerte er sich selbst, wenn man seit einem halben Jahr arbeitslos ist. So hatte er es sich eigentlich nicht vorgestellt, als er seinen Job als Lehrer aufgegeben hatte, aber auf jeden Fall war das die wirkliche Welt, die er ja gesucht hatte. Manchmal war sie nur wirklicher, als ihm das lieb war.

Dann hatte er Glück. Oder zumindest sagten sie das alle,

als zwei Tage nach Weihnachten alle Aushilfskräfte entlassen wurden und sie nur ihn zusammen mit einigen wenigen anderen für den Ausverkauf im Januar als zusätzliche Kräfte dabehielten.

George verspürte leichte Schuldgefühle darüber, daß ihn das nicht so freute wie alle anderen. Hei, sagten die anderen alle, fünfzehnhundert Leute haben sie entlassen, aber uns zwanzig haben sie behalten. Fünfzehnhundert. Zwanzig von fünfzehnhundert! Hei, weißt du was, wahrscheinlich behalten sie uns danach auch noch, und wir bekommen eine Dauerstellung. George tat sein Bestes, zu lächeln und ihnen zuzustimmen. Der Gedanke half ihm nicht im geringsten weiter, daß er ungefähr zehn Jahre älter war, zehn Jahre, die er größtenteils für eine teure Ausbildung verwendet hatte, als alle anderen.

Er wurde also in die Abteilung für Bettwäsche versetzt, und er fand heraus, daß der frustrierendste Teil des Jobs nicht die Langeweile selbst war. Die Langeweile war erdrückend, ein dichter, alles umhüllender Nebel, der sich über seinen Kopf senkte, sobald er jeden Morgen die Abteilung betrat. Die Frustration ergab sich vielmehr aus dem Wissen, daß allein er von ihnen allen der einzige war, der sie spürte.

Wie schaffen sie es, sich *nicht* zu langweilen? fragte er sich ständig. Wie können sie das aushalten? Worüber denken sie nach, während sie ins Leere glotzen und auf einen Kunden warten, der die Träumerei unterbricht?

George liebte die Kunden und haßte sie abwechselnd, und manchmal zu gleicher Zeit. Sie konnten einen verrückt machen, unverschämt, herrisch sein, oder sie konnten die Verkäufer verachten. Aber sie unterbrachen die Langeweile. Sie waren etwas zu *tun,* etwas, womit man sich beschäftigen konnte. Herrgott, etwas, worüber man nachdenken konnte!

O doch, da gab es etwas, worüber man nachdenken konnte.

Muster.

Seit dem ersten Tag, an dem er seine Arbeit in der Abteilung angefangen hatte, hatte George das Problem der Muster ganz oben auf seine private und lange Liste von Beschwerden gesetzt.

„Lou", sagte er, als er am ersten Tag vor seiner Kasse stand, „die Verpackung hier ist nicht ausgezeichnet. Wissen Sie, welches Muster das ist?" Lou gehörte zu den festen Angestellten, ein Mann, älter als seine Jahre, der Kragen zerknittert, Flecken auf der Krawatte, der eher mit schlurfenden Füßen vor ein Obdachlosenasyl gepaßt hätte als hinter eine Kasse bei Macy's.

„Das?" sagte Lou. „Das ist Sommerrose."

„Sommerrose", wiederholte George. „Findet man es unter der Bezeichnung in der Preisliste?"

„Zuerst muß man in der Herstellerliste nachsehen. Dann sucht man es unter dem Namen des Musters."

„Ah, ich verstehe. Aber gewöhnlich sind sie doch ausgezeichnet, oder? Der Name des Musters steht darauf?"

„Näh", sagte Lou säuerlich. „Die mußte lernen."

„Sie sind nicht ausgezeichnet", sagte George mit flacher, tonloser Stimme.

„Genau", sagte Lou, „die mußte lernen. Machen Sie sich darüber keine Gedanken, Junge. Wenn Sie erst einmal so lange hier sind wie ich, wissen Sie die Namen alle auswendig."

Der nächste Kunde präsentierte Lou einen Satz Bettücher, die er nicht erkannte, und er mußte hinausgehen, um sich in den Auslagen den Namen des Musters auf dem Preisschild herauszusuchen.

Und seit mindestens fünfzehn Jahren hatte niemand mehr George ‚Junge' genannt. Er verbrachte mehr als eine Stunde damit, sich das so genau wie möglich auszurechnen. Diese Stunde zumindest verging relativ schmerzlos.

„Grüß dich, Baby, ich bin's."

„Grüß dich. Hast du schon Mittagspause?"

„Nein, ich habe mich für ein paar Minuten weggeschlichen. Wenn sie mich suchen, sage ich, ich war auf der Toilette. Dafür können sie mich ja schließlich nicht hinauswerfen."

„Aha, dann ist es ja gut. Bist du sehr beschäftigt?"

„Beschäftigt! Willst du mich auf den Arm nehmen? Natürlich bin ich nicht sehr beschäftigt."

„Aha. Schatz, geht es dir gut?"

„Ich bin okay."

„Stimmt etwas nicht?"

„Hör mal zu, wenn du willst, daß ich diesen Job behalte, dann mußt du mir ausreden, daß ich kündige. Weil mich das hier nämlich wirklich die Wände hochjagt. Du kannst dir gar nicht vorstellen, wie langweilig das hier ist. Du kannst es dir nicht vorstellen. Du verbringst deine ganze Zeit damit, zu hoffen, daß die Zeit herumgeht. Du wartest und wartest und wartest, und dann schätzt du, ungefähr eine Stunde ist herum, und dann siehst du auf die Uhr, und es waren vielleicht sieben Minuten. Schatz, das macht mich wahnsinnig, aber echt."

„Du Ärmster. Ich weiß, wie das ist. Genauso war es, als ich damals in der Boutique gearbeitet habe. Versuche, nicht daran zu denken."

„Schatz, du verstehst das nicht. Genau das ist das Problem. Ich muß einfach darüber nachdenken. In dieser gottverdammten Bettwäscheabteilung ist sonst nichts zu tun."

„Schon gut, Schatz, wir unterhalten uns heute abend darüber. Ich muß wieder an die Arbeit."

„Na gut, aber ich habe das Gefühl, diese gottverdammten Bettücher ersticken mich."

„Liebling, ich muß wirklich gehen. Mister B. schaut mich schon komisch an."

„Schon gut, schon gut."

„Ich muß wirklich gehen."

„Ich habe doch gesagt, schon gut."

„Tschüs."

„Tschüs."

Also begann er, die Muster auswendig zu lernen und die Tage zu zählen, bis der Ausverkauf zu Ende war.

Auf der Preisliste standen fast hundert verschiedene Muster, aber in dem Geschäft gab es nur ungefähr halb so viele. Wenn ein Kunde nach etwas fragte, was er in dem Katalog oder vor einem Monat im Schaufenster gesehen hatte, war die Standardantwort darauf, daß das ausgegangen sei. Am Anfang rief er noch bei jemandem vom Lager an und fragte, ob dort noch etwas davon sei. Das war nie der Fall. Die Leute vom Lager waren von der gleichen geistigen und körperlichen Müdigkeit befallen, die jedermann und alles in der Abteilung für Bettwäsche abtötete. Der Trick, mit enttäuschten oder verärgerten Kunden fertigzuwerden, bestand darin, wegen dieses Problems einen verstörten und wirklich beteiligten Eindruck zu machen. Sie gingen auf jeden Fall mit leeren Händen weg.

An manchen Tagen wurde er dafür abgestellt, die ausgelegten Bettüchter und Kopfkissenbezüge ordentlich hinzulegen und Kunden dabei zu helfen, das von ihnen Gewünschte zu finden. Auch an den Tagen, an denen er an der Kasse

Dienst hatte, lief er trotzdem herum und rückte lustlos Packen mit Bettüchern auf ihren Tischen planlos umher. Die meisten anderen Kassierer blieben glasäugig bei ihrer Kasse sitzen, bis ein Abteilungsleiter sie anwies, loszugehen und die Waren aufzuräumen.

Eines Tages erinnerte ihn irgend etwas an Richard Henry Dana und „Zwei Jahre vor dem Mast“ und die Bücher von C. S. Forester. Was war das? Dann wurde es ihm klar. Das Aufräumen der Waren war das Kaufhaus-Äquivalent zum Tauezupfen in den alten Tagen der Segelschiffe, der hölzernen Schiffe, auf Reisen, die endlose Monate um Monate dauerten. In Bewegung bleiben. Den Körper in Bewegung halten. Etwas tun. Etwas tun, irgend etwas, um die Zeit vergehen zu lassen, um sie irgendwie herumzubringen. Jetzt erst einmal nur diese Stunde überstehen, über die nächsten Stunden kann man sich später Gedanken machen.

Am Ende der ersten Woche kannte er die Namen der meisten Muster. Als er damit angefangen hatte, hatte er gedacht, er könne sie sich in einer Stunde oder so merken. Als er schließlich noch Lehrer gewesen war, konnte er sich die Namen von drei Dutzend Schülern in der ersten Stunde merken. Das war sicher auch eine Art Trick, um sie zu beeindrucken, aber er hatte es geschafft. Nie hatte er Fehler gemacht, immer war er ihm gelungen.

Er brauchte eine Woche dazu, um die Namen von vier Dutzend Mustern auswendig zu lernen. Ein mentaler Block, nahm er an. Er blockierte sie, weil er sie so sehr haßte. Mein Gehirn wird weich. Der Laden hier macht mich verrückt. Wenn ich heimkomme, reiße ich die Bettücher vom Bett. Nie wieder will ich auf Bettüchern schlafen. Ich will Bettücher nie mehr ansehen, so lange ich lebe. Wenn ich das hier überlebe. Diese gottverdammten Bettücher ersticken mich.

Es gab Zeiten, zu denen er das Gefühl hatte, daß seine Luft abgeschnitten war, daß er nicht atmen konnte. Er schüttelte dieses Gefühl ab und machte die übermäßige Hitze auf diesem Stockwerk des Kaufhauses dafür verantwortlich. Jeder, selbst die Kunden, sagte, es sei zu warm. Trotzdem fand er, daß er nur schwer atmete.

Am Anfang der zweiten Woche in der Abteilung legte er sich einen Plan zurecht. Er überlegte sich seine Details, während er mit der U-Bahn zur Arbeit fuhr. Die Zeitung blieb ungeöffnet in seinen Händen.

Es gab vier Arten von Mustern. Er bezeichnete sie mit Geometrie, Blumen, Komik und Schmetterlinge. An diesen Bezeichnungen war nichts Offizielles, weiß Gott nicht. Sie waren seine eigenen Namen für verschiedene Typen. Alle Muster fielen in einen dieser vier Typen. Er ignorierte die einfarbigen – weiß, hellblau, dunkelblau, rosa, gelb, hellgrün, dunkelgrün, hell dies, dunkel jenes, hell, dunkel, hell, dunkel – und die Muster für Kinder. Über die versuchte er, überhaupt nicht nachzudenken. Sie waren allenfalls noch als letzte Rettung zu gebrauchen. Sie wollte er sich bis zum Ende aufsparen. Wenn es sein mußte. Nur, wenn es sein mußte.

Geometrie. Nach seinem Plan wollte er sich in dieser Woche nur mit Geometrie beschäftigen. Er mußte sich natürlich damit beschäftigen, was die Kunden kaufen wollten, aber darüber hinaus wollte er sich nur mit Geometrie beschäftigen.

Während er herumlief und die Waren zurechtrückte, Taue zupfte, wie er es in seinen Gedanken nannte, wollte er nur die geometrischen Muster aufräumen. Er wollte sich die Namen der Muster merken, sie studieren, alles über sie erfahren, sie fühlen. Sich auf sie konzentrieren. An nichts anderes denken. Die Farben studieren, den Farben Namen geben, all die reichen, aufregenden Namen, die Farben tragen. Aquamarin, Kirsch, Ocker, Senf, gebranntes Orange, Rost, Flieder. Sagenhaft. Sagenhaft!

Das war die Antwort. Er war gerettet. Tagelang, nein wochenlang, wollte er sie suchen. Aquamarin, Kirsch, Ocker, Senf, gebranntes Orange, Rost, Flieder.

Der Vormittag verging an diesem Tag schnell. Er suchte nach Farben, diskutierte mit sich selbst in großer Länge und noch größerem Wortreichtum die richtigen Bezeichnungen für die genaue Farbe dieses Streifens. Orange? Nein. Eigentlich eher Pfirsich. Na gut, vielleicht, aber kein reifer Pfirsich. Ein reifer Pfirsich hätte eine vollere, reichere Farbe als die hier. Wenn das ein Pfirsich ist, dann muß ihn ein großes Blatt vor den direkten Strahlen der Sonne versteckt haben. Die Farbe war zu blaß, zu dünn, nicht intensiv genug. Ah, wenn das aber so war, konnte man die Farbe eigentlich wirklich Pfirsich nennen?

Und der Vormittag verging.

Am Nachmittag bekam er die Farben etwas satt. Er brauchte eine größere geistige Anstrengung dazu, als er gedacht hatte, die Suche weiterzuführen, Namen für die Farben zu finden, die Argumente für die korrekte Bezeichnung zu finden. Er hatte zunächst nicht angenommen, daß es so schwer werden würde, sich darauf zu konzentrieren.

Das war es aber. Als er an diesem Tag das Kaufhaus verließ, schwirrten ihm riesige Flecken namenloser Farben im Kopf herum, gestaltlose Monster aus gebrochenem Licht, die ineinander verschwammen und dumpf von einer Stelle hinter seinen Augen auf ihn zutrieben.

Am nächsten Morgen biß er die Zähne zusammen, schob sein Kinn vor und widerstand dem Impuls, die Geometrie fallenzulassen und mit Blumen weiterzumachen. Nein, die

Blumen mußten bis zur nächsten Woche warten. Diese Woche war für Geometrie vorgesehen. Damit war er noch nicht fertig. Ja, mit ihnen wollte er fertigwerden. Ja, das wollte er. Er *wollte* es.

Sobald er an diesem Tag anfing, machte er sich sofort an die Geometrie. Nur nicht von den Blumen anlocken lassen! Die sind für nächste Woche.

Eines der Muster, die er unter Geometrie eingeordnet hatte, trug den Namen Schürzenkaro. Ja bitte, meine Dame? Nein, ich bedaure, nur in Beige und Blau. Nein, meine Dame. Übergroße Kopfkissenbezüge? In diesem Blau? Ich bedaure, meine Dame, haben wir nicht mehr auf Lager.

Schürzenkaro. Schottland. Gilbert und Sullivan. Was noch? Schürzenkleider. Kittelschürzen. Mehr. Was? Ich bin der Kapitän der Schürze, und meine Sache mach' ich gut. Tam-tam-teram-tam . . . Wie war das doch gleich wieder? Und seekrank werd' ich nie. Wie bitte, nie? Nein, nie! Wie bitte, nie? Also . . .

So gut wie nie.

Seekrank. Taue zupfen. Waren aufräumen.

Herrgott noch mal, wird es denn nie sechs Uhr?

Am nächsten Morgen fing er mit den Blumen an.

Rosen. Gelbe Rosen, rote Rosen. Gänseblümchen. Wiesen voller Gänseblümchen. Gelbe Rosen aus Texas. Mohnfelder. Jesus Maria! Nein, weitermachen. Weitermachen. Weitermachen.

Rosen. Rosé-Wein. Portugal. Die Rosen bei dem Seminargebäude, als er noch auf dem College war. Großer Gott, so hatte er es sich nicht vorgestellt. Nein! Weitermachen. Rosen. Rosen. Rosige Wangen. Rosie O'Grady. Rosig . . . Gar viele Maiden mit Lippen wie Rosen. Und gar viele leichtfüßige Gesellen. Vor Sorge ist das Herz mir schwer.

Vor Sorge ist das Herz mir schwer. Vor Sorge ist das Herz mir . . .

„Jetzt hör mal zu, Liebling, ich weiß, es ist langweilig, und du warst den ganzen Tag auf den Beinen, aber so schlimm kann es doch einfach nicht sein. Andere Leute machen das schließlich ihr ganzes Leben lang."

„Ich bin nicht andere Leute."

„Schon, aber du machst den Job ja auch nur für eine Zeitlang. Außerdem ist es ein *Job!* Du solltest froh sein, daß du Arbeit gefunden hast."

„Ich weiß."

„Du bist halt einfach müde, und du bist den ganzen Tag auf den Beinen. Daran bist du nicht gewöhnt. Das ist alles. Das ist alles, was es damit auf sich hat."

„Ich weiß."

„Du mußt einfach nur denken, daß es ein Job ist. Es ist nicht so wie in der Schule, das mußt du auch bedenken. Wenn du aus dem Geschäft herausgehst, läßt du alles hinter dir. Du bist nicht dazu gezwungen, deine Arbeit mit nach Hause zu bringen, wie du das als Lehrer tun mußtest. So mußt du es betrachten."

„In Ordnung."

„Gut. Jetzt denke nicht mehr daran. Komm, gehen wir ins Bett. Ich massiere dir den Rücken."

„In Ordnung."

Am nächsten Tag konnte er seinen Plan nicht weiter durchführen. Er konnte es nicht ertragen, die Blumen auch nur anzusehen.

Der Tag verging als grauer Alptraum, dumpf im Kopf, zitternde Hände – zwar nur leicht, aber sie zitterten –, ein feuchter Hemdkragen, kleine Haare auf seinem Handrücken richteten sich von der Haut auf und prickelten. Die Plastikverpackung der Bettücher fühlte sich klamm an.

Abend, lange Nacht. Und ein weiterer Tag.

Er zwang sich mit verkrampften Bauchmuskeln dazu, seinen Plan weiterzuführen. Zurück zu den Blumen, bleib bei dem Plan, den du dir zurechtgelegt hast!

Auf der Abteilung lastete eine bedrückende, schwere Hitze. Wie in einem Treibhaus. Die Luft war dick, feucht, tropisch. Perfekt für Blumen. Blumen.

Wieder Rosen. Gänseblümchen. Flieder. Narzissen. O Gott, keine Narzissen. Nicht er selbst, wie er sein Spiegelbild im Wasser betrachtete. Sich verliebte. Sich selbst so deutlich sah, daß . . .

Georges Hände zitterten heftig, als er sich hastig von den Bettüchern mit den Narzissen abwandte. Die langen Stiele, die langen, schmalen Blätter zeigten auf ihn, griffen nach ihm.

Er verbrachte eine halbe Stunde auf der Toilette, saß vornübergekauert mit eng um seinen Bauch geschlungenen Armen und im Hemd verkrampften Fingern und zitterte. Niemand vermißte ihn.

Es klappte nicht. Aber es mußte klappen. Der Plan mußte klappen.

Irgendwie ging die Woche herum.

Am nächsten Montag beschloß er, auf den Bereich Komik überzugehen, wie er ihn nannte. Bettücher mit einem Tigergesicht und Streifen auf ihnen. Bettücher mit dem Bild einer grinsenden Katze. Bettücher, die ständig in schlechter Ausführung mittelalterliche Szenen wiederholten. Hasen, die endlos vor Jägern davonhoppelten. Ein Einhorn, das unaufhörlich hinter einem Baum hervorsah.

Einhörner. Darüber konnte man sich nun wirklich Gedanken machen. Auf der Greenwich Avenue im Village gab es einen Laden, der ausschließlich Dinge mit einem Einhorn-Muster verkaufte. Kommerziell, aber irgendwie nett. Ob sie diese Bettücher wohl hier haben?

Die Katze und den Tiger kannst du vergessen. Denk nur an das Einhorn. Vorsicht, sagte er ihm. Bleib hinter dem Baum. Sie jagen dich. Oh, aber fangen können sie dich nie . . . Nein, Augenblick mal, das ist nur eine der Legenden. In anderen . . .

Er schrie. Das Einhorn schrie, sprang hoch, fuhr in der Luft herum und landete schwer. Ein dünnes, zerbrechliches Bein war unter ihm verdreht. Er sank mit vor Schrecken weit aufgerissenen Augen nach vorne. Auf seiner schneeweißen Brust erschien ein kleiner, dunkelroter Fleck, nur ein roter Punkt. Der Kopf des Einhorns senkte sich und fuhr wieder hoch.

Der Fleck, der rote Fleck, war größer, glitzerte naß, wurde unter seinen Blicken immer größer. Aus dem Mittelpunkt des Flecks ergoß sich pulsierend scharlachrotes Blut und lief in einem dünnen Bach durch das grobe weiße Haar. Es befleckte das reine Weiß, lief in einer gezackten, unterbrochenen Linie an einem der Vorderbeine des Einhorns herab. Ein zierlicher, zerbrechlicher Huf kratzte verzweifelt im Boden und suchte nach dem Gleichgewicht. Wieder hob sich der Kopf des Einhorns, aber dieses Mal leuchteten die Augen. Sein Huf fand festen Boden. Es schwankte, bäumte sich auf, und stand auf den Beinen. Es warf den Kopf zurück, und seine weiße Mähne flog. Blut strömte aus dem Loch in seiner Brust. Es warf noch einmal den Kopf zurück, und die grelle Sonne leuchtete auf seinem Horn.

Das Gestampfe seiner verzweifelten Hufe hallte in seinem

Kopf wider und paßte sich seinem lauten Herzschlag an. Er schloß die Augen und preßte seine Fingerspitzen fester auf die Kante des Schaukastens. Das Glas drückte sich kalt an seine Finger.

Danach war er fast eine Stunde lang weg. Als er zurückkam, sah ihn der Abteilungsleiter merkwürdig und mißbilligend an, sagte aber nichts. Für den Rest des Tages hielt er sich von den Auslagen fern, blieb nahe bei seiner Kasse und versuchte, das, was die Kunden kauften, nicht anzusehen. Eine Frau kaufte ein Einhorn, und er berechnete ihr den falschen Preis, aber als er versuchte, ihn in der Preisliste nachzusehen, senkte sich ein Nebel vor seine Augen, und die Zahlen verschwammen.

„Meinst du, sie behalten dich, wenn der Ausverkauf zu Ende ist?"

„Ich weiß es nicht."

„Es wäre ganz gut, wenn du tatsächlich bleiben könntest. Dann hätten wir wenigstens das Geld, und du kannst dich in der Zwischenzeit nach etwas anderem umsehen. Aber weißt du, wir sollten wirklich einiges einkaufen, solange du noch Anspruch auf den Verkäuferrabatt hast. Meinst du nicht auch? Eigentlich könnten wir uns einen neuen Satz Bettücher kaufen. Komm, jetzt mach nicht so ein Gesicht. Wir brauchen sie auf jeden Fall. Du hast jetzt so lange Bettücher angesehen und sie an alle anderen verkauft, und da solltest du dir wirklich für dich selbst auch neue Bettücher gönnen. Meinst du nicht auch? . . . Meinst du nicht auch?"

Heute Schmetterlinge.

Gelbe, beige, blaue, grüne, orange. Große und kleine, ganze Schwärme, die in seinem Kopf herumflatterten und wie hungrige Vögel zwitscherten. Verrückt. Verrückt. Schmetterlinge geben keine Geräusche von sich. Das tun sie nicht. Das tun sie einfach nicht! Herrgott noch mal, ihr Schmetterlinge, bleibt still!

„Und im Lager haben Sie sie auch nicht?"
„Nein, meine Dame."
„Aber am Telefon hat mir die Dame gesagt, sie seien da."
„Ich weiß natürlich nicht, was Ihnen jemand anders gesagt hat, meine Dame, Tatsache ist aber, daß sie ausgegangen sind."
„Aber warum sollte mir die Dame am Telefon sagen, Sie hätten sie auf Lager, wenn das nicht der Fall ist?"
„Das kann ich Ihnen wirklich nicht sagen, meine Dame."
„Wenn ich gewußt hätte, daß das so kommt, hätte ich den weiten Weg auf jeden Fall nicht auf mich genommen. Welchen Grund sollte die Dame denn haben, so etwas zu tun?"
„Meine Dame, wenn Sie mit der Bestellungsabteilung gesprochen haben, wird man Ihnen dort automatisch sagen, wir hätten einen Posten auf Lager, wenn er im Katalog steht. Waren Sie mit der Bestellungsabteilung verbunden, oder mit jemandem von hier aus der Verkaufsabteilung?"
„Ich . . . ich bin sicher, es war jemand von hier. Als ich angerufen habe, habe ich gesagt: ‚Geben Sie mir Bettwäsche.'"
„Oder den Tod."
„Wie bitte?"
„Nichts."

Zu Hause.

Zittern, feuchte Hände, geschwollene, juckende Augen. Sein Rücken schmerzte, seine Wadenmuskeln waren zu harten Knoten verkrampft, die bei einer Berührung weh taten. In einer seiner Zehen hatte er einen schmerzhaften Krampf.

Lieber Gott, laß mich heute nacht schlafen. Bitte, ich will es auch bis zum Ende aushalten. Laß mich bitte nur schlafen. Bei Tag ist es leichter, wenn ich nachts etwas geschlafen habe. Zuerst hatte ich gedacht, es wäre einfacher, wenn ich wegen zu wenig Schlaf erschöpft und halb bewußtlos bin. Das stimmt nicht. Ich muß schlafen. Ich muß unbedingt schlafen.

Er war allein. Sie war schon eingeschlafen. Seine Augen waren offen und starrten ohne etwas zu sehen in die Dunkelheit. Das Kissen raschelte leise um seinen Kopf herum. Er bewegte sich, verlagerte sein Gewicht und spürte die glatten, kalten Bettücher an seinem Körper.

Etwas berührte in der Dunkelheit sein Ohr.

Er lag wie ein Kind zitternd und starr ausgestreckt in dem Bett. Seine Fersen hatte er in der Kante der Matratze eingehakt. Mit eisigen Fingern zog er die Decke bis zu seinem Kinn hoch und hielt sie an seinem Hals fest.

Es bewegte sich an seiner Wange, flatterte und war verschwunden.

Sein Kopf fuhr zur Seite, und er drückte seine Wange fest gegen das Kissen.

Es berührte in der Dunkelheit sein anderes Ohr.

Er schüttelte sich. Ein Tropfen kalter Schweiß lief wie die Spitze eines Eiszapfens an seiner Seite herunter.

Er drückte seinen Körper so fest nach unten gegen die Matratze, daß seine Muskeln vor Anstrengung zitterten. Seine Augen waren fest zugedrückt.

Es berührte leicht wie ein Flüstern mit Fingern eine Wimper. Er riß die Augen auf, als könne er es so wegwischen, verjagen.

Dann berührte es seine Nase. Nein. Nein, das war noch eines. Ein weiteres berührte seine Wange. Seine Lippe. Berührte nur ganz leicht seine Lippe.

Dann hörte er sie. Sie zwitscherten wie hungrige Vögel, erhoben sich von den Bettüchern, die er so fest umklammerte, von dem Kopfkissenbezug unter seinem Kopf.

Jetzt waren sie unter den Bettüchern. Sie waren in den Bettüchern. Sie waren bei ihm im Bett.

Schnäbel, scharf, spitz, hackten in sein Fleisch, seine Zehen, seinen Bauch, Arm, sein Genick, das er gegen das Kissen drückte. Ihre Schnäbel waren scharf. Sie zwitscherten hungrig, hackten nach ihm, durchbrachen seine Haut, er spürte sie an seinem gesamten Körper bei ihm im Bett.

Mit einem Schrei, der ihn erstickte, seine Kehle füllte, fuhr er auf und riß die Decken, die Bettücher von seinem Körper herab. Er setzte sich auf und schrie mit weit aufgerissenem Mund lautlos. Er war allein, von der dichten, feuchten Dunkelheit eingewickelt.

Der Schmerz durchzuckte seinen Körper. Er wand sich, unfähig, ihm zu entkommen, unfähig, das Bett zu verlassen. Sie liefen auf seinen Beinen, seinem Rücken, aber der Schmerz lenkte seine Augen auf seine Brust. Da, gegen das Weißgrau seiner Brust in der Dunkelheit, zuckte der noch dunklere Fleck, pulsierte, wurde größer, lief an seinem Körper herab auf seine Beine und wurde langsam von den Bettüchern aufgesaugt.

Timothy Robert Sullivan

Der Kopf meines Vaters

Ich bete darum, daß Vater schon tot ist. Seine undeutliche Gestalt, von dem stetig fallenden Regen verwischt, ist kaum noch zu erkennen, während ich auf den schlammigen Hügel zukomme. Hinter ihm duckt sich auf dem Gipfel der alleinstehende *Natoc'abor*-Baum des Hügels, und eine Ranke windet sich um seine schmale Brust.

Der Baum ist ein Wärmesucher, das weiß ich. Ich erneuere mein Gebet. Ich bete nicht nur für mich, sondern auch noch für meinen Sohn Abissan, daß er von unten nichts sieht, wo er sich mit den Tieren in einem Gebüsch schützt.

Kein Mensch darf es sehen; so lautet das Gesetz.

Der Arm meines Vaters winkt, als wolle er mich wegjagen, und einen schrecklichen Augenblick lang fürchte ich, daß er noch lebt. Ein Anfall von Ekel bringt mir einen bitteren Geschmack in den Hals, aber ich schlucke die Galle hinunter. Ich sehe, daß die Bewegung zu regelmäßig ist, um die Geste eines sterbenden Mannes sein zu können. Es ist sicher der Effekt des starken Windes, ein Resultat des Schwankens des Baumes, nichts anderes.

Ich bin jetzt näher. Ich schaue angestrengt durch den Regen und studiere das Gesicht, das ich einst geliebt habe. Es ist grau, gefleckt und leblos. Wasser strömt aus den schlaffen, weißen Lumpen, die früher einmal seine Haare und sein Bart gewesen waren. Mein Vater ist tot.

Ich bin erleichtert, beruhigt. Dies ist ein Schatten, ein Geist des furchterregenden Mannes, der mich im Alter von zwölf Jahren mit auf die Jagd nach *Dra* genommen hat. Damals gerade, stolz, hochgewachsen. Ein starker Mann. Ein guter Mann.

Jetzt eine Ruine.

Und doch zögere ich, starre die hagere Gestalt an, die sich leicht mit dem knarrenden alten *Natoc'abor* bewegt. Langsam erkenne ich eine Ähnlichkeit mit Vaters einst anmutiger Gestalt und, trotz ihrer Zerstörung durch Zeit und Ausschweifungen, dem Schnitt seiner edlen Züge. Stünden seine Augen offen, ich könnte es nicht tun, was ich vorhabe.

Nun bin ich nahe genug, um ihn zu berühren. Ich halte seinen starr werdenden Körper in meinen Armen, und die Ranke drückt sich an mich, weil sie meine Wärme spürt.

Obwohl ich das Gefühl habe, daß ich das tun sollte, weine ich nicht. Es ist besser so.

Ich rufe laut, um den heulenden Wind zu übertönen:

„Vater, vergib mir. Es muß getan werden, endlich ..." Meine Stimme verliert sich in der Wut der Elemente.

Ich ziehe mein Messer mit der rechten Hand. Meine Linke packt das nasse, strähnige Haar meines Vaters. Ich schneide in den Hals. Das Fleisch ist weich und gibt nach, und es fließt nicht so viel Blut, wie ich erwartet hatte – das meiste davon wird vom Regen weggewaschen –, aber der Geruch ist stark. Ich stemme meine Füße gegen die knorrigen, kniehohen Wurzeln des Baumes und drücke, bis ich spüre, wie das Rückgrat am Hinterkopf bricht.

Das Geräusch des brechenden Knochens wird von einem Donnerschlag übertönt. Ich stolpere ungeschickt gegen den Baum und stoße gegen die Leiche. Mein Vater fällt nach vorn, und ein Arm umfaßt mich in einer schrecklichen Umarmung. Der rote Stumpf seines Halses schwingt direkt vor mein Gesicht, aber ich befreie mich schnell, halte jedoch das Haar auf seinem Kopf in meiner linken Hand. Mit einem einzigen Schnitt meiner matten Klinge trenne ich die Sehnen durch, und der Körper sinkt in den Schlamm.

Es ist getan.

Von dem schlechten Wetter ebenso wie durch diesen Mannbarkeitsritus körperlich und geistig betäubt, mache ich mich den Hügel hinab auf den Weg, den Kopf meines Vaters in der Hand. Ich rutsche unterwegs zu dem Gebüsch, wo Abissan und die Tiere vor dem Sturm Schutz gesucht haben. Die Stämme von zwei gekreuzten *Jarlagor*-Bäumen zittern, als ich unter ihnen durchschlüpfe und eine tropfende Blätterhöhle betrete. Darin kauert Abissan mit den drei *Muras,* die wie verkleinerte Versionen von sich selbst auf ihren dicken, zottigen Gliedmaßen ruhen. Sie klucksen, als sie meine Gegenwart spüren.

Das glatte Gesicht meines Sohnes trägt einen besorgten Ausdruck. Er starrt den Kopf an.

„Du hast es getan", sagt er, und ein Hauch von Unsicherheit – nicht Kummer – läßt seine Stimme erzittern. Ich kann es ihm nicht verübeln; er hat sein ganzes Leben im Schatten meiner Schande verbracht. „Endlich hast du es getan, Jarrass."

„Ja", gebe ich zurück und wünsche mir, er hätte mich dieses eine Mal Vater genannt. „Aber ich habe ihn nicht getötet. Er war schon tot."

„Das ist gleich", sagt Abissan und runzelt die Stirn, „solange du den Kopf hast."

Er bleibt, wo er ist, angespannt, als wolle er aufspringen und weglaufen. Als hätte er Angst vor dem Kopf.

„Meinst du, er kann dir weh tun?" frage ich. Ich kann der

Versuchung nicht widerstehen, ihn zu ärgern. Zwischen uns beiden steht zu viel Feindseligkeit, und daher kann ich ihn nicht auf freundlichere Art beruhigen.

Er schaut mich aus Augen an, in denen der Haß brennt. Schöne, klare Augen – die seiner Mutter. Ich muß mich vor ihm hüten. Seine Zeit steht bevor; er ist siebzehn, und bald wird er seine Jungfräulichkeit verlieren. Dann wird er mich verfolgen . . . wie ich Vater vor achtzehn Jahren verfolgt habe.

„Du darfst dich vor den Toten nicht fürchten“, sage ich ihm. „Nur vor den Lebenden. Die Toten können dir nichts tun.“

Ich krame in meiner Satteltasche herum, bis ich einen Sack finde, der aus gewebten *Mi'itor*-Fasern hergestellt und mit einem Wachs behandelt worden ist, das ihn wasserdicht macht. Ich hatte ihn für einen anderen Zweck mitgebracht, aber er wird dazu dienen, den Kopf meines Vaters zu tragen. Ich öffne den Sack mit meiner freien Hand. Ich lege den Kopf sorgfältig hinein.

Der Kopf macht auf mich nun kaum noch einen menschlichen Eindruck. Es ist ein seltsames, blasses Ding, eine schaurige Büste, die ein kranker Künstler gemeißelt hat. Ich drehe die Öffnung des Sacks zu und binde ihn an meinem Sattelknauf fest.

Die *Muras* krächzen, als ich meine Peitsche über ihre zusammengezogenen Flanken ziehe, um sie zum Aufstehen zu bringen.

„Willst du *jetzt* aufbrechen?“ fragt mein Sohn. „Wir brauchen Schutz für die Nacht – in diesem Sturm können wir nicht weiter.“

„Wir müssen den Kopf zu deiner Mutter bringen.“

„Jetzt?“

„Es braucht nur ein paar Tage zu dauern, bis wir da sind", sage ich. „Je früher, desto besser . . . nach achtzehn Jahren."

Abissan ist mit dieser Erklärung offensichtlich zufrieden. Er hätte es natürlich vorziehen können, daß ich Vater töte, aber im Grund hat er nicht erwartet, daß etwas geschieht – genausowenig wie ich. Nun, da ich den alten Mann tatsächlich enthauptet habe, ist er unruhig. Der Anblick eines abgetrennten menschlichen Kopfs hat sogar seine jugendliche Aggressivität gedämpft. Ich muß handeln, bevor er seine Nerven wiederfindet.

Ich führe die Tiere wieder hinaus auf die offene Fläche. Der Sturm heult wie tausend verdammte Seelen, und die *Muras* gehen nicht so gern hinaus, wie sie hereingekommen sind. Ich aber ziehe abwechselnd an ihren Zügeln und besänftige sie mit einer *Bu'ulafor*-Wurzel, und so gelingt es mir, sie in den herabstürzenden Regen hinauszubringen. Ich bin bis auf die Knochen naß, aber wir müssen uns unbedingt auf den Weg machen. Ich darf Abissan auf der anderen Seite nicht sehen lassen, wieviel mir daran liegt; jeglicher Verdacht von seiner Seite muß abgelenkt werden.

„Geh vor", sage ich zu ihm, während wir die *Muras* besteigen.

„Das kann ich nicht, Jarrass", sagt er. „Ich habe die Orientierung verloren." Und das ist nicht verwunderlich. Er hat das Haus seiner Mutter nicht gesehen, seit er sechs Jahre alt war. Das ist eine Tradition, die ich nicht verletzt hatte, obwohl Femalwen mich über Abissans Gebrüll unter Tränen beschworen und verflucht hatte. Ich hatte den Großvater des Kindes nicht getötet, sagte sie, und so hatte ich auch nicht das Recht, ihn aufzuziehen. Nach dem Gesetz können zwei Männer von dem gleichen Blut, die beide fortpflanzungsfähig sind, nicht in der gleichen Familie leben. Ein männliches Kind muß aber auf Newth alles über sein kurzes Leben von einem Mann lernen – seinem Vater. Auch das gebietet das Gesetz.

Das Gesetz.

Ich wollte Abissan durch meine Erziehung mehr beibringen, so daß er mehr verstand als das Gesetz es verlangte.

Ich deute nach dem schwankenden Wald. Er scheint sich noch enger an den schlammigen Hügel zu drängen als vor einer Stunde, als wir Vaters Spuren bis zu diesem einsamen, stürmischen Platz gefolgt sind.

„Sollten wir nicht zuerst Großvaters Leiche begraben?" ruft Abissan über dem Wind.

„Er hätte das nicht gewollt", sage ich. Abissan hat Vater natürlich nicht gekannt und muß deshalb akzeptieren, was ich ihm sage. „Dein Großvater möchte sich lieber mit der Welt von Newth vereinigen und in ihren Boden zerfallen."

Mein Sohn nickt.

Wir rucken an den Zügeln, und unsere *Muras* lehnen sich in den herabströmenden Regen. Das dritte folgt uns als Packtier. Wir stampfen schwer durch den Schlamm auf den nahe gelegenen Wald zu. Während wir mit unseren kapuzengeschützten, auf die Brust gesenkten Köpfen reiten, habe ich einen Moment Zeit, um mir über meinen weiteren Weg Gedanken zu machen. Wenn nur ein einziges Detail meines Plans fehlschlägt, bin ich ein toter Mann. Wenn jedoch alles gut geht, werde ich von dieser Welt lebend fliehen können . . . und ohne meinen Vater getötet zu haben.

Auf der anderen Seite wäre Vater noch am Leben, wenn ich nicht hierhergekommen wäre. Die Waldleute – die Calcitu'ua – hätten es mir vielleicht erlaubt, bei ihnen zu bleiben. Sie haben ihn in seinen letzten Tagen beherbergt, bis er zu dem schlammigen Hügel weggelaufen ist, wo er starb. Oder haben ihn die Calcitu'ua verbannt, weil sie Schwierigkeiten mit mir aus dem Weg gehen wollten?

Das ist schwer zu sagen; ihr Anführer, Nath, haßt die Menschen, duldet aber einzelne von ihnen. Mein Vater und ich waren bei seinem Volk immer willkommen. Ich war nun schon seit Jahren nicht mehr in ihrem Dorf, weil Abissan alle Waldbewohner abgrundtief verabscheut.

„Es ist lange her, seitdem du meine Mutter gesehen hast, nicht wahr, Jarrass?" fragt Abissan. „Was ist, wenn – wenn sie nicht mehr da ist?"

„Du meinst: Wenn sie tot ist, nicht?" sage ich. „Also, das ist unwahrscheinlich. Deine Mutter gehört zu den wenigen glücklichen Frauen, die die Blutfäule überstanden haben. Nichts wird sie in ihren besten Jahren töten. Ich kann mir vorstellen, daß du schon sehr bald zu deinem Geburtsrecht kommen wirst."

Abissan sagt nichts, und wir reiten weiter durch den unaufhörlichen Regen auf die schwarzen Äste des nahen Waldes zu. Seine Ablehnung wird sich durch beschwichtigende Worte allein nicht besänftigen lassen. Er hat sein gesamtes junges Leben als ein Ausgestoßener verbracht – als der Sohn eines Mannes, der nicht ‚ehrenhaft' gehandelt hat, der den hergebrachten Ritus der Mannbarkeit nicht vollbracht hat –, und die Werte, die ich ihm vermittelt habe, sind ihm so verhaßt geworden wie der Lehrer. Das Konzept Gnade läßt ihn höhnisch grinsen. All das Buchgerede aus der Heimatwelt über Humanismus betrachtet er als die Philosophie von Feiglingen, die sein Leben von Anfang an vergiftet hat. Lieber Vater, die ‚Liebe zum Menschen', die du so eifrig gepredigt hast, trägt bei deinem Enkel als Frucht nur bitteren Haß.

Auch ich hatte meine Zweifel, als ich so alt wie Abissan

war. Verwirrt und voller Ärger meinem Vater gegenüber wegen einer Disziplinarmaßnahme ging ich zu Femalwens Haus. Wie hätte ich wissen können, daß sie aus ihrem Stall junger Männer ausgerechnet mich aussuchen würde? Sieben andere waren in jener Nacht noch in der Küche. Ich trank zu viel, hörte den trunkenen Prahlereien der Bewerber und ihrem bewußt überlauten Gelächter zu. Als sie erschien, brachte ihre wollüstige Schönheit sie zum Schweigen. Und als die junge Frau mich bei der Hand nahm und mich aus der Küche heraus in ihr Schlafzimmer führte, hörte ich einen Chor von Beifallsrufen von meinen Rivalen.

Als wir erst einmal in ihrem Schlafzimmer waren, waren mit Femalwen keine Argumente mehr möglich; sie war zu sehr Frau. In meiner Lust schob ich alle Gedanken an den Vater aus meinem Kopf, der mich liebte und mir von der größeren Welt jenseits von Newth berichtet hatte.

Ich erinnere mich noch deutlich an das graue Licht der Dämmerung, die dieser Nacht der Freude folgte. Als die Vernunft sich wieder aus den unverständlichen Mustern meiner Träume erhob, wurde mir klar, daß der Mannbarkeitsritus begonnen hatte. Wie ein Schlafwandler zog ich mich an, ging zum Stall und sattelte mein *Mura.* Ich ritt zum Zelt meines Vaters, und mein Schädel klopfte von den Exzessen meiner Hochzeitsnacht. Ich wußte, was getan werden mußte, aber es schien unwirklich. Als die Sonne aufging, schlug mein Herz immer wilder.

Als ich mich seinem Lager näherte, wuchs meine Panik. Vielleicht konnte ich ihn zu einem Streit provozieren, überlegte ich mir verzweifelt. Das würde es leichter machen. Wenn er zornig wurde und versuchte, mich dafür zu bestrafen, daß ich die ganze Nacht weggeblieben war, könnte ich es vielleicht tun.

Er aber wartete geduldig in einer Hängematte aus *Ota*-Film und las ein Buch.

„Jarrass, wo warst du?“ fragte er mich. „Ich habe mir Gedanken über dich gemacht.“

Als ich ihm keine Antwort gab, fragte er mich, was los sei.

Ich zog mein Messer, damals noch so blank und neu.

Ich zitterte so sehr, daß ich dachte, ich würde es fallen lassen.

Seine Hitzepistole lag auf der Bücherkiste hinter ihm, aber er machte keine Bewegung in ihre Richtung. Statt dessen sah er mir direkt in die Augen und sagte:

„Du hast also deine Jungfräulichkeit verloren.“

Sein Bild verschwamm vor meinen Augen, als sie von heißen Tränen überschwemmt wurden. Ich weinte und warf das Messer nieder.

„Lauf, Vater! Lauf – oder töte mich!“ rief ich. „Ich muß es tun! Ich muß . . .! Aber ich kann es nicht.“

Als ich auf die Knie fiel, legte er mir die Hand auf die Schulter und gab mir ein Tuch, um meine Augen damit zu trocknen. Ich sah in sein starkes Gesicht auf, in seine klaren, dunklen Augen, und ich wußte, daß ich ihn nicht töten konnte.

„Ich werde weggehen müssen, Jarrass“, sagte er. „Und früher oder später wirst du mich verfolgen müssen. Offensichtlich ist das unser Schicksal. Ich habe deinen Großvater getötet, als ich so alt war wie du, und für mich habe ich das gleiche Ende erwartet. Es wäre vielleicht für uns beide leichter gewesen, wenn du es getan hättest! Trotzdem wäre es falsch gewesen.“

Er raffte das Nötigste zusammen, nahm seine Hitzepistole und schlug die Öffnung des Zelts zurück. Vom Eingang her sagte er:

„Denk an die Worte aus dem Buch von der Heimatwelt, die Worte, die uns sagen, wie wir Menschen sein sollen. Unter ihnen ist der Befehl: ‚Du sollst nicht töten.‘“

Dann war er verschwunden. Achtzehn Jahre lang sollte er auf der Flucht sein, ohne Zweifel mit der festen Überzeugung, daß er das verdiente, weil er seinen Vater getötet hatte. Ich nehme an, er dachte, daß der Druck der Gesellschaft mich schließlich dazu bringen würde, ihn zu verfolgen. Um sich vor mir zu verstecken, ging er tiefer in den Wald hinein.

Und nun rufen die dunklen Zweige dieses Waldes mich und meinen Sohn in ihre düstere Welt. Der Regenvorhang wird dünner, als wir von den ruhelosen Bäumen etwas vor den Elementen geschützt werden. An diesem dunklen, unbeleuchteten Ort gibt es nichts, was Theologie von der Heimatwelt ermutigen könnte.

Unwillkürlich schüttle ich meinen Kopf, denn es fällt mir ein, daß ich den Kopf meines Vaters in einem am Sattel festgebundenen Sack bei mir trage. Ich hätte ihn natürlich auch auf das Packtier laden können, aber ich halte es für klug, ihn selbst zu Femalwen zu tragen, damit sie und Abissan an mich glauben . . . nach all den Jahren.

Ich hatte mich nicht aufgemacht, um ihn zu töten, aber ich hätte es getan, statt ihn erfrieren zu lassen. Ich bin nur gekommen, um ihm von meinem Plan zu berichten. Als ich ihn tot vorfand . . .

„Abissan“, sage ich, um mich von meiner Tat abzulenken, „der Wald ist ein merk–“ Meine Worte werden unterbrochen, weil mein *Mura* verängstigt scheut. Fast werde ich abgeworfen, aber es gelingt mir, mein Reittier zu beruhigen.

Wir sind von den Waldleuten – den Calcitu'ua – umringt. Ihre gelben Augen starren uns aus pelzigen Köpfen an, und sie haben ihre spitzen Waffen stoßbereit erhoben.

Sie schweigen.

Ich hebe meine Hand mit einer friedlichen Geste hoch; ich weiß, was sie wollen. Am Rand meines Gesichtsfelds sehe ich, wie Abissan seine Hitzepistole zieht.

„Steck das weg!“ Meine Stimme hallt durch die von Wind und Regen geschützte Lichtung.

Widerwillig gehorcht mir Abissan und steckt die Waffe aus blauem Stahl weg. Angewidert wird mir klar, daß er gut einen oder mehrere von den Clacitu’ua hätte töten können, wenn ich nicht eingegriffen hätte.

Der Anführer starrt ihn an; sein Schwanz rollt sich ein und streckt sich aus, rollt sich ein und streckt sich aus. Das ist Nath, den ich vor langer Zeit gekannt habe. Er ist ein schlauer Bursche. Ohne seine Augen von Abissan zu nehmen, tritt er vor. Ich kann an der Seite seines Gesichts die rote Spur einer Schnittwunde erkennen, als er näher kommt. Man sagt, daß er diese Wunde vor vielen Jahren bei einem Kampf gegen einen Menschen empfangen hat. Ich weiß wirklich nicht, ob an dem Gerücht etwas Wahres ist, aber ich weiß, daß Nath kein Freund des Menschen ist und das auch noch nie war. Er war es, der sein Volk gegen die Calcitu’ua geführt hat, die mit den Menschen zusammenleben wollten, damals, als unsere Vorfahren so erfolglos versucht hatten, ihr irdisches Gefühl für Ordnung und Fleiß Newth aufzuzwingen.

Sein Hauptgegner Tru’ug lebt bis zum heutigen Tag in Femalwens Haus. Unter den Calcitu’ua hat die Feindschaft, die Tru’ug in Gang gebracht hat, nicht nachgelassen, und auch die Einzelheiten des Kriegs, die seit drei Generationen mündlich weitergegeben werden, sind ebenso frisch. Fakten sind jedoch nach und nach durch Sagen ersetzt worden, als die Stämme, die einst mit den Terranern zusammengearbeitet hatten, im Lauf der Jahre in den Wald zurückgekehrt sind, während die Menschen gezwungen waren, sich an Newth anzupassen. Die Sitten des Menschen änderten sich, während er sich abmühte, das einzige Geschenk des Planeten zu überleben – die Blutfäule.

Er gibt uns durch Winken zu verstehen, wir sollen ihm folgen. Uns bleibt keine Möglichkeit, uns seinem Befehl zu widersetzen. Die Zügel der *Muras* werden ergriffen, und wir werden durch die gewundenen Äste des Waldes in ihr Dorf geführt.

Wir erreichen es innerhalb einer Stunde. Das Dorf ist genau so, wie ich es in meiner Erinnerung trage – ein Irrgarten von lebenden *Na'aor*. Das sind weder Pflanzen noch Tiere, aber nach dem Glauben der Calcitu'ua größer als beide. Die bewohnten Waben rollen sanft gegeneinander wie kleine Hügel unter den triefenden Bäumen. Rauch erhebt sich aus teilweise offenen Spalten an der Spitze der Wohnungen der Waldleute, der von Feuern darin aufsteigt.

„Warum hast du es zugelassen, daß wir hierher gebracht worden sind?“ fragt Abissan, während wir uns unseren Weg zwischen den Waben suchen.

„Sie wollen nur wissen, ob es getan ist“, sage ich. „Dein Großvater hat hier gelebt, mußt du wissen. Sie wollen von mir erfahren, ob . . . ob er tot ist.“

„Ich bin trotzdem froh, daß wir unsere Hitzepistolen haben.“ Als er gerade auf sein Halfter tätscheln will, greift eine kleine haarige Hand sich blitzschnell Abissans Waffe. Mein Sohn packt in die Luft. Er tritt einen Schritt auf den winzigen Dieb zu, aber die Hitzepistole wird Nath zugeworfen.

Nath fängt sie aus der Luft auf und nimmt das Magazin heraus. Er starrt mich an.

„Mein Jarrass wird nicht schießen?“ fragt er.

„Nein. Ich werde nicht schießen."

„Dann gib *mir* die Pistole!" brüllt Abissan.

„Abissan!"

Ärgerlich ziehe ich an seinem Umhang und zerre sein Gesicht zu meinem hin. Ich sehe, wie sein Ärger verschwindet, als werde er von meinem aufgenommen. Er wird in seinen jungen Augen durch Furcht ersetzt – den hellen, verstohlenen Augen eines gejagten Tieres. Fast kann ich seine Gedanken lesen. Hat Jarrass diese Situation irgendwie mit Nath abgesprochen? fragt er sich. Wird sein eigener Vater ihn hier in der Wildnis töten, damit niemand dem falschen Bericht über seinen Tod widersprechen kann?

„Sie sind zornig auf dich", sage ich, um seine Zweifel aus dem Weg zu räumen. „Du hast ihnen einen guten Grund gegeben, dich zu töten. Du bist besser ruhig."

Ich entlasse ihn aus meinem Griff. Er macht einen ungeschickten Versuch, mir meine Pistole abzunehmen. Ich packe sein Handgelenk mit einem Griff wie ein Schraubstock.

Er zieht sich zurück, und ich lasse ihn los.

„Am liebsten würde ich sie alle umbringen", sagt er mit einer Stimme, in der sowohl Überzeugung als auch Gleichgültigkeit mitschwingt. „Am liebsten würde ich das ganze Pestloch niederbrennen, dieses gottverdammte –"

Verblüfft sehe ich, wie ein Teppich aus grauem, verfilztem Fell über meinen Sohn schwärmt und ihn von seinem Reittier stößt. Er wird keuchend von einem halben Dutzend Calcitu'ua auf den Boden gedrückt. Nath, kaum einen Meter groß, klettert auf ihn und setzt sich auf seine Brust. Der alte Waldbewohner schiebt das Magazin in die Pistole zurück und spielt, die Augen auf Abissan gerichtet, damit.

„Mein Jarrass", sagt er, „was soll ich mit ihm tun, deinem

jungen Selbst?“ Nath spricht von Abissan nach der Art der Calcitu’ua – als Teil der Eltern. Sicher lebt mein Sohn nur deshalb noch, weil ich Nath kenne. Nath wartet darauf, daß ich ihm ein Zeichen gebe.

Ich schwinge mein Bein aus dem Steigbügel und steige ab. Ich binde den Sack von dem Sattelknauf los und lege ihn auf den fetten, feuchten Boden. Ich sehe kurz zu Abissan hinüber, der mich mit entsetzter Faszination anstarrt. Die Möglichkeit, daß ich ihn töten will, ist noch immer nicht aus seinem Kopf verschwunden. Daß er sterben könnte, und nicht ich.

Ich frage mich, warum mein Sohn nicht weiß, daß ich ihn liebe.

Ich beuge mich hinab, öffne den Sack und taste darin herum, bis ich die Kopfhaut meines Vaters spüre. Ich packe seine langen Locken fest und zerre seinen Kopf herauf, um ihn hochzuhalten, damit ihn alle sehen können. Er hängt an einem Strick aus weißem Haar und dreht sich langsam. Er ist zianotisch, eingeschrumpft; schwarze Tropfen sammeln sich an dem durchschnittenen Hals und fallen auf den Boden. Trotzdem ist mein Vater zu erkennen.

Als die Waldleute meinen Vater sehen, ertönt ein unterdrücktes Keuchen, und dann erhebt sich ein Stimmengewirr. Nath beginnt zu murmeln. Die Vokale fließen ineinander, als würde die Aufzeichnung einer menschlichen Stimme mit hoher Geschwindigkeit rückwärts abgespielt – ein Gebet in der Sprache der Calcitu’ua.

„Das ist der Kopf meines Vaters“, sage ich. „Ich habe ihn von seinem Körper abgeschnitten.“

Stille, unterbrochen durch den leisen Aufschlag der Regentropfen, die von den Bäumen herabfallen.

„So ist es bei uns üblich“, spreche ich weiter. „Mein Sohn

wird mit mir das gleiche tun. Wenn er es nicht tut, wird er Schande über viele Menschen bringen – Schande und Ehrlosigkeit. Ich bitte euch darum, ihn am Leben zu lassen."

Nath sieht mich von seinem Sitz auf Abissans Brust mit leuchtend gelben Augen an.

„Will mein Jarrass sterben?"

„Nein. Aber ich will, daß mein Sohn lebt."

Nath denkt darüber nach. Schließlich nickt er denen zu, die Abissan festhalten. Sie stehen auf. Als seine Glieder frei sind, öffnet und schließt Abissan seine Hände, als sei er so voller Wut, daß er aufspringen und alles, was er sieht, zerstören wird. Naths lange, hornige Zehen aber sind noch um seinen Brustkasten geschlossen, und seine gelben Augen brennen unverwandt auf ihn hinab. Er rührt sich nicht.

Ein sonores Brummen erhebt sich aus einer Calcitu'ua-Kehle. Andere schließen sich an, bis das ganze Dorf mitklingt. In den Waben öffnen sich nacheinander Spalten, die auf die Vibrationen der Stimmen reagieren. Einige Augenblicke später sind mein Sohn und ich allein mit Nath.

Die kleine menschenähnliche Gestalt springt von Abissans ausgestrecktem Körper herunter und landet in dem Matsch neben mir. Nath sieht zu dem Kopf meines Vaters auf.

„Mein Jarrass", sagt er. „Du gehst in das Lager meines Feindes."

„Und du, bist du mein Freund?" frage ich. „Mein Vater hat gedacht, du bist sein Freund, und du hast ihn im Sturm hinausgeschickt."

Er sieht mir eindringlich in die Augen.

„Er hat es so gewünscht", sagt Nath schließlich. Wieder sieht er den Kopf an. „Er hat es so gewünscht."

Ich weiß nicht, ob ich diesem schlauen alten Waldbewohner glauben soll oder nicht. Ich lasse es ruhen.

„Tru'ug ist nicht der Freund meines Jarrass", sagt Nath. „Er ist weder Freund des Menschen noch der Calcitu'ua."

„Er ist schon lange bei Femalwen."

„Er gibt nichts", sagt Nath und dreht seinen Kopf einer kleinen, runden Wabe zu. „Hüte dich vor ihm."

Er summt ein schönes, langsam auf- und abklingendes Lied. In dem nahtlosen Hügel seines Hauses schwillt eine Blase auf und wird immer dünner, bis sie durchsichtig ist. Die Kanten einer glatten Spalte wölben sich wie ein Paar Lippen und öffnen sich langsam.

Nath ist verschwunden.

Ich stecke den Kopf meines Vaters wieder in den Sack und binde ihn an der Satteltasche fest. Die *Muras* sind unruhig und treten von einem Bein auf das andere.

Abissan steht auf und klopft sich mit schamrotem Gesicht ab. Die kleinen Männer mit den Schwänzen haben einen Narren aus ihm gemacht.

„Komm, gehen wir", sage ich.

„Ohne meine Hitzepistole gehe ich nirgendwohin", sagt er.

„Glaubst du vielleicht, sie geben sie dir jetzt zurück, damit du sie alle töten kannst?"

„Ohne diese Pistole kann ich nicht gehen",sagt er hartnäckig.

„Das müssen wir aber." Die Hitzepistole ist ein unschätzbarer Verlust, sicher. Wahrschenlich ist es der wertvollste Besitz, den ein Bewohner von Newth haben kann. Weder die Pistolen noch die Magazine, die sie mit Energie versorgen, sind seit meiner Geburt auf dieser Welt hergestellt worden. Welches Prestige sie uns verleihen! Mit einer dieser Pistolen kann ein Mann fast so viel Respekt erwarten wie eine erwachsene Frau . . . oder ist es nur Angst?

„Los, komm“, sage ich und warte auf Abissan. Ich kann erkennen, daß er erschüttert, sein Stolz schwer verletzt ist. Ich sehe es nicht gern, daß er so erniedrigt wird, aber ich weiß, daß es ihm guttut. „Komm, bevor Nath seine Meinung ändert.“

Abissan wirft verstohlene Blicke um sich, geht zu seinem *Mura* und steigt auf. Wir reiten zwischen den Waben aus dem Dorf hinaus.

„Du darfst die Waldbewohner nicht hassen“, sage ich, nachdem wir eine Zeitlang schweigend geritten sind. „Denke daran, daß diese Welt ihnen gehört hat, bevor der Mensch hier angekommen ist.“

„Jetzt gehört sie ihnen nicht mehr.“

„Mehr als letztes Jahr“, antworte ich, „und noch mehr als im vorletzten Jahr . . . und eines Tages wird sie ihnen wieder ganz gehören.“

„Warum?“ fragt Abissan. „Weil unsere Frauen jung sterben? Meine Generation ist vielleicht die erste, der Mädchen ohne die Blutfäule geboren werden.“

„Das sagen sie immer“, antworte ich. „Das ist der Grund, warum die ältere Männergeneration getötet wird und nicht die männlichen Kinder oder die jungen Männer.“

„Sie behaupten aber auch, daß es eine Methode gibt, Kinder ohne Frauen zu machen.“

„Auf manchen Welten vielleicht, aber nicht auf Newth“, sage ich und versuche, ihm die Tatsachen zum tausendstenmal zu erklären. „Hier brauchen wir die Frauen, um Kinder zu gebären, und die meisten Frauen sterben, wenn sie die Pubertät erreichen. Die Blutfäule ist eine Überproduktion mancher Zellen, ursprünglich ein Schutz vor einer Krankheit. Irgendwie wird sie durch die erste Menstruation eines Mädchens ausgelöst.“

„Und deshalb müssen die Männer sterben“, sagt Abissan und bringt meine kleine Rede zu Ende.

„Es sei denn, sie werden von ihren Söhnen verschont.“ Aber ich denke, daß die Enthauptung meines Vaters für mich so schlimm schien wie sein Mord. Sie ist etwas, das ich nie vergessen werde, dessen bin ich mir sicher. Ich kann das tote Fleisch meines Vaters spüren, sein Blut riechen und schmecken, seine Wirbelsäule zerbrechen hören. Ich erinnere mich daran, daß es zwar ungeheuerlich, aber der einzige Ausweg war ... daß es der einzige Ausweg *ist* ... daß Vater es verstanden hätte.

Abissan ist blaß im Gesicht. Er hat heute schon viel durchgemacht, vielleicht zu viel für einen jungen Mann seines Alters. Er hat seine Hoffnung auf das Ende der Schande gerichtet, und das ist der Traum, der ihn all die Schrecken ertragen läßt.

Natürlich wird er nie so frei sein, wie er sich das vorstellt. Er trägt in sich die Seele des Flüchtigen. Eines Tages wird er merken, daß er immer auf der Flucht sein wird, ganz gleich, ob ich bei ihm bin oder nicht. Er schweigt, während wir weiterreiten.

Das Wissen tröstet mich, daß ich ihm das Leben gerettet habe. Mir drängt sich die Frage auf, welche Gefühle sich darüber bei ihm eingestellt haben. Wird er mich von jetzt an etwas weniger verachten? Oder sogar noch mehr?

Der Sturm läßt nicht nach. Wir folgen dem Pfad im Wald, wandern aber dann und wann aus dem einen oder anderen Grund aus seinem Schutz heraus. Dann kreisen immer beutegierige *Re'evas* trotz des Sturms über uns, schweben mit vom Regen naß schimmernden Schuppenflügeln über uns und stoßen herab. Sie riechen das Fleisch am Kopf meines Vaters.

Von Zeit zu Zeit wird der Wald undurchdringlich. Einmal, als ich versuche, mich durch eine Pflanzenwand durchzuhacken, zuckt ein sich windender Ast vor und trifft mich beinahe im Auge. Abissan schlägt mir vor, ich solle meine Hitzepistole benutzen, aber ich erinnere ihn daran, daß jetzt nur noch eine Hitzepistole übrig ist und es außerdem sowieso einfacher sei, das Hindernis zu umgehen. Wir tragen weder Schuppen noch Fell, und auch das Summen verstehen wir nicht gut; wir werden uns einen Weg wählen, der frei von Hindernissen ist.

Er murmelt etwas vor sich hin, während ich aufsteige, aber ich kann nicht verstehen, was er sagt.

Die beweglichen Pflanzen sind wegen des Regens schwerfällig und träge. Manchmal kann ich durch die dicken Ranken und Bodenäste die gelben Augen eines Calcitu'ua ausmachen. Jedesmal, wenn ich noch einmal hinschaue, sind sie verschwunden.

Wir kommen aus dem Wald, um einem Flußlauf zu folgen. Regenschwaden begrüßen uns und übersäen das Wasser mit Tausenden von grauen Punkten. Da der Wald auf der einen Seite über den Fluß hängt, durchwaten wir ihn. Auf der anderen Seite erstreckt sich ein einige Kilometer langer Teppich von Pilzen. Wenige Meter vom Fluß entfernt erhebt er sich zu einem riesigen, triefenden Kamm, einer gefrorenen Welle, die gerade schmilzt. Der Kamm folgt dem Flußufer, so weit wir durch die Regenschleier sehen können. Es bleibt für uns gerade noch genug Platz, um zwischen dem Pilzbewuchs und dem unruhigen Wasser in dem nassen Boden mühsam weiterzustampfen.

Ich versinke mehr und mehr in meine eigenen Gedanken, zum Teil, weil es so schwierig ist, mit Worten den tobenden Sturm zu übertönen, und überlege mir, was es mit dem unerwarteten Erscheinen von Nath und seinen Leuten auf sich hat. Hatte Vater damit etwas zu tun? War es vielleicht möglich, daß er mich auch noch nach seinem Tod beschützte? Hatte er vielleicht Nath darum gebeten, uns gefangenzunehmen und meinen Sohn zu verängstigen, damit ich ihn dann „retten“ konnte?

Zweifelhaft, aber was konnte die Calcitu'ua sonst zu ihrem Verhalten veranlaßt haben?

Es ist ein ausweglose Problem – ein Rätsel ohne Auflösung. In solchen Dingen verliere ich mich so leicht, aber dafür ist jetzt keine Zeit; um solchen zwanghaften Gedankengängen aus dem Weg zu gehen, versuche ich, Abissan in eine Unterhaltung zu verwickeln. Jetzt, wo ich ihm das Leben gerettet habe, kann er wenigstens mit mir reden.

„Jarrass, hast du manchmal den Wunsch, daß ich als Mädchen auf die Welt gekommen wäre?“ fragt er. Er hat meine Bemerkung nicht gehört. Vielleicht hat der Zwischenfall mit den Waldbewohnern ihn zum Überlegen gebracht.

„Nein“, sage ich. „Früher war das einmal so, aber schließlich bin ich zu dem Entschluß gekommen, daß der Kummer, den ich hätte ertragen müssen, wenn meine zwölfjährige Tochter an der Blutfäule stirbt, viel schlimmer ist als das Wissen, daß mein Sohn versuchen muß, mich zu töten.“

„*Versuchen* muß, dich zu töten?“ sagt Abissan verächtlich. „Niemand, der einen Sohn hat, entgeht der vom Gesetz bestimmten Hinrichtung.“

„Manche schon“, sage ich und schaue auf den Sack hinab.

„Mein Großvater ist das einzige Beispiel, das ich kenne.“

„Es gibt . . . andere.“

„Diejenigen, die ihren Sohn zuerst töten“, sagt er. „Aber das sind Verbrecher, die wie Tiere gejagt und ausgerottet werden.“

Ich erwähne diejenigen nicht, die entkommen, ohne jemanden zu töten, diejenigen, die über die Mittel verfügen, diese Welt zu verlassen ... auch für die Reichen eine Seltenheit, weil das Element der Zeit eine Rolle spielt. Ich sage nichts mehr, denn wenn Abissan meinen Plan vermuten sollte, würde alles unendlich viel schwieriger werden. Mein Sohn und ich verstehen uns zur Zeit besser als seit Jahren. Ich will mein Glück nicht auf die Probe stellen. Abissan ist sehr klug ... ich erinnere mich noch an seinen ersten Jagderfolg vor fünf Jahren ... als er erst zwölf Jahre alt war. Er hatte mich seitlich überholt, um einen *Dra*-Bock abzudrängen, und erwartete kühl seinen Angriff. Mit einer schnellen Reihe von Schüssen aus seiner Hitzepistole brachte er den wütend schnaubenden Angriff zu Ende und fällte das Tier. Die Hälfte davon war natürlich zu Asche verbrannt – kaum als jagdliche Höchstleistung zu bezeichnen –, aber auch noch die Überreste versorgten uns für eine lange Zeit mit Nahrung.

Er konnte mich wieder überholen, seine Jungfräulichkeit verlieren, während ich ihn aus den Augen verloren hatte, um dann mich in Angriff zu nehmen ... die Sache hinter sich zu bringen ... mich zu töten.

Das hungrige Blöken der *Re'evas* aber ruft mich in die Gegenwart zurück. Ich werde daran erinnert, daß die Zeit, in der Abissan für den Mord an mir reif ist, noch weit vor uns liegt, zumindest, was die Entfernung betrifft. Ich werde von hier weg sein, bevor er die Gelegenheit bekommt, sich mit einer Frau zu vereinigen ... es sei denn, Femalwen hat sich verändert und findet jetzt Gefallen an der Gesellschaft anderer Frauen. Bei all ihren Reichtümern und ihrer sozialen Stellung bezweifle ich das ... man könnte sogar sagen, daß ich darauf mein Leben setze.

Inzwischen steht jedoch etwas auf meiner Seite, das ich vorher nicht besessen habe. Mein Sohn schuldet mir sein Leben, und er glaubt, daß ich meinen Vater enthauptet habe, weil ich damit verspätet die Familienehre wiederherstellen wollte. Wenn er erkennt, warum ich es wirklich getan habe, wird unser unsicherer Friede ein Ende finden, fürchte ich.

Wenn es aber erst einmal soweit ist, kann Abissan nichts mehr tun – wenn er mich nicht in die Sterne verfolgt.

Die Sterne, wo Newth und seine barbarischen Sitten und Gebräuche nichts mehr bedeuten werden.

„Ist nicht ein Mensch größer als eine Welt?" sage ich, laut vor mich hindenkend.

„Was?" fragt Abissan.

„Ich wiederhole einen Gedanken von Emerson", sage ich. „Ich habe ihn in einem der Bücher gelesen, die dein Großvater zurückgelassen hat, als er . . ."

„Ach so", antwortet Abissan, zeigt aber nicht sein übliches verächtliches Grinsen. Zum erstenmal in seinem Leben hat er gesehen, wie ich meine Überzeugung in die Praxis umgesetzt habe: Ich habe um das Leben meines Sohnes gebettelt, obwohl er versuchen würde, mich zu töten.

„Es scheint merkwürdig, daß du Mutter so schnell den Kopf bringen willst", sagt Abissan nach einiger Zeit.

„Je eher, desto besser", antworte ich. „Bevor er anfängt zu faulen." Dieser Versuch, Abissans Argwohn zu beschwichtigen, scheint erfolgreich zu sein.

Mein wirklicher Grund für diese Eile ist, daß es nur noch wenige Tage dauern wird, bis das Schiff ankommt – das erste Schiff von der Erde seit einundzwanzig Jahren. Als das letzte kam, war ich erst vierzehn; und es wird keines mehr kommen, bis ich sechsundfünfzig Jahre alt bin . . . falls ich so lange lebe.

„Mutter wird sich freuen, wenn sie ihn sieht, nicht wahr?“ fragt Abissan, der noch immer von dem Kopf spricht.

„Es sind schon viele Köpfe auf die Dornen ihres Hauses gesteckt. Einer mehr oder weniger wird für sie kaum einen Unterschied machen. Sie wird sich aber darüber freuen, dich zu sehen.“

„Warum hast du mich ihr weggenommen, Jarrass?“ will Abissan wissen.

„Warum? Weil ich dich aufziehen wollte, wie das Gesetz es vorsieht.“

„Aber du hattest doch schon gegen das Gesetz verstoßen.“

„Nur aus Gewissensgründen.“

„Gewissen?“ sagt er. „Dein Gewissen hat mich zum Ausgestoßenen gemacht.“ Einen Augenblick lang verzerrt sich sein Gesicht wieder vor Haß und Ablehnung, und seine Augen nehmen den mörderischen Glanz des Raubtiers an – hinter ihnen lauert ein Dämon. Ich kann es ihm nicht verübeln; sein bisheriges Leben war ein Alptraum. Trotzdem versuche ich immer wieder, ihn den Grund dafür sehen zu lassen, warum ich Vater nicht töten konnte. Ich bin davon überzeugt, daß meine Motive nicht nur selbstsüchtig waren. Ich habe mich mit Zweifeln zerfressen, hatte in tausend schlaflosen Nächten die Gründe für mein Verhalten und meine Gefühle herausgefunden. Ich kann es meinem Sohn nur auf eine einzige Art erklären.

„Ich hatte gehofft, in dir Liebe zu mir zu erwecken“, sage ich. „So, wie ich meinen Vater geliebt habe.“

Abissan sieht mich auf eine Art an, die ich bei ihm nicht mehr gesehen habe, seit er klein war, seit ihm der Grund dafür klargeworden ist, daß wir an keinem Platz lange bleiben, keine Freunde haben wie die Kinder, die wir von Zeit zu

Zeit am Waldrand spielen gesehen hatten. Diese Dinge hat er mir nie verziehen.

Aber jetzt schwankt er ein wenig, glaube ich.

Der Gedanke erfreut mich, daß ich vielleicht Newth verlassen könnte, und mein Sohn sieht meine Überzeugungen mit freundlicheren Augen an oder teilt sie sogar. Oder ist das zuviel gehofft?

Auf dem letzten Teil unseres Weges verbreitert sich der Fluß zu einem breiten Sumpf. *Otas* spinnen mit wie Juwelen auf ihrem Rücken und ihren Kanten glitzernden Wassertropfen einen Film über Stücke des bewegten Wassers. Sie tanzen auf ihren zurückziehbaren Gliedmaßen zwischen den Wasserpflanzen mit ihren speerspitzen Blättern und suchen nach Nahrung. Ich sehe, wie einer von ihnen hochspringt; er trägt ein kleines, keuchendes Tier in seinen Kiefern.

Später können wir in der Ferne eine kleine Gruppe von Calcitu'ua ausmachen. Ihre Jagdgabeln stecken im Halfter, und sie machen ein Feuer an. In ihrer Mitte liegt der Körper eines *Ota*. Einer der Waldbewohner knüpft aus dem gallertartigen Film des Tieres ein Netz. Er rafft die Substanz aus einem Sack in der durchschnittenen Kehle des Tieres heraus. Wir winken ihnen beim Vorbeireiten zu. Sie rufen zu uns herüber, und ihre hohen Stimmen übertönen einen Moment lang den beißenden, durchnässenden Wind. Bald verklingen die Geräusche und sind verschwunden.

Nur noch der Sturm ist zu hören.

Nun, da der Himmel fast völlig dunkel ist, können wir Femalwens Haus sehen. Der borstige, schwellende *Na'aor*-Bau wird durch den Wald fast völlig abgeschnitten, dessen wärmesuchende Bäume ihn zu ersticken, lebendig zu begraben drohen. Als wir uns durch ihre klammernden Ranken schneiden, können wir die großen Dornen sehen, die von dem Dach hochragen. Auf einigen von ihnen stecken die Überreste menschlicher Köpfe – die Väter ihrer Liebhaber. Viele von den Köpfen sind herabgefallen und liegen wie runde, weiße Steine auf dem moosigen Boden, aus dem das Haus wächst.

„Was für eine Frau muß meine Mutter sein", sagt Abissan. Er ist jetzt alt genug, um das Haus einer Frau einschätzen zu können, das erste Mal, daß er seit seiner Kindheit eines von ihnen gesehen hat.

Donner rollt über unseren Köpfen, während wir uns den Weg durch die wenigen letzten Meter Wald freihacken. Wir steigen am Eingangsspalt des Hauses ab und lassen die *Muras* in dem ungenügenden Schutz ruhen, die seine Masse gewährt. Während ich den Sack losbinde, der inzwischen verfärbt und ölig aussieht, höre ich eine Stimme von drinnen – eine hohe, mädchenhafte Stimme. Hat Femalwen einer Laune folgend ein Haus voller junger Frauen für eine Einladung um sich versammelt und mich so unwissentlich im letzten Augenblick zu Fall gebracht?

Eine gedämpfte Vibration, und in der schwammigen Spalte bricht eine Blase auf, die anschwillt, bis sie durchsichtig ist. Ein gelbes Auge starrt daraus hervor. Ein Waldbewohner – die hohe Stimme hat ihm gehört. Ist das Tru'ug? Selbst er ist unter den gegebenen Umständen einer Frau vorzuziehen. Meine Befürchtungen scheinen jetzt lächerlich.

Ein saugendes Geräusch ertönt, als sich der Spalt wie eine Wunde öffnet. Dahinter steht Tru'ug. Er trägt einen goldenen Ring von der Erde um den Hals. An ihm hängen eine Anzahl von Schlüsseln, die Femalwens viele Truhen öffnen. In seiner kleinen Faust hält er den Teiler, der noch immer von dem Schlag vibriert, den er ihm auf dem Boden versetzt hat. Tru'ug summt nie, um ein *Na'aor* zu öffnen. Manche behaupten, daß er diese Gabe der Calcitu'ua verloren hat; andere behaupten, er wolle sein Erbe symbolisch ablehnen, indem er das Metallgerät statt seiner eigenen Stimmbänder benutzte.

Die Vibration verklingt, und Tru'ug stellt das Gerät auf dem Metallständer ab.

„Femalwen ist in ihren Räumen", zirpt er.

„Ist das deine Begrüßung für mich nach all den Jahren, Tru'ug?" frage ich. „Wie ein Fremder?"

„Jarrass", sagt er und nickt höflich.

Abissan sagt nichts. Er hat deutlich Angst vor dem Waldbewohner. Er hat vergessen, daß er Tru'ug gekannt hat, als er noch klein war. Ich mache mir im Kopf eine Notiz, ihn später daran zu erinnern, mache mir dann aber klar, daß ich dazu wahrscheinlich keine Möglichkeit bekommen werde.

„Ich bringe dich zu Femalwen", sagt Tru'ug.

„Das wird nicht notwendig sein", klingt Femalwens königliche Stimme durch den dunklen Gang. Sie tritt durch den engen Eingang zu einem benachbarten Zimmer, eine Vision von Fruchtbarkeit und Fülle. Ihre schweren Brüste hängen fast bis zu ihrer Hüfte herab, und ihr sinnliches Gesicht ist von weichem Fleisch gepolstert. Sofort spüre ich, wie sich das Verlangen in meinen Lenden regt. Sie ist schöner denn je.

„Femalwen", sage ich. „Ich bin . . . zurückgekommen."

„Ja", sagt sie. „Die Nachricht ist dir vorausgeeilt."

Ich spüre Tru'ugs durchdringenden gelben Blick in meinem Genick.

„Hast du einen meiner Söhne mitgebracht?" Sie dreht sich langsam und mit Bedacht Abissan zu.

„Ja", sage ich. „Er ist jetzt ein Mann. Ich dachte, du möchtest ihn vielleicht gern treffen."

Sie nickt feierlich.

„Wo ist der Kopf?" fragt sie.

„Draußen, auf meinem *Mura*. Das ist das erste Mal, daß ich ihn aus den Augen lasse, seit . . ."

„Dann hol den Kopf und bringe es hinter dich, Jarrass." Klingt ein Ton von Sympathie in ihrer Stimme mit? Hat Femalwen in der Zwischenzeit verstanden, warum ich meinen Vater nicht getötet habe?

Ich drehe mich wortlos um. Tru'ug schlägt auf den Teiler, und ich gehe wieder in den treibenden Regen hinaus. Die *Muras* krächzen mich unglücklich an, als ich den Sack losbinde.

„Tru'ug!" rufe ich durch den sich schließenden Spalt. „Bring bitte die Tiere in den Stall."

Er sieht mich an. Sein faltiges, graues Gesicht bleibt in der düsteren Beleuchtung des sich langsam schließenden Spaltes undurchdringlich.

„Ich werde mich um sie kümmern . . . Jarrass", sagt er, als sich der Spalt vollständig schließt.

Ich frage mich, ob er auch dann so höflich wäre, wenn er wüßte, daß er mir dabei hilft, Femalwen auszunutzen, damit sie mir hilft, Newth zu verlassen. Ich bin mir sicher, er würde meine Abreise von dieser Welt beschleunigen, wenn er es wüßte. Meine persönliche Bekanntschaft mit Nath ist Grund genug, bei ihm sehr vorsichtig zu sein.

Ich lehne mich in den starken Wind und überquere ein schlüpfriges Bett aus menschlichen Schädeln. Dann klettere ich langsam an dem Kamm an der sich herauswölbenden Seite des Hauses hoch, und der Regen prasselt gnadenlos auf mich herab. Ich stütze mich auf das schwammige Material, und meine Hand sinkt fast bis zu meinem Handgelenk darin ein. Von meiner freien Hand schwingt der Sack.

Das Haus wächst schon seit vielen Generationen – Femalwens Mutter und Großmutter haben hier gewohnt, ebenso wie ihre Brüder und ihre kurzlebigen Schwestern, ja sogar ihr Vater, als er noch klein war – und es ist riesig. Ich kann es nicht unterscheiden, ob es Sprossen zum Wald treibt, oder ob die *Natoca'abor*-Bäume sich an es herandrängen. Äste strecken sich nach meiner flüchtigen Wärme aus, während ich mich langsam auf der geschwollenen Seite des Hauses vorwärtsbewege. Ich arbeite mich Stück für Stück nach oben, rutsche auf dem weißen *Na'aor* aus und wäre fast gestürzt. Das Herz steigt mir in die Kehle, als ich in zwanzig Metern Höhe über dem dunklen, glitzernden Boden schwanke. Ich schwinge den Sack herum, um mein Gleichgewicht wiederzufinden, und das Gewicht des Kopfs meines Vaters zieht mich wieder in Sicherheit. Der Regen beißt mir in die Augen, als ich mich gegen den konvexen *Na'aor* zurücklehne und nach Luft schnappe. Jetzt, da ich so nahe bin, muß ich vorsichtiger denn je sein. Es ist gut möglich, daß Femalwen herausbekommt, was ich vorhabe, und versucht, mich umzubringen. Wenn ich nicht vorsichtig bin, werde ich ihr diese Mühe ersparen.

Ich hocke hier bis auf die Haut durchnäßt, zerbrechlich und elend auf dieser monströsen bewohnten Pflanze, und mein Plan scheint mir fast sinnlos. Selbst wenn ich es bis zum Dach schaffe, so frage ich mich, was dann? Werde ich es durchführen können?

Ich muß es.

Endlich habe ich wieder genug Kraft geschöpft, um weitermachen zu können. Ich klettere höher, und bald finde ich einen unsicheren Standort auf einem wulstigen Knoten, von dem aus die Spitze des Hauses leicht erreichbar ist. Vor mir ragen, immer wieder im Lichtschein der Blitze sichtbar, Dornen auf, die so dick wie menschliche Arme sind. Viele von ihnen sind mit Schädeln geschmückt, von denen die Kiefer in dem herunterprasselnden Regen schief herabhängen.

Das Rollen des Donners kommt näher, während ich den Dorn suche, dessen Spitze am höchsten aufragt. Ich krieche zielstrebig auf ihn zu, bis ich meine Hand ausstrecken und ihn packen kann. Ich richte mich auf und klemme den Dorn zwischen meine Beine. Ich öffne den Sack. Ich taste darin herum. Das Fleisch am Kopf meines Vaters ist schlaff und ölig. Es fühlt sich nicht wie Haut an.

Das ist kein Mensch mehr, sage ich mir. Ich kann es schaffen. Das ist das letzte Hindernis.

Ich hole den Kopf meines Vaters aus dem Sack.

Das Gesicht ist zwar eingeschrumpft und blau, direkt bis auf die Knochen eingefallen, wo das Fleisch keine Falten mehr wirft, sieht ihm aber noch ähnlich. In meinen Augen steht nicht nur das Wasser vom Regen.

„Vergib mir, Vater“, sage ich. „Es ist nicht anders möglich.“

Gib mir Mut, bete ich.

Ich hebe den Kopf, so hoch ich kann. Ich sehe auf den Dorn zwischen meinen Beinen hinab und schließe meine Augen. Mit all meiner Kraft drücke ich den Kopf meines Vaters auf die Spitze hinab.

In dem Augenblick, in dem mich die Berührung des Kopfes mit dem Dorn durchzuckt, höre ich einen Donnerschlag – aber vielleicht nur in meinem Kopf.

Für einen langen Augenblick stehe ich mit fest geschlossenen Augen in dem erbarmungslosen Sturm. Als ich sie endlich wieder öffne, sehe ich einen fremden Gegenstand, der da auf den Dorn gesteckt ist, blau-grau und schrecklich im Zucken der Blitze. Er enthält noch kaum sichtbar den Geist meines Vaters – und seine Seele, wie es mir einen entsetzlichen Moment lang scheint.

Es ist vollbracht . . . Alles, mit einer Ausnahme. Der gefährlichste Teil meines Plans, aber das ist jetzt ein Kinderspiel. Ich treibe mich selbst an, weiterzumachen.

Und doch bleibe ich an der Stelle wie festgenagelt stehen und kann meine Augen von dem schrecklichen Anblick vor mir nicht losreißen, von dem abgeschlagenen, faulenden, stinkenden Kopf des Mannes gefesselt, der mir das Leben gegeben hat. Der mich das Lesen und Jagen gelehrt hat. Der mir vom Leben erzählt hat . . . der mich geliebt hat.

Ich war das, denke ich wie zum erstenmal. Ich habe den Kopf abgeschnitten. Ich habe ihn auf diesen Dorn gesteckt. Ich . . . ich . . . ich . . . Damit ich von Newth wegkomme. Selbstsüchtig . . . selbstsüchtig . . . Darüber werde ich nie hinwegkommen, so lange ich auch lebe. Mein Herz ist eine klaffende Wunde, und selbst wenn ich die Galaxis durchquere, wird diese Wunde nicht heilen.

Seht, was ich getan habe! Seht her!

. . . aber wenigstens habe ich ihn nicht ermordet.

Nein, ich habe ihn leben lassen. Achtzehn Jahre, nachdem ich ihn hätte niederstrecken sollen, bin ich zu ihm gekommen, um ihm mitzuteilen, daß ich einen Plan hätte, wie wir beide von Newth entkommen könnten . . . daß wir uns irgendwie Geld besorgen müßten . . . vielleicht von Femalwen . . . aber ich habe nie die Möglichkeit bekommen, mit ihm zu sprechen. Er ist weggelaufen. Die Calcitu'ua haben ihn nicht weggejagt. Er ist vor mir weggelaufen. Er ist in dem Sturm vor seinem Sohn zu einem *Natoca'abor* geflüchtet. Dort habe ich ihn gefunden . . . und gebetet, daß er tot ist . . . denn ich wußte, was zum Gelingen meines Plans getan werden mußte.

Er hat es mir leicht gemacht.

Ich drehe mich um und krieche über das Dach zurück. Ich nehme nicht den gleichen Weg wie vorher. Ich verstaue den fettigen Sack in meinem Umhang und krieche auf dem Dach abwärts bis zu einem Dorn, der daraus hervorragt. Unter dem Knoten an seiner Basis verläuft eine tiefe, kalte Furche. Ich packe den Dorn – der fast horizontal zum Boden steht – und lasse mich herabhängen. Meine Finger sind vor Kälte und Nässe gefühllos geworden, aber ich schwinge meinen Körper in die Furche. Ich pralle gegen den elastischen *Na'aor* und krieche hinein.

Ich krieche auf meinem Bauch weiter, bis ich einen Punkt erreiche, der in der tiefen Dunkelheit wie das Ende der Furche aussieht. Ich stochere mit meinen Fingern in der schwammigen organischen Substanz herum. Ich werde belohnt, als meine Hand hindurchfährt. Dann schiebe ich mit beiden Händen die weiche Substanz zur Seite und winde meinen Körper, bis es mir gelingt, zuerst das eine und dann auch das andere Bein hineinzuschieben. Ich schlängle mich bis an die Brust hinein. Der Druck ist enorm; ich kann kaum atmen. Ich hole noch einmal tief Luft und schiebe mich dann hinein, bis mein Kopf bedeckt ist. Ich schaffe mir mit den Füßen Platz und winde mich tiefer in den Spalt hinein. Meine Lungen wollen schier zerspringen. Mir war nicht klar gewesen, daß die Haut des Hauses so dick ist. Während ich mich tiefer hineinarbeite, verzweifle ich an der Befürchtung, noch *Na'aor* vorzufinden, der mir den Weg versperrt. Ich bin schon zu tief darin, um mich wieder herausarbeiten zu können – ich würde es nie schaffen, bevor ich ersticke – und mir bleibt keine Wahl, als weiterzumachen. Ich habe ein Gefühl im Brustkasten, als wolle er gleich zusammenbrechen. Ein schreckliches Kribbeln stellt sich in meinem Körper ein.

Endlich! Meine Füße sind frei! Ich zwänge mich durch und lasse mich in einen Arteriengang fallen, der hoch genug ist, daß ich aufrecht darin stehen kann. Gierig ziehe ich mir die Luft in die Lungen und mache mich auf den Weg zu einer Zelle, die im obersten Bereich des Hauses direkt unter dem Horn versteckt ist, auf dem der Kopf meines Vaters steckt. Femalwen hat das nie herausbekommen, aber ich hatte die Zelle im Verlauf meiner endlosen Wanderungen durch die Arterien des Hauses gefunden, während sie Freier empfing. Ich kenne mich immer noch aus, obwohl sich in der allgemeinen Gestalt des Hauses Veränderungen eingestellt haben; es ist langsam gewachsen. Der Gang ist breiter, und die Schlitze der Zellen sind gedehnt und verzerrt. *Na'aor* steht nicht still.

Genausowenig wie die Zeit.

Ich renne zu der Zelle, einer von Dutzenden an der Arterie, aber ich erkenne die richtige darunter sofort. Ich gehe hinein und ziehe mein Messer. Die Zelle ist wie ein Lagerraum mit Gerümpel vollgestellt. Ich werfe Werkzeuge, zerbrochene Kunstgegenstände, mottenzerfressene *Mura*-Felle zur Seite und entdecke sie: eine kleine Kiste aus totem, verhärtetem *Na'aor,* die mit einem Bas-Relief von nackten Männern geschmückt ist. Ich breche das Schloß mit der Spitze meines Messers auf. Es leistet ihm einen Moment lang Widerstand, bis der Deckel mit einem Krachen auffliegt und gegen den Wust am Boden klappert. Ich erstarre mit laut pochendem Herz – aber in diesem Teil des Hauses hält sich niemand auf, wie ich mir selbst sage. Trotzdem lausche ich einen Augenblick lang.

In der Kiste liegen sauber gestapelte Kreditscheiben, die auf jeder Welt gelten, wo die Terraner bekannt sind; außerdem gibt es da noch Juwelen, die mich mit hundert blitzenden Farben anblinken. Das Beste aber sind die Hitzemagazine – da muß genug von ihnen herumliegen, um meine Pistole für tausend Jahre mit Energie zu versorgen. Ich werde auf meiner Flucht schwer bewaffnet sein, und ich werde die Magazine an den Meistbietenden verkaufen können, bevor das Schiff startet. Auf einer der fortschrittlicheren Welten mochte das alles zwar kein großes Vermögen darstellen, aber es wird mir zumindest die Reise zu einer von ihnen finanzieren.

Ich werde in Feuer und Donner von Newth fliehen, wenn ich nur diese schreckliche Nacht überstehe.

Ein Sack voller Beute wird mehr als genug sein . . . und Femalwen wird das, was ich mir nehme, kaum vermissen. Nein, da rede ich mir selbst etwas ein. Sie wird es vermissen. Jedes einzelne Stück. Das hier ist ihr Reich, und es wird nicht lange dauern, bis sie ihre Kiste voller Blutgeld überprüft. Wenn sie das tut, wird dieses Haus zu meinem Grab werden . . . wenn ich dumm genug bin, dann noch hier zu sein.

Heute nacht muß ich sie beschäftigt halten, und bei der Morgendämmerung muß ich fliehen.

Ich gehe rückwärts aus der Zelle heraus, drehe mich um und laufe mit dem Sack voller Wertsachen in meiner geballten Faust die Arterie hinunter. Bei dem Spalt zögere ich.

Es gibt einen anderen Ausweg, der kaum oder gar keine Gefahren birgt: nach unten durch den Stall. Dort wollte ich sowieso meine Beute verstecken, nachdem Femalwen eingeschlafen ist – in dem Stall. Ich hätte sie zunächst in der Furche verstaut, und wenn Femalwen eingeschlafen war, wäre ich wieder hinausgegangen, hochgeklettert, um sie mir zu holen, hätte sie in den Stall gebracht und in meiner Satteltasche versteckt.

Wenn ich aber direkt zum Stall gehe, spare ich mir all diese Schritte . . . und ich bin so sehr müde.

Hier bedeutet der einzige Nachteil allerdings, daß sie auf mich warten, und ich bin jetzt schon sehr lange weg – angeblich auf dem Dach –, und sie werden sich fragen, wo ich jetzt bin. Wenn ich noch viel länger wegbleibe . . .

Auf der anderen Seite werden sie nicht auf das Dach hinaufsehen, um herauszufinden, was mich aufhält. Es verstößt gegen das Gesetz, wenn irgendein menschliches Auge außer meinem eigenen Zeuge davon ist, wie ein Kopf aufgespießt wird, was auch für die Enthauptung zutrifft. Und wenn sie so kühn sind und mich fragen (Femalwen könnte das fertigbringen), dann werde ich ihnen sagen, daß ich über dem Kopf meines Vaters meditiert habe – eine letzte Lüge. Das Ganze kann nur dann schiefgehen, wenn jemand im Stall ist, aber Tru'ug hat mehr als genug Zeit dazu gehabt, die *Muras* zu versorgen.

Ich werde es riskieren.

Ich eile weiter durch den Gang, bis er abbiegt und sich wie ein Korkenzieher zum Stall hinabwindet. In meiner Hast renne ich beinahe in eine hellerleuchtete Zelle. Stimmen sind aus ihr zu hören. Ich drücke mich flach an eine nachgebende Wand und wünsche mir, ich hätte Kontrolle über meinen verrückten Pulsschlag und die klopfende Ader in meinem Kopf.

„Sie wird die Nacht nicht überstehen", sagt eine der Stimmen.

„Das arme Kind", sagt eine andere.

Eine von Femalwens Töchtern. Wie viele hat sie im Lauf der Jahre verloren? Zehn? Zwanzig? Keine von ihnen hat ihre Immunität gegen die Blutfäule geerbt. Das tun sie nie. Mein Vater hat mir das alles erzählt. Die glückbringenden Gene werden offensichtlich von den Männern übertragen. So stand es zumindest in dem Bericht von der Erde, aber die wissenschaftlichen Erkenntnisse von der Erde sind auf die wahnsinnigen Gesetze von Newth reduziert worden. Die jüngere männliche Generation muß die ältere töten, angeblich um das Blut zu reinigen. Auf diese Art werden die Träger nach und nach ausgerottet werden.

Aus der beleuchteten Zelle ertönt das Geräusch von leisem Weinen. Ich schleiche mich vorbei, während die dort drinnen mit dem baldigen Tod des Mädchens beschäftigt sind.

Auf dem Rest meines Wegs treffe ich niemanden mehr, bis ich zu der engen Öffnung zu dem Stall komme. Ich stehe hier auf der anderen Seite des Hauses, fast direkt dem Eingangsspalt gegenüber, durch den Abissan mit mir Femalwens Haus betreten hat.

Ich stehle mich an den Stall heran und sehe hinein.

Muras klucksen mir zu, aber niemand ist bei ihnen. Tru'ug ist wieder weg, wie ich gehofft hatte. Ich suche mir einen Weg durch die ruhenden *Muras,* bis ich mein eigenes störrisches Reittier finde.

Ich ziehe den Sack unter meinem Umhang hervor, hole die Schätze heraus und stopfe sie tief in meine Satteltasche. Dann werfe ich den Sack in eine Ecke. Er ist jetzt leer, der Sack, der den Kopf meines Vaters getragen hat. Ich werde ihn nie wiedersehen . . . und ich werde mich nie umschauen.

Und doch weiß ich, daß mich diese Nacht immer begleiten wird.

Ich nehme den Teiler von seinem Ständer herab; das Metall ist kalt in meinen Händen. Ich schlage ihn gegen den Ständer, und die Vibrationen scheinen einen Teil meiner Betäubung aus mir herauszuschütteln. Der Spalt öffnet sich, und ich gehe hinaus in den Sturm, der schlimmer denn je zu toben scheint. Ich kann in dem wütenden Wind kaum etwas sehen.

Ich eile um die rollenden Auswüchse des Hauses herum, so gut ich kann. Es liegt wie eine ertrunkene Riesin in dem endlosen Regen, in den Blitzen glatt und glänzend. *Natoca'abor*-Ranken strecken sich von dem immer näher rückenden Wald aus drohend nach ihm aus, geschmeidig, umschlingend.

Endlich habe ich mich durch die Elemente bis zu dem Haupteingangsspalt durchgekämpft.

Als die Vibrationen des Teilers eine Blase aufschwellen läßt, rufe ich:

„Es ist getan!"

Der Spalt öffnet sich, um mich einzulassen. Abissan hält den noch schwingenden Teiler in der Hand, und seine Mutter steht hinter ihm. Beide scheinen blaß und verstört, als hätten sie Angst vor mir. Ich weiß, daß dieser Eindruck täuscht – ein Trick des Lichts, oder der Effekt, den meine Erschöpfung auf meine Sinne hat. Sie müssen voller Jubel sein, jetzt, da es endlich vollbracht ist.

Keiner von beiden spricht.

„Das Gesetz . . .", sage ich endlich, „ihm ist Genüge getan."

Femalwen nimmt mich an der Hand und führt mich sanft durch Gänge, die sich wie die Eingeweide eines Tiers winden. Mein Sohn Abissan folgt uns.

Aber wo ist Tru'ug?

„Ich wollte mit Tru'ug reden", sage ich und verfluche dabei meine eigene Falschheit. „Wo ist er?"

Femalwen sieht mich mit traurigen, verträumten Augen an.

„Er holt etwas zu essen und trockene Kleider für dich und Abissan", sagt sie. „Er ist in einem Moment wieder da."

Wir kommen zu den Öffnungsspalten von zwei Zellen. Ich

krieche in den einen, Abissan in den anderen. In der Zelle ziehe ich meinen nassen Umhang und meine Unterkleider aus. Ich fühle mich sehr verwundbar – naß, nackt und fast unerträglich müde.

Ein fremdes, zwitscherndes Geräusch – Tru'ug. Obwohl er die formale Sprache der Calcitu'ua aufgegeben hat, verrät seine Stimme seine Herkunft.

Ein Kleidungsstück aus Pelz wird mir gereicht. Ich schlüpfe dankbar in seine warme, trockene Bequemlichkeit. Durch den Spalt sehe ich, wie Tru'ugs Schwanz sich spasmodisch aufrollt, während Femalwen etwas flüstert, das ich nicht ganz verstehen kann.

Ich trete in dem trockenen Gewand auf den Gang hinaus und versuche, meine Spannung nicht zu zeigen und mich so zu verhalten, als sei ich erleichtert. Femalwen lächelt, als der geschmeidige junge Körper ihres Sohns aus der benachbarten Zelle gleitet. Sie nimmt uns beide bei der Hand und führt uns zur Küche. Ihre Röcke rascheln auf dem *Na'aor*.

Die Küche ist leer, eine düster beleuchtete Höhle voller unbenutzter Bänke und langer, kahler Tische. Tru'ug und zwei Diener bringen uns Essen, und wir verzehren es schweigend.

Als wir damit fertig sind, bringt uns Femalwen zu den oben gelegenen Schlafzellen. Sie bringt Abissan zu einer von ihnen, und dann gehen wir beide zu ihrem Raum.

„Gute Nacht, Abissan!" ruft sie. „Morgen werden wir uns noch mehr unterhalten."

„Gute Nacht . . . Mutter", antwortet er aus dem Schatten.

Femalwen zögert einen Moment und sagt dann:

„Abissan, willst du deinem Vater nicht gute Nacht sagen?"

Eine lange Pause. Dann, wie aus weiter Ferne:

„Gute Nacht . . . Vater.“

Vater. Das ist das erste Mal seit Jahren, daß mein Sohn mich Vater genannt hat. Es freut mich, daß er mich in dieser letzten Nacht, die ich ihn je sehen werde, Vater genannt hat. Ich spüre, wie die Gefühle in mir schwellen, aber ich unterdrücke sie. Femalwen darf keinen Verdacht schöpfen, daß ich am Morgen weggehe.

Wir gehen durch eine gewundene Arterie, bis wir Femalwens Zimmer erreichen. Nach allem, was geschehen ist, habe ich fast Angst vor dem, was ich jetzt tun muß. Fast, aber nicht ganz.

In Femalwens Schlafzimmer ist es gerade hell genug, um die Hängematte aus *Ota*-Film zu erkennen, die sich wie ein Netz durch das gesamte Zimmer erstreckt. Darunter stehen Truhen voller Kleider und Gerätschaften. Es ist kein Platz für sie an einer anderen Stelle; der Raum ist von Femalwens Bett ausgefüllt.

Wir legen uns auf den *Ota*-Film. Als sich das weiche Material an unsere Körper anpaßt, fallen mir die zwei *Otas* ein, die wir auf dem Weg zu diesem Haus gesehen haben, den Jäger und den Gejagten. Ich schüttle mich aus dieser Träumerei wach. Erschöpfung ist es, die meine Gedanken so zum Wandern bringt, sage ich mir. Habe ich noch genug Energie, um Femalwen zu lieben? Es bleibt mir wohl nichts anderes übrig. Sie reibt meinen Rücken, greift mit ihren langen Nägeln unter das feine Pelzgewand, das ich trage, und kratzt mich verspielt. Erotisch.

Der Rest ist ein Traum, in dem sich Femalwens umfangreiche Kleider auflösen. Sie windet sich wild unter mir, und ihre schweren Arme drücken mir die Luft aus dem Leib. Dann stoße ich immer wieder zu, bis zur Unerträglichkeit geschwollen. Ein Augenblick der Hilflosigkeit, mein Körper scheint über ihrem zu schweben, nur noch an einem explodierenden Verbindungspunkt verankert. Dann – gesegnete, strömende Erlösung.

Und dort in der Stille, über Femalwens Zimmer auf ihrem Bett aus *Ota*-Film schwebend, kommt mir der Gedanke, daß es seine Vorteile hätte, wenn ich jetzt stürbe. Ich habe meinen Vater nicht getötet, aber seine Leiche habe ich verstümmelt; ich glaube, daß mein Sohn mir gegenüber noch etwas anderes außer Haß empfindet; und gerade habe ich zum erstenmal seit Jahren meine Frau geliebt. Ich könnte mit einem gewissen Ausmaß an Heiterkeit jetzt sofort sterben.

Zuerst aber muß ich noch eine andere Art von Unendlichkeit kennenlernen. Die Unendlichkeit des tiefen Raums ... die endlosen Sternenfelder ... immer von dem Geist des Kopfes meines Vaters heimgesucht.

„Du hast noch immer die gleiche Kraft in deiner Berührung", sagt Femalwen und weckt mich damit auf. Sie läßt ein fleischiges Bein durch einen Riß in dem Film baumeln und greift mit ihren Zehen eine Karaffe. Sie wird von zwei Pokalen gefolgt.

„Und deine Fähigkeit in der Liebe ist noch immer verblüffend", sage ich. Ich kann nicht widerstehen: „Sag mir, Femalwen, warum warten heute abend keine jungen Männer auf deine Vergnügungen in der Küche?"

Sie gießt aus der Karaffe Wein in die Pokale – guten, roten Wein.

„Bist du es müde geworden, die Köpfe ihrer Väter als Pflastersteine zu verwenden?" beharre ich.

„Die Köpfe haben mir nie viel bedeutet", sagt sie und stellt ruhig den Pokal aus geschliffenem Glas, eine uralte Erinnerung an die Heimatwelt, auf meine Brust. „Aber diese jungen Lenden!"

„Jetzt sage nur nicht, daß du die auch müde geworden bist!"

„Nein." Ihr zierliches Gesicht verzieht sich in seinem rundlichen, symmetrischen Rahmen. Der Geruch ihres Geschlechts ist überwältigend. „In einer Entfernung von wenigen Tagesritten stehen die Häuser jüngerer Frauen. Die meisten jungen Männer gehen jetzt woanders hin."

„Freier sind heutzutage schwer zu bekommen, nicht wahr?"

„Ja", sagt sie. „Aber das macht nichts."

„Du bist müde, Femalwen. Du hast dir zu viel von allem genommen."

Sie starrt mich an, als wäre es das erste Mal.

„Weißt du, Jarrass", sagt sie, „von allen meinen Männern bist du der einzige, der jemals so mit mir gesprochen hat."

„Es überrascht mich, daß du das noch so gut weißt. Ich war nur ein paar Monate hier."

„Viele von den Dingen, die du zu mir gesagt hast, haben mir weh getan, und ich habe nicht einmal versucht, zurückzuschlagen."

„O doch, das hast du."

„Erst, als es klar wurde, daß du nicht vorhast, deinen Vater zu töten. Du hast fast ein Jahr lang gezögert, bis ich etwas gesagt habe. Die ganze Zeit hattest du ständig etwas an mir auszusetzen."

„Wahrscheinlich war ich unglücklich, unzufrieden ... aber ich habe immer versucht, dir gegenüber ehrlich zu sein."

„Ehrlich?" Femalwen grinst verächtlich. „Indem du mich hast glauben machen, du würdest deinen Vater töten?"

„Versuche, nicht in Selbstmitleid zu schwelgen", sage ich. „Es ist wahr, daß ich deine Ehre befleckt habe, aber du hattest Dutzende von anderen Ehemännern, die sich an die

Buchstaben des Gesetzes gehalten haben. Ich, auf der anderen Seite, bin während der letzten achtzehn Jahre ziellos umhergewandert. Ich habe keine Heimat, und wo ich auch hingehe, weicht man mir aus. Alle Besitztümer meines Vaters sind jetzt verloren, bis auf eine Hitzepistole, einige wenige Bücher und ein Messer. Man hat mich verspottet, gesteinigt und auf mich gespuckt. Ich habe in bitterster Armut gelebt, weil ich meinem Gewissen gefolgt bin. Aber das ist jetzt alles vorbei. Mein Vater ist tot."

Ich küsse sie. Unglaublicherweise steht mir der Sinn nach mehr Liebe, aber der Wein hat mich sehr schläfrig gemacht. Ich muß ruhen. Das war der schrecklichste Tag in meinem Leben, aber er bedeutet den Beginn eines neuen Abschnitts darin. Ich kann es kaum glauben, daß ich so weit gekommen bin. Wenn ich morgen früh aufwache, werde ich für den langen Weg zum Terra-Hafen bereit sein. Wenn das Wetter es zuläßt, werde ich in acht Tagen dort sein – und dann bleibt mir noch ein Tag übrig. Der Sturm kann nicht mehr lange anhalten; ich werde also gut vorankommen.

Ich allein, um meines Vaters ebenso wie um meiner selbst willen, kann und werde dieser monströsen Tradition entkommen, die uns fesselt und uns zu gleicher Zeit zu Feinden der Natur und untereinander macht . . . ich werde entkommen . . . morgen . . .

Meine Augen sind offen. Ich bin bei Bewußtsein.

In der Wand des Schlafzimmers hat sich eine Furche geöffnet, und ihr Spalt wird langsam breiter. Wie ich gehofft hatte, ist der Sturm vorüber. Die graue Morgendämmerung ist von einem einzigen scharfen roten Streifen gezeichnet.

Ich will aufstehen . . . mich anziehen und zum Stall gehen . . . mein *Mura* in die Sonne hinausführen und zu dem

Schiff reiten ... auf Feuer und Donner von Newth wegfliegen.

All diese Dinge will ich tun, aber ich kann mich nicht bewegen.

Einem Teil von mir wird klar, daß ich mich schon beim Einschlafen nicht mehr bewegen konnte, aber ich habe gedacht, das sei nur ein Traum.

Ich träume nicht.

Ich bin wach. Ich weiß, daß ich wach bin. Trotzdem bin ich nicht in der Lage, auch nur mit dem kleinsten Muskel in einem Finger zu zucken ... ich kann nicht einmal meine Augen rollen.

Da sind Geräusche ... und Bewegungen.

Das Bett wogt; ich schwanke auf und ab wie ein Boot auf dem Meer. Femalwen wird von jemandem geliebt – ich erkenne das an dem Stöhnen, dem schweren Atem und den kleinen tierischen Lustschreien.

Ist in der Nacht, während ich geschlafen habe, ein Freier zu ihr gekommen?

Eine keuchende Stimme. Abissans Stimme.

„Meinst du, er ist schon wach?"

„Hmm." Das Schnurren kommt von Femalwen.

„Gut. Ich will, daß er weiß, was passiert. Ich will ihm Angst machen, wie er mir von Nath Angst hat machen lassen, dort in dem Wald."

Nath. Ich hätte auf seine Warnung hören sollen, sage ich zu mir selbst, als Femalwens rundes Gesicht in meinem Gesichtsfeld auftaucht. Ihre fetten Hände halten den verfärbten, leeren Sack, den ich benutzt habe, um den Kopf meines Vaters zu tragen ... und später die Dinge, die ich von ihr gestohlen habe.

„Es war schön von dir, so ehrlich mir gegenüber zu sein",

sagt sie und lächelt auf eine entsetzliche Art. „Ich lasse mich so leicht täuschen."

Hinter ihr blinzeln gelbe Augen.

„Da kein Mensch mit dir gehen durfte, als du den Kopf auf das Dach gebracht hast", sagt sie, „habe ich Tru'ug hinter dir hergeschickt."

„Mein Jarrass . . ." Tru'ug verbeugt sich spöttisch.

Sieh dich vor ihm vor, hatte Nath gesagt. Warum habe ich nicht auf ihn gehört?

Als sich der Spalt völlig öffnet, um der aufgehenden Sonne zu begegnen, sehe ich auf der kriechenden Wand des Waldes draußen einen Schatten. Er wird von dem höchsten Dorn geworfen, und auf ihm steckt ein ungestaltes, schreckliches Ding.

Und endlich erscheint auch das Gesicht meines Sohnes vor meinen erstarrten Augen. Seine eigenen Augen sind entschlossen auf meine Kehle gerichtet.

In seiner geballten Faust hält er die matte Klinge, die den Kopf meines Vaters abgetrennt hat.

Karl Hansen

Porträt für einen Blinden

Seit geraumer Zeit bereits können wir das Herannahen des Blinden vernehmen.

Und während wir lauschen, ruft eine angenehme Träumerei Bilder in meiner Seele wach, die mir für die Dauer eines Augenblicks ein Frösteln durch meine Glieder jagen, bevor sich die Kälte tief drunten in meinem Bauch einnistet. Ich kann sie dort unter Kontrolle halten. Ich werde meine Gefühle durch kein Erschauern verraten.

Ich reiße mich los von meinen Tagträumen, indem ich versuche, angesichts seines Herannahens Anzeichen von Nervosität bei Roxanne festzustellen; sie versteht es, ihre Gefühle zu verbergen: Ihr Atem geht regelmäßig, ihre Hände zittern nicht, kein Angstschweiß bildet sich, ihre Stimme bleibt ruhig und gelassen. Ich vermag nicht zu sagen, ob sie sich an seine Identität erinnert. Aber sie muß sich doch an irgend etwas erinnern: seine Berührungen, sein Lachen, seine Augen – als sie noch nicht erloschen waren. Ich weiß, daß sie noch nicht ermessen kann, was ich mit ihm vorhabe, aber ich finde es angenehm, mich mit dem irrationalen Verdacht zu martern, daß sie in ausreichendem Maße über hellseherische Fähigkeiten verfügt, um in meinem Innersten jene finsteren Phantasien zu entdecken, die mich so ergötzen. Daher beobachte ich sie auf Anzeichen unterschwelliger Besorgnis.

Ich weiß, daß sie seinem Herannahen lauscht. Das hohe,

elektrische Surren der Motoren, das seine Fortbewegung durch die Eingangshalle begleitet, ist kaum vernehmlich, wohl aber ihr Aufbrummen, wenn er anhält und neu anfährt. Einen Augenblick lang herrscht Stille, wenn er vor jeder Tür anhält, den automatischen Öffner drückt und mit interesselosem Schweigen darauf wartet, daß sie aufgeht. In diesen Intervallen der Stille schließt Roxanne ihre Augen. Aber ihre Gefühle werden dadurch nicht abgeschaltet.

Bisweilen öffnen sich die Türen; wir vernehmen das schwache Zischen pneumatischer Mechanismen und das sanfte Dröhnen, mit dem die Schiebetüren in die Wand gleiten.

Ich stelle mir vor, wie argwöhnische Augen durch die trübe Öffnung des schützenden Türeingangs linsen – alte, weißhaarige Frauen mit hängenden Gesichtern und scharfen Habichtsnasen, sich versteckend hinter dem wabernden Feld, abgeschirmt von einer veränderten Wirklichkeit durch das summende, ionisierte Kraftgitter, wie sie mit einer blau geäderten Hand einen verblichenen, vorn schließenden BH zusammenhalten, um ihre hängenden Brüste zu verbergen, während die andere Hand über dem Knopf zur Betätigung des Türschließungsmechanismus schwebt, um ihn beim geringsten Anzeichen einer Gefahr zu betätigen. Ihre Augen tragen den Flor uralten Grolls, verborgen zwischen den Falten des Gesichts. Die Lippen sind geschürzt und entblößen glänzende Zähne aus Kunststoff.

Aber ihre Augen leuchten niemals auf, nicht einmal unter dem Eindruck eingebildeter Furcht; der Verdacht schwindet dahin und weicht einem dumpfen Selbstmitleid, wenn sie seiner ansichtig werden, verärgert über sein Eindringen in ihre Welt verblassender Erinnerungen an Ehemänner, die sie verließen, und an Kinder, die ihnen der Krieg nahm. Vielleicht wenden sie sich ab von seinem toten Gesicht, weil sie befürchten, Vertrautes in den gelblichen Zügen oder in den erschlafften, nicht mehr gebrauchten Muskeln verborgen zu erspähen, und daß sich die Erinnerung wieder einstellt, wenn sie zu genau hinblicken. Vielleicht erkennen sie, daß es in ihnen Schlimmeres als Einsamkeit gibt, sogar etwas Schlimmeres als die Einsamkeit, unter der er leidet. Kein einziges Mal vernehmen wir, daß das Knistern des Schutzfeldes dahinschwindet, nur sein Gemurmel, das vom Zischen der sich schließenden Tür und dem Schnarren einschnappender alter Schlösser übertönt wird.

Und für gewöhnlich öffnen sich die Türen nie; so vernehmen wir nach einem Augenblick kurzer Stille erneut das Geräusch des elektrischen Summens, wenn er durch die Eingangshalle zur nächsten Tür rollt, und Roxanne öffnet wieder einmal ihre Augen.

Eadie und Roxanne liegen zusammen mit mir auf der Couch. Noch vor nicht allzulanger Zeit haben wir miteinander geschlafen. Nun liegen wir da in engen Umarmungen, fühlen die gegenseitigen Berührungen unserer Haut, unser Schweiß bäckt uns fast zu einem einzigen Wesen zusammen, das im trägen Schein einer zur Gewohnheit gewordenen körperlichen Liebe vor sich hindöst. Bald werde ich sie für eine Zeitlang verlassen; andere sind an der Reihe und harren meiner. Vor meinem geistigen Auge kann ich bereits jetzt die Falten in Eadies Gesicht sehen, wenn es sich der Erinnerung des Schmerzes anpaßt, und ich empfinde Lust bei der Vorstellung ihrer tränenumflorten, geschwollenen Augen. Sie empfindet immer noch etwas Angst vor der Vorstellung, ich könne nicht zurückkehren. Manchmal zögere ich meine Wiederkunft absichtlich hinaus; einmal bin ich über eine Woche weggeblieben. Aber Roxanne weiß, daß ich schließlich doch zu ihnen zurückkehren muß, so wie sie weiß, daß sie mich immer wieder aufnehmen werden. Und die anderen benötigen mich doch nicht in diesem Maße.

Für den Augenblick zögere ich jedoch, denn ich warte auf den Blinden. Nicht mehr lange, und er wird sich wünschen, daß er sich aufs neue in der beschützenden Obhut des Feldes befinde, daß er immer noch ohne Augenlicht wäre. Dieser Wunsch wird jedoch vergeblich sein; auf diese Weise wird er sich diesmal nicht dem Schmerz entziehen können. Ein erwartungsvolles Lächeln umspielt meine Lippen.

Der dunkle Himmel jenseits des Fensters verwandelt das Glas in einen Spiegel – ich sehe uns auf der Couch zusammenliegen. Eadies und mein Gesicht sind einander zugewandt; ihre blassen Lippen gleiten langsam meine Wange hinab. Unser beider Beine sind nebeneinander ausgestreckt. Sie sind mit Krampfadern übersät, und es hat den Anschein, als schlängele sich stählerner Draht unter der Haut. Roxanne schmiegt sich an meinen Rücken. Ihr Gesicht wird von schwarzem Haar verdeckt. Ihre Hand hält Eadies Brust umfaßt, wobei sie die Warze kreisförmig über meinen Brustkasten bewegt. Das Fensterglas verzerrt die Bilder; die Augen, die uns hinter dem Spiegel beobachten, sind verschleiert, dem Gesicht eines Fremden zugehörig. Aber da ist ein Hauch des Vertrauten in diesen Augen – ich habe sie schon zuvor gesehen. Langsam kommt die Erinnerung. Ich fühle, wie sich Nadeln aus blauem Eis in meine Haut bohren.

Durch Eadie und Roxanne verspüre ich zum erstenmal Befriedigung, seitdem der Krieg beendet wurde und ich zusammen mit meinen Klassenkameraden unsere Akademie verließ. Nun hege ich bisweilen den geheimen Wunsch, daß die Zeiträume zwischen den Kriegen andauern mögen, ein Waffenstillstand hat seine angenehmen Seiten. Dennoch weiß ich, daß der Frieden nicht von Dauer ist und mein Glück eine Illusion. Es wird wieder Krieg geben, und dann werde ich Roxanne und Eadie verlassen. Wenn sich das friedliche Leben in Träume verflüchtigen wird, werden sie ihren angestammten Platz in meinen Erinnerungen einnehmen.

Bereits heute haben die vergangenen drei Jahre den Charakter von Traumbildern angenommen: Anfangs waren unsere Gesichter gerötet vom Jubel über den Waffenstillstand, und wir schritten durch die Straßen und klopften uns unter schallendem Gelächter gegenseitig auf die Schultern. Wir winkten hinauf zu den eingeschüchterten Gesichtern, die hinter den Fenstern entlang des Bürgersteiges auf uns herabstarrten. Einen ganzen Tag lang zogen wir durch die leere Stadt. Es war alles so anders im Vergleich zur Akademie – die Gebäude waren alt und verfallen, die Gehsteige in katastrophalem Zustand, die Fenstergläser waren mit Ruß beschmiert und das Metall stumpf und glanzlos – und wir waren davon ausgegangen, daß alles vor Sauberkeit blitzte. Diese Vernachlässigung aller Dinge erregte unsere Sinne; unter einer brüchigen Fassade harrten unbekannte Gelüste auf uns.

Aber als die Nacht hereinbrach, kauerten wir uns im Park, der an die Akademie angrenzte, eng zusammen und sehnten uns erneut nach ihrer Geborgenheit, denn wir waren Verlorene in einer Welt, die nach fünfundzwanzig Jahren Kriegswirren keinen Frieden mehr gewöhnt war, und wurden von ihren Menschen gemieden. Wir weinten vor Enttäuschung, weil wir uns um unsere Möglichkeit, Ruhm und Ehre zu erheischen, betrogen sahen, da der Krieg wenige Monate vor unserem Einsatz beendet worden war.

Während dieser Nacht wurde ein jeder von uns für sich

allein wach und schrie angstvoll auf. Als ich in der Kälte des tagenden Morgens wachlag und mein Zittern eher von den Erinnerungen an meinen Traum als von der klammen Luft herrührte, beobachtete ich ihn, wie er die Blumen pflückte, die dicht am Zaun wuchsen, hörte das schwache Summen der Motoren, als er sich langsam am Zaun entlang herschob. An diesem Morgen verstand ich, warum er so früh unterwegs war – er hatte teil an unseren Träumen. Obwohl er sich doch mittlerweile in Sicherheit befand und niemals wieder einen Schmerz verspüren würde, so reichte das, was er durchgemacht hatte, doch aus, um es jede Nacht neu vor ihm erstehen zu lassen.

Bald gestalteten sich unsere Nächte unterschiedlich: Frauen, die eine zu lange Zeit ohne Männer hatten verbringen müssen, verloren ihre Zurückhaltung, und sie waren auf eine merkwürdig schüchterne Weise begierig darauf, ihren Tisch und ihr Bett zu teilen; was machte es schon, wenn ihr Liebhaber für ihren Sohn hätte gelten können? In ihrer Gesellschaft trieb ich haltlos umher, unfähig, auch nur mit irgendeiner länger als ein paar Tage zusammenzusein, bevor ich mich gezwungen sah, ihre sich an mich klammernden Hände fortzustoßen und ihnen eins auf diese flehentlichen Augen zu geben. Sie weinten immer, wenn ich sie verließ, und ich wußte niemals, was ich suchte oder brauchte, bevor ich Eadie und später Roxanne traf.

Nun wird mein Lebensfrieden nur durch die Beharrlichkeit meiner wiederkehrenden Träume gestört.

Das Fenster hinter uns steht offen, der kühle Nachmittagswind läßt frische Luft in das Zimmer hinein, die den Modergeruch vertreibt, der sich den Winter über angesammelt hat. Draußen hat es geregnet. Jeden Nachmittag im Frühjahr und im Sommer wird von den Maschinen künstlicher Regen produziert, eben nur so viel, um die Luft zu reinigen. Wir können den Regen noch in der Luft spüren, obwohl es sich bereits aufklärt und die Sonne durchbrechen wird, um uns noch für ein paar Stunden mit Wärme zu versorgen. Vor noch nicht allzu langer Zeit lauschten wir noch dem angenehmen Plätschern des Regens gegen die Scheiben.

Das hohe Surren kommt näher, langsam dringt es im Korridor vor. Ich stelle mir vor, daß die Reifen nasse Abdrücke auf dem Boden hinterlassen – wie sich das Wasser im Licht der Scheinwerfer spiegelt. Wenn der Regen heute sein Gesicht benetzt, dann frage ich mich, ob er sich noch erinnert, wie sanft er sich anfühlte. Ich beobachte Roxannes Gesicht – es spiegelt nichts wider.

Ich spüre die Berührung von Eadies Brüsten auf meinem Oberkörper. Ihre Augen sind dunkel gerändert. Zart küßt sie mich unter dem Kinn; manchmal schießt ihre Zunge hervor und berührt spielerisch mein Gesicht. Mit der einen Hand streichle ich ihr langes Haar am Rücken; es fühlt sich an wie weiches Stroh und knistert, da es in der feuchten Luft mit Elektrizität aufgeladen ist. Die andere Hand ruht auf ihrem Oberschenkel. Mit den Fingern zeichne ich eine dunkel getönte Quetschung auf der Haut nach. Ich finde es beachtlich, wie schnell sie ihre jugendliche Eckigkeit abgelegt hat, die mich zuerst zu ihr hingezogen hatte; im Verlauf von zwei Jahren hat sie sich zu einer reifen Frau entwickelt. Die Wölbung ihres Leibes paßt sich in perfekter Weise meiner eingefallenen Bauchhöhle an; jede langsame Bewegung erwachenden Lebens in ihrem Mutterleib überträgt sich auf meinen Körper und läßt meine Eingeweide tief drinnen erschauern. Sie hat sich mittlerweile mit ihrer Schwangerschaft arrangiert, nicht länger mehr wird sie durch jeden achtlos hingeworfenen Satz verletzt und bedarf meiner nicht mehr in dem Maße wie zuvor. Vielleicht braucht sie mich in Kürze überhaupt nicht mehr.

Roxannes Atem streicht über meinen Rücken, sie hält Eadie und mich zugleich umschlungen, sie liebt uns beide und hat Teil an Eadies Lust. Obwohl sie erst einundvierzig Jahre zählt, so ist sie doch bereits seit fünf Jahren unfruchtbar – ihr Lohn dafür, daß sie zehn gesunden, männlichen Babys das Leben geschenkt hat, die in Militärakademien zu stecken waren. Nur ein einziges Mal unterlief den Technikern im Besamungszentrum ein Irrtum bei der Trennung von Y- und X-Spermien. Aber man gestattete ihr, die Tochter zu behalten und endlich Elternpflichten auszuüben. Bald wird sie erneut ein Baby in der Nacht umfangen können, im Bewußtsein, daß die Dunkelheit bis zum Morgen währen wird.

Regenspritzer trocknen am Fensterglas, da sich die Luft erwärmt. Das Schutzgitter draußen vor dem Fenster bricht das Sonnenlicht, das ein damebrettartiges Muster auf den Fußboden wirft. Ich schließe meine Augen. Meine Gedanken wandern umher; Bilder erstehen und vergehen, setzen sich aufs neue zusammen: Lippen nähern sich meinem Ohr (Eadie flüstert und lockt), sie schreitet neben mir, zieht mich an der Hand, führt mich hinein in ihr Zimmer; jemand sitzt in einem Stuhl vor dem Fenster, sie dreht sich herum, dabei bricht sich das Licht in ihren Augen (es ist Roxanne, die wartet); später erforschen meine Finger die Falten ihrer Haut, fahren behutsam über ihre Brüste, während Eadie ruhig abseits sitzt, mit linkisch übereinandergeschlagenen Beinen und Brüsten, die eben erst anschwellen, sie schaut nicht zu uns herüber; als wir Seite an Seite liegen, kommt Eadie schließlich heran und berührt mich scheu, berührt

Roxanne, lächelt einmal und bricht dann in Gelächter aus; ein Gesicht beobachtet uns die ganze Zeit über von der Wand her, seine Augen scheinen den Bewegungen meiner Augen zu folgen.

Ich blicke zur Wand. Noch immer finde ich das Hologramm störend. Das Gesicht bleibt jung und unverändert. Vor fast fünfundzwanzig Jahren zog er in den Krieg und ließ eine junge Frau und ein Depot mit eingefrorenem Samen zurück, mit dem seine zehn Söhne und seine eine Tochter gezeugt wurden. Vor meinem geistigen Auge lasse ich das Bild altern und modelliere die Gesichtszüge zu einer wächsernen Maske. Ich sehe das Gesicht durch taunassen Stacheldraht hindurch. Über ihm erscheint das Antlitz einer Frau; ihr Gesicht ist mir bekannt, oft beobachtete sie uns von der anderen Seite des Zaunes. Doch jetzt bemerken mich ihre Augen nicht. Sie steht schwerfällig da, kauft seine Blumen und schreitet von dannen.

Roxanne lächelt nur, wenn sie nach seinem Namen gefragt wird, dieses gleiche Lächeln sehe ich im Dunkeln, wenn sie mich umarmt hält, nachdem ich schreiend von meinen Träumen erwacht bin.

Direkt neben dem Porträt hat sie eine Vase mit vertrockneten Blumen aufgestellt. Mittlerweile ist das Hologramm an den Rändern trüb geworden, verblichen im Lauf der Zeit, verblassend wie die Farbe der Blumen.

Das Summen des Motors bricht vor der Tür direkt neben uns ab. Roxanne blickt mich an; ich erinnere mich an ihre Augen. Ich glaube, ich weiß, mit welchen Bildern die Maschinen seinen Geist aus dem Land der Träume vertrieben haben.

Wir hören das knarrende Geräusch der alten Frau im benachbarten Zimmer: glänzende Plastikschuhe, hochgeschnürt, verursachen knarrende Geräusche beim Gehen, ausgetretene Dielenbretter quietschen tröstlich, wenn sie darüberschlurft, in morschen Knochen rasselt die Arthritis.

Wir sehen sie kaum; sie muß sich fast die gesamte Zeit über hinter ihrer Tür verschanzt aufhalten, umgeben von den Möbeln einer vergangenen Zeit: Stühlen und Tischen aus echtem Holz, die im Lauf der Jahre eine glänzenddunkle Politur bekommen haben, ein Sofa mit verstaubten Polstern, ein massives altes Holovisionsgerät, dessen Plastiküberzug an der Oberfläche das Aussehen einer gesprungenen Eierschale angenommen hat, und schwarze Plastikbedienungsknöpfe, abgegriffen von alten Fingern, ein abgetretener Teppich auf dem Fußboden, halbvertrocknete Pflanzen, die in Körbchen am Fenster hängen, und ein Schaukelstuhl unter einer verchromten Deckenleuchte, in dem sie den ganzen Tag über sitzt und vor und zurück wippt, und die alten Dielenbretter quietschen zustimmend. Wenn dieses Quietschen einmal aufhört, wissen wir, daß die alte Frau tot ist.

Von nahem habe ich sie lediglich ein einziges Mal gesehen. Fast wären wir vor dem Fahrstuhl zusammengeprallt. Sie war im Inneren gestanden, hatte ein kleines Paket in der Hand getragen und darauf gewartet, daß sich die Tür öffnete. Ich hatte vor der Fahrstuhltür gewartet, dabei an eine Frau gedacht, die im Park auf mich wartete, und an den Geruch der Sonne in ihrem Haar, und Eadies rote Augen waren noch lebhaft in meiner Erinnerung. Als sich die Tür öffnete, wollte ich eintreten, sah sie jedoch, verhielt, nur wenige Zentimeter trennten uns, ich trat zur Seite und sagte: „Guten Tag." Die alte Frau glich einer Ratte, die von einem Terrier in die Ecke getrieben worden ist – in ihren Augen stand die nackte Angst, ihre gelben Zähne waren gebleckt, ihre Finger mit langen, geborstenen Nägeln verkrampften sich zu Klauen. Und da lag mehr als nur einfach Furcht in ihren Augen. Auch mein Gesicht drückte etwas anderes aus. Sie eilte an mir vorbei und hastete den Gang entlang, ihrem Zimmer entgegen, eingehüllt von meinem Gelächter.

Das Knarren der Dielenbretter bricht vor der Tür ab. Die alte Frau verharrt unbeweglich, wartend, nur ihr röchelndes Atmen ist zu vernehmen. Die Glocke schrillt erneut. Die Tür bleibt verschlossen, die alte Frau mäuschenstill. Ich weiß: Niemals wird sie die Tür öffnen. Sie hat Angst, daß es ein Spätheimkehrer aus dem Krieg ist, jemand, den sie wiedererkennt, aber heute nicht mehr bei sich aufnehmen kann. Diese Furcht hält ihre Hand vom Türöffner fern.

An den Abenden spielt sie Bänder auf ihrem Holovisionsgerät, Aufnahmen, die viele Jahre vor dem Krieg entstanden. Entschwundene Stimmen tröpfeln in unser Zimmer – Stimmen eines Mannes und zweier Knaben, und die Stimme einer jungen Frau, bevor sie rauh und bitter vor Einsamkeit wurde. Das rhythmische Quietschen des Schaukelstuhls hält noch lange an, noch viele Stunden, nachdem die Stimmen verstummten und nur noch sanfte, gleichförmig-statische Geräusche aus den Lautsprechern dringen.

Ich glaube, sie sitzt in einem Stuhl, kann nicht schlafen, starrt Löcher in die Luft, erinnert sich an die Männer, die sie über eine kurze Strecke ihres Lebensweges begleiteten, träumt von dahingeschwundenen Abenden, an denen das Zimmer angefüllt war mit gedämpftem Gelächter – ihre Erinnerungen enthalten mehr Leben als die verblassenden Stimmen und die gehaltlosen Bilder, die von den Bändern erzeugt werden.

Ich frage mich, was die alte Frau mit den Geräuschen verbindet, die nachts aus unserem Zimmer dringen, wenn meine beiden Frauen sanft im Liebestaumel stöhnen oder auflachen, wenn meine Lippen kitzelnd eine Brust liebkosen. Ich frage mich auch, ob sie die Geräusche danach hört, und was sie mit ihnen verbindet – und ich frage mich, ob sich die alte Frau wahrheitsgemäß erinnert.

Am frühen Morgen können wir hören, wie sie schließlich zu Bett geht, wenn Roxanne mich in ihrer schützenden Umarmung hält, nachdem ich in Angst und Schrecken von meinen Träumen erwacht bin, und Eadie immer noch im Dunkeln leise in sich hineinweint. In diesen Augenblicken sieht sich Roxanne selbst als alte Frau an, und sie drückt mich fester an sich, weil sie ein wenig Angst davor hat, ich könnte sie verlassen.

Das hohe Surren auf dem Korridor setzt erneut ein und bricht dann vor unserer Tür ab. Wir hören, wie metallene Finger nach dem Klingelknopf tasten, wie sie über den korrodierten Stahl des Türrahmens scharren, und dann ertönt die Glocke, das sanfte Läuten reinigt die Luft vom röchelnden Atem, das von nebenan kommt. Ich hoffe zu bemerken, wie sich Roxanne beim Ertönen der Klingel verkrampft, aber ihr Körper verrät keinerlei Anzeichen von Spannung. Bisher hat sie erfolgreich ihre Gefühle verbergen können, aber das wird sich jetzt ändern. Sie weiß nicht, was ich arrangiert habe. Jetzt wird es für sie schwerer werden. Ich lächele in mich hinein.

Ich erhebe mich und gehe zur Tür. Während mein Finger auf dem Türöffner ruht, blicke ich zurück zu Roxanne, beobachte ihr Gesicht und warte darauf, daß ihre Gesichtszüge den Aufruhr der Gefühle widerspiegeln, die sich in ihrem Inneren abspielen müssen. Aber ihr Gesicht ist ruhig.

Ich öffne Tür und Schutzfeld und stehe nackt im Türrahmen, weiß schon im voraus, wer da ist.

Der blinde Hausierer steht im Gang, Blumensträuße liegen auf einem tablettartigen Gerät, das vor seinem Fortbewegungsgerät befestigt ist. Als sich die Tür öffnet, beginnt er zu reden; aber in seinem festgefrorenen Gesicht bleiben die Lippen starr und unbeweglich. Tote Augen verbergen sich hinter dunklen, künstlichen Linsen. Immer noch zeigt Roxanne keinerlei Regung, ihr Gesicht ist bar jeder Regung, wie sein Antlitz auch. Das wird sich bald ändern.

Er ist einer der wenigen Überlebenden, die aus dem Krieg zurückgekommen sind. Er war einer der ersten, der vom Rand eines neuromotiven Feldes erfaßt wurde, durch das die Nervenenergie gelähmt wird. Wäre er vollständig von diesem Feld eingeschlossen worden, wäre er durch ein Herz- und Lungenversagen schmerzlos verschieden. Aber am Rande des Feldes war der Lähmungseffekt schwächer, daher wurden lediglich die peripheren Nervenstränge betroffen, und der Mann lag lebend da, aller Gefühle beraubt, äußeren Reizen gegenüber keinerlei Reaktion zeigend. Der Schaden, den das Feld angerichtet hatte, war irreparabel, daher versuchten die Medmechaniker, die Gehirne von Überlebenden als Kyborg-Kontrollen für Kriegsgeräte einzusetzen, unter Umgehung des vernichteten peripheren Nervensystems. Aber die Hirne führten lediglich Grundfunktionen aus; es gelang nicht, sie zur Verrichtung komplexerer Aufgabenstellungen zu stimulieren.

Um den Grund für diesen Autismus festzustellen, verbanden die Medmechaniker künstliche Seh- und Hörgeräte auf direktem Weg mit seinem Großhirn, implantierten Außenübermittler und trieben sodann seinen gequälten Geist vermittels schädlicher Reizstoffe zurück in die Wirklichkeit. Man fand heraus, daß er sich in ein autistisches Stadium zurückgezogen hatte, entstanden im Verlauf der Psychose, die sich aufgrund des Verlusts sämtlicher Sinneseindrücke hergestellt hatte; vor der Furcht vor völliger Isolation war er in die Sicherheit der frühen Kindheit geflohen und in die dort aufbewahrten, Befriedigung vermittelnden Erinnerungen. Unglücklicherweise war sein Gehirn im Verlauf des Eingriffs beschädigt worden, so daß er niemals zum Kyborg taugen würde.

Er ist nicht völlig erblindet – er kann mit seinen Glasaugen sehen, dabei jedoch kaum Formen von Schatten unterscheiden. Er hört mit Hilfe von Hörübermittlern. Geruchs-, Gefühls- und Geschmackssinn sind ihm völlig abhanden gekommen. Sein Körper ist eingebettet in ein Fortbewegungsgerät, das zudem seine Ausscheidungsorgane bedient; mit Hilfe eines in den Magen eingeführten Schlauches wird er ernährt. Er verfügt über einen mechanischen Arm. Ein elektroakustischer Lautsprecher überträgt seine Worte.

Anstatt ihm die Euthanasie zu gönnen, wurde er aufgrund eines unergründlichen Computerbeschlusses von den Medmechanikern auf den Status eines Zivilisten zurückgestuft; es bestand jedoch keinerlei Veranlassung, seine Apparaturen ausgefeilter zu gestalten; ausgeklügelte Servomechanismen für einen Kyborg wurden für Kriegszwecke gebraucht. Er mußte eben mit dem Allernotwendigsten überleben. Aber sie wußten, was zu tun war, um einen Rückfall zu verhindern: Wenn es keinen sicheren Platz zum Verbergen gab, würde der sich auf dem Rückzug befindliche Geist von selbst in die Wirklichkeit zurückkehren, ganz gleich, wie grausam die auch immer aussehen mochte.

Während ich der tonlosen Stimme des Blinden lausche, wandern meine Gedanken zurück zur Akademie: Ich betrat den Simulator, lag auf der Couch. Plötzlich war ich allein – kein Lichtstrahl, kein Geräusch – nicht einmal das Schlagen meines Herzens –, keinerlei Gefühl, einfach nur ich. Keinen

Körper, keine Arme, keine Beine, einfach nur ich selbst. Erinnerungen stiegen an die Oberfläche meines Bewußtseins. Immer am Rennen, wir waren immerfort nur am Rennen. Und wir weinten beim Rennen, waren manchmal viel zu müde, um noch zu weinen. Unsere Namen waren einander niemals bekannt. Namen auszutauschen, wäre viel zu schwierig gewesen, viel einfacher war es, die weißen Zahlen zu gebrauchen, die auf den Rückenpartien unserer Hemden in Schablonenschrift aufgemalt waren. Und nachts waren wir viel zu müde, um den Schlägen Widerstand entgegenzusetzen; Blutgeschmack, der sich beim Benetzen der Lippen einstellte; schließlich unterwarf ich mich und spürte kaum den Schmerz, der bei jedem Stoß mein Innerstes durchzuckte. Eine Nummer saß in der Ecke, die Arme um die Knie geschlungen, mit leerem Blick, verloren in innerer Zerrissenheit. Irgendwer zerrte sie in die Mitte des Raumes. Sie bildeten einen Kreis um den Mann. Urin spritzte ihm ins Gesicht. Dann begannen sie, den unbeweglich daliegenden Körper zu treten. Überall auf dem Fußboden lagen herausgebrochene Zähne verstreut. Ich griff nach den vorüberziehenden Erinnerungen, klammerte mich an jedes einzelne Bild, aber eins nach dem anderen entglitt mir wieder und löste sich auf. Zwölf Jahre gingen vorüber und waren dahin. Da saß ich allein, umgeben von zerbrochenen Spielsachen. Eins um das andere verschwand. Ziellos kroch ich umher. Endlose Stunden lang weinte ich und schloß dann die Augen. Mein Mund war mit warmer Milch angefüllt; zufrieden saugte ich. Aber da stimmte irgend etwas nicht. Ich öffnete meine Augen. Ich hing an einem Gerüst aus Stacheldraht und saugte an einem Gumminippel, der aus dem Geflecht hervorstand. Das kalte Metall ätzte weiße Streifen in meine Haut ein. Ich war allein – so allein – für immer. Qualvoll schrie ich auf. Ein Milchtropfen bildete sich an der Unterseite des Nippels und tropfte zu Boden. Ich floh; meine Erinnerungen kehrten zurück; meine Lebensgeister wurden neu erweckt. Ich öffnete meine Augen und setzte mich aufrecht auf die Couch. In dieser Nacht erwachte ich zum erstenmal voller Angst und Schrecken und suchte mir daraufhin einen jüngeren Knaben, der mir Erleichterung verschaffen mußte. Am nächsten Tag, während einer kurzen Verschnaufpause, gesellte ich mich zu den älteren Jungen, die direkt am Zaun standen, von wo aus wir Steine auf den Blinden warfen, der Blumen pflückte; ich lachte mit ihnen, wenn die Steine mit dumpfem Aufprall gegen seinen Körper aus Metall flogen.

Der Blinde hat aufgehört zu reden und wartet nun. Sein Gesicht ist völlig unverändert. Ich stottere für einen Augenblick etwas vor mich hin, denn ich habe nicht vernommen, was er gesagt hat. Aber das ist völlig gleichgültig. Ich weiß, was er will. Aber was ich ihm zu geben beabsichtige – davon hat er keine Ahnung.

Ich wende mich um, so als wolle ich etwas Geld holen. Eadie sitzt auf der Couch, Roxanne hinter ihr, die Eadies Haar kämmt. Sie hat es in der Mitte geteilt, die beiden Hälften hängen nach vorn und bedecken Eadies Brüste. Die dunklen Warzen haben sich durch die Haarsträhnen hindurchgedrückt. Eadie lächelt.

Ich werfe einen kurzen Blick zurück auf den Mann. Bewegungslos steht er da in seinem Fortbewegungsgefährt, mit schlaffem Gesicht, unfähig zu einem Lächeln. Ich frage mich, wieviel er erkennen kann, wie stark die Umrisse der schattenhaften Dinge hervortreten. Ich möchte nicht, daß er den Spaß verpaßt.

Eadie sitzt zurückgelehnt zwischen Roxannes Beinen, ihr Kopf ruht zwischen den Brüsten der Frau. Roxannes Hände ruhen mit leichtem Druck auf Eadies Unterleib. Ihre Finger spielen im sanften Haar auf dem Venusberg des Mädchens. Das Licht, das durch das offene Fenster dringt, hüllt sie in einen verschwimmenden Lichtschein ein, bildet sie ab auf lohfarbenem Hintergrund. Roxannes Augen scheinen weit fort zu sein, aber in ihren Gesichtszügen kann ich keinerlei Kummer feststellen. Vielleicht gibt es keine Gefühle mehr in ihr, die sie noch verstecken könnte. Das hoffe ich aber nicht, denn das würde meinen schönen Plan zunichte machen.

Ein Lächeln verbirgt sich in ihrem Gesicht.

Ich denke an das Phantasiegebilde zurück, das mich beglückt hat, seitdem wir zum erstenmal hörten, wie der Blinde herankam: Ich habe ihn in das Zimmer gebracht und hinter ihm die Tür geschlossen. Er steht in der Mitte des Raums. Der Regen hat den Schmutz von den Seitenteilen seines Fortbewegungsgefährtes abgewaschen, aber das Wasser hat Streifen auf dem Metall hinterlassen. Das Licht spiegelt sich in allen Farben des Regenbogens in seinen Augenlinsen. Seine Greifer halten noch immer einen Blumenstrauß umklammert, während aus seinem Lautsprecher immer noch bedeutungslose Wortfetzen in den gleichen Aneinanderreihungen dringen. Roxanne und Eadie sitzen beisammen und erkennen noch nicht meine Absichten. Ich gehe hinüber und setze mich zu ihnen, packe Roxannes Haar mit beiden Händen und drücke ihr Gesicht hinab in meinen Schoß. Zunächst leistet sie Widerstand, aber mein Griff ist zu stark. Langsam wird sie näher gezogen. Mein erigierter Penis berührt ihre Lippen. Plötzlich vollführt sie eine Drehung mit dem Kopf, fast kann sie sich freimachen, aber während sie sich dreht, sieht sie den Blinden, der sie beobachtet. Sein Gesicht ist noch immer wächsern, es kann einfach nicht seine Gefühle ausdrücken. Seine Augen sind noch immer tot. Sie wendet ihren Blick von ihm ab, sie erinnert sich, was er zu tun pflegte. Diesmal finden ihre Lippen selbst meinen Penis, ihr Mund schließt ihn ein, gierig beginnt sie zu saugen. Ihre Finger verkrallen sich in meinen Hinterbacken, während sie mich umklammert. Ich lasse ihr Haar los. Eadie steht neben dem Blinden. Sie beugt sich über ihn und drückt ihre Brust gegen seine Wange. Ihre Hand streicht über sein verfilztes Haar. Sie hockt sich auf einen seiner Reifen und läßt ihn zwischen ihren Beinen hin- und hergleiten. Und da reagiert der Blinde. Wir vernehmen das Surren von Elektrizität und das Aufheulen der Gänge. Eadie springt zur Seite. Schwerfällig rollt er auf uns zu, mit erhobener Stahlklaue. Ich erhebe mich – Roxanne klammert sich noch immer an mich –, umfasse mühelos seinen Arm und halte ihn fest. Sein Gesicht bleibt schlaff, unbewegt. Einen Augenblick lang bin ich versucht, meine Faust in sein gefühlloses Gesicht zu schmettern, dann jedoch erkenne ich, daß ich ihn nicht tiefer verletzen kann; der Schmerz, an den er sich erinnert, ist stärker als alles, was ich ihm zufügen kann. Enttäuschung kriecht in mir hoch. Die Phantasievorstellung verblaßt.

Ich weiß, daß ich ihn nicht in das Zimmer bringen werde; es wäre vergeblich, er ist vor mir sicher. Die Maschinen haben mich um mein Vergnügen betrogen.

Geduldig steht er vor der geöffneten Tür. Ich gehe ins Zimmer, finde ein wenig Geld und kehre zur Tür zurück. Ich werfe die Münzen auf sein tablettartiges Gerät und nehme mir einen Blumenstrauß. Ich schließe die Tür. Das Surren der Motoren ist erneut zu hören.

Ich entferne die vertrockneten Blumen aus der Vase auf dem Regal und stelle die frischen hinein. Die verwelkten Blütenblätter zerfallen zu Staub in meiner Hand. Fast schon drehe ich mich um, um mich zu meinen Frauen zurückzubegeben, da halte ich jedoch inne und blicke auf das Hologramm. Das Gesicht beobachtet mich, die Augen sind unverändert.

Einen Moment lang erhasche ich den Traum: Ich streiche durch eine Trümmerlandschaft. Es ist Nacht, aber meine Sichtlinsen fangen das Sternenlicht auf und erhellen das Dunkel. Irgendwo rührt sich etwas Lebendiges. Ich feuere. Alles ist ruhig. Unter meinen Schritten zerfällt still die Asche.

Eadie kommt auf Zehenspitzen herüber, stellt sich neben mich, umschlingt mit ihren Armen meine Hüfte und zieht mich zur Couch hinüber. Sie küßt mich, ihre Zunge fährt hinter ihren geöffneten Zahnreihen hervor. Ihre angeschwollenen Brüste wippen beim Gehen auf und ab.

Wir erreichen die Couch. Eadie hievt mich auf sich hinauf.

Roxanne sitzt abgewandt, lauschend, ihre Augen starren gebannt auf die Überreste der Blumen am Boden.

Unter meinen Stößen beginnen die Federn der Couch zu ächzen. Eadie wölbt ihren Rücken, um mich tiefer eindringen zu lassen, und schlingt ihre Beine um meinen Rumpf, preßt ihren festen Schoß gegen mich. Ich nähere meine Lippen ihrem Ohr und flüstere. Wie zuvor, erzähle ich ihr von meinen anderen Frauen und beschreibe ihr die Babys, die sie mir geboren haben: Köpfe ohne Gesichter, verdrehte Gliedmaßen, zusammengewachsene Finger, unverschlossene Bauchhöhlen, aus denen die Eingeweide heraushängen.

Ich führe den Rhythmus meiner Stöße fort, beobachte ihr Gesicht, warte darauf, daß sie zu weinen beginnt. Doch dieses Mal weint sie nicht. Sie ist mir gegenüber weniger leicht verwundbar geworden. Sie schließt ihre Augen, hört nicht, zeigt keine Reaktion.

Ich ziehe mich zurück und knie auf ihr. Sie liegt unbeweglich, mit geschlossenen Augen. Mit der offenen Handfläche schlage ich ihr ins Gesicht und beobachte, wie sich ein roter Fleck auf ihrer Wange abzeichnet. Ihre Augen bleiben geschlossen.

Roxanne kommt herüber und kniet sich zwischen uns. Sie sagt kein Wort, lauscht immer noch. Mein Arm kommt herunter. Meine Handkante fährt auf Roxannes Kieferpartie hinab. Ich treffe erst eine Gesichtshälfte, dann die andere. Sie bleibt aufrecht, hinter ihr hat sich Eadie zusammengeknäuelt. Das Sonnenlicht, das durch das vergitterte Fenster dringt, bedeckt ihren Körper mit einem schattenhaften Netz. Ich schlage tief zu, treffe sie; ein pfeifender Luftstrom kommt aus ihrer Nase.

Als ich das Weinen höre, halte ich ein und erkenne nicht sofort, daß ich selbst es bin, der weint.

Roxanne hält mich eng umschlungen. Ich begrabe mein Gesicht zwischen ihren Brüsten; ihr Fleisch erstickt mein Schluchzen. Tränen laufen über ihre Haut. Meine Lippen finden die Warze, mein Mund saugt sie ein, ich schmecke salzige Tränen. Meine Wangen werden beim Saugen flach gegen meine Zähne gepreßt. Sie ist warm.

In der Stille hören wir das Atmen der alten Frau, die noch immer vor ihrer Tür wartet.

Ich schließe meine Augen und sehe mein eigenes Hologramm auf dem Regal, das an den Rändern bereits verblaßt.

Pat Murphy

Nachtvogel am Fenster

Immer wurde ich von den Schreien meines Bruders wach. Bisweilen stieß er Worte hervor – „Nein! Nein, nicht mich!“ –, die meiste Zeit jedoch verbrachte er in stummer Klage, indem er in panischer Angst vor den Schrecknissen der Nacht wimmerte, die ich nicht sehen konnte. Er schrie jedesmal, bis ich ihn wachrüttelte.

Sechzehn Jahre lang schliefen wir im selben Zimmer, und sechzehn Jahre lang rüttelte ich Jimmy wach, um ihn vor den entsetzlichen Dingen zu retten, die in seine Träume einfielen. Im siebzehnten Jahr sollte sich das ändern.

„Wenn ich schlafe, kämpfe ich mit dem Teufel“, vertraute mir Jimmy eines Tages an. „Wenn ich unterliege, dann schreie ich, und ich unterliege ihm jedesmal.“ Jimmy schielte mich mit seinen neugierigen, verschlagenen Augen an. Wir hatten beide das gleiche Gesicht – Jimmy und ich; wir waren Zwillinge.

Wir hatten das gleiche Gesicht, aber Jimmy konnte es auf eine Art und Weise verzerren, die mir abging. Als ich noch sehr klein war, versuchte ich es ein einziges Mal. Ich blickte mich im Spiegel an und versuchte, so wie Jimmy zu grinsen – ein unglaublich breites Grinsen, das jeden Gesichtsmuskel anzuspannen schien. Ich versuchte, so die Stirn in Falten zu legen wie Jimmy es vermochte. Es war mir nicht möglich.

„Kämpfst du denn niemals in deinen Träumen gegen den

Teufel an, Tommy?" fragte Jimmy. „Verlierst du denn niemals?"

„Das weißt du doch ganz genau. Du weißt, daß ich niemals träume." Nach sechzehn Jahren fortwährender Belästigungen durch Jimmy fiel ich auf seinen Köder nicht mehr herein. Wenn ich ihm nur die kleinste Chance gab, konnte er mich mit Worten fix und fertig machen. Ich hatte gelernt, ihm niemals eine solche Chance zu geben.

„Würdest du's nicht gern irgendwann einmal ausprobieren, Tommy?" Jimmy griff nach seiner Gitarre und spielte eine Tonskala. Die einzelnen Töne überschlugen sich, lagen förmlich miteinander im Streit, während sie erklangen, und hörten dann dort auf, wo sie begonnen hatten – im Nichts. „Bist du sicher, daß du nicht irgendwann einmal träumen möchtest?"

„Was für 'ne dumme Frage. Wenn ich träume, dann träume ich. Wenn nicht, dann nicht. So einfach ist das."

„Nein, Tommy, so einfach ist das nicht. Es ist nicht mal annähernd so einfach." Er griff die Töne erneut auf und setzte sie zu einer unsteten Melodie zusammen. „Nichts ist jemals so einfach."

Jimmy hatte die Gitarre auf dem Dachboden gefunden. Als er sie fand, berichtete er mir, daß sie unserem Vater gehört habe. Ich erzählte Mutter, was mir Jimmy erzählt hatte, und Mutter gab ihm eine Ohrfeige. Unser Vater hatte Mutter vor unserer Geburt verlassen.

Wenn Mutter daheim war, durfte Jimmy nicht Gitarre spielen. Sie sagte, daß ihr Jimmys Musik ein Gefühl vermittele, als kröchen Spinnen ihren Rücken hinauf. Sie sagte, sie könne das nicht aushalten. Aber als sie versuchte, Jimmy die Gitarre abzunehmen, drohte er damit, das Haus anzuzünden, wenn wir schliefen. Daher ließ sie ihm das Ding, warnte ihn jedoch, daß sie ihm die Gitarre abnähme, wenn er in ihrer Anwesenheit auch nur eine Saite berühre.

Da ich mich an Mutters Worte erinnerte, konnte ich fühlen, wie eine behutsame Spinne langsam mein Rückgrat emporkroch, wobei sie im Takt zu Jimmys Musik jeden einzelnen Wirbel berührte. „Willst du wohl aufhören, auf diesem Ding rumzujammern!“ fauchte ich.

„Nein, das habe ich auf keinen Fall vor. Mutter ist nicht zu Hause, und ich denke doch, daß ich jetzt einfach weiterspiele.“

„Und wenn ich die Gitarre kaputtschlage?“

„Dann summe ich die Töne vor mich hin.“

„Und wenn ich dir den Hals umdrehe?“

„Dann suche ich dich in deinen Träumen heim und rassele mit meinen Ketten ein Lied, das dich zum Wahnsinn treibt. Und wenn ich sterbe, Tommy, dann werden die Träume kommen.“ Er grinste aus einem Gesicht, das mein eigenes war, aber ich könnte es niemals so verziehen wie er. Er hörte auf zu spielen und studierte mein Gesicht genau. „Weißt du, Tommy, ich habe da eine Theorie. Wenn du stirbst, wirst du einfach zu Staub und fortgeweht. Und weißt du auch, warum? Weil du keine Seele hast. Weil ich meine Seele habe und deine noch dazu. Und du hast keine.“ Er beobachtete mein Gesicht sehr eingehend, so als wolle er den Eindruck seiner Worte beurteilen. „Bekümmert dich das denn nicht?“

Ich zuckte mit den Achseln. „Ich hab’ schon immer vermutet, daß du ’nen Dachschaden hast, Jimmy. Jetzt weiß ich’s mit Sicherheit. Wer sagt denn, daß ich überhaupt an Seelen glaube?“

„Ich kann mir vorstellen, daß es schwierig für jemanden ohne Seele ist, zu wissen, was er versäumt. Ohne Seele kannst du einfach nichts fühlen, ohne Seele kannst du nicht träumen.“ Er grinste. „Vielleicht werd’ ich dir mal einen Eindruck vermitteln, wie es ist, wenn man eine Seele hat.“ Er sagte das so, als sei ihm diese Idee gerade erst gekommen – aber ich wußte es besser. Am Leuchten seiner Augen konnte ich erkennen, daß er das schon lange im Schilde geführt hatte. „Wie wär’s denn mit heute nacht? Würde dir das gefallen?“

„Du hast den Arsch offen, Jimmy. Was meinst du überhaupt – du willst mir einen Eindruck davon vermitteln, wie das ist? Du glaubst wohl, du könntest mir böse Träume anhexen? Mann, wenn das Zusammenleben in einem Zimmer mit dir mir keine bösen Träume macht, dann kann das nichts und niemand.“

„Doch, ich kann es, Tommy.“ Er schmunzelte mich an. „Und ich werde es tun. Ich kann dir einen Traum verpassen, an den du dich dein Lebtag erinnern wirst.“

„Sei doch nicht so bescheuert, Jimmy. Du kannst mir keine Angst machen. Das könntest du niemals.“ Als wir beide noch klein waren, hatte Jimmy versucht, mir mit ausgefeilten Drohungen Angst einzujagen. Er hatte mir versprochen, im Schlaf Blutegel auf mein Gesicht zu setzen, mich mit einem Gebräu einzureiben, das Käfer auf mir herumkrabbeln lassen würde, mich auf dem Dachboden zusammen mit dem einäugigen Geist einzusperren, von dem er steif und fest behauptete, er hause dort. Als Jimmy diesen Geist beschrieb, schilderte er ihn eindrucksvoller und lebhafter als alles, was ich zuvor gesehen hatte. Aber ich glaubte nicht an Geister, und ich glaubte nicht an Jimmys Drohungen.

So lange ich mich nur erinnern konnte, waren Jimmy und ich Feinde gewesen. Als wir beide sechs Jahre alt waren, hatte mich Jimmy vom Dach der Scheune geschubst, und ich hatte mir dabei ein Bein gebrochen. Als wir acht waren, hatte er meine Katze im Bach ersäuft und mir den Kadaver aufs Bett geschmissen.

Wenn Mutter zu Hause war, schlug sie Jimmy, wenn er mir ein Leid zufügte. Jimmy war ein Teufel, aber Mutter ein rächender Engel. Ein Engel mit langem, schwarzem Haar und einer Haut so bleich wie die Elfenbeintasten auf dem Klavier im Wohnzimmer. Aber wenn Mutter fort war, war Jimmy der absolute Herrscher, der mir meine Spielsachen nahm, meine Bücher, alles, und mir nichts übrigließ. Er führte sich immer auf, als besäße ich etwas, das ihm fehlte, etwas, das er mir stehlen könnte, wenn er es nur intensiv genug versuchte.

Erneut ließ Jimmy die Spinne meinen Rücken emporkriechen. Er hielt jeden einzelnen Ton lange aus und ließ die Saiten aufschreien und -schrillen. „Wart nur ab bis heute nacht, Tommy. Wart nur mal ab bis heut nacht.“

Ich glaubte nicht daran, daß Jimmy Macht über mich besäße; ich schenkte seinen Drohungen keinerlei Beachtung. In der darauffolgenden Nacht jedoch zirpten die Zikaden in einem abgehackten, unruhigen Rhythmus. Das Geräusch ruhiger Atemzüge, die von der gegenüberliegenden Wand des Raumes an mein Ohr drangen, schien mich zu verspotten.

Ich beobachtete ihn im Glanz des Mondscheins, der durch das Fenster drang. Im Moment schlief er friedlich. Im Schlaf glichen sich unsere beiden Gesichter aufs Haar. Wenn ich ihn beobachtete, war es genauso, als sähe ich mich selbst schlafend daliegen, als sähe ich, wie sich meine eigene Brust mit jedem Atemzug hob und senkte.

Indem ich ihn so beobachtete, glitt ich immer weiter hinüber in die Dunkelheit eines traumlosen Schlafes. Der Nachtwind rüttelte am Fenster, und ich erwachte, erschreckt von dem Geräusch. Wirr schrillten die Zikaden vor sich hin, und es gelang mir nicht, meine Ruhe wiederzufinden.

Vor der Dunkelheit des Schlafes war mir nicht bange, aber ich war mir nicht sicher, ob mein Geist von dieser gnädigen Dunkelheit umhüllt bliebe. Auf welche Weise mochten Jimmys Träume wohl beginnen? Mit einem Lichtblitz, einem stechenden Schmerz, einem Paukenschlag? Ob ein Traum wohl weh tat, ob ich schreien, ob ich vor Angst aufheulen würde? Ich wollte es nicht wissen. Ich wollte schlafen, ohne daß die meinen Geist umhüllende Dunkelheit durchbrochen wurde.

Ich blickte aus dem Fenster und konnte sehen, wie der Vollmond hoch emporstieg, bis er schließlich den Hof in ein silbriges Licht tauchte. Ganz allmählich sanken meine Augenlider herab, und trotz des unregelmäßigen Schrillens der Zikaden schlossen sich meine Augen, und ich trieb hinein in die Finsternis.

Plötzlich begann das Schreien. Für einen Augenblick setzte mein Herz aus. Begannen Jimmys Träume auf diese Weise? Vernahm er dieses verzweifelte, grauenhafte Geräusch, das seine Ohren verbrannte, bis es ihn dazu trieb, mit in es einzustimmen und seinen Schmerz hinauszuheulen? Dann erkannte ich Jimmys Stimme in den Schreien, und drunten im Hof schienen die Zikaden ihren Gesang einem gleichmäßigen tröstlichen Rhythmus anzugleichen. Der Traum war für Jimmy bestimmt gewesen und nicht für mich.

Jimmy schrie mit hoher, rauher Stimme, die so klang, als würde sie bald heiser und sänke zu einem trockenen Flüstern herab. Aber aus der Erfahrung langer Nächte wußte ich, daß die Schreie weder aufhören noch sich abschwächen würden. Mit krampfhaftem Keuchen sog Jimmy Atemluft in sich hinein und hob dann erneut zu schreien an. Das würde bis zum Morgen andauern oder bis ich ihn aufweckte.

Einen Moment lang ignorierte ich Jimmys Schreie und genoß das Gefühl der Erleichterung, daß der Traum für Jimmy und nicht für mich bestimmt gewesen war.

Doch dann setzten Jimmys Schreie jäh und unvermittelt aus. Und das Mondlicht, das durch das Fenster drang, wurde verhüllt von einem Schatten, einem Boten aus der Hölle, dem Kurier des Teufels, der gekommen war, um Jimmys Seele zu holen. Ein aasfressender Vogel, ein Rabe mit Augen, die vor Haß goldfarbig auflohten, schlug mit seinen Schwingen gegen die Scheibe. Er wollte Jimmy haben. Ich konnte das Rascheln seines Gefieders hören, das Scharren seiner Klauen, das Pochen seines Schnabels gegen die dünne Glasscheibe. Der Mondschein tauchte seine Federn in silbernes Licht.

Hinter seinen auf- und abschlagenden Schwingen erhaschte ich einen flüchtigen Blick auf eine Welt, die durch Mondschein und Schatten silbrig und schwarz gehalten war, eine Welt mit scharfen Konturen, eine beißende, schmerzvermittelnde Welt. Jedes einzelne Bestandteil dieser Welt – die Scheune, der Zaun, das Gras im Hof – war von einem merkwürdigen Schwingen, von einer ins Auge stechenden Klarheit, einer schmerzenden Deutlichkeit, mit der die Umrisse hervortraten, umgeben.

Ich wußte: Das war kein Traum. Der Rabe war Wirklichkeit, ebenso wie die scharf konturierte Welt. Mein ganzes Leben lang hatte ich in einem Zustand zwischen Traum und Tag verbracht. Doch endlich war ich daraus erwacht.

Angesichts dieser Erkenntnis stieß ich einen Schrei aus, der Schmerz und Verzückung in sich vereinigte. Und da starrte mich der Rabe an. In den goldenen Augen glänzte die

Erwartung eines Festschmauses. Nein! Nicht Jimmy war es, den er dazu ausersehen hatte, sondern ich.

Das Fenster erbebte, als er sich dagegen warf. Das Glas klirrte unter seinen Schnabelstößen. Der Vogel würde hereinkommen – ich wußte, daß es ihm gelingen würde.

Dann würde er mich anfliegen, mir die Augen aushacken und sich an meinem Gehirn sattfressen, klebrige, graue Hirnmasse durch die Höhlen zerren, die einmal den Sitz meiner Augen dargestellt hatten. Mein Gehirn, mein Geist würde von diesem Raben verschlungen werden. Ich wäre verloren, auf ewig verdammt.

Ich schrie auf. Meine Stimme war ebenso rauh wie die meines Bruders. Mein Herz klopfte, als wolle es zerspringen – lauf, schrie es mir zu, entkomme, verbirg dich. Und als der Rabe blindwütig auf die Fensterscheibe einhackte, sprang ich aus meinem Bett.

Ich stürzte aus dem Zimmer, aber selbst draußen im Gang konnte ich noch das Schlagen der Schwingen und das Hacken des Schnabels vernehmen. Und deutlicher als ich je in meinem Leben zuvor ein Geräusch vernommen hatte, hörte ich das harte Klirren von zerspringendem Glas, so wie ein einsamer Eisläufer das warnende Knistern des Eises vernimmt, das unter ihm nachgeben wird, und er weiß, er wird ertrinken, versinken im eiskalten See.

Der Rabe brach durchs Fenster – ich hörte, wie das Glas zersprang. Dunkle Wasser schossen über meinem Kopf zusammen, und ich schrie auf. Die Finsternis drang durch meinen offenen Mund ein, um mich zu ersticken. Die Finsternis schoß hinein in meine Ohren, eine betäubende Finsternis mit dem donnernden Lärm wie von Schwingen.

Wie von Schwingen! Ich wandte mich zur Flucht, aber eine elfenbeinerne Klaue packte meine Schulter und wirbelte mich herum. Mutter stand in der Türfüllung ihres Zimmers, wachsam und auf der Hut. Wild streckte ich meine Arme nach ihr aus, meinem Racheengel vertrauend, der mich vom Sendboten des Teufels retten würde.

„Halts Maul, Jimmy“, schnarrte sie. „Halts Maul.“

Wie Klauen vergruben sich ihre Nägel in meinen Schultern. Golden erglühten ihre Augen im Schein des Mondes. Goldene Augen – ich sah sie und wußte plötzlich, warum mir die Augen des Raben so vertraut gewesen waren. Sie hielt meine Schultern umklammert, aber ich riß mich los. Ich wandte mich zu hastiger Flucht, doch da waren die donnernden Schwingen schon über mir.

Ich spürte den ersten Schlag des elfenbeinernen Schnabels auf meiner Schädeldecke und das Scharren der Krallen auf knochigem Untergrund. Ein weißer Blitz erhellte die Dunkelheit, als der Schnabel erneut zuhackte, und ich hörte das Krachen splitternder Knochen. Das Gefieder raschelte, als der Vogel zum dritten Schlag ausholte, der mir den Rest geben würde, der meine Schädeldecke öffnen und mein Gehirn schutzlos preisgeben würde.

Dieser dritte Schlag war unausweichlich. Ich streckte die Waffen, ergab mich in mein Schicksal, sank zu Boden, und ein elfenbeinfarbiges Geschoß blitzte durch die Nacht. Es traf mich seitlich im Gesicht, und mein Kopf taumelte unter dem Schlag, einem Schlag, der brannte, als bohrten sich mir Nadeln aus Eis ins Gesicht. Meine Mutter schlug mir erneut ins Gesicht, um ganz sicherzugehen, daß ich wach war, und zerrte mich dann auf die Beine.

Ich haßte sie. Im letzten Augenblick, den ich in dieser finsteren Wirklichkeit zubrachte, haßte ich sie. Und mein Haß erfüllte mich mit wilder Lust, einer Lust, die meinen Geist überkam wie wildes Glockengedröhn eine stille Nacht, wie ein aufzuckender Blitz, der ein stockdunkles Zimmer erhellt.

Das goldene Licht erlosch in Mutters Augen in dem Maße, in dem die Finsternis aus meinen eigenen dahinschwand. Sie gab meine Schulter frei und knipste das Flurlicht an. „Tommy", rief sie ins Zimmer hinein, „warum hast du ihn nicht aufgeweckt?"

Als er hinaus auf den Gang trat, blickte Jimmy erschüttert drein. Aber das verschlagene Grinsen kehrte rasch zurück und zog sich über sein bleiches, maskenartiges Gesicht. „Der falsche Sohn, Mutter. Es ist Tommy, den du am Wickel hast."

„Tommy?" Sie starrte mir ins Gesicht, und ich wich zurück. Ich schüttelte ihre Hand ab, die meine Schulter umspannte. „Schatz, bist du in Ordnung?" Meine Schultern schmerzten an den Stellen, an denen sich ihre Nägel in mein Fleisch gebohrt hatten. Schweigend nickte ich. Hätte ich den Versuch unternommen, etwas zu sagen, wäre meine Stimme gesprungen, und ich hätte erneut zu schreien begonnen.

Mutters Stimme klang rauh, als sie sich an Jimmy wandte. „Was ist passiert? Und warum, zum Donnerwetter, grinst du so?"

„Ich grinse, weil Tommy ein einziges Mal in seinem Leben erfahren hat, was er verpaßt. Geschieht ihm ganz recht." In seiner Stimme schwang dieser spöttische Unterton, mit dem er Mutter jedesmal zur Weißglut trieb.

Klatschend fuhr ihm Mutters Hand übers Gesicht, und ich zuckte zusammen. Jimmy behielt sein Grinsen bei. Und da wußte ich, was sich hinter diesem Grinsen verbarg – hinter seinen Augen war das wilde Glockengedröhn, das in stiller Nacht losbrach.

„Geh zu Bett!" stieß Mutter hervor. „Wir sprechen uns noch morgen früh." Sie wandte sich mir zu, und ihre Stimme nahm einen tröstenden Tonfall an. „Armer Tommy.“ Sie streckte einen Arm aus, um mein Gesicht zu streicheln, und ich fuhr zurück. Dort, wo mich ihr Schlag getroffen hatte, stach es immer noch wie mit tausend Nadeln.

Sie zögerte, ihre Hand sank herab. „Wir reden morgen früh darüber. Wenn die Sonne scheint, siehst du alles in einem anderen Licht. Geh jetzt schlafen. Und diesmal wird nicht geträumt.“

Ich drehte mich um und stolperte zurück in mein Bett. Das Fenster war nicht zerbrochen. Der Boden war nicht mit Glassplittern übersät. Der Weg des Raben mit den Augen meiner Mutter wurde von keiner einzigen Feder gesäumt. Ich erschauerte und kroch ins Bett und hüllte mich fest in meine Decke ein, um mich vor der Nacht zu schützen. Das Licht des Mondes drang noch immer durchs Fenster, und ich empfand bei seinem Anblick ein Gefühl tiefer Dankbarkeit.

„Tom“, flüsterte Jimmy. Seine Stimme klang erschöpft. „Tom, ist das immer so schlimm?“

„Was meinst du damit – so schlimm? Ich träume nicht; ich habe keine Alpträume. Ich habe nur ...“ Mitten im Satz ging mir auf, daß etwas nicht stimmte. Die wilde Lust, die mich im Gang überkommen hatte, war dahingeschwunden. Wohl konnte ich mich an das Gefühl erinnern, aber es gelang mir nicht, es erneut zu empfinden. Ich konnte mir vergegenwärtigen, wie klar und eindrucksvoll die Welt gewesen war – aber diese Welt hatte sich verändert. „Ich habe nur ...“, wiederholte ich. Ich konnte den Satz nicht zu Ende sprechen.

„Die Welt war aus dem Gleichgewicht geraten“, murmelte Jimmy. „Ich konnte nichts sehen. Ich konnte nichts fühlen – mein Geist war wie von dichtem Nebel umgeben. Ich konnte nichts denken. Du denkst nicht im eigentlichen Sinne, Tom. Du erinnerst dich an Dinge und wiederholst sie. Aber du denkst nicht.“ Seine Stimme gewann an Kraft. „Und du schläfst nicht, Tom. Du stirbst in jeder Nacht. Ich dachte mir, wenn du nicht träumtest, dann . . . Ich dachte, du . . . Ich weiß nicht, was ich dachte. Ich hätte nicht gedacht, daß Schlaf so kalt sein könnte. Es war, als käme man in eine Gruft, es war so, als würde ich lebendig in der harten, nackten Erde begraben. Oder so, als ob man im Ozean versänke, die Wellen schlagen über dem Kopf zusammen, und man weiß, daß man nie wieder das Tageslicht erblicken wird.“

Ich erschauerte und wickelte mich fester ein in meine Decke. „Hör auf . . . Sprich nicht davon. Ich will nicht . . .“ Ich wollte nicht, daß sich vor jedem Einschlummern das offene Grab vor mir auftat.

„In Ordnung. Reden wir nicht mehr darüber.“ Jimmys Stimme klang weicher, sanfter als ich sie je zuvor vernommen hatte. „Hab' keine Angst, Tom. Ich werde dir nicht noch einmal meine Träume auferlegen. Nicht, wenn ich das durchstehen muß, was du erlebst. Gute Nacht, Tom.“

„Gute Nacht.“

Schweigend verbrachten wir den Rest der Nacht. Und ich dachte an den Raben. Er hatte der Beschreibung geglichen, die Jimmy von dem einäugigen Geist gegeben hatte – in der lebhaftesten und vollständigsten Weise. Ich erinnerte mich an den Glanz seiner Augen und den elfenbeinernen Schimmer seines Schnabels, und mir wurde bewußt, daß ich nie zuvor Dinge in dieser Deutlichkeit wahrgenommen hatte wie den Raben, der an das Fenster zu meinem Geist schlug.

Jimmy hatte recht. Er besaß meine Seele – er vermochte zu lieben, zu hassen, zu weinen und in einer Welt alptraumhafter Visionen zu leben. Ich lebte nur in der Welt der realen Dinge und schlief wie ein Toter. Nicht einmal hassen konnte ich Jimmy – es ging einfach nicht. Ich erinnerte mich an die Träume, und ich wußte, wie der Haß schmeckt. Ich haßte ihn nicht, er war mir widerwärtig.

Mutter hatte gesagt, sie wolle uns am Morgen sprechen – es sollte niemals dazu kommen. Als das erste Grau des Tages heraufdämmerte, schlüpfte Jimmy verstohlen aus seinem Bett. Geräuschlos packte er seine wenigen Kleidungsstücke in seine Büchertasche aus Segeltuch und nahm seine Gitarre an sich. Dann huschten seine Schritte die Treppe hinab, und fort war er. In der Morgendämmerung huschte er von dannen und trug meine Seele in seiner Tasche mit davon.

Alles hatte sich in dieser Nacht geändert, und es schien mir sinnlos, noch länger zu bleiben. Ich würde Mutter nie mehr anblicken können, ohne in ihrem Gesicht das des Raben wiederzuerkennen, dieses einzige Wesen, gegen das ich jemals Haß empfunden habe. Bevor noch das Geräusch von Jimmys Schritten verklungen war, packte ich mein eigenes Bündel und huschte hinter ihm her. An seinen Fußstapfen, die im Tau des Rasens zu erkennen waren, sah ich, daß er sich nach Westen gewandt hatte. Ich schlug den Weg nach Osten ein.

Ich sah Mutter niemals wieder. Von Jimmy erreichte mich kein Lebenszeichen. Aber ich weiß, daß er noch am Leben ist, denn meine Nächte sind leer – sie sind von einer schwarzen, leeren Weite, dunkel wie ein Friedhof um Mitternacht.

Es scheint mir so ungerecht, daß unsere Träume so ungleich verteilt sind, daß ein Geist im Feuer der Hölle schmort, weil er für zwei zugleich träumt, während der andere sich nach einem Hauch Wärme sehnt. Ich kann nicht zornig darüber werden, aber ich weiß, daß es nicht gerecht ist.

Ich lausche auf Schwingen, aber das Geräusch stellt sich

niemals ein. Ich erinnere mich wohl an dieses Geräusch – zornig und gefährlich, aber klar und durchdringend, scharf genug, um meine Seele zu durchbohren. Ich erinnere mich an das Scharren von Krallen auf Knochen und an das knirschende Geräusch, mit dem ein Schädel zerbirst, aber vor allem erinnere ich mich an den donnernden Schlag von Flügeln – dieses Geräusch, das mich taub macht, wenn es mich überkommt und mich einhüllt.

Aber das Geräusch der Schwingen barg ein Versprechen in sich – ein Versprechen über Fühlen, Sehen und Hören. Angst zu fühlen, ist besser als überhaupt nichts; die Augen meines Zerstörers zu sehen, wäre immer noch besser als blind zu sein. Ein Leben lang sind meine Augen umwölkt gewesen. Mit Ausnahme einer einzigen Nacht in meinem siebzehnten Lebensjahr, als ich in einem Traum klar und deutlich sah.

Ich frage mich, ob Jimmy die Ruhe des Grabes vermißt. Ich frage mich auch, ob er mir eines Nachts einen Boten aus der Hölle sendet. Ich hoffe es. Ich wünsche mir sehnlichst, daß ich von dieser anderen Welt träume, die aus Klarheit und Gefühl besteht, aber ich träume nicht.

Und nachts schließt sich die Finsternis über meinem Haupt wie die Wasser eines unterirdischen Teiches – dunkel und undurchdringlich – und durch das Schweigen hindurch lausche ich auf den Donnerschlag der Schwingen.

Somtow Sucharitkul

Kometen und Könige

Wenn man noch ein Junge ist, scheinen sich alle Bäume aller Wälder hinauf in die Unendlichkeit zu erheben, sich zu einem dunkelblättrigen Zenit zu vereinigen, der so weit entfernt ist wie der Himmel selbst. Wenn man älter geworden ist, lacht man vermutlich über sich selbst. Aber es gibt einen Wald aus meiner Kindheit, dessen Bäume, so bilde ich mir manchmal ein, mit meinem Wachstum Schritt gehalten haben. Sogar in diesem Augenblick, da ich am Rande des Universums stehe, berühren mich seine Schatten, über Griechenland, über Persien, über Indien hinweg.

Glauben Sie an Hybris?

Aber ganz gewiß tun Sie das. Dennoch handelt es sich dabei um einen weitaus komplexeren Gegenstand, als ihn sich unsere Ahnen vermutlich dachten . . . Na, ich sollte vielleicht nicht ins Philosophische abschweifen. Dies ist ja nicht einmal meine eigene Chronik; und ich bin kein Geisterseher, im Gegensatz zu Alexander.

Da gab es einen Wald in Makedonien, in dem wir spielten, wir seien erwachsen, und es war ein Herbst wie andere auch. Er war ein hübscher junger Prinz, in dem ein wirres Feuer loderte; und ich hatte soeben erst herausgefunden, wie furchtbar es ist, die Großen zu lieben.

„Hephaistion!" rief er mir zu und verschwand blitzschnell im Wald, sein grauer Chiton leuchtete hell auf in der Abendsonne. Er rannte voran, ich holte ihn ein, wir gingen Arm in Arm einher, wir lachten zusammen, einfach nur so, ohne bestimmten Grund; wir rangen miteinander und sanken, außer Atem, ins feuchte Moos . . . Dann erhob er sich wortlos und schlug allein eine unbekannte Richtung ein.

Ich hatte bereits die Erfahrung gemacht, daß es besser war, ihm nicht unaufgefordert zu folgen.

„Hephaistion!" rief er erneut aus. Ich konnte meine Erregung nicht abschätzen. Ich sah einen fremden Mann in den Schatten lauern; Alexander hätte ihn fast umgerannt.

Ich wurde von einer jähen, übermächtigen Furcht ergriffen. Schien es sich wirklich nur um einen Menschen zu handeln? „Er ist ohne Arg", sagte ich. „Ich wette, er ist nur ein Bauer aus der Umgegend."

Seine Gestalt hob sich kaum von den Bäumen ab, es war etwas Leuchtendes um sie. Meine Augen schmerzten. Alex war vorsichtig, daher bewegte auch ich mich nicht. Dem Blick des bärtigen Gesichts, den Augen, die mein Blut gefrieren ließen, hielt mein Blick nicht stand, ich sah auf seinen Chiton, der aus fremdartigem Stoff gewebt war und in den Farben des Regenbogens glänzte.

Vielleicht war er einer der vergessenen Götter Makedoniens, der in die Vergessenheit abgedrängt worden war, als die Zivilisation in den Norden gekommen war.

Wie immer, so zeigte Alexander auch diesmal keine Furcht. Keinen Schritt wich er vor dem Blick des Fremdlings zurück.

Hinter dem Kopf des alten Mannes, auf einer kleinen Waldlichtung, stand ein Gegenstand aus glänzender Bronzefarbe, etwas, das wie eine umgekehrte Amphore aussah. Ein ganzes Feld metallener Halme kam daraus hervor und schwankte sanft im Hauch des Windes. Es war in etwa groß genug, um den Fremdling aufzunehmen. Es kam mir wunderlich vor, vielleicht wie ein Requisit aus einem saturnalischen Spiel.

Alex erhob als erster das Wort. „Bist du ein Gott?"

„Das könnte man vielleicht von mir sagen, ja", erwiderte der Fremde. Plötzlich lachte er, aber seine Augen blieben ohne Ausdruck. „Nenne mich Ectogeos – ‚außerhalb der Erde'." Sein Attisch war abscheulich. Wenn er Zischlaute hervorbrachte, lispelte er, seine Verben zog er nicht zusammen, so daß seine Sprache klang wie ein merkwürdiges, nachgemachtes Homerisch. „Du bist erstaunt, daß ich zu *dir* gekommen bin, Alexander?"

An *mich* wurde kein einziges Wort gerichtet. Ich war einfach nur ein unbedeutender Zeuge irgendeines Schlüsselerlebnisses für *sein* Leben. Ich versuchte, nicht eifersüchtig zu sein.

„Ich bin ein Beobachter", fuhr der Alte fort. „Alle meiner Art sind das; unermüdliche Beobachter. Und hier gibt es in der Tat etwas zu beobachten, auch wenn er bisher erst noch ein Knabe ist!"

Alex saugte die Worte in sich auf. Ich weiß nicht, wie das möglich war, aber irgendwie schien er den Fremdling zu erkennen . . .

Ectogeos sagte: „Von den Menschen um dich herum hebst du dich ab wie eine Supernova von den Sternen. Wenn man dich betrachtet, sieht man die ganze Welt; dich beeinflussen, und man könnte – na, aber das ist selbstverständlich verboten. Sogar mein Besuch an diesem Ort ist ein wenig riskant." Hatte er zuviel gesagt? „Halte mich für deinen Beschützer von oben."

Alexander nickte. „Aber", sagte der Mann, „ich möchte dir einige Fragen stellen, im Namen der Forschung – vielleicht könnte man es auch Neugierde nennen. Was gedenkst du, in deinem Leben zu tun?"

„Die Welt erobern." Ohne Zögern kam es hervor.

„Die Welt?"

„Als ich geboren wurde, erschien ein Komet."

Hier mußte ich einfach unterbrechen. „Warum stellst *du* ihm Fragen? *Bist* du denn ein Gott, oder ist er es? Obliegt es dir, ihm Fragen zu stellen?" Ich fügte hinzu: „Bist du ein Gott oder bist du keiner?"

„Ein Gott?" Ich bemerkte, daß er nicht die Absicht hegte, meine Frage zu beantworten.

Alexander sagte: „Wenn du ein Gott dieser Wälder bist, dann stirbt deinesgleichen aus. Bald wird man dich vergessen haben, und du bedarfst der Anbetung, um dich zu erhalten. Die Zeiten ändern sich . . ."

Da hatte er wahrlich recht.

Der Mann lachte erneut. Es war ein kehliges Kichern, das aus den Tiefen des Waldes zu dringen schien. „Es ist freundlich von dir, daß du dir um mich Sorgen machst." Es war *in der Tat* freundlich, dachte ich; er hatte sich stets um die Alten gekümmert. War es ihm deshalb nicht vergönnt, das Alter zu erleben? „Aber ich besitze größere Fähigkeiten als du denkst, mich um mich selbst zu kümmern."

Mein Auge wurde erneut von dem Gegenstand angezogen. Sanft raschelten die silbrigen Halme. Ich spielte mit dem Gedanken, hinüberzugehen und hineinzuschauen . . .

„Das ist verboten, Hephaistion!" sagte er in scharfem Ton.

Er hat meine Gedanken gelesen! Furcht und Schuld durchzuckten mich. Ich zog meine Gedanken in mein Innerstes zurück und hütete sie dort. Doch die beiden befanden sich bereits inmitten einer intensiv geführten Unterhaltung. Es handelte sich um kindisches Zeug, über die Eroberung Persiens und der übrigen Welt. Alexander war immer überspannt gewesen; ich fand den Umstand ergötzlich, aber Ectogeos blickte sehr ernst drein.

Schließlich sagte der Fremdling: „Hab Dank für deine Informationen“, und machte sich auf den Rückweg zu seiner umgekehrten Amphore.

„Noch nicht!“ Es war eine Herausforderung. „Du hast mir nicht gesagt, wer *du* bist.“ Alexander . . . das Sonnenlicht des Waldes sprenkelte sein Gesicht. Mein Herzschlag setzte beinahe aus.

„Du versuchst mich, Erdenkind“, sagte der Fremde. „Wir sind der Regel unterworfen, daß wir unsere Identität den Welten nicht preisgeben können, die wir beobachten . . . aber um dich ist etwas Besonderes und . . . nein, nein, ich bezweifele, daß du akzeptieren könntest, was ich bin.“

„Wenn du es mir nicht sagst, dann gebe ich keine Ruhe, bis ich es herausgefunden habe. Mein Vater ist der König hier.“ Alexanders Augen blitzten trotzig auf.

„Ich weiß.“ Der Fremde sprach widerstrebend. „Aber du könntest dir nicht vorstellen, was ich bin. Vielleicht, dennoch, am Ende deiner Suche . . . wenn es nicht mehr darauf ankommt . . .“

„Meine Suche?“

„Na, es schadet nichts, wenn ich dir sage, was du bereits weißt. Die Welt ist dein.“

„Die *ganze* Welt?“ sagte Alex, in dessen Stimme Verwunderung schwang.

„Warum nicht?“ Und schon war er in dem Gegenstand verschwunden.

Als wir heimmarschierten, schien er wie verzaubert; er schritt voran, schritt zügig aus, zertrat Zweige, blickte nicht vor sich. Es fiel mir schwer, mit ihm Schritt zu halten. Und nun schien die Dämmerung hereinzubrechen. Jäh und unvermittelt waren wir aus dem Wald herausgetreten; ich klopfte die Blätter von meinem Umhang und legte ihn, als er kurz verhielt, um seine Schultern. Es war kälter geworden. Der Wind und das gebrochene Licht spielten in seinen langen, ungebändigten Haaren.

„Sei nicht so in dich gekehrt, Alex", sagte ich. „Wie kannst du dich so vor mir verbergen?"

„Du hast gesehen, was war. Meine Träume erfüllen sich, schneller als ich mit ihnen mithalten kann." Beständig blickte er hinab auf die schwarze Erde. Erst nachdem er es laut ausgesprochen hatte, überlegte ich, wußte er, daß es wahr war.

Ich wußte, daß er heute abend verdrießlicher Laune sein würde und Aristoteles, unserem Tutor, unfreundlich gegenüberträte; daß er allein auf seinem Bettrand säße und Träume spänne, in denen es für mich keinen Raum gäbe – nicht mit Absicht, nein, aber weil diese Träume über meine Bedeutung hinauswuchsen. „Wer war dieser Mann?" fragte ich ihn. „Was war das mit dem Traum? Der Name ‚außerhalb der Erde' beruht sicher nicht auf Wahrheit." Alex antwortete mir nicht; ich glaube nicht, daß er es wußte.

„Alex", sagte ich nach längerem Schweigen, „war das der Besuch eines Gottes?" Ich verspürte den Schatten von Bäumen und fühlte mich unbehaglich.

Seine Augen ruhten auf mir. Mich verlangte so sehr danach, ihm alles zu geben, wenn ich ihn nur etwas beruhigen konnte . . . Die Großen zu lieben ist etwas Fürchterliches.

Aber aus einem inneren Antrieb wandte er sich zu mir um. Wortlos umarmte er mich mit einer verzweifelten Umklammerung, wie ein verlorenes Kind.

So viele Eindrücke, die mir im Gedächtnis verhaftet sind: der stechende Geruch des Blutes, die Sonne, verdunkelt vom schwarzen Hagel der Pfeile ... und Alexander und ich werden zusammen groß.

In meinem Kopf vermischen sie sich, diese Eindrücke: alle diese Haine und Wälder, die Taiga und die brütenden Dschungel, die Türme und die Pyramiden, die Minarette und Obelisken, die leeren Grabmäler, die Tanzknaben mit weitgeschnittenen Hosen, die Priesterinnen mit kohlschwarzen Augen, die Satrapen mit Bärten, die wie Terrassen geschnitten sind, die Huren der Feldlager mit Brüsten, die aus bunt bestickten Korsetts herausquellen, und die zahllosen Könige, über und über mit Prunk beladen, wie überlebensgroße Puppen, klein und zwergenhaft im Angesicht ihrer Thronsessel.

Aber er eroberte Persien und wurde Großkönig, und wir brachten unser Opfer am Grab des Achilles und des Patroklos dar.

Und anschließend, gerötet vom Wein und siegestrunken, stürmte er ins Zelt. Unsere Freunde lagen sich trunken in den Armen; schließlich schwankten sie heim, und die persischen Diener verschwanden wie die Münzen eines Zauberers, und wir waren allein. – Wir waren allein und schwiegen lange, bis ich ihn endlich ansprach.

„Willst du niemals umkehren?“ fragte ich ihn. Ich war nicht der erste, der diese Frage stellte; doch vielleicht der erste, der sie vor ihm auszusprechen wagte.

Er schmetterte seinen leeren Weinschlauch zu Boden. „Was meinst du damit?“ Jäh war die Undeutlichkeit aus seiner Sprache gewichen; klar blitzten seine Augen im Halbdunkel auf.

„Ich meine, dein Reich festigen ...“ Ich war stets der

Praktischere von uns beiden gewesen, kein Geisterseher, wie ich bereits sagte.

„Dafür habe ich *keine Zeit!*“ Er begann mit Erklärungen. „Es gibt noch so viel von der Welt, und ich muß sie vollständig besitzen! Es hat mit dieser Eroberung nichts Persönliches auf sich, es ist einfach nur . . . Ich *muß*. Es ist mein Schicksal.“ Er sprach dieses Wort mit einem sonderbaren Selbstbewußtsein aus.

„Aber mittlerweile solltest du Vernunft angenommen haben.“

Er begann wieder zu nuscheln. „Erinnerst du dich nicht mehr? In diesen Wäldern, mit dem Gott . . .?“

Nur mit Mühe konnte ich diese Erinnerung heraufrufen. Sie war zuerst verschwommen: ein leuchtender alter Mann, der Dunst des Herbstes, eine trübselige Unterhaltung im Halbdunkel – . . . *das Sonnenlicht des Waldes sprenkelte sein Gesicht*. Es war ein Bild zerbrechlicher Vergänglichkeit und schneidender Klarheit. Wie ein Magnet trieb es die Erinnerung an die Oberfläche des Bewußtseins. Aber ich versuchte es mit einem Lachen abzuschütteln. „Es war einfach nur ein handfester Spaß, oder irgend etwas . . .“

„*Du* glaubst das nicht.“ Alexander hatte recht. Ich wandte mich von ihm ab und beobachtete das Feuer und die tanzenden Schatten auf der Leinwand. Mit eindringlicher Stimme hörte ich ihn sagen: „Er kam zu *mir*. Und er gab mir die Welt.“

„Vielleicht oblag es ihm nicht, sie zu vergeben“, konterte ich mit unfreiwilliger Schärfe, obwohl ich mich über ihn lustig machen wollte. Seine Zuversicht hatte mir immer Angst gemacht – und mich überzeugt, durch ihren hohen Grad an Heftigkeit.

So stritten wir uns der Form halber noch einige Minuten

länger. *Es ist falsch,* dachte ich, *ihn an Werten zu messen, die er hat bedeutungslos werden lassen. Und wir wissen beide, wie solche Streitigkeiten normalerweise ausgehen.*

Im flackernden, orangefarbenen Licht berührte er mich, berührte meine Hände, mein Gesicht.

Wie kann ich dir das verweigern, dachte ich, *was mit dem Recht des Eroberers dein ist?* Er ergab sich mir wie der Marmor einem Bildhauer; in der Hingabe wurde er mehr und mehr er selbst.

Die Nacht, in der er Persepolis niederbrannte . . .

Sich auftürmende, phantastische Flammenspitzen leckten hinauf zum Himmel, und der erstickende Geruch von Weihrauch und verschmortem Fleisch hing in der Luft.

Wir folgten Alexander in den leeren, endlos weiten Thronsaal. Als sie einen Weg durch das Geröll bahnten, schwang er in wilder Wut seine Fackel wie ein Schwert und taumelte zum Thron des Großkönigs und erklomm die hundert schwindelerregenden Stufen aus purem Gold. Durch die riesige Halle hörte ich ihn nach einem Fußschemel schreien – er war zu klein –, und dann unterschied er sich in nichts von den anderen Königen, den unzähligen Königen, die abgesetzt und gestorben waren, zwergenhaft im Angesicht ihrer eigenen Thronsessel. *Sie waren lebende Götter,* dachte ich, *und nun hat er sie hinabgeschmettert.*

Das wilde Gelächter hörte sich unbedeutend an. Soldaten schleuderten ihre Feuerbrände hinein in die Herrlichkeit. Eine Kurtisane stieß einen gezierten Schrei aus und stürzte den Wein aus einem erbeuteten Weingefäß hinab. Vom Fuß der Stufen aus beobachtete ich ihn. Selbst auf diese Entfernung hin schüchterte mich der Glanz seiner Augen ein.

Ich dachte: *Das Feuer wütet, auf daß er der schutzlosen*

Stadt neues Leben einhauchen kann. Das Feuer rief ein tiefes Gefühl der Verwunderung in uns hervor, wenn Säulen wie überspannte Saiten einer Leier zersprangen. Einen Augenblick lang stand uns allen der Mund offen, so wie wir als Kinder zum erstenmal einem Begräbnis beigewohnt hatten.

Ich hörte ihn nach mir rufen, so stieg ich denn zu ihm hinauf – fast wäre ich dabei über einen abgehackten Arm gestolpert.

Eindringlich fragte ich ihn: „Warum brennst du Persepolis nieder?“ Aber er verharrte unbeweglich auf seinem Thron.

Dann erwiderte er: *„Weil mich kein Gott mehr seit meiner Kindheit heimgesucht hat. Ich habe dieses Feuer gelegt, damit sie mich sehen können.“*

Das Brennen eines großen Palastes . . . ein großer Mann, brennend vor Begierde . . .; ein großer Mann, der sich verzweifelt von der Liebe so vieler Menschen ernährt und der dennoch weiß, daß sie seine Einsamkeit nicht antasten können . . . die gleißende Helle brannte in meinen Augen. Schließlich, nach einigen Stunden, brach es in sich zusammen, schmorte noch etwas vor sich hin und war dann erloschen. Der Morgen nahte: grau, regnerisch.

Immer wird mir diese Nacht im Gedächtnis bleiben, nicht allein, weil die Helligkeit der Flammen die Nacht zum Tag machte und auf diese Weise in die Belange der Götter eingegriffen wurde, sondern weil plötzlich, ganz ungebeten, das Geräusch eines kichernden Waldes an mein geistiges Ohr drang und vor meinem Auge das Bild einer fremden Gestalt vor einem überirdischen Gegenstand aus glänzender Bronze auftauchte.

Vielleicht hatte das eine reinigende Bedeutung für ihn. Ich hoffte, daß es ein Feuer war, welches das Feuer vertrieb; tief in meinem Innersten hoffte ich auf ein Ende, obwohl all unsere Hoffnungen zunichte gemacht wurden durch die Unwandelbarkeit seiner Persönlichkeit, und wir sollten einfach nur zu Aspekten dieser Persönlichkeit werden.

Und dann weitere, sich überlagernde Bilder: weißer Sand, der blendete, Pyramiden, die in diesem Sand verstreut lagen wie Bausteine eines Kindes. Der rückwärts laufende Nilos, fremde Götter, fremde Riten. Soldaten, die Mumien aus dem Sand graben, Mumien, deren Gesichter mit zu Stein gewordenen Blicken aus unvorstellbarer Zeit zu uns herüberblickten.

Es gab ein Orakel in der Wüste, in einer Oase gelegen. Wir warteten, während sich Alexander aufmachte, die fremden Götter zu befragen, zu denen er sich bekannte. Es war eine idyllische Zeit ohne Blutvergießen; Soldatenkinder spielten am Rande der Wüste, und am Flußufer gab es eine Quelle und Getreide. Es war ein Ort überquellenden Reichtums, der aus einer verwüsteten Endlosigkeit entsprang.

Eines Tages ritt ein Beduine, wie ein Wahnsinniger schreiend und sein Kamel peitschend, hinein ins Lager. *Das Orakel hat Alexander zum Gott, zum Sohn des Zeus erklärt!* Alexander würde zurückkehren, vielleicht in wenigen Tagen, vielleicht in einer Woche, um die Ehrenbezeugungen seiner Untertanen entgegenzunehmen.

Der Kundschafter sagte nicht, daß Alexander erneut Ectogeos getroffen hatte . . .

Wir beide waren alleine zusammen, und es war eine dieser Gelegenheiten – sie wurden in zunehmendem Maße seltener –, in denen er offen redete, fast so, als seien wir noch die spielenden Jungen von damals. „Laß sie doch glauben, daß ich zum Gott ausgerufen sei!“ sagte er lachend. „Diese Priester, die in ihren verrückten Sprachen vor sich hinsabbern, und überall dieser Weihrauch. Wenigstens war es kühl in diesem Tempel unter den Felsen. Ich lauschte ihrem Gott mit großer Höflichkeit . . . aber es gab da auch noch ein anderes Treffen."

Ich starrte ihn an und erriet es bereits. Eine drückende Spannung legte sich jäh auf uns. „Ich vertraue dir ein Geheimnis an!" sagte er und lachte fast so wie in den alten Zeiten; aber es war nicht das gleiche. Man hätte ihn mittlerweile für einen Orientalen halten können, mit all den Verbeugungen und den Kniefällen . . . Ich wartete, so wie es mir gebührte, und lauschte dem Rascheln der Dattelpalmen.

Schließlich: „Na, was?"

„Nur mit der Ruhe. Ich erzähle es dir!" Seine Augen funkelten.

Nach einer angemessenen Pause berichtete er mir. Er war ohne Begleitung in die Wüste aufgebrochen, nachdem das Scharmützel an der Siwa-Oase vorüber war. Die anderen mußten mit aller Gewalt versucht haben, ihn aufzuspüren. Und genau wie er es sich gedacht hatte, stand *er* da, neben dem komischen Gegenstand. „Er sagt, es sei eine fliegende Maschine, will aber keine weiteren Einzelheiten verraten."

„Wie?" spottete ich. „Ist er neben dem Bauern, dem Wächter von oben und dem Waldgott auch noch ein Daedalus?"

„Nachdem ich mit ihm geredet hatte, stieg er ein und flog davon", sagte er in nüchternem Tonfall. Seine Augen waren weit weg. „Na, sag doch was."

„Ich glaube es nicht." Aber ich glaubte jedes Wort.

„Ach Unsinn, Heph. Nimm mich doch bitte ernst. Er sprach von vielen Dingen, von denen ich versucht bin, sie diesem Orakel zu glauben, weißt du. Wir spielten erneut

Frage und Antwort. Er drückte sich sehr verschwommen aus ... weißt du, ich glaube, er versucht seine Spuren zu verwischen ..."

So, als könnte er zur Rechenschaft gezogen werden, wenn man ihn erwischt? dachte ich.

„Weißt du, was er als erstes zu mir sagte? Na los, rate mal."

„Wie sollte ich das wissen? Vielleicht: ‚Wie groß du geworden bist.'"

„Ganz genau das. Siehst du, du *kannst* meine Gedanken lesen." Wir brachen beide in Gelächter aus. Fast augenblicklich kehrte die Spannung zurück.

„Dem Wortlaut nach sagte er: ‚Wie du gewachsen bist; ihr Kurzlebigen überrascht mich jedesmal'", sagte Alexander. *Kurzlebige?* Und wie hatte er Alex zuvor genannt: *Erdenkind?* Diese Art Worte verwendeten die Götter nicht für Sterbliche, ganz genau ... und dann dachte ich: Was ist, wenn jemand eine fliegende Maschine erfunden hat? Viele der Wunder, die auf unsere Sinne einstürmten, waren nicht weniger unwahrscheinlich.

Alex fuhr fort: „Er sagte zu mir: ‚Ich höre, daß sie dir die Unsterblichkeit verliehen haben. Wie paßt dir denn dein Heiligenschein?' Ich sagte ihm, ich sei mir überhaupt nicht sicher. ‚Ha!' sagte er. ‚Ist die Sicherheit denn nicht eine Maßeinheit der eigenen Göttlichkeit? Natürlich ist sie das!'

Aber ich erwiderte: ‚Wenn ich schon ein Gott bin, dann bin ich deinesgleichen, aber du siehst, ich kann nicht fliegen.'

‚Was ist größer – fliegen oder die Welt zu erobern? Ich habe dieses Ding nicht erfunden, mußt du wissen. Jemand anderes – nennen wir ihn Hephaestus, um deine Weltsicht nicht zu sehr aus dem Gleichklang zu bringen – fertigt all diese Geräte.'"

„Und was kam dann?“ fragte ich ihn.

„Ich sagte zu ihm: ‚So behauptest du also immer noch, daß ich die Welt erobern werde – obwohl meine Armee nicht weitermarschieren will? Sie alle vermissen ihr Zuhause, weißt du das nicht?‘

‚Ich behaupte gar nichts. In Wirklichkeit sagen *sie* mir fortwährend, ich solle mich nicht einmischen.‘

‚Wer sind *sie?*‘ Ich war insistent. Ich schätze keine Rätsel.“

Alex war sehr ernst. Ich versuchte, das Geheimnis der Geschichte nachzuempfinden, aber es war glockenheller Tag, ein Windhauch strich sanft durch die Bäume, die Kinder vergnügten sich damit, eine kleine Stufenpyramide hinauf und hinunter zu hopsen – dabei haben sie sie übrigens geplündert – . . . Irgendwie war es für mich nicht so bedrohlich wie es in brütender Umgebung am Vorabend einer Schlacht hätte sein können. Ich glaube, er spürte, daß ich etwas vor ihm zu verbergen suchte, Ungläubigkeit war nicht so ganz der passende Ausdruck, aber . . . da war die feinnervige Spannung unseres Verhältnisses bereits abgetrieben.

Als ich ihn so betrachtete, wie er auf einer grobbehauenen Bank saß, von der Reise beschmutzt, sah ich, daß er wohl Narben des Kampfes trug, jedoch keine Linien unter den Augen. Er hatte die Vorahnungen neuer Kriegswirren abgeschüttelt wie ein Seelöwe, der aus dem Wasser hervorschießt. In seinen Augen spiegelte sich der Himmel wider.

Sogar wenn ich wegblickte, war seine Gegenwart irgendwie handgreiflich. „Willst du denn nicht wissen, was er als nächstes sagte?“ fragte er mich.

„Natürlich.“ Ich wollte es wirklich wissen. Ich weiß nicht, warum es so ungezwungen herauskam, so blasiert klang.

„Na gut. Er antwortete nicht. In der Tat schaute er mich genau in der Art und Weise an, mit der Aristoteles irgendein

Exemplar seiner Untersuchungen betrachtete. Ein Sandsturm braute sich zusammen, aber ich mußte einfach warten, obwohl es nicht mehr so lustig war. Ganz abrupt sagte er: ‚Sage mir, was ein Gott ist.'

Ich sperrte Mund und Nase auf. Er kicherte, ganz genau so, wie er es vor langer Zeit in Makedonien getan hatte, schritt dann zu seinem Ding und glitt irgendwie hinein. Feuer brach unter dem Gegenstand hervor. Dann steckte er seinen Kopf heraus, als sei er versucht, eine allerletzte Sache loszuwerden:

‚Mach weiter! *Sei* das, was sie von dir sagen! Dreht sich nicht unser gesamtes Leben um das *Sein?*' "

Alex nahm erneut diesen abwesenden Blick an. Die Unterhaltung war nicht zufriedenstellend, sie besaß die Logik eines Traumes und dessen wesentlichste Grundzüge.

Ich verfiel ins Grübeln unter der sengenden Sonne.

Seitdem wir Knaben waren, habe ich ihn sehr genau gekannt, so gründlich wie man nur einen anderen Menschen kennen kann ... Wie alt waren wir heute? Und dennoch hatte ich, noch nicht einmal dreißig Jahre alt, ihn aus den Augen verloren. Und nun, da er von einem Orakel zum Gott erhoben worden war, war ich nichts weiter mehr als ein armer Verwandter, mein Verhältnis zu ihm war wie das des Polydeukes zu Kastor. Wie würden sie nach unserem Tod mit diesen Fragen umgehen?

Während ich Alexander beobachtete, der in seiner fürchterlichen Einsamkeit gefangen war, verdunkelte der Gedanke an den Tod mein Gemüt. *Denkt er noch immer an die Eroberung der Welt, an die Einverleibung des Universums in seinen feuerigen Ring?* In der letzten Analyse war er allein mit der Vision. Nicht einmal ich konnte sie sehen.

Ectogeos hatte sich einen Beobachter genannt. Mir war

nicht einsichtig, warum er beobachten sollte. Die Götter sehen sowieso alles, sie mußten nicht noch extra jemanden herabsenden, der dumm herumgaffte. Waren die Götter Voyeure? Es gibt Menschen und Götter ... Gab es noch eine dritte Kategorie?

Ich wünschte, *er* käme und redete mit *mir*.

Weitere Eindrücke, aus den letzten Tagen des großen Eroberns:

Die Welt wurde weiter, wilder.

Da waren Märkte, die nach dem Schweiß der Fremden stanken, große grüne Dschungel, mythische Schlangen wanden sich um smaragdfarbene, namenlose Bäume ... und alles wucherte, nach oben, nach außen, nach innen, nach unten, alles war in einem wahnwitzigen Wachstum begriffen, als wir uns dem Rande der Erde näherten. Da waren Wirbelstürme, Regengüsse; niemals rückte der Horizont näher, und der schwarze Ganges wand sich träge unter dem niedrigen Himmel dahin. Da gab es Gesichter, die so fremdartig ausschauten, daß ich das Gesicht des *Fremdlings* vergaß; da waren die riesigen Gärten des König Poros, grün, nun eingetaucht in den Purpurglanz des Blutvergießens. Und die Tiere: Elefanten, Nashörner, Delphine, Tiger, Einhörner und Frauen, die Diamanten in der Nase trugen, Frauen, die von der Hüfte aufwärts nackt waren, ihre Brüste baumelten wie reife Mangofrüchte, die im Sonnenschein leuchten, braune Kinder, die in Flüsse hineinsprangen, Witwen, die sich in lohende Begräbnisscheiterhaufen hineinwarfen ...

Inmitten dieser atemberaubenden Fruchtbarkeit kamen die Armeen zum Stillstand, vielleicht nur achthundert Stadien von dem anderen Strand des Oceanos, der Grenze der Welt, entfernt – und waren kurz vor der Meuterei.

„Laß die Zeltwände hinab, schließ den Lärm aus!" schrie Alexander.

„Kannst du nicht sehen, Alexander, sie wollen umkehren!" Ich versuchte, ihn zur Umkehr zu bewegen.

Er redete wie ein Kind, das sich seiner Belohnung sicher ist, das jedoch weiß, daß es zunächst ein albernes Gebettel vorlegen muß. „Aber ich habe noch nicht *gesehen!*"

Ich war irritiert. Mittlerweile wußte ich, wieviel dieses Eroberungszuges seinem Charisma und wieviel einfach seinen Kenntnissen über die Massen zu verdanken war.

„Wenn du nicht umkehrst, werden sie meutern und dich hier zurücklassen." Sie waren draußen vor seinem Zelt, fluchend, fordernd, die alten Veteranen, und stießen Drohungen auf Makedonisch aus. „Kannst du sie nicht vernehmen?"

„Sie würden mich niemals verlassen", sagte er. Dann, mit einer ruhigen, fürchterlichen Eindringlichkeit: „Ich *muß* das bis zum Ende durchstehen. Ich *muß* mein Schicksal erfüllen!"

„Schicksal? Hybris?"

Ich hatte ihn getroffen. Er wandte sich zu mir und sagte mit angespannter Ruhe: „Ich weiß, daß er da sein wird, um mich zu treffen."

„Du meinst, du bist der Auffassung, daß du in diesen Mann hineinläufst, der vorgibt, dein Wächter von oben zu sein? Welch eine Farce! In der Wüste, damals in Ägypten – da war ich nicht einmal zugegen! Beweise es!"

Er schoß empor und fiel dann sprachlos wieder zurück. Ich versuchte, meinen Vorteil weiterhin wahrzunehmen. „*Ich* sende sie zurück, mit oder ohne dich!"

„*Du!*" Er war aschfahl. „Woher nimmst du das Recht, deinem Oberbefehlshaber zu spotten?" Er griff nach seiner

Waffe, ließ dann jedoch seine Hand sinken, starrte sie trübsinnig an und wußte nicht, wohin er damit sollte. „Was glaubst du denn, wer du bist?"

Ich sagte in sehr sanftem Ton: *„Auch er ist Alexander."* Das waren seine Worte gewesen, die er an die Mutter des Darius gerichtet hatte – sie sind übrigens in die Geschichte eingegangen –, als sie sich irrtümlicherweise vor mir, dem Größeren, niedergeworfen hatte.

Er hob an zu sprechen, aber seine Stimme wurde vom Lärm übertönt, der von draußen kam.

„Ja, Hephaistion", sagte er. Ein Zugeständnis. „Aber *ich* muß sie sehen, die Grenze der Welt, den Horizont, der sich ausbreitet, bis er mit dem Ozean sich vermischt und die Grenze unseres Kosmos bildet. Schicke sie heim; es sind nur achthundert Stadien von hier, und ich kann aufholen . . ."

„Aber – warum mich ausschließen?" fragte ich. Ich hatte stets der Verschmelzung unserer Identitäten erwartungsvoll entgegengesehen . . .

Er gab mir einen einzigen Kuß auf die Wange, dieser Knabe, dessen Gesicht vom Sonnenlicht des Waldes gesprenkelt gewesen war.

Der Geschichte zufolge kehrten wir um; und was nicht in den Annalen verzeichnet ist, gehört nicht zur Geschichte. Die Wahrheit dringt nicht in sie ein . . .

Im Dämmerlicht stand er am Meeresstrand, neben dem leuchtenden Gebilde. Wir banden unsere Pferde an einen Baum. Wir hielten uns bei der Hand, und unsere Füße sanken tief ein in den warmen, nassen Sand, als wir uns dem Fremdling näherten.

Der Wind am Ende der Welt heulte über der See. Es gab keinen Horizont; Meer und Himmel verschmolzen zu einem einzigen Grau. Wo genau das Ende der Welt lag, war nicht zu erkennen, denn die Götter sind die Meister der Illusion.

Ich sah, wie ein Schein des Wiedererkennens über Alexanders Gesicht huschte. In seiner Begierde, den Alten zu treffen, ließ er mich hinter sich herrennen.

„Sei gegrüßt“, sagte er zu ihm, wie zu einem Freund.

Ectogeos sagte nichts. Seine Augen waren geschlossen, seine Lippen bewegten sich lautlos.

Abrupt kehrte er in die Realität zurück und sah uns, lächelte breit.

„Nun, da sich dein Schicksal erfüllt hat“, sagte er, „bin ich von der Aufgabe des Beobachtens entbunden worden; ich stehe dir zur Beantwortung deiner Fragen zur Verfügung.“

Ich erwartete, daß Alexander die Fragen stellte, die man an die Götter richtet; Fragen wie *Wann werde ich sterben?* oder irgend etwas in dieser Art.

Aber er fragte nichts weiter als: „Mehr gibt es nicht?“

„Warum? Bist du vom Ende deiner Suche enttäuscht?“

Ich bemerkte, wie ihn der Fremdling getroffen hatte, obwohl Alex sich das niemals zugestehen würde. Denn ich verstand ihn, wie er vorwärtsgetrieben wurde, auf ewig weiter ins Unbekannte vorzustoßen. Natürlich folgten wir ihm alle, aber unsere Wünsche waren begrenzter Natur: ein kleines Vermögen, ein wenig Land, ein Königreich, eine Statthalterstelle, sogar nur ein paar sexuelle Abenteuer . . . und wir waren zufrieden.

Für ihn kam die Notwendigkeit, etwas beenden zu müssen, einer Katastrophe gleich.

Ectogeos wandte sich mir zu. „Na, Hephaistion, bist du nicht zufrieden? Ich kam nicht, um *dich* zu beobachten. Du hättest mich alles fragen können; ich habe immer deine Gedanken gelesen.“

Ich wußte nicht, was ich darauf antworten sollte. Er zuckte mit den Schultern. Im Dämmerlicht leuchtete sein regenbogenfarbiger Chiton hell auf. Aus dem Gebilde fiel ein Lichtstrahl auf Alexanders Gesicht, und zum erstenmal bemerkte ich, daß sich Falten um seine Augen gebildet hatten. Alexander wiederholte seine Frage.

„Kommt mit in mein *Raumschiff*", sagte der Fremdling. Er hatte ein seltsames Wort geprägt, das voller Kraft war. Wir folgten ihm ins Innere, und die ganze Zeit über rauschte der Ozean am Ende der Welt und hob und senkte sich unter dem Wind am Ende der Welt.

Das Innere des Gebildes – ich kann es nicht beschreiben; meine Welterfahrung ist zu beschränkt . . . ein Spiegel, der sich ins Unendliche krümmte. Dunstschleier, die zu räumlichen Figuren wurden. Lichter ohne Lichtquelle, die wie das Strahlen eines facettierten Kristalles hin und her blitzten.

„Das", sagte der Alte, „ist ein Raum-Zeit-Überprüfer."

Es handelte sich um einen rechteckigen Spiegel aus stark blitzendem Silber. Ich versuchte krampfhaft mit dem Namen dieses Gerätes etwas anzufangen. „Mühe dich nicht ab, es zu verstehen", sagte er, aber keinesfalls unfreundlich.

Alex akzeptierte die Versicherung des alten Mannes, daß der Spiegel alle Orte im Kosmos und jedes Zeitalter zeigen könne.

Zunächst sahen wir das Ende der Welt, aber aus einer sonderbaren Entfernung, so als schwebe man hoch über ihm.

Wir erblickten eine runde Welt, die sich wie ein aberwitziger Kreisel im Nichts drehte; und auf dieser Welt errichteten sich, überall, in den unzugänglichsten Bereichen, in stürmischem Tempo Nationen, unerhört hohe Gebäude erhoben sich ins Himmelsgewölbe auf einem unentdeckten Kontinent, auf dem Azteken Pyramiden für den blutbefleckten

Helios errichteten und Sternenfahrer sich in den Himmel erhoben. Der Mond war bevölkert mit Menschen.

Alex ballte und öffnete abwechselnd seine Fäuste.

„So gibt es denn mehr. Unsere Kosmologie ist falsch", sagte er tonlos. „Ich habe noch nichts erreicht. Es ist noch nicht vorüber!"

„Mein armes Kind! Deine ganze Welt beginnt noch nicht einmal damit, die Totalität des Lebens zu umfassen!"

Da rauschten sie in ständig wachsender Geschwindigkeit an unseren Augen vorüber – die sieben Planeten, und überdies noch einige mehr, bevölkert mit Lebensformen, mikroskopische, makroskopische, insubstantielle, ohne Masse, ohne Wellen, Gedankenformen . . . Ich gab es auf, verstehen zu wollen.

Völlig in Anspruch genommen, beobachtete Alexander das alles. Ich fühlte, wie sein Herz sank.

Das Sonnensystem wurde zu einem Punkt.

Wir flogen erst an Tausenden, dann an Millionen von Sternen vorbei, allesamt angefüllt mit Leben: grünem, purpurfarbenem, goldenem, schwarzem, ultraviolettem, röntgenstrahlenfarbenem Leben. Die Galaxis schrumpfte zu einem einzigen Punkt zusammen.

Alexander blickte auf, erleichtert, daß es vorbei war. „Also deshalb konnte es niemals mein eigen sein", sagte er, fast versöhnt.

Einige Augenblicke lang war der Überprüfer dunkel; dann glitt eine weitere Galaxis ins Bild. Der gleiche Prozeß begann von neuem; ein Schwarm von Galaxien verschwand ins Nichts, ein Schwarm von Schwärmen, ein Schwarm von Schwärmen anderer Schwärme . . . das Universum versank im Nichts.

Für vielleicht zehn Minuten war der Spiegel leer. Dann

bildete sich zu meinem Entsetzen ein neues Universum, dann ein weiteres, ein Schwarm von Universien, ein Schwarm von Schwärmen, ein Schwarm von Schwärmen anderer Schwärme . . .

Der Fremdling sagte: „Und nun habt ihr die Wahrheit. Ich wollte es euch ersparen, noch mehr zu schauen."

Es war Mitternacht. Der Wind hatte sein Heulen nicht unterbrochen; wir standen draußen vor dem Gebilde. Ein blasses, kaltes Licht aus dem Inneren des Gebildes erleuchtete Alexanders Gesicht, und ich erschaute die Verzweiflung in seinen Augen und die Unschuld.

„Ich mag euch verspottet haben", fuhr der Fremde fort. „Wenn dem so ist, bitte ich euch um Verzeihung; es gibt so viele Regeln, welche über die wissenschaftliche Forschung herrschen. Ich wünsche mir, daß ich von Nutzen gewesen bin." Sein Gewand leuchtete schwach auf.

Alex schwieg, und so war schließlich ich es, der die Frage stellte, auf deren Beantwortung ich so lange Zeit gewartet hatte:

„Wer, im Angesicht der Wahrheit, bist *du?*"

„Ich heiße Zethtep", sagte er; „in eurer Sprache bedeutet das ‚Beobachter'. Meine Freunde nennen mich ‚Eindringling'." Schon kletterte er ins Raumschiff.

Alex und ich sahen zu, gemeinsam einsam standen wir am Strand. Das Schiff schoß hinauf in die Schwärze des Himmels. Aus der Ferne betrachtet, auf dem Hintergrund der Sterne, loderte es auf wie ein Komet; dann, langsam, wie der verhallende Ton der gezupften Saite einer Leier, verblaßte es und verschmolz mit der Nacht.

Wir fanden unsere Pferde. Auf dem ganzen Rückweg ins Lager hüllte sich Alex in Schweigen. Aber so tief wie er war ich nicht erschüttert, denn schließlich war es nicht meine Vision gewesen . . . In der Dunkelheit, die durch tiefe Schatten fremder Bäume nur verstärkt wurde, ritten wir einher. Feucht und warm wehte der Wind.

Ich gedachte des Schiffes, das sich wie ein lebendiges Feuer über den Himmel hingezogen hatte. *Entstehen alle Kometen auf diese Weise?* dachte ich.

Ungeduldig gab Alex seinem Pferd die Sporen. Ich konnte sein Gesicht nicht erkennen, und diesmal war ich froh darüber.

Ich erinnerte mich daran, wie er beim erstenmal, im Wald in Makedonien, zu dem Fremden gesagt hatte: *Als ich geboren wurde, erschien ein Komet.* Ich entsann mich des nachlässigen Stolzes, mit dem er diese Bemerkung gemacht hatte. Aber –

Waren sie sogar schon damals gekommen, um ihn zu beobachten? Hatten sie sich um ihn geschart wie Studenten um ein Forschungsobjekt?

Ich trieb mein Pferd zum Galopp an. Links und rechts stob der Wind an mir vorüber; und ich gab mich ihm hin, kaum daß ich darauf achtete, wohin wir ritten.

Ich glaube, es hat sein Herz gebrochen.

David F. Bischoff

Die ganze Bühne, eine Welt

Ich mag Vergleiche.

Auch an Metaphern ist nichts auszusetzen, das ist klar. Sie haben ein angenehmes Eigengewicht auf der Zungenspitze, die Beinamen von allen Dingen. ‚Schwein', ‚Sauhund', ‚Bastard', das sind ergötzliche Klumpen säurehaltigen Schleimes, die man aus dem Rachen hochziehen kann, um sie dem Verachteten ins Gesicht zu klatschen. Manch ein rivalisierender Schauspieler hat den Stachel meiner Redegewandtheit zu spüren bekommen, soviel steht fest.

Nichtsdestotrotz sind Vergleiche eben meine Schwäche. Die Worte ‚wie' und ‚als' haben, für meine Ohren, den himmlisch schlitzenden Beiklang rasiermesserscharfer Worte, nicht unähnlich den ersten Zungenschlagübungen zur Ausfeilung einer verkörpernden Darstellung.

Diese Vorstellung beginne ich mit einem Vergleich:

„Wie Marionetten hängen die Schauspieler an den Worten, die das Stück von ihnen verlangt. Sie mögen sich zwischen den Wänden ihres verbalen Gefängnisses drehen und wenden, sie mögen schmerzerfüllten Blickes und kettenrasselnd durch die Gitterstäbe ihres Textes starren – es gibt kein Entrinnen." All das erkläre ich in meiner persönlichen Vorrede, allein auf der Bühne. „Heute abend werden die Schauspieler auf Geheiß der Koordinatoren ein Stück ihrer Wahl aufführen, ohne Puppendrähte. Wir haben uns *Hamlet* von

Shakespeare ausgesucht. Wir sind Schauspieler. Die Worte des Stückes sind uns bekannt. Aber wir sind auch Künstler. Wir werden improvisierend den Text verändern, in variierten Szenen, in einer Variation des ganzen Stücks."

Ich schaue hinauf in die Dunkelheit, die das runde Gerüst umgibt, welches als Bühne dient – über mir, um mich herum und hinter mir ist nichts als schwarze Dunkelheit. Ich weiß, sie sind dort und beobachten mich. Ich weiß, die angebrachte Holographausrüstung ist auf die Bühne gerichtet und zeichnet auf.

Ich weiß. O Gott, und was ich weiß!

„Und nun bitten wir Sie, da wir nichts als beifallsbedürftige Seelen sind, und hungrig auf Zeichen der Anerkennung, einzig um das Brot Ihres Beifalls und den Wein Ihres Lachens und Ihres Erschreckens – wenn das, was wir Ihnen heute abend aufführen, Ihr Wohlwollen findet."

Beinahe sofort durchbricht ein Rauschen blechernen Beifalls, der aus Lautsprechern kommt, die mich umgebende Stille.

Mit aller Würde, die ich aufbringen kann, verbeuge ich mich – ich verbeuge mich wieder.

„Meine Damen und Herren – *Hamlet, Prinz von Dänemark. Eine Tragödie*."

Erneut erklingt der vorgefertigte Applaus.

Es wird dunkler.

Ich trete ab, um mein Stichwort abzuwarten und als Verkörperung des Hamlet die Bühne wieder zu betreten.

Ich nehme meinen Platz vor der Bühne ein und betrachte mir ruhig das Geschehen. Ich bereite mich auf die Emotionswallungen vor, die mir bevorstehen.

Die Lichter werden nun so eingestellt, daß sie düstere

Schatten werfen. Es gibt keine Kulissen. Doch die Koordinatoren haben das Original vorliegen. Sie wissen, daß das Stück auf Elsinore spielt.

Der Anfang ist schwach. Die Wächter improvisieren schlecht und halten sich zumeist an den Text. Sklaven.

Simon Marshall, der den Geist verkörpert, ist ein annehmbarer Schauspieler, in der ersten Szene geht er aber nur über die Bühne.

Nur Stuart Stakowski als Horatio zeigt etwas Schwung, etwas Einfühlungsvermögen, und das ist herzlich wenig.

Sie stecken mich unter Stümper, und dann erwarten sie wirklichen künstlerischen Ausdruck.

Die erste Szene geht schnell zu Ende, dafür bin ich dankbar.

Ich bin nervös. Ich sehne mich danach, mich ins Spiel stürzen zu können, mich von Hamlet aufnehmen zu lassen und ihn in mich aufzunehmen.

Die zweite Szene beginnt. Zusammen mit meinen Mitschauspielern trete ich auf.

William Albright gibt einen glaubwürdigen Claudius ab. Er hat sich in einen schmucklosen Anzug im Stil des zwanzigsten Jahrhunderts gekleidet und so geschminkt, daß er Präsident Richard Nixon ähnelt – das war ein Führer dieses Landes, als es noch Vereinigte Staaten genannt wurde. Er eröffnet mit einer geschickten Variation und tut so, als sei seine Verheiratung mit Gertrud deshalb zustande gekommen, weil er bei der Wahl mehr Stimmen für sich verbuchen konnte als sein Gegner. Mehrmals macht er mit seinen Fingern das Siegeszeichen, küßt viele imaginäre Kleinkinder und streichelt mir über den Kopf.

„Hallo, junger Mann! Es freut mich, dein Vater zu sein", sagt er.

„Da täuschst du dich", schnarre ich. „Das einzige Vergnügen, das der Erzeuger eines Sohnes mit diesem hat, ist gewöhnlich das Erzeugen."

Die Koordinator-Geräteschaft billigt dies. Ich bekomme einen kurzen Lachausbruch.

Albright schein leicht verärgert zu sein. Ich habe vor ihm Beifall für eine Variation bekommen, und er hatte die erste Gelegenheit dafür. Er strengt sich sehr an, ist jedoch zu verkrampft und bekommt keine Erwiderung. Am Ende weiß er nichts anderes zu sagen, als seiner Hoffnung Ausdruck zu geben, daß Hamlet sich über den Tod seines Vaters freut. Da nun ein Monolog für mich eingeplant ist, muß er zusammen mit den anderen Schauspielern die Bühne verlassen.

Hier halte ich für einen Moment ein. Ich sammle meine Kreativität, lasse sie in mir aufwallen, so daß sie in einem heftigen Ausbruch die Richtung einnimmt, die ich mir aussuche. So verschaffe ich mir auch für den Rest des Schauspiels die Oberhand, die Schubkraft durch die Bedeutungsebenen.

Da ich die Hauptrolle spiele, bestimme natürlich hauptsächlich ich den thematischen Inhalt des Stücks. Ich war jedoch schon öfter in dieser Position, und ich weiß, daß ich stark auftreten und ohne Fehl meine Brillanz ausspielen muß, da meine Kollegen mich sonst in den Hintergrund drängen. In diesen „kreativen Interpretationen" findet immer ein enormer Machtkampf statt. All diese Machtkämpfe erfreuen die Koordinatoren. Und diejenigen von uns, die am erfolgreichsten aus all diesen Machtkämpfen hervorgehen, die haben besonderen Komfort in ihren Zellen.

Ich bleibe jetzt ruhig stehen und lasse die Zuschauer die

Kleidung begutachten, die ich für die Rolle ausgesucht habe: den gewöhnlichen Overall eines Bürgers der Klasse C.

Ich hebe an: „Ich fühle mich wie ein Schluck Wasser.“

Diese Variation von Shakespeares Originalzeile –

„Oh, schmölze doch dies' allzu feste Fleisch
und wandle sich in einen Tropfen Tau“

habe ich gut gewählt und ernte einen Schwall von Gekicher aus den unsichtbaren Lautsprechern.

Ich lasse nun eine lange und feurige Rede vom Stapel, wie beschissen ich mich fühle, streue hier und da lässig einen Witz in der Manier von Lenny Bruce ein und tanze ein wenig, um die Vielfalt meiner Begabung zu belegen. Dies ist jedoch ausschließlich zu ihrem Amüsement gedacht – ich beende den Monolog mit sprachgewaltigen Variationen eines Bildes von Shakespeare, in dem das Leben als überwucherter Garten dargestellt wird; etwas Ähnliches habe ich auch in *Richard der Zweite* getan, dies ist gewissermaßen ein Ableger davon. Meine meisterliche Vorführung überfordert offensichtlich die Reaktionsgerätschaften der Koordinatoren. Gurgelndes Lachen erklingt gleichzeitig mit bewundernden und auch ängstlichen Atemgeräuschen – ich habe die Geräte überlastet. Das gefällt mir.

Das Spiel geht weiter. Ich habe die Oberhand gewonnen und behalte sie, obwohl Fred Rosellini als Polonius die Aufmerksamkeit stark auf sich zu lenken versucht. Fred ist in jeder Rolle ein großer Konkurrent, aber als Polonius ist er herausragend. Ich muß mein Letztes gegen ihn hergeben. Er interpretiert den Polonius als leicht verrückten Bibliothekar, der seine Rede aus Büchern vorliest. Eine brillante Leistung, wenn ich selbst so sagen darf.

Auch Simon Marshall wirkt gut. Er hat sich ein Uncle-Sam-Kostüm ausgewählt. Ihm jedoch gestatte ich, mich während seines Auftritts in den Hintergrund zu spielen, da seine Auffassung des Stücks mit der meinen harmoniert.

Im zweiten Akt komme ich in leichte Schwierigkeiten. Einige Schauspieler haben sich offensichtlich zusammengetan, um aus dem Werk ein nihilistisches, um nicht zu sagen existenzialistisches Lehrstück zu machen. Die Charaktere Rosenkrantz und Güldenstern nennen sich ‚Tom' und ‚Stoppard'. Bei diesem Versuch, das Spiel an sich zu reißen, ist Scott Homa in der Rolle des Laertes offensichtlich der Anführer.

Zwischen die Zeilen stellt er unverändert ganze Passagen von Beckett, Sartre, Barthelme und Woody Allen. Während ich ihm antworte, bohrt er in der Nase und schmiert die Popel an mein Hemd. Einmal durchbricht er beinahe meine Deckung. Fast klappe ich zusammen vor Lachen, doch ich setze die Selbstbeherrschung meiner Kunst und Handwerkskraft ein und baue meine Stärke unter dem Druck der Ereignisse weiter auf. Trotz des unerhörten Versuchs der Schauspieler gelingt es mir, das Stück aus der Sackgasse der Absurdität herauszulenken, und ich bringe es trotz ihres klügsten Schachzugs – sie buchstabierten Hamlet mit zwei *t,* womit sie selbstverständlich auf Ionescos Travestie von *Macbeth, Macbett,* anspielten – wieder fest auf den richtigen Kurs.

Dies geschieht im dritten Akt mit dem berühmten „Sein oder nicht sein"-Monolog:

„Fernglotzen oder nicht: das ist die Frage.
Ob's edler ist, gedanklich zu ertragen
Die Fallen und Geschosse dieser üblen Sendung
Oder mit Vorschlaghämmern das Gerät zu maltrătieren . . ."

Meine Version wird *sehr* gut aufgenommen; es ist eine lange *tour de force*, die die Rolle des Einzelnen in einer bedrückenden Gesellschaft in Frage stellt. Ich bezweifle mich selbst ob der Macht, die mein künstlerischer Beruf mir in die Hand gibt.

Es ist der Mittelpunkt der Version des Stücks, das Kernstück meiner kreativen Interpretation des Hamlet. Am Ende bin ich von meiner eigenen Rede so sehr eingenommen, daß ich um ein Haar wegrenne, um Claudius zu zerstören. Aber auch wenn die Worte mich nicht halten können, so kann dies der Handlungsgang, durch den wir uns winden müssen. Ich muß zwei weitere Akte abwarten.

Während dieser glänzenden Rede hat die Schauspielerin, die die Ophelia verkörpert, eine Dame, die ich nicht näher kenne und die die ganze Zeit mit einer Tüte voll Heroin und einer Spritze herumläuft und ein Lied von den Rolling Stones zwischen die Zeilen summt, versucht, mich zu unterbrechen. Ich flüstere ihr eilig zu, sie solle am besten abziehen und in irgendeinen See springen, und das bringt schallendes Gelächter aus den Lautsprechern – womit ich einen vielversprechenden Anlauf des Absurden zunichte gemacht hätte.

Ich halte durch und halte die Schubkraft meiner Rede trotz der Unterbrechung aufrecht und feiere schließlich einen glänzenden Sieg.

Dieser Vorteil wird durchgehalten bis zu dem „Spiel im Spiel", das ich als Hamlet leite.

Ebenso wie Hamlet die Handlung der aufgeführten italienischen Tragödie ändert, so ändere ich den Handlungsablauf, um ihn meinem Plan anzupassen. Der Schauspieler-König trägt ein Schild, auf dem steht: *Das Volk*. Die Schauspieler-Königin trägt eines mit der Aufschrift: *Die Regierung*. Lucianus habe ich unbenannt gelassen – es soll schließlich nicht allzu grobschlächtig wirken. Sie spielen gut unter meiner Regie – Lucianus vergiftet zusammen mit der Schauspieler-Königin den schlafenden Schauspieler-König. Claudius wird von Schuldgefühlen gepackt – es ist an dieser Stelle notwendig, um des Fortgangs der Handlung willen von der Wahrheit abzuschweifen – und rennt weg. Hamlet ist jetzt seiner selbst sicher.

Aber ist er es wirklich? Als er wieder auf Claudius trifft, ist dieser reuevoll und kniet vor einem Altar. Albright hat sich vollkommen der von mir gewünschten Richtung angepaßt und nimmt eine allzuleicht verwundbare Stellung ein.

Hamlet könnte ihn erdolchen, tut es aber nicht – an dieser Stelle füge ich eine ausführliche, meine eigene Seele erforschende Rede voller Selbstzweifel hinzu. Wird Hamlet, indem er den Mord an seinem Vater rächt und somit selber König wird – wird Hamlet ein *guter* König? Oder wird er ebenso zum Tyrannen wie sein Onkel, Claudius? Er bleibt unentschlossen – und läßt dem König sein Leben.

Die nächste Szene ist eine, die ich ganz besonders genieße – es ist die Begegnung zwischen Gertrud und Hamlet. Ich spiele sie mit ganzem Herzen und werde somit etwas von dem Ärger, den ich auf meine eigene Mutter habe, los.

Und dann steche ich mit meinem Schwert durch den Vorhang und durch Polonius, und das verschafft mir beinahe so viel Genugtuung, als hätte ich Claudius getroffen.

Alles geht gut – das Stück fließt entlang der Bahnen, die ich gegraben habe.

Der Akteur als Autor.

Hamlet wird nach England geschickt, und ich kann mich kurz von meinen Anstrengungen erholen. Ich sitze vor der Bühne auf meinem Klappstuhl, schlürfe Orangensaft aus Orangensaftkonzentrat und bereite mich auf die letzten Szenen vor.

Wie ich es oft tue, wenn ich weder spiele noch mit mir gespielt wird, denke ich nach. Ich frage mich, ob meine Leistung belohnt wird und ob sie überhaupt irgendeine Auswirkung auf die Koordinatoren hat. Dies ist mein Ziel – mein innerstes und ernsthaftes Anliegen. Ich stolpere über die winzige Bühne, mache aus meinem Körper einen Spiegel meiner Seele, aus meiner Stimme die Fanfare meiner Pein, und meine Botschaft wird zu einer direkten Verbindung mit ihren Gedankengängen und funkt Mitteilungen über den großen Zwischenraum zwischen uns.

Ich denke über ihre Methoden nach – frage nach ihrer Vernunft. Es ist mein Wunschtraum, daß die Aufnahmen meiner Vorstellungen in der ganzen Nation ausgestrahlt werden, daß Millionen mein Genie auf ihren Holo-Geräten bewundern können, daß ich mich nicht für die Dunkelheit, die Reaktionsgeräte und die Techniker abplage, sondern für lebende, denkende Menschen, wie auch ich einer bin.

Das ist eine Vorstellung, an der ich mich festhalte, aber nichtsdestotrotz ist es eben doch nur eine Vorstellung.

Nein – ich befürchte dunklere, eher klinische Gründe dafür, daß sie diesen inspirierten Irrsinn aus mir und meinen Mitschauspielern herauspressen.

Wie nebenbei bemerke ich, daß Laertes wieder Absurdes in das Stück einfließen läßt und es zerreißen will, doch Albright hat sich schon seit einiger Zeit dazu entschlossen, den Claudius innerhalb der von mir gesteckten Grenzen zu interpretieren, und hat den jungen Mann einigermaßen im Griff.

Mit einemmal habe ich einen Gedanken, geradezu eine Erleuchtung – und ich sehe den Sinn in meinem Spiel. Ich setze meine Begabung nicht aus Anerkennungs- oder Gefallsucht ein, nicht für mich selbst – nein. Die ganze Zeit über, während all meiner Auftritte, habe ich gekämpft, um uns Künstler zu vereinigen, die Kraft unserer gesammelten Kreativität auf ein Ziel zu lenken, all unsere Energie auf dieses Ziel zu konzentrieren. Dieses Ziel ist die Kunst. Es gibt nichts, das heiliger wäre als sie.

Die Lichter werden leicht verdunkelt, und der Bühnenmanager tippt mir auf die Schulter. Die Friedhofsszene beginnt, ich gehe wieder auf die Bühne.

Ich entschließe mich dazu, das Gespräch um Yorick für eine Diskussion um das Thema Tod zu benutzen – den Tod des Einzelnen und den Tod in der Gesellschaft.

Die Ruhepause hat mir gutgetan. Ich schwebe auf den Schwingen meiner Worte, um gelegentlich tiefer zu gehen und die Wellen auf dem großen leeren Meer des Todes anzutippen. Ich schreite voran, lasse die Worte aus mir heraus, lasse sie ins Philosophische fließen, schneller, schneller, rasch webe ich ein ganzes Netz von Bedeutungseinheiten –

– und lege plötzlich eine Pause in der Manier von Pinter ein.

Der Effekt übertrifft alle Erwartungen. Die Reaktionsgeräte sind auf Derartiges nicht eingestellt – auf solche Brillanz im Wechsel von schneller, lebendiger und belebter und kraftvoller Rede über den Tod auf vollkommene Stille, die eine gruftartige Stimmung unter die Lichter und zwischen die Dunkelheit bringt. Gelächter, Gekicher, Verzweiflungs- und Schmerzensschreie – ein wahrhaft Dantesches *Inferno* von Geräuschen erklingt aus den Lautsprechern, als sei es keine Reaktion auf die von mir gespielte Szene, sondern ein Mittel, um die schreckliche Stille zu durchbrechen.

Ich frage mich, ob ich zu den Koordinatoren durchgedrungen bin.

Wie dem auch sei, ich jubiliere.

Als nächstes stürze ich mich in ein scherzhaftes Streitgespräch mit dem Totengräber, woraufhin mir die Nachricht von Ophelias nassem Tod überbracht wird und ich fachmännisch und inspiriert tiefste Trauer zeige.

In die letzte Szene springe ich sozusagen mit beiden Beinen, so sehr bin ich in Ekstase geraten. Ich weiß, daß ich in der bisher genialsten Aufführung meiner Karriere begriffen bin. Mein Blut hat sich in Feuer verwandelt – ich gleite auf meinem Triumph, habe alles unter Kontrolle. Ich habe die Grenze zwischen dem melancholischen Prinzen und mir niedergerissen. Ich eile voran, um die Fäulnis von Dänemark wegzuschneiden, und ich weiß, daß dies, nachdem ich so lange gezögert habe, mein Schicksal besiegeln wird.

Inzwischen habe ich alle Schauspieler in der Hand. Sogar Laertes bewundert meine Energie, die schillernde, allumfassende Ausstrahlung, die ich im Laufe des Stücks allmählich aufgebaut habe.

Innerlich lächle ich – vielleicht werden wir zum Abendessen Fleisch bekommen.

Doch dieser zynische kleine Nebengedanke ist schnell wieder ausgelöscht. Ich beginne das Duell mit Laertes. Die Königin trinkt den Becher mit dem Gift aus. Laertes verwundet mich, ich verwunde Laertes. Er berichtet mir von Claudius' Verrat.

Ich wende mich dem König zu und bereite mich auf den Höhepunkt vor, den letzten Stich, der alles in sich birgt, Rache, Wut, Rebellion, Verrat, Haß –

– und plötzlich kommt ein Roboter die Rampe zur Bühne hochgerollt. Die Stahlgreifer glitzern im Scheinwerferlicht. Und sie greifen nach mir.

Ich bin zu weit gegangen –

Doch ich muß mein Werk vollenden, oder alles war umsonst, all die trotzige Energie, die ich in die Kunst dieses Abends eingebaut habe, würde ihre Bedeutung verlieren; es wäre eine unbezweckte Antiklimax.

Albright spürt dies und will näher an mich herankommen, um meinen Schein-Todesstoß zu beschleunigen.

Aber der Roboter ist zu schnell. Er ergreift meinen Arm und schüttelt mir das Plastikschwert aus der Hand.

Der Rest der Besetzung ist wie vom Donner gerührt. Derartiges ist bei einer Aufführung des Instituts nie dagewesen. Sie lassen die Verkörperung ihrer Charaktere fallen und gehen zu ihren Zellen.

„Der Rest ist Schweigen!" schreie ich, aber aus den Reaktionsgeräten kommt keine Antwort.

Der Roboter zerrt mich in meine eigene kleine Zelle, sperrt mich ein und verspricht mir, daß bald ein Techniker vorbeikommt und mir ein Beruhigungsmittel gibt.

Niemals hätte ich sie mich hierher bringen lassen dürfen. Glaube ich.

Eher hätte ich sterben sollen.

Ich sitze ruhig in meiner Zelle. Meinen Kopf habe ich in meinen Händen. Mein unverbrauchtes Genie gleicht einem toten Seevogel, der um meinen Nacken liegt.

Glen Chang

Die Gesichter der Menschen

Um sie lag das Meer ruhig und still. Nur eine sanfte Brise rührte die Boote; eine schwache Dünung ließ sie unter dem heißen, wolkenlosen Himmel in langsamem, ballettartigem Tanz auf und ab gleiten. Die Insassen saßen schweigend, mit Ausnahme der aufgerichteten Steuermänner – groß, spindeldürr, schmalköpfig und mit Gesichtern wie Totenschädel, ihre Haut verbrannt von der sengenden Sonne vieler Tage –, die die spiegelglatte Wasserfläche nach verräterischen Wirbeln absuchten. Der Erdenmensch, Versola, saß bei ihnen, schweigend wie die anderen; seine Augen waren zwar nicht ganz so scharf wie die ihren, aber auch er spähte aus nach Kräuselungen des Wassers. Er war auch wie sie gekleidet: mit dem kürzesten schützenden Lendenschurz, zusätzlich trug er jedoch noch seinen eigenen Ausrüstungsgürtel. Obwohl er ebenso gebräunt und wettergegerbt war wie die anderen, unterschied ihn von ihnen doch seine kürzere, breitere Statur und sein breitflächigeres Gesicht.

Ab und zu ließ er seinen Blick zurück zu Selaam, dem Steuermann seines Bootes, schweifen, als wolle er ihn etwas fragen. Aber er zögerte jedesmal, blickte kurz auf die Wasserfläche, dann wieder zurück, und entschied sich schließlich gegen sein Vorhaben. Niemand sonst bewegte sich oder sprach ein Wort; sie beobachteten und warteten und ließen die Zeit dahingleiten, bis sie ohne jede Bedeutung geworden war.

„Eh – yai!“ Der unvermittelte Schrei ließ den Erdenmenschen jäh sich aufsetzen. Alle Steuerleute deuteten mit ihren kurzen, hakenbesetzten Keulen über das Wasser.

Zuerst war nichts zu sehen. Versola beschirmte seine Augen vor dem hellen Schein der Sonne und sah schließlich, wie ein Schatten unter der Oberfläche entlangglitt, ein Stück von ihnen entfernt.

Er wollte sich gerade herumdrehen, da hielt er inne, weil er eine jähe Bewegung aus seinen Augenwinkeln erfaßt hatte. Der Schatten war größer und deutlicher geworden; jetzt brach er in einer Entfernung von etwa fünfzig Metern durch die Wasseroberfläche. Versola erhaschte einen flüchtigen Blick auf etwas grau-weiß Gesprenkeltes inmitten der aufschäumenden See, bevor es wieder untertauchte.

Auf ein Zeichen hin begannen sich die Ruderleute ins Zeug zu legen, und die Boote schienen wie mit einem jähen Satz nach vorn hinter dem untergetauchten Schatten herzuspringen.

Sie verteilten sich in leichtem, kreisförmigem Bogen – insgesamt sechs Boote – und folgten dem Kielwasser der Beute, die in rhythmischen Abständen auf- und untertauchte, fast so, als wolle sie die Jäger necken. Als sie so ruderten, stimmten die Bootsfahrer einen Gesang an, eine rhythmische Litanei, die aus der Tiefe ihrer Kehlen drang. Versola erkannte in ihm ihre ursprüngliche, altertümliche Zeremoniensprache, derer er noch nicht mächtig war. Alle Gesänge ihrer Rituale waren in dieser Sprache abgefaßt; sie war entschieden komplexer als ihr einheimischer Dialekt, und trotz der langen Zeit, die er auf dieser Welt zugebracht hatte, verstand er nur wenig davon. Dennoch versuchte er gewissenhaft, alle Worte, Redewendungen und Rhythmen im Gedächtnis zu behalten.

Die Jagd ging weiter. Die Ruderer jagten die Boote unermüdlich über die spiegelglatte Oberfläche und verfolgten die Beute unnachgiebig. Die Hitze des Nachmittags verursachte dem Erdenmenschen nur geringe Unannehmlichkeiten, ein Nichts im Vergleich zu den fürchterlichen Strapazen während seiner ersten Tage auf dem Planeten. Nun war es ihm möglich, sich in die Totalität des Rituals zu versenken: die tiefen, pulsierenden Stimmen, das Zischen der Boote auf der Wasseroberfläche, als sie das undeutlich erkennbare graue Ding weiter draußen verfolgten, ein Bild, das ihm wie ein Tanz vorkam, der sich in zeitloser Bewegung auf einer heißen, hellen Bühne vollzog.

Plötzlich war der Schatten verschwunden. Selaam schrie einen Befehl; der Singsang und das Rudern wurden eingestellt, und mit eingetauchten Ruderblättern wurden die Boote abgebremst und kamen zum Stillstand. Der Halbkreis, den die Boote gebildet hatten, veränderte sich zu einem nicht völlig geschlossenen Kreis; in dieser Stellung verharrten sie erneut, diesmal aufgerichtet und bereit, die Steuerleute standen leicht nach vorn gebeugt, als ob sie etwas erwarteten.

Dann schien die See vor ihnen zu explodieren. Gischt und Schaum stoben auf, die Boote wurden heftig im Wasser auf und ab geschaukelt, und die Bootsleute schrien Befehle, ihre Stimmen verwirrten sich zu einem unverständlichen Gekreisch. Versola, der sich auf einen Ausleger zur Stabilisierung des Bootes stützte, sah den grauen, großen Schatten, wie er in der Mitte der Wasserfontäne aus dem Wasser schoß und das ihm nächste Boot durch die Luft wirbelte. Das vorn hochgerissene Boot drehte sich einmal, kippte seine Besatzung in die See, kam dann steil nach unten – wie im Zeitlupentempo – und schlug mitten unter ihnen mit donnerndem Krachen auf dem Wasser auf. Dann kam das Geschöpf selbst hernieder, und ein weiterer Donnerschlag erfüllte die Luft, als es in sein Element zurückkehrte, und verursachte dabei eine Flutwelle, die sie allesamt beinahe zum Kentern gebracht hätte.

Die Wellen verliefen sich, und die Boote ordneten sich. Auf einen weiteren Befehl von Selaam, dem befehlshabenden Steuermann, wendeten die Ruderer ihre Boote dorthin, wo sich der Aufruhr im Wasser fortsetzte. Eine große Schwanzflosse verschwand soeben unter Wasser; drei Boote – das, in dem sich Versola befand, eingeschlossen –, jagten auf die Stelle zu, während die beiden anderen verhielten, um die umhertreibende Besatzung des gekenterten Bootes aufzufischen.

Jetzt langten die Steuermänner der drei Boote, die die Verfolgung aufgenommen hatten, nach unten und tauschten ihre kurzen Keulen gegen die langen, mit Widerhaken versehenen Harpunen aus. Der Schwanz tauchte ins Wasser ein, und die breite Rückenwölbung des Geschöpfes begann aufzutauchen. Die Boote kamen geschwind näher. Der Rücken stellte nun einen riesigen, grauen, entblößten Buckel dar; Selaam schrie einen neuen Befehl, und alle drei Steuerleute hoben ihre Harpunen und schleuderten sie.

Zwei davon trafen gut. Die dritte ging etwas schräg hinein und steckte nur lose. Der Rücken erzitterte, krümmte sich dann mehrere Male heftig zusammen und verschwand unter der Oberfläche. Die Leinen, an denen die Harpunen befestigt waren, spannten sich, und langsam wurden die Boote hinter der Beute hergezogen.

Fort ging es, das Geschöpf schleppte die Boote hinter sich her, die Bootsbesatzungen warteten erneut, mit neuen, bereitgehaltenen Harpunen, auf das Auftauchen ihrer Beute.

Lange Zeit hindurch schien sie jedoch unermüdlich zu sein und zog alle drei Boote stetig voran. Die Sonne näherte sich langsam immer mehr dem Horizont, während sie abwarteten. Die See wurde rauher, und Versola mußte erneut nach dem Ausleger greifen und die Augen vor dem hochsprühenden Gischt verschließen, wenn die Boote von den hochgehenden weißen Kappen hin und her gestoßen wurden. Er erkannte, daß sie Kurs auf die frostigen südlichen Gewässer genommen hatten; wie weit würde es noch gehen?

Endlich spürte er, wie ihre Fahrt merklich abnahm. Ab und zu wurden die Leinen schlaff; das Tier ermüdete offensichtlich.

„Nicht mehr lange.“ Zum erstenmal redete Selaam Versola in lässigem Ton in ihrem heimischen Dialekt an, seine Stimme klang so dicht neben ihm, daß er aufschreckte. „Nicht mehr lange, und der Tanz wird zu Ende sein.“

„Ihr erledigt ihn?“ fragte Versola.

„Oder er uns. Was immer das Schicksal für diesen Tag ausersehen hat.“ Die Leinen liefen nun allesamt völlig schlaff im Wasser. Die Steuerleute wandten die Köpfe und riefen etwas zu den anderen Booten hinüber, und daraufhin verteilten sie sich ein wenig, wobei die Ruderer geschickt ihre Ruderblätter zum Abbremsen einsetzten.

Versola wandte seine Aufmerksamkeit erneut der See zu, die jetzt grau und ruppig wurde. Und dabei sah er, wie sich ganz plötzlich die Leinen wieder strafften, so fest anspannten, daß sie sangen und Wassertropfen von ihnen abschnellten. Die Bugpartien der Boote wurden dabei nahezu unter die Wasseroberfläche gezerrt. Versola mußte sich gegen den plötzlichen Zug abstützen. Dann erschlafften die Leinen plötzlich erneut, und Augenblicke später explodierte das Wasser zum zweitenmal. Ein wütender Gischt wurde emporgeschleudert, der sie alle völlig durchnäßte, und mittendrin schoß der graugesprenkelte Schatten erneut empor.

Unter seinen Augen schüttelte er das Wasser ab, drehte sich mitten in der Luft und schlug schwerfällig mit der Schwanzflosse. Die zerbrechlich wirkenden Harpunenschäfte zerrten an ihren Leinen, dann wurde die locker sitzende Leine herausgerissen, und die beiden anderen Leinen brachen urplötzlich dicht unter ihren Spitzen ab. Mit einem furchtbaren Schlag donnerte das Vieh ein letztes Mal auf das Wasser, das schäumend und wirbelnd aufbrandete, und weg war es.

Langsam glättete sich die Oberfläche, der Gischt legte sich, und dann waren die drei Boote allein. „Sei's drum." Selaams Stimme durchbrach das Schweigen. „Wir haben ihm heute einen Aufschub gewährt. Wir alle."

Verhalten murmelten die übrigen ihre Zustimmung.

Versola drehte sich zu Selaam um. „Das wär's also. Ihr plant nicht –"

„Nicht heute. Es sollte nicht sein."

Versola wollte etwas antworten, schwieg jedoch. Er erinnerte sich der vielen Male, an denen er vom Strand aus beobachtet hatte, wie die Boote in der Dämmerung zurückkehrten, manchmal mit einer gewaltigen Last, die zwischen den Booten vertäut worden war, manchmal ohne jegliche Beute. Was auch immer geschah, dachte er, sie fanden eine ihnen plausibel scheinende Erklärung dafür. Natürlich. Ein hartes und gefährliches Leben – aber es war ihr Leben.

„Wir kehren jetzt zurück", sagte Selaam. Der befehlshabende Steuermann drehte sich um und rief etwas zu den anderen Booten hinüber. Die übrigen Steuermänner antworteten, die drei Boote wandten sich gen Norden, und die Ruderer legten sich in die Riemen, auf heimwärtigem Kurs.

Die Rückfahrt schien Versola kürzer. Vielleicht kam das daher, weil von der gespannten Erwartung, die bei der Ausfahrt geherrscht hatte, nichts mehr übrig war. Auch war sein Geist angefüllt von den Bildern, Geräuschen und Gerüchen der Ereignisse des heutigen Tages. Immer wieder ließ er sie durch seinen Kopf gehen, rief jede Einzelheit des Abenteuers wach und fühlte sich jedesmal tiefer und anhaltender beglückt. Es war eine einzigartige Gelegenheit: Während der gesamten Zeit, die er mit diesen Leuten verbracht hatte, war es die erste Jagd gewesen, auf der er sie hatte begleiten dürfen.

Als er schließlich aus seinem geistesabwesenden Zustand erwachte, war er etwas überrascht, daß er bereits den dunklen Landstreifen sehen konnte, der sich gegen den Horizont abhob, seine Konturen verstärkt im Licht der nahenden Abenddämmerung.

Eine Bewegung hinter ihm erregte seine Aufmerksamkeit. Selaam richtete sich am Ruder gerade auf und deutete auf den Himmel vor ihnen. „Etwas kommt heran."

Versola sah sich flüchtig zum Steuermann um und blickte auf in der Richtung, die der andere angegeben hatte. Am getönten, wie mit Farben überzogenen Himmel blitzte etwas Winziges und Metallisches mehrere Male hell auf.

„Nein", flüsterte er fast unhörbar. „Noch nicht."

Der Erdenmensch war in seine eigene Sprache zurückverfallen. „Es kann doch noch nicht soweit sein." Er starrte auf den blinkenden Fleck, zwinkerte dann mehrere Male heftig, als wolle er einen vor seinen Augen erstehenden Eindruck verscheuchen. Als er erneut zum Himmel starrte, war der Fleck zu einem unerschütterlichen Lichtpunkt geworden; und während er zu ihm aufstarrte, zog er langsam über den mittlerweile kastanienbraunen Himmel dahin und sank dann tiefer und tiefer auf das Land zu.

„Sie sind gekommen“, sagte Selaam. „Deine Leute.“

Der Erdenmensch wandte sich langsam um. Kopf und Körper des Steuermannes bildeten einen konturlosen schwarzen Schatten, aus dem nur die goldenen Augen im untergehenden Licht aufblitzten. „Wegen dir sind sie zurückgekehrt.“

Versola nickte. Er erwiderte nichts.

„Wir fahren heim“, sagte der Steuermann und wandte seinen Blick wieder nach vorn. Der Erdenmensch blieb schweigend, seine Augen waren fest und unverrückbar auf den Strand geheftet. Keiner der anderen im Boot widmete ihm eine Spur von Aufmerksamkeit. Sie ruderten weiter, und unaufhaltsam näherten sich die Boote dem Land.

Es war soeben dunkel geworden, als sie die Boote auf den Strand zogen, im Schein flackernder Fackeln, die in den Bugsprieten steckten und die in den Händen der Gruppe gehalten wurden, die auf ihre Rückkehr gewartet hatte. Versola saß schweigend da und sah zu, wie sie die Bootsinsassen begrüßten; ihre Gesichtszüge, ausdruckslos wie immer, verschwammen im flackernden Lichtschein. Der Erdenmensch konnte sich nicht entsinnen, jemals etwas anderes als den Ausdruck der Ruhe auf ihren Gesichtern gesehen zu haben, ganz gleich, womit sie gerade beschäftigt waren. Vielleicht besaßen sie keine Gesichtsmuskeln, um ihren Gefühlen Ausdruck zu verleihen. Vielleicht drückten sie sie anders aus.

Die anderen stiegen schweigend aus ihren Booten und zogen sie weit auf den Strand hinauf, fast bis zum Saum der Bäume. Die Menge schob sich vor ihnen auseinander. Wie immer, waren nahezu alle Bewohner des Dorfes zusammengeströmt; nur die Steinalten, die Hochschwangeren mit ihren Hebammen und die ganz Kleinen waren zurückgeblieben.

Auf den ersten Blick sahen sie allesamt gleich aus mit ihrem straffen, muskulösen und hochbeinigen Körperbau – sogar die jüngsten, die zwischen den Beinen der Erwachsenen umherstrichen –, mit Ausnahme einiger Kranker oder Krüppel und hier und da eines vertrockneten Uralten. Zu Anfang hatte Versola das merkwürdig berührt, trotz ihrer hermaphroditischen Natur, und es hatte ihn arg verwirrt, bevor er die Fähigkeit entwickelte, Individuen unter ihnen zu erkennen. Für gewöhnlich gab es mittlerweile keinerlei Probleme mehr – höchstens in Augenblicken des Nachdenkens, wenn er überlegte, wie sehr er sich von ihnen unterschied. Wie jetzt zum Beispiel. Er dachte an das untergegangene Schiff.

Selaam redete behutsam mit der wartenden Menge. Er hielt inne, und ein murmelnder Chor antwortete ihm. Dann hob er erneut an, länger diesmal; erneutes Verstummen, erneutes Antworten. Schweigend stand die übrige Bootsbesatzung daneben. Versola konnte nur Bruchstücke vernehmen, aber er wußte, worum es sich handelte: um die rituelle Verkündigung der Tagesereignisse im einheimischen Dialekt. Dann würde die abschließende Litanei in dieser schwierigen Zeremoniensprache erfolgen. Während er das dachte, schwollen ihre Stimmen an und vereinten sich sodann in diesem gleichen uralten Singsang. Dann verebbte der Klang, und sie machten sich auf den Weg zurück zur Ansiedlung.

Versola ging langsam einher, den Kopf voller Gedanken, als er bemerkte, daß jemand an seiner Seite schritt.

„Du wirst heute nacht zu ihnen gehen?“ fragte Selaam.

„Ja“, sagte er. „Ich denke, es ist das beste.“

„Willst du, daß wir dich begleiten? Wir wissen nicht, wie das geschehen soll. Wir erinnern uns an nichts dergleichen mehr.“

Nein, dachte Versola, das kann ich mir auch nicht anders

vorstellen. „Das geht schon in Ordnung“, sagte er laut. „Ich treffe sie allein. Ich versuche, es kurz zu machen, und werde bald zurück sein.“

„Zurück? Du willst heute nacht zurückkommen?“

„Ja, ich bin sehr müde.“ Versola hielt inne. Er war sich bewußt, daß etwas aus dem Lot geriet, daß etwas dicht daran war, schiefzulaufen. „Ich brauche etwas Ruhe“, sagte er vorsichtig. „Heute nacht werde ich sie lediglich begrüßen und ein wenig mit ihnen sprechen.“

Mehrere Sekunden lang stand Selaam schweigend da und vollführte dann die leichten Bewegungen mit Kopf und Schultern, die Zustimmung bedeuteten. „Ja“, sagte er. Ohne ein weiteres Wort beschleunigte er seine Schritte und ging fort zur Ansiedlung.

Versola überdachte ihre kurze Unterhaltung. Es war etwas in ihr verborgen gewesen, das ihn mit Furcht erfüllte, aber es war ihm nicht klar, worum es sich handelte. Er zuckte mit den Schultern, verbannte es widerstrebend aus seinem Kopf und machte sich auf die Suche nach dem Pfad zum Landefeld, der lange nicht mehr benutzt worden war.

Purpurblättrige Schlinggewächse und die allgegenwärtigen, wild wuchernden Unterhölzer hatten sich den Pfad fast völlig zurückerobert. Er kämpfte sich vorwärts, wobei er einen dicken hölzernen Ast benutzte, den er aufgelesen hatte, um die gröbsten Wucherpflanzen zu beseitigen. Unter dem Dach des Waldes im Innern des Landes war es dunkel und voller Schatten; kaum konnte er den Nachthimmel durch die überhängenden Äste erblicken, der mit Sternen übersät war, und kaum die Hand vor Augen. Er bewegte sich größtenteils tastend voran, ungefähr abschätzend anhand der Beschaffenheit des Bodens, wo er sich befand. Dabei kehrte die Erinnerung an diese einst so oft durchquerte Gegend langsam zurück. Dennoch war er etwas überrascht, als er sich auf dem höchsten Punkt der letzten sanften Erhebung befand und jählings vor der sich öffnenden Lichtung stand.

Die Fläche, die schwach durch das reflektierte Licht der drei Monde hoch droben erleuchtet wurde, bildete einen scharfen Kontrast zu der noch soeben wahrgenommenen Dunkelheit, die nahezu absolut gewesen war. Die Raumfähre war ein graues, trübes Gebilde, ihre präzise konstruierten Linien und Konturen standen in schrillem Mißklang zu ihrer Umgebung. Die trüben Umrisse der äußeren Unterkunft waren bereits errichtet worden, und Lampen schufen bessere Sichtverhältnisse. Er konnte sehen, daß Gestalten umherliefen, saßen, verharrten, offenbar ins Gespräch mit anderen vertieft. Er zählte sechs – nicht die volle Besatzungsstärke. Vielleicht waren noch mehr von ihnen an Bord.

Etwas länger als eine Minute blieb er da, wo er war, versuchte, tief durchzuatmen, gleichmäßig, um zu sich selbst zu finden. Dann trat er hinaus ins Freie und rief nach ihnen.

Abrupt hielten die Gestalten mit ihren jeweiligen Beschäftigungen inne, und er konnte sehen, wie sie ihm ihre Köpfe zudrehten. Man hielt Lampen in seine Richtung; in ihrem Schein begann er, auf der Lichtung vorwärts zu gehen.

„Da! Ist er das?“ hörte er einen von ihnen sagen. Ein Neuer, dachte er und fragte sich, von welcher Welt er wohl gekommen war. „Ja, ganz genau, das ist er“, sagte eine andere; Versola erkannte die Stimme und mußte lächeln, trotz der bösen Vorahnungen, die in ihm aufgestiegen waren.

„DeVet?“ schrie er. „DeVet, hast du dich noch nicht aufs Altenteil begeben?“

Er vernahm Gelächter, und dann erneut die Stimme des anderen. „Nein, noch nicht. Vermutlich war ich noch nicht so glücklich, das Paradies zu finden. Nehmt die Lichter runter", befahl die Stimme, und aus dem Lichtschein wurde ein schwaches Leuchten, und Versola konnte die Gestalten wieder wahrnehmen. Eine von ihnen trat vor, als Versola wenige Meter vor der Gruppe stehenblieb.

„Na", sagte DeVet, „der verlorene Sohn kehrt zurück." Er stand vor Versola mit weit gespreizten Beinen und den Händen in den Hüften. Er war kurz und untersetzt; mit breiten Schultern und plumpen Hüften, die bald fett sein würden. Er hatte einen riesigen, eckigen Schädel, kurzgeschnittenes Haar, ausladende Kieferpartien, eine große, gekrümmte Nase und fletschte grinsend die Zähne. „Das Eingeborenenleben scheint dir ja gut zu bekommen. Du siehst gesund und kräftig aus –"

„Du Lügner. Mein Haar ist grau, und ich bin so sehnig wie ein Stück Dörrfleisch." Er hielt inne. „Du siehst ebenso aus."

„Ebenso? Ich weiß nicht, ob ich das als Kompliment oder als Beleidigung auffassen soll."

„Häßlich wie immer, DeVet. Aber immer noch jung."

DeVets Grinsen fiel in sich zusammen und schien sich in etwas anderes zu verwandeln. Seine Zunge fuhr einmal schnell über die Lippen. „Ja, gut –", hob er an und sagte dann in schnellerem Ton: „Komm schon mit. Komm in unseren Konferenzraum und laß dir die Leute vorstellen." Er drehte sich um und schritt mit schnellen Schritten voran zur größten Unterkunft, blickte einmal über seine Schulter und bedeutete Versola fast barsch, er solle ihm folgen.

Im Inneren war das Lampenlicht helleuchtend, da es stark von den unverrottbaren Wänden reflektiert wurde. Versola trat dicht hinter DeVet ein, und die anderen versammelten sich wie zum Befehlsempfang um den tragbaren Metalltisch herum.

Es waren mittlerweile sieben, einer weniger als bei einer Standardbesatzung. Versola erschienen sie allesamt völlig unterschiedlich: dünn und gedrungen, bleich und von dunklem Teint, groß, kurz, schmächtig, untersetzt, hell- und dunkeläugig. Er stand neben DeVet am Kopfende des Tisches, seine Füße scharrten leicht auf dem Boden aus festgestampfter Erde, und er war unsicher, was er sagen oder tun sollte. DeVet blickte in die Runde, beugte sich dann hinüber, um einem der anderen etwas ins Ohr zu flüstern. Jener nickte und ging hinaus.

DeVet wandte sich wieder an Versola. „Also", sagte er – zu herzlich, dachte Versola. „Das ist unser aktuelles Team." Mit seinem linken Arm machte er eine großflächige Geste, um die anderen namentlich vorzuzeigen. „Von hier aus angefangen: Jacobi, vom Centaurus; Primaverdi, vom Wolf; Jan-Kusawa, vom Sirius . . ." Versola nickte, während DeVet ihre Namen und ihre Herkunftsorte benannte. Er würde sich niemals an sie erinnern, dachte er. Nicht, weil er dazu unfähig wäre – weil das nicht gut wäre. Nicht, wenn er sie jemals wieder zu Gesicht bekommen sollte.

Zwei weitere Gestalten betraten die Unterkunft. „Ah", sagte DeVet, „Tokala, von Barnards Stern –" Bei ihm handelte es sich um den Mann, der zuvor bereits im Raum gewesen war. „Und Andreyevitch, von Luyten 726-8B."

Bei Andreyevitch handelte es sich um eine kleine, dunkle, angespannt aussehende Frau, die Versola direkt anstarrte. „Amin Versola", sagte sie mit lauter, deutlicher Stimme. „Du bist das also."

Versola empfand einen jähen Schock, dann Schutzlosigkeit. Er versuchte, es zu verdecken. „Amin Versola", sagte er mit einem dünnen Lächeln. „Genau der."

Die Dame Andreyevitch nickte ein einziges Mal bestätigend und fuhr fort, ihn eingehend und unerschrocken zu mustern. DeVet trat einen Schritt vor, als wolle er Versola schützen.

„Fast alles neue Mitglieder“, sagte er und packte Versolas Arm. „Gerade eben genug, um die Besatzung aufzufüllen. Ausgesprochen glückliche Rundfahrt. Jedda und Harding stiegen bei Sirius aus, Devallier kam auf einen religiösen Trip und begann die Pilgerfahrt zur Sonnenwelt –“ Er brach ab, und seine Stimme hatte einen ernsten Ton, als er wieder ansetzte. „Wir verloren Mamau und Chagai auf einer kartographisch nicht verzeichneten Welt – die wir nach ihnen beiden benannten – und Pughi an die Würmer auf Domicile.“

Versola wandte sich an DeVet. „Aber du bist immer noch dabei, Nathan“, sagte er.

Der zuckte mit den Schultern. „Einfach nur mehr Glück.“ Er schwieg einen Moment und sagte dann: „Und dann gibt es dich noch.“

„Und mich“, stimmte Versola zu. „Aber der, der ich damals war, ist auch nicht mehr.“ Er breitete seine Arme aus und lächelte. „Der Fluch der Relativität.“

„Genug“, sagte DeVet mit gespielter Schroffheit. „Keine Morbidität vortäuschen. Wir haben ’ne Lage Eridaniwein da – erinnerst du dich daran? Wir haben gelernt, ihn herzustellen; wir bauen die Reben direkt in einem abtrennbaren Teil des Schiffes an. Da bist du aber überrascht, was? Na, wir können unseren Vorrat ein wenig verringern; laß uns also hinhocken und ’ne kleine Feierstunde abreißen. Diesen jungen Novizen hängen meine Geschichten schon zum Hals raus. Sie brauchen ’n paar neue. Komm, wir können den Formalkram auch noch morgen erledigen . . .“

Später war Versola erstaunt darüber, wie leicht er die alten

Verhaltensmuster angenommen hatte, wie schnell er wieder zu einem Teil jener Welt geworden war, die er vor vielen Jahren hatte dahinschwinden sehen. Es war merkwürdig, daß der traumatische Schock, den er zuvor auf dem heimkehrenden Boot erlitten hatte angesichts der landenden Fähre, nun überwunden war. Auch darüber war er erstaunt. Vielleicht hatte er sich doch sehr nach ihrer Anwesenheit gesehnt, die er gewöhnt war. Vielleicht war er doch noch nicht lange genug auf dieser Welt hier gewesen; die Umgebung der alten war auferstanden und hatte ihn ungebetenerweise eingehüllt. Das bekümmerte ihn. Er hatte gedacht, er hätte sie auf immer ausgemerzt.

Aber der Eridaniwein war gut und die Neugierde der jüngeren Besatzungsmitglieder auf seltsame Weise erregend. Und der lächelnde, geschwätzige DeVet verstärkte ihr wechselseitiges Interesse durch Anekdoten und Zwischenrufe, ein Verhalten, das bei Versola die gleichen Reaktionen hervorrief, und er bemerkte, daß er in immer stärkerem Maße Dinge von der hiesigen Welt erzählte.

„Sie sind hermaphroditisch. Fruchtbarkeitsperioden finden jedes zweite Jahr statt, und es werden immer nur einzelne Kinder geboren. Da es einen ausgeprägten Elterninstinkt gibt, ist die Sterblichkeitsrate sehr gering. Natürlich ist das Leben hier kein Zuckerlecken.“

„Wie bringen sie denn ihre Zeit herum? Nahrung suchen, jagen, schwimmen, essen – ist das alles?“

„So ziemlich alles. Aber es ist nicht alles einem festumrissenen Zweck untergeordnet. Es verläuft fast rituell, im Einklang mit den Mythen und dem Singsang in dieser rituellen Sprache, über die sie verfügen.“

„Handelt es sich dabei nicht einfach um eine Variante einfacher Naturreligion?“

„So einfach ist das nicht. Theorien sind als solche ja ganz nett, aber lediglich als ein Ausgangspunkt von Nutzen, wenn man auf eine neue Kultur auf einem neuentdeckten Planeten stößt. Das sollte euch der Service eigentlich beibringen, wie?"

„Also haben sie nun eine Kultur?"

„Ich würde eher sagen, die Reste einer Kultur, die sich einstmals auf einem relativ hohen Stand befunden hat. Ich glaube, sie sind als Rasse sehr alt und Abkömmlinge eines Volkes, das sich auf eine große Wanderschaft begeben hat. Die allererste Expedition – ich bin sicher, DeVet berichtete euch davon – stieß auf keinerlei Werkzeuge, die über die heutige Entwicklungsstufe hinausgehen, wenigstens nicht auf dieser Insel. Auf den Kontinenten der anderen Hemisphäre wurden keine Expeditionen unternommen." Versola hielt inne. „Ich nehme an, daß einige von euch das nachholen wollen."

„Hast du darüber hinaus noch etwas herausbekommen?"

„Etwas herausbekommen?" Versola lächelte. „Ich habe unter ihnen gelebt, mit ihnen gegessen, geredet, Nahrung gesammelt. Sie sind ein ausgesprochen gastfreundliches Volk."

„Und heute bist du zum erstenmal mit ihnen auf der Jagd gewesen?"

„Ja", sagte Versola.

„Gibt es dafür einen Grund? Haben sie ihn dir genannt?"

„Ich bin mir nicht sicher. Die Jagd ist jahreszeitlich bedingt und scheint zudem eine Art Zeremonie darzustellen. Vielleicht nehmen sie so eine Art Nutzungsrecht in Anspruch. Viele junge Leute fahren mit aus." Versola schwieg einen Augenblick. „Sie pflegen die Gastfreundschaft, sind aber nicht im eigentlichen Sinne freundlich."

Es wurden weitere Fragen gestellt, und es wurde mehr Wein nachgeschenkt, aber schließlich mußte sich Versola verabschieden.

Die Jagd hatte ihn stärker als geglaubt ermüdet. Man hob die Runde auf, wünschte ihm respektvoll eine gute Nacht, und er trat ins Freie. DeVet begleitete ihn bis zum Rande der Lichtung.

Beide Monde standen nun am Himmel, helleuchtend und scharf konturiert und jagten sich beide von Osten nach Westen über den Himmel. Ihr Licht tauchte die freie Fläche hinter Versola in ein überirdisches Licht. Vor ihm der Pfad war bleich und führte hinein in die Dunkelheit.

„Hier wären wir also wieder", sagte Versola mit ruhiger Stimme. „Dein Timing ist unfehlbar."

„Timing?" frage DeVet.

„Vergiß es", sagte Versola. „Ihr wollt also die Kontinente erforschen?"

„Das hatten wir vor, ja. Sie sind eine gute Besatzung. Intelligent, dynamisch –"

„Die Besten vom Besten. Und allesamt Psychopathen. Wer sonst würde auf einem Service-Schiff anmustern?"

„Auch wir waren in dieser Position."

„Ja, das waren wir." Versola nickte. „Einige von uns waren schlau genug abzuspringen."

„Ist deine Meinung über den Service so gering?"

„An den Service hab' ich überhaupt nicht gedacht, nicht in –" Versola brach ab. „Ich kann dir nicht mal sagen, wie lange. Ich weiß es nicht. Du hättest eh' keine Beziehung dazu. Fünf Jahre? Zehn? Zwanzig? Was könnten sie für dich bedeuten? Schau dich selbst an, DeVet. Dann schau auf mich. Wieviel Zeit ist denn *für dich* vergangen, seit du mich zum letztenmal gesehen hast? Vielleicht zwei Jahre?"

DeVet biß sich auf die Lippen und schaute fort. Er sagte nichts.

„Aha“, sagte Versola und nickte erneut. „Siehst du? Und sieh sie dir an, diese schlauen jungen Kerle in diesen Service-Schiffen, die praktisch autark sind, und welche Aufgaben erfüllen sie? Erregende Dinge, die stellvertretende Funktionen innehaben. Ihre Neurosen. Und während der ganzen Zeit schrumpft das Universum zusammen und stirbt dahin, aber sie bleiben jung, bis sie irgendwann einmal ein wenig neugierig werden bezüglich der Art, wie das Universum lebt, und nicht, wie es ausschaut. Wer weiß schon, vielleicht wurden deshalb die Schiffe eigentlich gebaut – zu therapeutischen Zwecken.“

„Amin“, sagte DeVet langsam. „Ich weiß, daß unsere Ankunft hier sehr plötzlich erfolgte. Es ist verständlich, daß du irgendwie etwas aufgeregt bist. Es tut mir leid. Ich habe vorhin versucht, die Situation für dich etwas aufzulockern – und ich weiß, daß es eine verdammt lange Zeit für dich hier war – und es schien in Ordnung zu sein. Es schien mir so, als hättest du den Abend eigentlich ganz gut gefunden.“

„Habe ich auch“, sagte Versola. „Das hängt mit dem Problem zusammen.“ Plötzlich entfernte er sich einige Meter von DeVet auf dem Pfad, machte kehrt und ging zu ihm zurück. Er atmete langsam, mit langen und tiefen Zügen, als wolle er sich beruhigen.

„Ich drücke mich nicht richtig aus“, sagte er. „Es ist schwer – es ist so lange her, seit ich mich in *diesen* Worten ausgedrückt habe. Ich bin diese Sprache nicht mehr gewöhnt.“ Er blickte DeVet voll ins Gesicht. „Verstehst du? Dadurch, daß ich all diese Jahre hier verbracht habe, gehöre ich mehr zu dieser Welt als zu eurer. Oder das dachte ich zumindest. Es ist einfacher, sich so etwas zu denken, ohne die

Möglichkeit einer Wahl zu haben. Jetzt scheint es mir nicht mehr so unumstößlich."

„Weißt du, was du willst, Amin?" fragte DeVet. „Kennst du jetzt deine Interessen besser als damals, als wir dich zum erstenmal hierließen?"

Versola nickte langsam. „Ich weiß es, DeVet", sagte er. „Aber das dürfte unwichtig sein. Was ich will und wozu ich gezwungen werde, sind zwei verschiedene Paar Schuhe."

DeVet seufzte, und seine Schultern sackten ein wenig zusammen. „Es ist immer noch schwierig, dich zu verstehen, Amin. Aber du mußt selbst mit dir ins klare kommen, daher respektiere ich das. Wir werden dir nicht reinpfuschen. Der Planet ist ja groß." Er hielt inne. „Glaubst du –" Dann brach er ab und lachte verlegen. „Nein. Auch mir fällt es schwer, mit dir zu reden. Ich kenne dich und kenne dich doch wieder nicht."

„Wenigstens", sagte Versola, „kannst du es verstehen." Er betrachtete mehrere Sekunden lang DeVets silhouettenhafte Umrisse, machte dann kehrt und begab sich auf den Rückweg zur Ansiedlung.

Aber die Ruhe, die er zuvor verspürt hatte, die sein Leben während seines Aufenthalts an diesem Ort erfüllt hatte, war vorbei, und an ihre Stelle war das alte Unbehagen zurückgekehrt.

Am nächsten Morgen stand Versola zeitig auf und bat Selaam darum, ein weiteres Mal an der Jagd teilnehmen zu dürfen, und der befehlshabende Steuermann gewährte ihm die Erlaubnis. Dieses Mal hatten sie Glück: Vor Mittag schon hatten sie ihre Beute ausfindig gemacht, und die aufwühlende Erregung der Jagd und des Fanges verdrängte das Unbehagen. Es war noch hell, als sie durch die starke Brandung des inneren Riffs fuhren, ihre Beute festgezurrt zwischen zwei Booten mit Stricken, die aus getrockneten Lianen geknüpft waren, welche den Umfang von Versolas Unterarmen besaßen.

Es war ein ausgezeichneter, großer Fang, ausreichend, um das Dorf mindestens sechs Tage lang zu ernähren. Versola half ihnen dabei, den Kadaver zu zerlegen – daß sie seine Hilfe annahmen, war bisher die offenkundigste Anerkennung seiner Anwesenheit, die gleich nach seiner Einladung zur Mitfahrt in den Jagdbooten kam –, enthielt sich jedoch der Teilnahme an den langsamen, rhythmischen Gesängen, mit denen sie ihre Arbeit begleiteten. Sie zerteilten das Fleisch in Stücke und gaben ihm etwas von dem unteren Rückenstück des Kadavers, dem wohlschmeckendsten Teil; er dankte ihnen und traf Vorbereitungen zur Aufbewahrung des Hauptteils, behielt sich jedoch ein schmales Stück für sein Nachtessen zurück. Als sie fertig waren, hatte sich die Abenddämmerung bereits herniedergesenkt, und einer von ihnen zündete Fackeln am Strand an, damit sie beim Auf- und Wegräumen genug Licht hatten. Im Licht des sterbenden Tages und dem Flackerschein der Fackeln beugten und wendeten sich ihre großen, schwarzen Gestalten und gingen schließlich fort zu ihren Unterkünften.

Selaam hatte kein einziges Wort über die Ankunft des Service-Schiffes verloren.

Versola saß auf der Schwelle seiner Hütte und starrte schwermütig auf den Pfad, der hinab zum Kern der Ansiedlung führte, der von seinem Gebiet mehrere hundert Meter entfernt lag. Der Gedanke an diesen Umstand erweckte erneut das unbehagliche Gefühl in ihm. Er fragte sich, was der Steuermann – was all die anderen darüber dachten. Er fragte sich –

Irritiert schüttelte er jäh sein Haupt. Das Problem war, daß er sich über all das Gedanken machte. Hatte die Ankunft des Schiffes und der anderen ihm so sehr zugesetzt – nach all diesen Jahren?

Zuerst war es wie ein Traum gewesen. Die Welt war üppig und in idealer Weise dazu geeignet, ihren Vorstellungen zu entsprechen – dennoch war sie keinesfalls besser als Dutzende anderer Welten mit idealen Bedingungen, die sie auf ihren Service-Reisen vorgefunden hatten. (Jahrzehnte? Jahrhunderte?) Dennoch war Versola geblieben. So viele verschiedene Dinge waren zusammengekommen, unerklärlich und unfaßbar – die Umgebung dieser Welt, Versolas eigene Enttäuschungen und sein physisches Unwohlsein, tausend Erbitterungen über das Leben im Service. Und die Eingeborenen hier, welche die Gegenwart dieser seltsam uniformierten Außenseiter und ihres gleißenden metallenen Schiffes mit vollständiger Gelassenheit hinnahmen, als handele es sich einfach um ein zusätzliches Naturereignis. In engem Verbund mit ihrer Welt zu leben, sich ihren Veränderungen hinzugeben, anstatt sie grausam zu manipulieren – dieser Gedanke berührte irgendwie einen zustimmenden Akkord im Inneren Versolas, etwas, das er nicht in Worte fassen konnte. Als sich die Service-Mannschaft zu langweilen begann und ihre Forschungen anderweitig fortsetzen wollte, war Versola zurückgeblieben.

Wie lange – er dachte an das Stück Tritium, dessen Verfall den Schwund der Zeit angab und das er einst besessen hatte, herübergerettet hatte aus seiner Jugendzeit auf den Welten des Centaurus. Jede Hälfte dieses Stückes brauchte zum Verfall vier Primusjahre – ein wenig mehr als zwölfeinhalb Erdjahre, Standardzeit und ebenso viele Schiffsjahre. Nachdem dieser Zeitraum verstrichen war, hatte er dieses Stück und all die übrigen Spuren seines früheren Lebens in den hügeligen Dschungel hineingetragen und sie an einem entlegenen Ort vergraben. Er konnte nicht einmal mehr raten, wie alt er war; er pflegte seine verstrichenen Jahre nicht mehr zu zählen, seit er zum drittenmal Centauri Primus besucht und festgestellt hatte, daß es um drei Jahrhunderte gealtert war, seitdem er zum letztenmal dort gewesen war. Seit dieser symbolischen Entledigung der Drapierungen aus seiner Service-Existenz war der Pulsschlag seines Lebens langsamer geworden, hatte sich mit der Zeitlosigkeit dieser Welt vermischt.

Er stand auf und schritt mehrere Meter auf dem Pfad vorwärts. Die Dämmerung war soeben hereingebrochen; die Fackeln waren von jedem Haushalt der Ansiedlung angezündet worden und leuchteten mit blassem Schein im rasch dahinschwindenden Tageslicht. Bald würden sie ihre Abendmahlzeiten zubereiten, für ihre Verhältnisse früh, aber so würden sie genügend Zeit für die später folgenden Rituale haben. Versola hatte bereits gegessen; er würde sich sputen müssen, durch die Vorbereitung der einzelnen Punkte eines Berichtes für DeVet zu steigen, und dann zurückkommen, um sie zu beobachten.

Während der ersten paar Jahre an diesem Ort hatte er sich von den übrigen ferngehalten. Das war allein seine persönliche Entscheidung gewesen. Es gab da Gefühle tief in seinem Inneren, gegen die er kämpfen mußte, Gefühle, die er nicht einmal benennen konnte. Dennoch hielt er sie für ebenso real wie die Beschaffenheit seines Körpers, und er konnte sie lediglich dadurch erkennen, daß er sich eine Zeit der Einsamkeit verordnete – um Abstand zu gewinnen von der in sich abgeschlossenen Welt des Service, eine Zeitlang auch von diesen Eingeborenen und bisweilen sogar von der Wahrnehmung der ihn umgebenden Natur. Die Besatzung des Schiffes war zunächst überrascht gewesen, hatte dann jedoch Fatalismus gezeigt; für sie bedeutete dies lediglich wieder die Unbrauchbarkeit eines Service-Bediensteten, hervorgerufen durch seine Unzufriedenheit mit dem unsteten Leben, seinem Wunsch nach etwas mehr Sicherheit. Versola wußte, daß sein Fall keineswegs so einfach lag. Als er dies ihnen gegenüber zu artikulieren versucht hatte, stieß er nur auf Unverständnis, und da wurde ihm bewußt, wie sehr er sich von ihnen unterschied.

Ungezählte Tage waren verstrichen, gleichbleibend waren sie gewesen, wie das fortwährende subtropische Wetter. Die Ordnung und Regelhaftigkeit des Lebens im Service schwand langsam dahin; die Abwesenheit von Hilfsmitteln aus dieser Welt machte ihr Verschwinden aus seinem Bewußtsein unproblematischer. Er hätte niemandem erzählen können, wann zum erstenmal er sich von seiner einsamen Hütte hinab ins Dorf begeben hatte oder welch ein Gefühl es gewesen war, das ihm befohlen hatte, seiner Einsamkeit ein Ende zu bereiten. Als sie ihn akzeptiert, für ihn einen Platz in ihrem Leben eingeräumt hatten, wußte er, daß er das, nach dem er gesucht, gefunden hatte.

Nun war diese Einsicht in Gefahr geraten, durch das erneute Auftauchen dieser anderen Welt und durch die Vorstellung der verstrichenen Zeit, die sich damit verband. Sie könnten wohl zu den Kontinenten auf der anderen Halbkugel gehen, dennoch reichte das nicht aus; solange sie sich auf seinem Planeten befanden, wären sie ihm so nahe wie ein eingedrungenes Insekt, das in seinem Ohr hauste.

Er starrte hinab zu den rohgezimmerten Hütten, deren Umrisse im anbrechenden Dunkel der Nacht immer undeutlicher erkennbar wurden. Dann ging er den Pfad hinab und bog entschlossen ab zur Lichtung und dem Schiff, vorangetrieben von einer vagen Notwendigkeit, etwas zu unternehmen – etwas, dessen genaue Einzelheiten für ihn noch nicht feststanden.

„Das wär's dann also." DeVets Stimme war tonlos und unbestimmt. „Das ist nicht viel, Amin." Er blickte auf zu Versola, sein Gesicht drückte leichte Überraschung und Anzeichen von Bestürzung aus.

Versola zuckte mit den Schultern. „Es ist nicht so einfach, etwas über sie zu erfahren. Man entwickelt eine Beziehung, aber sie stößt an ihre Grenzen. Und so bleibt es, für lange Zeit."

„Eine lange Zeit ..." DeVet wandte sich wieder dem tragbaren Bildschirm zu, der jetzt leer war. Die audiovisuelle Kassette, auf der Versola seinen Bericht festgehalten hatte, hörte auf zu surren, ein Zeichen, daß sie zurückgespult war. DeVet beugte sich über das Gerät und entnahm die Kassette dem Abspielgerät. Er wog sie in seiner Hand.

„Ich verstehe es nicht", sagte DeVet langsam. „Du warst einer der besten Ethnologen, die wir hatten. So ungleich besser als die meisten der Spitzenamateure, die wir heute haben – fast so gut wie die besten aus der ersten Service-Generation, damals als sie noch im Erdsonnensystem ihr Hauptquartier hatten. Das sagten alle." Er blickte auf die Kassette in seiner Hand, als glaube er nicht an das, was er vor sich hatte. „Das – da ist einfach nichts drauf, Amin. Oh, sicher, vage Sachen, allgemeine Beobachtungen – aber nichts, was groß über deinen allerersten Bericht hinausgeht, den du damals nach unserer ersten Landung auf diesem Planeten abfaßtest. Wo sind die tieferen Einsichten? Deine Mutmaßungen über die evolutionäre Entwicklung dieses

Volkes? Die Bedeutung von Religion und Ritual in seinem Leben?"

„Vielleicht habe ich die Verbindung verloren. Oder es gibt einfach nicht viel mehr als ich – wir zu Anfang feststellten."

„Na, was ist es denn nun?" fragte DeVet. Seine Augen verengten sich argwöhnisch. „Oder handelt es sich um was völlig anderes?"

„Sieh mal", sagte Versola, „vielleicht zählt das alles nicht mehr. Ich muß dir jedenfalls ganz klar sagen, daß für mich das alles nicht mehr zählt, beziehungsweise kaum noch. Vielleicht bin ich der Meinung, daß es im Vergleich zu anderen Dingen nicht mehr wichtig ist. Daher bin ich nicht mehr länger dieser wißbegierige Beobachter, für den du mich mal gehalten hast. So 'n Grund ist doch so gut wie jeder andere auch, oder?"

„Und was sollen wir jetzt machen? Jemanden hierlassen, der weiß Gott wie viele Jahre hierbleibt, um es richtig zu machen?"

„Nein", sagte Versola – viel zu schnell, dachte er. Er riß sich zusammen und fuhr fort: „Vergiß es einfach. Hak es ab als Verlust, als eine Sackgasse. Mach dir doch nicht die Mühe, es im Forschungsbericht zu erwähnen."

DeVets Gesicht bekam einen entschlossenen Ausdruck. „Du weißt, daß wir das nicht tun können. Deshalb sind wir nicht im Service."

„Oh, DeVet", sagte Versola erschöpft, „weshalb bist du denn sonst im Service? Kannst du mir das vielleicht mal sagen?"

„Soll *ich* dir das tatsächlich sagen?" Auf DeVets Gesicht spiegelte sich Überraschung. „Du hast doch wohl nicht etwa die Expansionstheorie vergessen, oder? Also, nach all diesen Jahren –"

„Verschon mich mit diesem Service-Geschwafel. Die Vorstellung, daß wir fortwährend in ausreichendem Maße Welten entdecken müssen, um die sich expandierende menschliche Bevölkerung unterzubringen, ist nichts als ein ausgetüfteltes Stück romantischer Propaganda, um sicherzugehen, daß sich genügend Leute zum Dienst im Service melden. Wie groß ist der Einflußbereich des Menschen mittlerweile? Dreißigtausend Kubiklichtjahre? Das entspricht nur einem Radius von – sagen wir mal – zwanzig Lichtjahren. Und vor wie vielen Jahrhunderten haben sie den Fusionsantrieb entwickelt. Wir ergießen uns doch wohl kaum in die restliche Galaxis. Als ich das letzte Mal auf die Übersichtskarten blickte, war noch nicht einmal die Hälfte der Primuswelten von Kolonistenschiffen requiriert worden, ganz zu schweigen von all den Hunderten der Zweiten Klasse und aus dem Bereich der Randwelten. Ich glaube kaum, daß sich seitdem viel geändert hat. Ich wette meinen Kopf, daß die übrigen bewohnbaren Welten, die kartographiert sind, nicht in fünfhundert Jahren angerührt werden, wenn der Service morgen aufhörte zu existieren."

„Dann heißt das ja wohl, daß wir überflüssig sind? Sollten wir alle aufgeben und jeder sich irgendwo zur Ruhe begeben?"

„Mir ist es eigentlich ziemlich gleichgültig, was ihr macht", sagte Versola. „Solange ihr hier nichts verändert."

„Ach, ich verstehe." DeVets Augen wurden etwas größer, und er nickte mehrere Male hintereinander. „Das also –" Er wog noch einmal die Kassette in seiner Hand und warf sie dann auf den Tisch. Sie gab einen scheppernden, jähen und erschreckenden Laut von sich, dann herrschte momentane Stille. „Das ist also deine Art und Weise, uns mitzuteilen, wir sollen dich in Ruhe lassen."

Versola antwortete nicht. Er fuhr fort damit, DeVet direkt ins Gesicht zu starren.

„Ja, zum Donnerwetter!“ Ärgerlich stieß DeVet einen Fluch hervor. „Was haben wir dir denn bisher eigentlich getan? Wir sind vor kaum einem Tag gelandet. Ist dir bereits jetzt unsere Anwesenheit so unerträglich?“ Sein plötzlicher Ärger schien sich zu verflüchtigen, und er fuhr in einem etwas gemäßigteren Ton fort. „Schau mal her. Wir sind, abgesehen von unseren individuellen Unterschieden, alle gleich. Wir alle sind Menschen. Gesteh uns wenigstens diese gemeinsame Basis zu. In ein paar Tagen fliegen wir eh auf den Kontinent rüber; ist es denn zuviel verlangt, wenn es zwischen uns noch etwas gibt, das Ähnlichkeit mit einem Kontakt aufweist?“

Mehrere Augenblicke lang antwortete Versola nichts. „Ich weiß es nicht“, sagte er schließlich. „Ich weiß nicht, ob es uns gelingen wird, überhaupt noch miteinander zu reden.“

DeVets Mund spannte sich, und seine Augen verengten sich, so als empfinde er Schmerzen. „Ist gut“, sagte er, seine Stimme war kaum mehr als ein Flüstern. Er ließ sich in seinen Stuhl zurücksinken und atmete vernehmlich aus, wobei er Versola intensiv betrachtete. Sein Gesicht machte einen niedergeschlagenen Eindruck. „Einst waren wir enge Freunde“, sagte er sanft. „Sogar im Vergleich zu den anderen in der Gruppe, die du vor gar nicht so langer Zeit gesehen hast. Daß du dich dermaßen hast verändern können – haben sich denn die Verhältnisse so sehr geändert, Verhältnisse, die ich nicht einschätzen konnte?“

„Da liegt das Problem“, sagte Versola. Er ging zum Ausgang von DeVets Zelt und stoppte. „Für mich ist nicht mehr Zeit verflossen als für dich.“ Er wandte sich ab und trat hinaus in die Nacht.

Sie hatten sich in der geschützten Senke versammelt, die vom Mondschein schwach erleuchtet wurde; nur zwei der Trabanten des Planeten waren sichtbar, aber der kleine See, der vor ihnen lag, glänzte wie ein Teich von Quecksilber. Versola vermutete, daß alle Eingeborenen dort versammelt waren, die jungen wie auch die alten; die jeweilige Anzahl ihrer Jahre bestimmte, in welcher der gestaffelten, leicht gekrümmten Reihen sie sich befanden. Sie standen da und bewegten sich vor und zurück, langsam und einschläfernd; ein gedämpft gemurmelter Singsang tönte hinauf zu ihm auf der Klippe, eine wortlose, aber dennoch rhythmisch-pulsierende Tonfolge, zu der sie ihre Körper schwangen.

Als Versola zum erstenmal diese Zeremonie beobachtet hatte, war er von dem jähen Impuls befallen worden, sie auf Film festzuhalten. Er war aufgesprungen und wollte bereits zu seiner Hütte eilen, um den schon lange in Vergessenheit geratenen Recorder zu holen, als ihn eine plötzliche Erkenntnis überfiel, die den Impuls abschwächte; dann überkam ihn eine große Ruhe, und er machte kehrt und ging zurück zu seinem Platz auf der Klippe über der Senke und beobachtete schweigend. Am nächsten Tag nahm er alle Gerätschaften aus seinem früheren Leben und begrub sie auf einem unbekannten kleinen Hügel. Die einzige Aufnahme, die er nun besaß, war in seinem Kopf gespeichert.

Der Gesang wechselte von dem langsamen Singsang in ein schrilles Tempo hinüber. Jetzt waren gedämpfte Fetzen in der zeremoniellen Sprache gehört worden, die offenbar nach dem Zufallsprinzip zwischen den wortlosen Rhythmen hervorgestoßen wurden. Mit diesem Wechsel vollzog sich zugleich ein Anstieg des Tempos ihres Vor- und Zurückschwingens, und jetzt wurde ein Tanz daraus: Die Eingeborenen drehten sich, schwenkten ihre Körper anmutig, stampften mit ihren Füßen und bewegten ihre Reihen im exakt eingehaltenen Rhythmus des Gesanges aneinander vorbei. Der klang plötzlich lauter, ein durchdringendes Pochen, das sich dem Klopfen seines eigenen Herzens anzupassen schien und in ihm ein Verlangen erweckte, das erwartungsvoll immer stärker in ihm hochstieg.

Die Stimmen vereinten sich zu einem plötzlichen Schrei, und das Verlangen stieg sprunghaft in Versola an. Die Reihen der Leute wichen leicht vor dem Seeufer zurück, und die Wasseroberfläche bildete Kreise, und dann teilte sie sich, als etwas auftauchte, den Strand betrat und seinen eigenen Tanz begann, indem es seinen Oberkörper immer wieder jählings nach unten beugte – lang, silbern, eine geschmeidige, torpedoartige Gestalt, die sich inmitten der sie umkreisenden Leute hin und her bewegte.

Wenn Versola genau hinblickte, konnte er die Füße der Leute, die im Kostüm des Seewesens steckten, als kaum erkennbare Schatten unter ihm wahrnehmen. Die meiste Zeit unterließ er dies jedoch; in seiner Vorstellung wurde das Ritual zu mehr als einer bloßen Wiederholung der heutigen Jagd. Für ihn *war* es die Jagd, das Wesen tauchte und drehte sich um seine Angreifer, die umfielen, wenn sie verwundet oder verkrüppelt waren, nur um sogleich durch einen neuen Kreis von Jägern ersetzt zu werden. Die verfolgten die Kreatur aufs neue, stachen auf sie ein mit unsichtbaren Harpunen, während es sich hin und her drehte und im Gegenangriff auf sie losging.

Das Tempo nahm zu. Die Tänzer wirbelten mit heftigem Ungestüm durcheinander. Der pulsierende Gesang wurde in die Luft hinauf geheult, und Versola spürte berstende Erregung in sich, fühlte, wie er unter den Armen zu schwitzen begann.

Dann fiel die Kreatur jäh zu Boden, tödlich verwundet. Der Gesang schwoll an zu einem Triumphgeschrei, die Reihen der Leute vereinigten sich und umrundeten den leblosen „Leichnam", verbargen ihn vor seinen Blicken. Sie hakten sich mit den Armen gegenseitig unter und fielen zugleich auf ihre Knie. Mit einem letzten Schrei endete ihr Lied plötzlich, und absolute Ruhe sank nieder auf die zusammengesunkenen, unbeweglichen Leiber.

Versola seufzte unwillkürlich, als sei es eine Erlösung aus einem Bann. Er stand auf, blickte noch einmal hinab auf die zusammengedrängten Anbeter, wandte sich dann ab und machte sich auf den Weg zu seiner Hütte. Es war eine gute Zeremonie gewesen, dachte er, eine, die dem großen Fang von heute adäquat gewesen war.

Als er die Wegbiegung umrundete, die zu seiner Wohnung führte, blickte er auf und gewahrte eine schemenhafte Gestalt.

Sie stand vor dem Eingang zu seiner Hütte. Ein jäher Schwall von Ärger und Verunsicherung schoß in ihm empor; war es jemand vom Schiff? Er beschleunigte seine Schritte, Worte des Vorwurfs formten sich bereits auf seinen Lippen, aber er wurde jäh wieder langsam, als er bemerkte, daß es keiner von ihnen war, sondern statt dessen der befehlshabende Steuermann, Selaam.

„Du warst nicht am Kultplatz?" fragte Versola in der einheimischen Sprache.

„Ich habe heute nacht nicht daran teilgenommen." Selaams Kopf, der im Mondschein wie eine Kapuze ausschaute, neigte sich leicht. „Ich muß anderes verrichten."

Versola sagte gar nichts, sondern erwartete, daß Selaam fortfuhr. Aber der befehlshabende Steuermann verharrte in Schweigen.

„Komm mit“, sagte Versola schließlich. „Setz dich mit mir zusammen in meiner Hütte nieder, und dann laß uns reden.“

Selaam signalisierte sein Einverständnis. Versola trat ein, und der andere bückte sich unter dem Türrahmen hindurch und folgte ihm ins Innere.

Sie setzten sich auf die weiche, blanke Erde, Versola mit überkreuzten, Selaam mit untergeschlagenen Beinen. Der Schein des Mondes, der durch die beiden kleinen Fensteröffnungen drang, erleuchtete einen Teil des Inneren der Hütte, er genügte jedoch nicht, um mehr als die Konturen der beiden sitzenden Gestalten zu erhellen.

„Sie tanzten gut heute abend“, sagte Versola zur Eröffnung ihrer Unterhaltung.

„Wir standen heute unter einem guten Stern. Wir mußten einen überschwenglichen Dank erweisen.“

„Niemals zuvor hast du mich hier besucht“, sagte Versola behutsam, „kein einziges Mal in dieser ganzen Zeit. Gibt es für deinen Besuch einen besonderen Grund?“

Selaam vollführte eine Gebärde. „In den Zeitabschnitten, die du auf unserer Welt verbracht hast, hast du den Wunsch ausgedrückt, allein zu bleiben. Wir haben diesen Wunsch respektiert. Nun sind deinesgleichen aus dem Himmel zurückgekehrt, und ihr seid wieder vereint.“ Selaam hielt inne. „Bedeutet das, daß deine Zeit allein beendet ist?“

Versola lächelte im Dunkeln. „Ich weiß nicht, ob sie jemals enden wird“, sagte er, „ganz gleich, wo auch immer ich sein werde.“

„Bitte erkläre mir das.“

„Ah –“ Versola geriet leicht ins Stottern. „Also, es ist – es handelt sich um ein persönliches Problem. Eins, das nur ich habe, und nicht die anderen. Sie sind ein Volk, vereint, genau wie ihr hier auch. Ich fühlte mich nicht als ein Teil von ihnen."

„Also bliebst du hier, um allein zu sein."

„Ja", antwortete Versola.

„Aber jetzt wirst du sie begleiten, wenn sie wieder abfliegen?"

„Nein", sagte Versola hastig. „Ich habe gesagt –" Er brach ab und dachte nach. „Es ist ein Zeitalter, ein Zeitalter meines Lebens. Bevor ich hierherkam, verbrachte ich ein anderes in der Gesellschaft der Menschen, denn dafür war es bestimmt gewesen. Dieses jedoch, das mich gegenwärtig leitet, ist mein Zeitalter der Einsamkeit."

„Es gibt Zeitalter der Welt", sagte Selaam langsam, „und auch der Aufstieg der Menschen von der See hinauf in den Himmel ist in Zeitalter unterteilt. Ich habe jedoch niemals von Zeitaltern im Leben eines Menschen gehört." Selaam rutschte unruhig hin und her. „Wir haben keine Lieder, die uns darüber berichten. Wir haben seit dem Anbeginn der Welt nach den Liedern gelebt, seit die Großen Unteren die Wasser aus dem Nichts riefen, um sie zu bedecken, und dann das Land auf ihrer Oberfläche treiben ließen, um auf diese Weise Leitern zum Erklimmen des Himmels zu erhalten. Sie bevölkerten das Meer mit unseren Brüdern, um uns auf dem Land an unsere früheren Zeitalter zu erinnern, und wir tanzen, um unsere Verwandtschaft mit ihnen zu zelebrieren. Der Himmel stellt den letzten Ort dar; die Lieder erzählen uns, daß alle Zeitalter in ein letztes Stadium einmünden werden, in das Zeitlose Zeitalter, und wir werden im Himmel bleiben.

Nun sagst du, daß du vom Himmel zurück aufs Land kommst. Gibt es neue Lieder, denen wir uns im Himmel beugen müssen? Müssen alle Menschen tun, was du getan hast?“ Elend und Qual schwangen in der Stimme des befehlshabenden Steuermannes mit.

„Das hat euch aber zuvor nicht beunruhigt“, sagte Versola. „Wieso habt ihr uns denn akzeptiert – mich akzeptiert? Ich dachte –“

„Es war etwas Neues. Wir dachten, es sei ein Teil des bevorstehenden Zeitlosen Zeitalters, daß einer für eine bestimmte Zeitdauer aus dem Himmel zurückkehrte, also ein Anzeichen, daß wir uns bald vom Land empor in den Himmel erhöben. Für uns warst du ein Abgesandter, ein Reisender, der uns den Weg zum Erreichen des Letzten Ortes zeigen würde.“ Der große Schatten bewegte sich erneut hin und her. „Dieser Umstand war als solcher nicht leicht zu akzeptieren. In unseren Liedern wird auch nicht erwähnt, auf welche Weise genau die Zeit zwischen den Zeitaltern verstreicht.“

Der Schatten erhob sich jäh und ragte drohend über Versola. Der sprang unfreiwillig auf seine Füße, blitzschnell, und wich ein wenig zurück.

„Meine Anwesenheit hier –“ Selaams Stimme kam stockend. „Es ist gegen die Regeln des Lebens, so wie sie in unseren Liedern erzählt werden. Aber die Rückkehr der anderen herab vom Himmel war das Zeichen, daß sich dein Aufenthalt auf dem Lande seinem Ende entgegenneigte. Da wir orientierungslos waren, faßten wir den Entschluß, uns bereitzuhalten und um die Worte des nächsten Liedes zu bitten.“

Versola versuchte zu sprechen, merkte jedoch, daß es seltsamerweise nicht möglich war. Seine Zunge fühlte sich trocken und angeschwollen an und hinderte ihn an der Artikulation der Worte.

„Nun sagst du, daß sie aufbrechen werden, du selbst jedoch nicht.“ Selaams Gestalt schwankte plötzlich. „Irgend etwas ist nicht richtig. Wir müssen jetzt eine Entscheidung fällen, wie unser Leben wieder in die richtigen Bahnen zurückgebracht werden kann."

Ohne ein weiteres Wort zu verlieren, machte Selaam kehrt und trat aus der Hütte. Versola sprang eilig zur Tür, blieb dann jedoch stehen. Die hohe Gestalt des anderen glitt den Pfad hinab und war dann in der Dunkelheit verschwunden. Lange Zeit stand Versola da und starrte hinaus in die Nacht, vorbei an dem nur schwach erkennbaren Pfad hinein in die schweigenden Schatten.

Zwei Tage lang blieb er ganz für sich allein und hielt sich fern von den Eingeborenen und von der Schiffsbesatzung und dachte nach.

Niemals hatten sie eingehend miteinander kommuniziert oder sich näher kennengelernt. Sogar nach diesen langen Jahren war Selaam der einzige unter ihnen allen gewesen, der mehr als nur höfliche Worte mit ihm gewechselt hatte. Versola vermutete als Grund die Pflicht des anderen, der ja Wortführer der Eingeborenen wie auch der Anführer bei der Jagd war, ein Umstand, der einleuchtete: Die Vereinigung aller Führerrollen in einer einzigen Person war in jeder sozialen Rangordnung eine gebräuchliche Regelung.

Dennoch hatte auch Selaam lediglich nicht mehr als kleine, oberflächliche Informationsfetzen über ihr Leben auf dieser Welt offeriert. Versola erkannte dies, als er an die Unterredung zurückdachte, die sie miteinander geführt hatten. Er besaß wirklich kein vollständiges Bild von ihnen; die träge Zeitlosigkeit seines Lebens hier hatte ihn diesem Trugschluß aufsitzen lassen, dem Trugschluß, er wisse tatsächlich über sie Bescheid, und das sogar in Zeiten, in denen er einen Teil ihres Lebens dargestellt hatte.

Dennoch wäre es töricht zu glauben, es hätte anders sein können. Er hatte angefangen ohne irgendwelche Annahmen oder Vermutungen; seitdem war er, wenn nicht glücklich, dann doch wenigstens irgendwie zufrieden mit seinem Aufenthalt auf diesem Planeten gewesen. Hatte er wirklich ein enges Verhältnis mit ihnen im Sinn gehabt? War es denn eigentlich überhaupt wegen einer solchen Beziehung gewesen, daß er den Service und damit im Grunde die menschliche Welt verlassen hatte? Er war noch immer ein Geschöpf der Einsamkeit, das seinen persönlichen Bereich vor den anderen abschirmte und das sich seine eigenen Augenblicke privater Existenz bewahrt hatte.

Es hätte genügen sollen. Bislang hatte es ausgereicht, sich bisweilen unter sie zu mischen, nicht mit ihnen direkt zusammenzuleben, sie als Teil der Welt um sich herum zu sehen und nicht als Eingriff in sein eigenes Leben. Das hatte er sich immer wieder gesagt, und es schien sich zu bewahrheiten.

Jetzt jedoch klang es nicht mehr wahr. Das Wissen, daß es Barrieren gab, war beunruhigend.

Die Rückkehr des Schiffes hatte sich als sehr unvermittelt erwiesen. Seit seiner Ankunft schienen die Zeit und die Ereignisse in rasendem Tempo voranzuschreiten. Er fragte sich, was sie jetzt wohl tun würden, und anschließend stellte er sich Fragen über sich selbst.

Er schritt am Strand entlang, hatte die Gedanken aus seinem Kopf vertrieben und konzentrierte sich auf die Wahrnehmung des Gefühls, das sich einstellte, wenn seine Füße in den lockeren, weichen Sand einsanken. Wasser und Gischt umgaben mit ihrer jähen feuchten Kühle seine Fußgelenke, zogen sich zurück und brandeten dann wieder an. Heute nacht war ein Mond sichtbar, der ein bleiches, geisterhaftes

Licht auf den vordersten Sandstreifen vor den hereinbrechenden kleinen Wellen warf. Gegen sein schwaches Licht hob sich die dunkle, mit Sternen übersäte Leinwand des Himmels heller als sonst ab.

Er hörte ein Plätschern hinter sich und dann das Geräusch nackter Füße auf nassem Sandgrund. Unwillkürlich verkrampfte er sich. Es würde jemand aus der Schiffsbesatzung sein; keiner der Eingeborenen hätte dermaßen viel Lärm veranstaltet. Er ging weiter und drehte sich nicht um, als er die Gegenwart des anderen eine kurze Entfernung hinter sich spürte.

„Nie mehr heut' nacht. Die Sterne all' erloschen." Die Stimme klang weich und nachdenklich, die Stimme einer Frau.

„Offenbar sind sie's nicht." Versola sprach nachlässig. Er hielt seinen Blick stur nach vorn gerichtet, schaute dann auf und zeigte nach oben. „Sieh: Sterne mehr als Zahlen."

„Und unter ihnen all unsere Welten – tot, verändert, wankelmütig." Ein leichter Spott schlich sich in die Stimme. „Wir sind die Glücklichen, nicht wahr? Wir bleiben stets die gleichen."

Versola spürte ein jähes Befremden. Er drehte seinen Kopf ein wenig und betrachtete die andere Person aus den Augenwinkeln. „Du bist – Andreyevitch, nicht wahr?"

Sie neigte zustimmend ihr Haupt. „Du hast ein gutes Gedächtnis."

„Das hat man mir beigebracht – einstmals."

„Einstmals?" fragte sie rasch. „Wie lange ist das her?"

Er ignorierte ihre Frage. „Lehren sie immer noch die Dichtkunst Yu-Langs in den Schulen der Sphäre des Menschen?"

„Jedenfalls als ich noch zur Schule ging. Damals war er

immer noch ein Held. Vielleicht lebt er noch heute und jagt in diesem gestohlenen Schiff dem Kern der Galaxis zu.“ Er bemerkte, wie sie mit ihren schattenhaften Schultern zuckte. „Jetzt – wer kann das wissen? Vielleicht haben sie ihn alle vergessen.“

„Wo liegt dein Stern?“ fragte er.

„Hundert Lichtjahre von hier entfernt, am Rande der Sphäre.“ Ihre Stimme wurde erneut nachdenklich. „Wir müßten mehr als drei Jahrhunderte Standardzeit von hier aus fliegen, um hinzugelangen. Es könnte ebensogut tausend Jahrhunderte entfernt sein. Ist mir völlig gleichgültig.“

„Oh?“

Sie blickte ihm voll ins Gesicht. „Als ich die Schule verließ, um die dreijährige Dienstverpflichtung beim Service auf Centaurus zu absolvieren, war der Große Friedensvertrag zwischen der Sphäre des Menschen und den kriegführenden Stämmen auf Luyten Inhabitus – dem einzigen Planeten dieses Sternes – kaum fünf Jahre alt. Mein Ehemann, dem ich vier Kinder geboren hatte, fuhr mich in einem pneumatischen Wagen zum Raumhafen. Diesen Wagen hatte er von den Händlern geschenkt bekommen, denen er Exklusivkonzessionen besorgt hatte. Das tat ein Mann, der einst Häuptling des größten Stammes dort gewesen war, der den letzten großen Krieg gegen die Machtübernahme der Sphäre geführt hatte.“ Sie hielt inne. „Heute ist er tot, und seine Gebeine vermodern. Zusammen mit der Welt, die er errichtete. Wenn ich nicht die Dienstverpflichtung eingegangen wäre, hätte mich das gleiche Schicksal ereilt.“

„Und dieses Leben ist besser für dich?“

„Ist es denn nicht immer besser, am Leben zu bleiben, als zu sterben?“ fragte sie. „Warum sollten wir uns an Welten ketten, die dahinschwinden und auseinanderbrechen? So leben wir Jahrzehnte, Jahrhunderte länger. Wir können fast bis in alle Ewigkeit weitermachen."

„Nein, das könnt ihr nicht. Ihr denkt das nur, weil ihr aus dem Inneren eures Schiffes heraus alles andere draußen altern und verwelken seht. Es bereichert euer Leben nicht. Es schweißt nur die da draußen enger zusammen."

„Aber damit verändert sich nichts, oder? Während ihr langsam zu Staub verfallt, sind wir auf dem Weg zum nächsten Stern."

„Und gewinnt ihr dadurch so viel mehr an Einsichten?" erwiderte Versola. „Wieviel mehr wollt ihr denn noch wissen?"

Andreyevitchs Gesicht starrte ihn wie eine kaum erkennbare Maske an. „Vielleicht alle Geheimnisse", sagte sie. „Vielleicht nichts. Aber wir haben wenigstens die Chance, das herauszufinden." Sie brach abrupt ab und stand gerade aufgerichtet da, blickte ihn immer noch an. Versola blieb mehrere Meter von ihr entfernt stehen und drehte sich dann halb zu ihr um. „Es ist besser, diese Chance wahrzunehmen, als sich selbst zu einem so vergänglichen Leben wie dem deinen zu verurteilen", sagte sie tonlos. „Ich dachte, du müßtest das von allen Leuten am besten wissen."

„Warum gerade ich? Wegen der Geschichten, die euch DeVet erzählt hat?" Er trat näher an sie heran. „Hat dich DeVet geschickt, um mich zu überzeugen –"

Ihr hartes Lachen schnitt ihm die Worte ab. „DeVet hat damit nichts zu tun", sagte sie. „Ich wollte selbst herausfinden, weshalb einer von uns den Service verlassen hat."

„Dann nenne es ein Erwachen", sagte Versola brüsk. „Das sollte genügen. Das Abstreifen einer Wahnvorstellung."

In ihrer Stimme erklang spöttische Traurigkeit. „Das ist

aber doch zu schade. Vielleicht bist du schon zu lange draußen."

„Dachtest du etwa, es wäre leicht gewesen, mich dazu zu bewegen, zurückzukommen? Was glaubst du denn, was ich bin?"

„Ein Mensch", sagte sie schlicht. „So wie wir. Nicht mehr und nicht weniger." Sie wandte sich um, begann den Weg, den sie gegangen waren, zurückzugehen, und stoppte dann. „Vielleicht schaust du mal etwas näher hin und erkennst, was Wahnvorstellung und was Realität ist." Dann ging sie. Versola starrte auf ihre kleiner werdende Gestalt, bis sie hinter einer Düne verschwunden war.

Er setzte seinen Weg fort, zwang sich jedoch, eine langsamere Gangart einzuschlagen, als er bemerkte, daß er in schnellem Tempo einherschritt. In seinen Ohren hörte er sein Blut pulsieren, welches das Brausen und Zischen des Meeres übertönte. Jedesmal, dachte er. Jedesmal, wenn er mit ihnen in Kontakt kam, regte er sich fürchterlich auf. Das hört auf, entschied er. Abrupt lenkte er seine Schritte landeinwärts und ging über den weichen Sand hinauf zu der grasbewachsenen Fläche. Sollten sie doch in ihrer eigenen Unausgeglichenheit verfaulen, ihn jedoch aus dem Spiel lassen. Andreyevitchs ausdrucksloses Gesicht stieg erneut vor ihm auf und erfaßte seine Gedanken. Verrückt, verrückt, dachte er, und die Worte und ihr Gesicht schwirrten in seinem Kopf umher, während er den Hügel emporschritt.

In dieser Nacht träumte Versola, er steige eine lange, gewundene Metalltreppe hinauf, die sich spiralenförmig emporschraubte, wie Steigleitern auf den Schiffen, auf denen er einst angemustert hatte. Die Schwerkraft betrug etwas weniger als normal, daher machte er sich keine Gedanken, wenn er mal zu hart auftrat und hinabtrieb in den schwerelosen Raum der Spiralachse. Über der Treppe waren verschwommene Schatten zu erkennen; als er höher hinaufstieg, kamen sie näher, ihre Umrisse wurden deutlicher, und er konnte die Gesichter von Männern und Frauen erkennen, von Bordbesatzungen der Service-Schiffe, die er früher einmal gekannt hatte – hell- und dunkelhäutig, schmal, aufgeschwemmt, asymmetrisch und uneben, Gesichter, auf denen Freude, Ärger, Überraschung, Sorge, Furcht, Gleichgültigkeit und Schmerz abgezeichnet waren. Er blickte auf und sah das Ende der Treppe; die Schritte wurden ihm immer mühseliger, und als er an sich hinabschaute, sah er, daß seine Hände faltig und knochig, sein Körper eingesunken und sein Gesicht irgendwie verwelkt und alt aussahen. Er stieg weiter empor, bis zum Ende der Treppe, und dort standen Selaam und die anderen, identisch ausschauend wie Grashalme. Die Gesichter begannen über der Treppe zu kreisen, bisweilen kamen sie dicht heran und wichen dann wieder zurück, wie das Anschwellen und Verklingen einer Orgel, aber er empfand dabei keinen Schwindel. Er erreichte die oberste Treppenstufe und verhielt; Selaam und die anderen wichen vor ihm auseinander. Hinter ihnen war nichts; die Gesichter drehten sich schneller, ihre Münder öffneten sich, als stießen sie Schreie aus. Von der obersten Treppenstufe trat er hinaus ins Nichts und erwachte.

Das Innere seiner Hütte war sehr finster; keiner der Monde stand am Himmel. Er lag auf dem Rücken und starrte nach oben, mehrere Minuten lang. Dann erhob er sich langsam, tastete sich nackt zur Tür und trat ins Freie.

Ein leichter Windhauch erhob sich und kühlte seine Haut. Überall herrschte tiefste Finsternis, und so konnte er kaum das Gebüsch oder den Pfad unter seinen nackten Füßen erkennen. Er hob seinen Blick und ließ ihn zu den Hütten der Eingeborenen wandern. Er sah winzige Lichtpunkte, die ihm zu erkennen gaben, daß ihre Fackeln brannten. Und als er dort stand, wurde er sich eines schwachen, dumpf gemurmelten Geräuschs bewußt, wie bei einer unverständlichen Unterhaltung.

Er schritt den Pfad weiter entlang. Das Geräusch war inzwischen etwas kräftiger geworden, und er konnte eindeutig feststellen, daß es aus der Ansiedlung kam. Sie waren wach und – unterhielten sich? Nein, es klang rhythmischer. Ein Singsang? Welche Zeremonie? Versola hatte niemals gesehen, daß sie so spät in der Nacht irgendwelche Rituale abgehalten hatten. War es etwas Neues?

Eine Zeitlang lauschte er konzentriert ihren Stimmen, gab es dann jedoch auf. Es war ihre komplizierte zeremonielle Sprache, und ihm daher unbekannt. Einst hatte er versucht, sie zu erlernen, aber sie hatte sich als sehr viel schwieriger als der einheimische Dialekt erwiesen. Damals war er nicht sehr enttäuscht darüber gewesen, daß ihm die Bedeutung jener uralten Worte verschlossen geblieben war. Heute wünschte er sich jedoch, sie zu kennen.

„Ich kenne euch, und kenne euch doch nicht", sagte er laut, in sanftem Ton. Bei den Hütten flackerten die Lichtpunkte. Weiterhin drang das Geräusch ihrer Stimmen an sein Ohr. Einige Augenblicke blieb er noch stehen, wandte sich dann ab und ging zurück, hinein in seine Hütte. Er legte sich nieder, schloß die Augen und schlummerte schließlich ein. In dieser Nacht träumte er nichts mehr.

Schimmernd stand das Schiff in der Mitte der Lichtung und reflektierte die Strahlen der frühen Morgensonne. Alle Zelte und die übrigen Ausrüstungsgegenstände der Besatzung waren in seinem Inneren verstaut worden. Einige Mitglieder der Crew waren noch auf der Lichtung beschäftigt und tätigten die letzten Aufräumaktionen.

„Wir sind in spätestens fünfzig Tagen der Zeitrechung dieses Planeten zurück“, sagte DeVet etwas steif zu Versola. Er sah linkisch und eingeengt aus in seinem enganliegenden Gewand und den kurzen Hosen. „Die Koordinaten sind hier eingespeichert.“ Er wog das tragbare Funksprechgerät in seiner Hand. „Einfach nur anschalten, und wir werden das Signal automatisch reinbekommen, ganz gleich, wo unser Empfangsgerät aufgestellt ist –“

„Ich weiß noch, wie es funktioniert“, sagte Versola.

DeVet preßte seine Lippen zusammen und blickte gereizt drein. „Na gut“, sagte er knapp. Die Spannung wich ein wenig aus seinem Gesicht. „Vielleicht möchtest du mal ’n bißchen mit uns reden, dann und wann vielleicht. Wer kann das schon wissen? Oder der Rest von uns dort drüben.“ Er reckte sein Kinn empor. „Über dieser Gegend haben wir einen geostationären Satelliten installiert. Im Falle eines Falles.“

„Das ist fein, DeVet“, antwortete Versola.

Mehrere Augenblicke lang blickte DeVet intensiv in Versolas Gesicht. „Ich hoffe“, sagte er, „du findest, was du suchst.“

Er blickte Versola weiterhin an, nickte dann knapp und ging hinüber zum Schiff. Er hatte das Funksprechgerät neben Versola liegengelassen.

Andreyevitch, die bei zwei Besatzungsmitgliedern gestanden hatte, die Erste-Hilfe-Kästen zum Schiff trugen, entdeckte Versola und schritt auf ihn zu. Einige Meter von ihm machte sie halt und stemmte die Hände in ihre Hüften. Sie blickte ihm voll ins Gesicht.

„Du bleibst also wirklich hier", stellte sie nüchtern fest.

„Das hab' ich immer vorgehabt", sagte er.

„Und was ist, wenn du dir's anders überlegst?"

Er schüttelte den Kopf. „Das glaube ich nicht."

„Bis wir das nächste Mal wieder herkommen – wenn unsere Arbeit hier beendet ist –, kann ganz schön lange dauern. Dann könntest du tot sein."

„Auf Wiedersehen", sagte Versola.

Ihr Gesicht gefror zu einer ausdruckslosen Maske. Sie ließ ihre Arme herabfallen, drehte sich um und schritt fort, ohne ein weiteres Wort zu sagen.

Versola hob das Sprechfunkgerät auf und ging langsam bis zum Rande der Lichtung. Hier verhielt er und wandte sich um. Alle waren an Bord des Schiffes; es würde nur noch wenige Minuten dauern. Er beschleunigte seine Schritte, verließ die Lichtung und schritt den Pfad hinab. Einen Augenblick später ertönte ein lauter anschwellender Lärm, und der Boden bebte sacht. Versola blieb erneut stehen und schaute auf. Er konnte sehen, wie die silberne Fähre immer höher hinaufstieg und immer kleiner wurde, bis sie ein heller Fleck am Himmel war.

Er verließ den Pfad und bahnte sich einen Weg durch das dichte Unterholz. Unter einem kleinen, farnartigen Baum begann er mit seinen Händen ein Loch zu scharren. Bald war es etwa einen Meter tief; er warf das Sprechfunkgerät hinein und bedeckte es dann mit Erde. Am Schluß klopfte und stampfte er sie mit Händen und Füßen fest. Er rieb den Schmutz von seinem Körper und ging wieder zum Pfad zurück.

Er fühlte sich erleichtert und ein wenig beschwingt, so, als habe er soeben ein Gottesurteil erfolgreich bestanden. Sein Schritt war fast flott, als er den Pfad hinab zu den Hütten der

Eingeborenen schritt. Neue Energien schienen ihn zu durchfluten, und er schwelgte in angenehmen Vorgefühlen.

Die Ansiedlung war sehr ruhig. Versola betrat den Dorfeingang und schaute sich um; in den Hütten war es still, niemand war zu sehen. Schliefen sie alle noch? Wie lange mochte die Zeremonie in der vergangenen Nacht gedauert haben? Hatte es sie mehr erschöpft als sonst?

Er ging zur nächstgelegenen Hütte und schaute vorsichtig durch die offene Tür. Keiner war drinnen; die Strohsäcke zum Schlafen und die Eßmatte waren fort. Versola runzelte leicht die Stirn und ging hinüber zur nächsten Hütte. Drinnen bot sich genau das gleiche Bild. Eine Vorahnung stieg in ihm auf. Schnell schritt er über die Dorfstraße, um in den anderen Hütten Nachschau zu halten.

Einige Minuten später waren seine Befürchtungen fast einem panikartigen Zustand gewichen. Die Hütten waren allesamt verlassen. Kein einziger Eingeborener war mehr da.

Versola stand mitten auf der sich gabelnden Straße, verloren und völlig verwirrt. Wo waren sie hingegangen? Warum? Niemals zuvor hatte er das Dorf völlig verlassen gesehen. Wäre es möglich, daß sie alle geschlossen zu einer Jagd aufgebrochen waren? Aber es hatte doch in ausreichendem Maße Fleisch gegeben, oder etwa nicht?

Jäh begann er zu rennen, den Pfad hinab und durch das Unterholz, nicht auf die Kratzer und Schrammen achtend, die ihm das peitschende Gebüsch zufügte, hinunter zum Strand.

Er rannte hinaus auf den nur spärlich mit Pflanzen bewachsenen Sand und blickte auf die gesamte Weite des Strandes. Keines der Boote lag mehr auf den Strand gezogen da; sie waren alle verschwunden.

Alle verschwunden. Er starrte hinaus auf die See und

schirmte die Augen ab gegen die gleißende Helle des Wassers. Nichts – nein, Augenblick. Draußen, direkt vor dem ersten Riff, war ein dunkles Etwas auf dem Wasser. Er starrte hinüber, bis seine Augen zu tränen begannen; obwohl es ohne Zweifel viel zu weit war, um Einzelheiten zu erkennen, bildete er sich ein, er könne ein Boot mit einem einzelnen Eingeborenen darin sehen.

Unentschlossen stand er einen langen Augenblick da, sein Atem ging stoßweise, das Blut dröhnte ihm in den Ohren. Dann rannte er los, stolperte bisweilen im weichen Sand und kam sicherer voran, nachdem er die harte, feuchte Fläche erreicht hatte, und warf sich hinein in die anklatschenden Wellen. Seine Augen fest auf den dunklen Fleck geheftet, begann er, auf ihn loszuschwimmen.

Hart mußte er gegen die hereinbrechenden Wellen ankämpfen. Er versuchte, den beginnenden Schmerz in seinen Armen zu ignorieren, als er zu kräftigeren Zügen ausholte. Bisweilen schlug ihm eine jähe Welle klatschend gegen den Kopf, und er mußte das Wasser aus seinen Augen blinzeln und es aus seinem Munde spucken. Das stark ablaufende Wasser half ihm beträchtlich voran, aber er konnte spüren, wie sich seine Muskeln zunehmend verkrampften.

Schließlich war er aus der Brandungszone heraus und schwamm im ruhigen, tieferen Wasser. Es war leichter hier – aber auch leichter für das Boot, sich davonzumachen, dachte er, und so begann er, sich stärker ins Zeug zu legen. Er konnte feststellen, daß seine ursprüngliche Annahme richtig gewesen war; es handelte sich um ein Boot, und der Mann am Ruder ruderte es beständig weiter nach draußen, ins tiefere Wasser.

Seine Arme fühlten sich an wie Blei. Sein Atem ging nun stoßweise. Er drehte sich auf die Seite und begann zu kraulen, wobei er mit den Beinen voll ausschlug. Immer blieb dabei sein Blick auf das Boot geheftet. Der Mann im Boot nahm ihn nicht wahr; Versola war sich über die Entfernung nicht einmal im klaren, ob der Mann ihm zugewandt saß oder nicht. Er bezweifelte, daß er noch die Lungenkraft hätte, durch Schreien die Aufmerksamkeit des anderen zu erregen.

Sie bewegten sich weiter nach draußen, das Boot und der verzweifelte Schwimmer. Die Sonne am Himmel stieg höher. Versola erwog nicht einmal die Möglichkeit, das Boot nicht zu erreichen; die panische Energie hielt nach wie vor seinen Geist besetzt, aber sein Körper begann nachzulassen. Er kämpfte, um seinen Kopf über Wasser zu halten; ein heißer, stechender Schmerz begann in seinen Lungen zu fressen. Einmal ruderte er mächtig mit den Armen, dann wieder schlug er mit den Beinen, wenn die Arme ermüdet waren. Das Boot schien jetzt näher zu sein; Versola konnte das Ruder in der Hand des Mannes erkennen. Das trieb ihn voran, und schmerzvoll erneuerte er seine Anstrengungen.

Draußen, jenseits des Riffes, ruderte der Insasse des Bootes langsamer, er wandte den Kopf nach links und nach rechts, dann starrte er wieder vor sich aufs Wasser, als halte er nach etwas Umschau. Versolas Arme fühlten sich bleiern und taub an, aber irgendwie hörten seine Stöße nicht auf; seine Lungen brannten im Feuer der Pein. Muskeln in Wade und Oberschenkel drohten sich zu verkrampfen, und er bemühte sich, dieses Bein ausgestreckt zu halten, während er mit dem anderen sich abstieß. Sogar bei kleinen Wellen tauchte sein Kopf oft unter Wasser, und er erbrach das brackige Wasser, das er dabei unfreiwillig schluckte. Aber er kam voran; klar und deutlich konnte er nun den einheimischen Bootsinsassen sehen, der nun weitaus langsamer paddelte, als vollziehe er ein sich hinauszögerndes Ritual. Als sich der Kopf einmal drehte und ihm die Ansicht eines Halbprofils vermittelte, sah Versola, daß der Mann im Boot Selaam war.

„Selaam –“

Er versuchte es laut zu sagen, aber sein erster Versuch wurde von einer plötzlichen Welle erstickt. Er prustete und spuckte das Wasser heraus und paddelte dann unter heftigen Anstrengungen näher heran. Mit einer großen Anstrengung hob er seinen Kopf höher über die Wasseroberfläche und schrie den Namen des anderen heraus, so laut er nur konnte.

In seinen eigenen Ohren war das nicht mehr als ein heiseres Krächzen, aber es schien auszureichen; der Kopf des Mannes ruckte herum, und Selaam sah ihn.

Die Wirkung auf den Mann im Boot war dramatisch zu nennen. Selaam erhob das Ruder, als wolle er einen Angreifer fortscheuchen; es schlüpfte aus seinen Fingern und polterte ins Boot. Dann trat er zurück, stolperte und setzte sich schwungvoll hin, den Rücken gegen den Bugspriet gepreßt, die Hände an den Ruderdollen, und starrte auf Versola, der sich kraulend dem Boot näherte.

„Selaam – hilf mir rein – bitte –“ Keuchend kamen diese Worte in der Sprache der Eingeborenen über Versolas Lippen. Das Boot war jetzt nur noch wenige Meter entfernt. Selaam saß da wie hypnotisiert und machte keinerlei Anstalten, Versola zu helfen. Versola kam näher, und dann glitten seine ausgestreckten Finger an der Bootswand entlang. Seine Gliedmaßen verkrampften sich urplötzlich, und sein Körper sank unter Wasser, wie rasend schlug er um sich, und sein Kopf kam wieder hoch. Er schlug noch heftiger und stieß gegen das Boot, warf dann seine Arme empor und über die

Bordkante hinweg und hing dann dicht bei den hinteren Ruderdollen.

„Was bedeutet das – wo sind – Leute –" Versolas Atem kam keuchend und stechend aus den Lungen, kaum konnte er die Worte aussprechen. „Warum – du verlassen?"

Selaam erwiderte nichts. Seine Hände klammerten sich fester um die Ruderdollen, und seine Schultermuskeln spannten sich deutlich sichtbar an.

„Ich – ich muß ausruhen –", keuchte Versola, kam halb heraus aus dem Wasser, fiel jedoch zurück. Er versuchte es erneut, bekam seinen Oberkörper schließlich auf den Ausleger und kroch mit schmerzverzerrtem Gesicht über ihn hinweg. Er brach im Heck des Bootes zusammen, völlig erschöpft, sein Mund stand weit offen, keuchende Atemstöße brachen daraus hervor, und er starrte Selaam an.

In diesem Augenblick stand Selaam auf und ging ihn an, mit krallenartigen ausgestreckten Händen. Versola begriff zu spät und versuchte sich noch wegzurollen. Der Körper des Eingeborenen knallte gegen seinen Kopf. Versola duckte sich und versuchte unter ihm hinwegzuschlüpfen; langgliederige Finger verkrallten sich an seinem Hals. Er schrie unartikuliert auf und schüttelte sich frei. Er trat einen Schritt zurück und fiel über den Ausleger; Selaam fiel auf ihn, seine Hände griffen nach Versolas Gesicht; unter dem jähen Gewicht fühlte er einen Schmerz in seiner Seite, der Schmerz wurde stechender, als irgend etwas knackte und nachgab. Er rollte sich in wahnsinnigem Schmerz herum, und Selaams Finger umspannten seine Kehle und drückten seinen Kopf zurück.

Versola schlug verzweifelt nach oben aus; die Finger lockerten sich, und er schöpfte wieder Atem, doch jeder Atemzug stach wie mit Messern in seine Seite. Er fühlte

Schläge in seinem Gesicht, und auch dort brach etwas. Sein Arm war wie in eine Schraubzwinge eingepreßt; er wurde hochgezogen, sein Körper folgte nach, und er fühlte, daß sein Körper überschlug. Er trat nach hinten aus, und das Gewicht ließ nach; dann fiel es erneut auf ihn, sein Arm verdrehte sich auf dem Ausleger, und er konnte ihn brechen hören.

Versola fiel mit dem Rücken auf den Boden des Bootes. Selaam stand über ihm, das Ruder mit seinen Händen umklammernd; seine bernsteinfarbenen Augen schienen zu glühen, das Gesicht ähnelte mehr denn je zuvor einem Totenschädel, mit zurückgezogenen Lefzen. Der Eingeborene hob das Ruder; Versola schloß kurz seine Augen, konnte sie jedoch nicht geschlossen halten. Er starrte wie gebannt empor zu dem Eingeborenen.

Mehrere Augenblicke lang stand Selaam da wie erstarrt. Dann drehte sich sein Kopf jäh zur Seite. Er starrte auf etwas im Wasser.

Versola wandte den Kopf. Die ruhige Oberfläche brach auseinander, und eine gräulich-weiße Masse wälzte sich herum und verschwand dann wieder. Der Schwanz schlug noch einmal auf, dann war es verschwunden.

Selaam ließ das Ruder niedersinken. Er schien völlig beruhigt. Er blickte hinab auf Versola und murmelte dann mehrere Worte in der Zeremoniensprache.

„Was –“ Mühsam kamen die Worte über Versolas Lippen. Sein Mund war geschwollen und fühlte sich an, als sei er mit Geröll gefüllt.

„Was sagst du da?“

Selaam sprach aufs neue. Sein Tonfall war klar und streng aufgebaut, wie ein Gesang. Er deutete auf die See, auf die Stelle, an der das Wesen aufgetaucht war, dann auf sich selbst. Er zeigte hinauf zum Himmel, breitete beide Arme aus, gab dann einen langen Sermon von sich, völlig unverständlich für Versola, der ihn nur anstarren konnte.

Selaam brach ab. Seine Augen suchten erneut den Himmel ab. In einer Entfernung von wenigen Metern durchbrach der Rücken der Kreatur erneut das Wasser, diesmal jedoch ruhig und sanft, das Wesen drehte sich leicht auf die Seite, so daß eine gesprenkelte Flosse teilweise aus dem Wasser auftauchte.

Aus Selaams Mund quollen plötzlich in rascher Reihenfolge Worte und Sätze, er kletterte auf den Ausleger, sprang dann von diesem ab und tauchte ins Wasser ein. Versola sah seine Füße zweimal im Wasser zucken, dann war er verschwunden.

„Nein." Seine Stimme war kaum ein Flüstern. Er kroch zum Ausleger und lehnte sich gefährlich über die Seite des Bootes. „Du kannst mich nicht verlassen. Nicht, ohne es mir zu erklären." Das Seewesen war verschwunden; die Wasseroberfläche lag wieder glatt da. „Wo sind sie? Du mußt es mir sagen." Seine Stimme wurde höher und ging in ein schrilles Kreischen über. „Wo seid ihr alle? Was macht ihr denn? Was ist los?" Er brach ab und starrte schweigend ins Wasser, das hell und poliert wie ein Spiegel dalag und zahm und träge in einer schwachen Dünung wogte.

Vier Tage später fanden sie ihn, als jemand eine Routinekontrolle an dem Beobachtungssatelliten durchführte, mit aufgerissener Kehle, gebrochenem Kiefer, mit Wundbrand am Arm und Rippen, die falsch zusammenzuwachsen drohten. Auf der Intensivstation kriegten sie ihn wieder gut hin – er bekam eine Transplantation an der Kehle, sie beseitigten die Infektion und renkten seine Knochen wieder zusammen.

„Du wirst wieder auf die Beine kommen.“ Sie zeigten sich besorgt und voller Anteilnahme, ihre Stimmen schwangen voller Mitgefühl. „Du bist hier in Sicherheit. Du bist bei uns. Wie fühlst du dich?“

Aber er erkannte sie nicht, keinen von ihnen. Sie waren alle Fremde für ihn.

Bill Pronzini/Barry Malzberg

Der Tag des Lesers

Wieder einmal und endlich war nach langer Zeit der Tag des Lesers.

Einmal in jedem Chronum kommt der Leser in unsere Einheit. Er steht vor uns, vor den Tausenden, die wir, jeder für sich, in unseren Einzelkabinen sind, und mit Hilfe der Verstärker übt er seine fremdartige und wunderbare Kunst aus. Sie ist so geheimnisvoll, daß sie schwer zu beschreiben ist, doch ich werde mein Bestes tun. Indem er seine große Macht zur Anwendung bringt, ist der Leser dazu in der Lage, geheimnisvolle gedruckte Symbole in Worte zu verwandeln, die für jeden verständlich sind. Diese Worte liest er aus einem Ding, das Buch genannt wird, und sie folgen in einer bestimmten Reihenfolge aufeinander. Auf diese Weise werden sie zu einer Geschichte.

Die Geschichte ist nicht ganz so interessant oder aufregend wie das, was wir von den Verstärkern oder den Kino-Sensoren bekommen können, auf der anderen Seite aber ist das Lesen eine bemerkenswerte Erfahrung. Es ist an sich und für sich selbst verehrungswürdig. Wir leben in Ehrfurcht vor dem Lesen, oder zumindest die meisten von uns leben in Ehrfurcht davor; ein paar von den jüngeren können nicht ruhig sitzen bleiben, wohl aber nur deshalb, weil sie nicht die Reife und Weisheit der älteren besitzen.

Der Leser stand vor uns im Amphitheater. Er war ein

einzigartiger, leicht geschrumpelter Mann, nach Haltung und Aussehen zu urteilen mindestens vierzig Chrona alt, vielleicht aber sogar fünfundvierzig – einer der wirklich älteren. Auf den Sehschirmen, die sein Bild zu uns in die Kabinen brachten, konnten wir ihn uns genau anschauen. Die durch Erfahrung weise gewordenen Gesichtszüge, die großen, etwas starren Augen, die mächtigen Kiefer, die ihm das laute Sprechen ermöglichten. Die Augen waren es, die mich am meisten faszinierten. Macht das Lesen einen so traurig? Dies fragte ich mich. Dann dachte ich an das mystische Wissen und Handwerk, das die Leser beherrschen mußten und das sie von uns übrigen abhob.

Während der üblichen Zeremonien und Einführungen waren wir sehr ruhig. In unserer Einheit haben wir uns gegenseitig sehr wenig zu sagen, da wir meistens mit unseren verschiedenen Berufungen beschäftigt sind und in unserer Freizeit die individuelle Aufmerksamkeit unserer Sehschirme benötigen. Das ist es, was wir unter allgemeinem Kulturplan verstehen. Der Einzelplan für die Individuen ist der, daß der Leser seine Macht auf uns einwirken läßt. Der Leser nämlich bleibt eine geheimnisumwitterte Figur: Seine Fähigkeiten sind heilig, sein Name ist heilig, und wir wissen um seine Heiligkeit. In Gegenwart derer, die die Fähigkeit haben, gedruckte Symbole in gesprochene Geräusche umzuwandeln, ist es unmöglich, andere als ehrwürdige Empfindungen zu haben. Ich habe gehört, daß sogar die Sehschirmtechniker ihre Arbeit am Tag des Lesers schweigend ausführen.

„Ich werde jetzt beginnen“, sagte der Leser endlich. „Die Auswahl umspannt voraussichtlich vier Centi-Chrona, und ich werde Ihre genaueste Aufmerksamkeit zu würdigen wissen.“

Die jüngeren haben, wie bereits erwähnt, nicht die Weisheit von uns älteren, und sie können sich auch nicht so gut konzentrieren wie wir; deshalb muß der Leser vorsichtig sein und Aufmerksamkeit verlangen. Vor ein paar Chrona wäre das nicht notwendig gewesen, aber vor ein paar Chrona hatten wir auch noch nicht mit dem zu kämpfen, von dem manche von uns glauben, daß es ein innergesellschaftlicher Zerfall ist.

Vor nur dreißig Jahren soll es angeblich noch neunhundert Leser gegeben haben; jetzt gibt es nur noch siebenhundert. Nur selten wird einer von ihnen ersetzt. Tatsächlich sind sie praktisch unersetzlich, da wenige der heutzutage lebenden älteren die Geisteskraft besitzen, die man benötigt, um die große Kunst des Lesens zu erlernen. Die Siebenhundert müssen heutzutage beinahe doppelt so viel herumreisen, und pro Sektor gibt es nur einen Leser. Darum ist der chronale Besuch des Lesers in unserer Einheit auch ein Tag der Festlichkeit, des Muts und der Feier, eine besondere Gelegenheit.

Der Leser hob in seiner machtvollen Stimme mit seinem Ritual an. Die Wortsymbole rollten durch den Verstärker und durchdrangen den kleinsten Winkel meiner Kabine. Ich horchte ehrfurchtsvoll. Die Macht des Lesers ist immer wieder frisch und wunderbar. Er darf nie auf die leichte Schulter genommen werden.

Doch dann verstummte seine Stimme mit einemmal, und andere Geräusche kamen durch den Verstärker – die Geräusche, die von einer lästigen Störung verursacht wurden. Und Sekunden später erschien eine andere Figur auf dem Sehschirm: ein junger Mann, der ins Amphitheater gestürmt war, einen Stab herumschwang und irrsinnige Verwünschungen ausstieß.

„Das ist Ketzerei!“ schrie er. „Lesen ist eine Lüge; Lesen ist schändlich und abstoßend! Tod allen Lesern!“

Ich wußte sofort, wer und was er war. Sein frisch geschorener Kopf und seine hervorstehenden Augen stempelten ihn unverkennbar als einen Anhänger des Neuen Kults ab, der vor nicht allzuvielen Chrona während des Tags des Lesers sogar Aufstände begonnen hatte. Die Säuberungen und Einebnungsphasen hatten ihre Anzahl erheblich vermindert, aber sie waren Fanatiker und als solche ohne Furcht vor Tod und Strafe.

„Heide!“ kreischte der Kult-Anhänger. „Du nutzt unsere moderne Gesellschaft aus; deine gedruckten Symbole sind böse und verdorben! Falsche Götter, falsche Schrift! Tod euch allen!“

Er holte mit seinem Stab zu einem schrecklichen Schlag aus, doch der Leser wich glücklicherweise mit überraschender Behendigkeit aus. Bevor der Fanatiker ein zweites Mal zuschlagen konnte, hatten sich die Sicherheitskräfte schon auf ihn geworfen und ihn zu Boden geschlagen. Sekunden später wurde er außer Sichtweite getragen.

Hilfskräfte kamen und wischten das Blut weg. Es war ein häßlicher und schrecklicher Zwischenfall gewesen, der mich einigermaßen erschüttert hatte, doch der Leser schien gefaßt, beinahe gelassen; er stand ruhig am Podium. Der Sehschirm zeigte den Schmerz und das Wissen in seinen Augen, und ich verstand plötzlich, daß ihm Ähnliches schon früher geschehen sein mußte.

Schließlich war die Ordnung vollständig wiederhergestellt. Der Leser blätterte mit ruhiger und schlanker Hand eine Seite in seinem scheinenden Buch um und sagte, als sei er nie unterbrochen worden: „Ich fahre fort.“

Er begann erneut zu lesen. Die Wort-Symbole kamen

durch den Verstärker in meine Kabine, und erneut fühlte ich ihre enorme Macht. Ich war so bewegt, daß ich auf meine Knie fiel, meine Augen schloß und meine Hände vor meiner Brust faltete.

Einmal im Chronum ist uns dieser Tag gegeben. Einmal im Chronum *muß* es so sein, denn so ist es auch schon immer gewesen. Die Anhänger des Neuen Kult verstehen dies nicht. Die Anhänger des Neuen Kult verstehen überhaupt nichts.

Der Tag des Lesers ist mehr als nur ein allchronales Fest.

Der Tag des Lesers ist ein Gebet.

Cherry Wilder

Ein langer, sonniger Tag am Meer von Utner

Noch vor dem Morgengrauen kletterte das junge Mädchen, Marie, auf die Spitze des Masts und schaute durch die Meerenge auf die westliche See. Die Karavelle lag vor Anker, und die Mastspitze schwankte träge hin und her. Marie saß, den Mast umklammernd, auf dem Quersaling und sah, wie die Farbe des Meeres sich von Schwarzblau zu Grün und Gelbgrün wandelte, während die Sonne aufging. Sie schaute zurück auf die Wasser ihrer Heimat, wo die See blau war und so alltäglich wie das geschäftige Treiben unten auf Deck, die Schreie der Seevögel und der Matrosen. Die westliche See war sogar unter wolkenlosem Himmel überschattet; sie war uralt und von Land eingeschlossen, und ihre Küsten waren ausgehöhlt und zu Inseln zerklüftet. Marie hielt Ausschau nach dem Boot, das zurückkommen sollte; in dem heißen Morgenlicht konnte sie nicht anders als nach Bewegungen unter der Wasseroberfläche zu schauen. Für einen Augenblick döste sie ein, und in ihrem Traum hörte sie eine Stimme, die, obwohl in unterhaltendem Ton gehalten, doch widerhallend wirkte. Dann weckte das Schiff sie auf, und sie hörte, wie ihr Bruder sie vom Deck aus rief. Marie antwortete nicht. Sie versuchte, die Stimme aus ihrem Traum wieder erstehen zu lassen.

Als ich mich zum Meer von Utner zurückgezogen hatte, lebte ich in einer Höhle, von der aus man sowohl unter als auch über der Wasseroberfläche einen guten Ausblick hatte. Auf einem sandigen Abhang direkt neben dem Höhleneingang war eine Süßwasserquelle. Eines Morgens fand ich eine Figur aus den Legenden, die an der Quelle trank ... ein Minnmer oder Kneifwichtel. Er war so groß wie der Fußnagel meines mittleren Zehs und hatte eine schwarze Haut. Ich beobachtete ihn beinahe den ganzen Tag; er trank mehrfach und schlief zusammengerollt auf der Schattenseite eines Steins. Gegen Abend begann er, nach Nahrung zu jagen. Er spießte einen Blindwurm auf und zerschnitt ihn ... mit seinen Kneifern, nahm ich an ... und was er nicht fraß, bewahrte er neben dem Schlafplatz auf. Als es dunkel geworden war, grub ich rasch einen Kanal durch die Sandbank, und das genügte ... am nächsten Morgen war der Kneifwichtel auf einer Insel.

Zu meiner Überraschung hatte er die schwarze Haut abgestreift und beiseite gelegt. Die Haut darunter war von einem ebenmäßigen Braunrot und stellenweise beflaumt wie eine Sandrose. Unglücklicherweise war er irgendwie auf meine Anwesenheit aufmerksam geworden. Die Ausdünstung seiner Furcht war deutlich und scharf; er hatte keinen Sinn für Richtungen, schien aber zu erraten, daß die Höhle für ihn eine mögliche Quelle der Gefahr sein könnte. Er krabbelte hinter seinen Stein, und als die Sonne höher stieg, war ein blaugrüner Lichtkranz um den Körper des Minnmers herum zu sehen. Dieser Lichtkranz zuckte und war stellenweise unterbrochen, deshalb forschte ich ein wenig weiter, und der Minnmer erzeugte tatsächlich Töne. Er wollte wohl eine Art Geräuschkontakt mit dem Inneren der Höhle herstellen. Ich gestattete mir ein leicht verändertes

Echo, ein beruhigendes Flüstern, das sich, zumindest für meine Ohren, wie *ah-lo* anhörte.

Dies hatte einen so großen Effekt auf den Minnmer, daß ich sofort wußte, wie ungenau meine Nachahmung gewesen war. Die Kreatur stellte sich, einer Schnappmuschel gleich, aufrecht; frech bewegte sie sich bis zum Rand der Insel vorwärts und lugte in die Dunkelheit der Höhle. Ich stellte auf eine größere Einstellung, als ich es bisher gewagt hatte, und konnte unter einem Daunengefieder auf einem knopfartigen Vorsprung des Tieres deutlich zwei Augen erkennen. Noch faszinierender allerdings war der einzelne ‚Kneifer' ... ein Metallstab, fest im Griff, das eigene Gesichtsfeld schützend.

Was ist das Maß für eine wirklich empfindende Intelligenz? Wie klein kann eine Intelligenz allenfalls sein? Die Grünel und die Dagomühlen, unendlich kleine Wesen, bauen unter dem Meeresspiegel riesige Behausungen und unterwühlen eifrig das Land. Aber sie arbeiten blind nach einer Art Knüpfmuster, ohne Maß, ohne Farben, ohne Schallimpulse oder spektrale Sichtfähigkeit. Ich konzentrierte mich auf einen Empfindungskanal und rückte ihn näher an die Insel heran. Der Minnmer ist ein Gehörwesen. Ich lauschte zunächst generell und hörte das Meer, den Himmel und den Pulsschlag des Landes. Dann lauschte ich auf speziellere Töne und hörte durch meinen Sensor mit einiger Annäherung das, was auch der Minnmer hörte. Die sich reibenden Wellen auf dem Strand der Insel, die gurgelnden Geräusche der Wellen, die zum Höhleneingang hereinkamen, die Schreie der Vögel und ein deutliches Schnurren aus der Höhle heraus, das ich sofort erkannte und auf der Stelle korrigierte. Dieses Geräusch wurde von meinem eigenen Körper erzeugt.

Ich brachte meinen Sensor noch näher heran und ließ ihn

auf die Insel klettern. In einem Anfall von Schrecken griff der Minnmer sofort an; das Glitzern des ‚Kneifers' mischte sich mit dem Lichtkranz des Körpers. Ich verschloß den Sensor jeder Empfindung, doch nicht, bevor zwei scharfe Schläge durchgedrungen waren. Ich warf den Sensor zu Boden, aktivierte sein einzelnes Auge und vervollständigte eine Daunenschicht. Ich wendete ihn im Sand hin und her, ließ ihn demütige Geräusche von sich geben, halb Pfeifen, halb Stöhnen, wie eine Pironmuschel, die bei einem Fest aufgebrochen wird.

Der Minnmer – ich konnte ihn jetzt deutlicher sehen – zog sich zurück und griff nicht wieder an. Auf einem Doppelglied blieb er ruhig im Sand stehen. Nach einigen Augenblicken näherte er sich dem verwundeten Sensor. Er machte Geräusche, und ich bewertete sie als beruhigend; tatsächlich empfand ich sie so. Durch den Sensor flüsterte ich ein beruhigendes „ah-lo". Der Minnmer kam sehr nahe heran, legte den Metallkneifer beiseite und streckte die leeren oberen Greifer aus. Ich machte eine Unterwürfigkeitsgeste, schmiegte mich so nahe wie möglich dem Boden an; dies wurde nicht mißverstanden. Der Minnmer ließ den Lichtkranz, der Furcht und Zorn bedeutete, fast vollständig fahren. Der obere Teil seines Körpers wurde in ein sanftes Licht getaucht. Bald erfuhr ich, daß dies Neugierde signalisierte.

Der Minnmer machte Geräusche, und ich antwortete, indem ich sie zumeist nachahmte. Dann ließ ich den Sensor zurück ins Meer rutschen und rasch mit Blindwürmern und passend kleinen Muscheln aus meinen eigenen Nahrungsnetzen zurückkehren. Ich legte diese Gaben vor dem Minnmer aus, und er bedankte sich, indem er seinen Körper vorbeugte und mehrere Töne wiederholte. Er bestand darauf, daß die Nahrung geteilt werden solle, und öffnete mit seinem Kneifer die Muscheln. Als ich beobachtete, daß der Minnmer aß, tat auch ich so als ob und beobachtete dabei genau, denn mein einziges Auge war jetzt auf einer höheren Funktionsstufe und konnte das mythische Tier besser sehen.

Bei dieser ersten Begegnung war es offensichtlich geworden, daß der Minnmer ein ganz bestimmtes Netz von Geräuschen zur Verfügung hatte . . . einen Wortschatz, eine Sprache. Für den Augenblick ließ ich den Unterschied zwischen diesen beiden Begriffen, Wortschatz und Sprache, außer acht und beschloß, die Ausdrucksmöglichkeiten des Minnmers so schnell wie möglich zu erlernen. Der Minnmer war nur allzu bereit, meinem Anliegen entgegenzukommen; er empfand für das einäugige Wassertier, das ebenso groß war wie er selbst, nichts als freundliche Neugierde. Zusammen erledigten wir die Sache in der Hälfte der Zeit, die ich dazu brauche, um mich zu häuten. Jetzt, wenn ich mich an diese Sommertage erinnere, spüre ich eine prickelnde Traurigkeit . . . Ich bin von dem Minnmer beeinflußt worden, der sich mit dem Lauf der Zeit beschäftigte, mit dem tatsächlichen Vorbeiziehen einzelner Tage und Nächte im ewigen Sein.

Dieser Minnmer hatte einen rauhen Materialismus an sich, an dem ich mich zunächst scheuerte wie Sand in einem Kolben. Wenn ich nach Gefühlsempfindungen forschte, bekam ich „harte Tatsachen“ aufgetischt . . . der Minnmer war durch einen Sturm ins Meer von Utner verschlagen worden . . . oder figurative Ausdrucksweisen aus dem Mikrokosmos: in der Ausdrucksweise der Minnmer die Entfernung zwischen den Sternen.

Was mich beunruhigte, war die von mir verübte Täuschung, auch wenn die Erforschung dieses Wesens so erfolgreich verlief.

„In das westliche Meer kommen wir nicht“, sagte der Minnmer, „weil man von großen Meeresungeheuern berichtet.“

„Wie mögen solche Ungeheuer aussehen?“

Während der Minnmer antwortete, schaute er mich mißtrauisch an, und ein Anflug der alten Furcht färbte die Luft um ihn herum.

„Wer weiß schon, wie ein Meeresungeheuer aussieht?“

„Habt ihr irgendwelche legendären Monster?“

„Selbstredend“, sagte der Minnmer und setzte sich im Sand aufrecht hin. „Den Drachen – es gibt viel Material über den Drachen, um gar nicht auf den Leviathan zu sprechen zu kommen, und den Kraken, und Behemoth . . .“

Er beschrieb all diese Kreaturen und schaute meinen Sensor dann scharf an.

„Hast du hier in der westlichen See irgend etwas Derartiges bemerkt?“

„Natürlich“, flüsterte ich, „du hast sie aber nicht deutlich genug beschrieben.“

„Das sind Legenden“, sagte der Minnmer, „womöglich Seemannsgarn. Vielleicht sehen sie eher so aus wie der Plesiosaurus, der Ichthyosaurus, der Riesenkrake . . .“ Und es ging wieder los, und er spann wilderes Zeug zusammen als je zuvor.

„Minnmer“, sagte ich ungeduldig, „dein Hirn ist wie eine Borumuschel, voller kleiner abgezählter Sandkörner.“

„Verzeih mir“, sagte der Minnmer, „ich bin nervös. Ich kann diese Insel nicht verlassen, mein Boot ist weg, ich bin verloren. Und doch ist es all den Schmerz wert, auf diese Art und Weise mit einer anderen Lebensform zu reden.“

„Stimmt“, sagte ich. „Wir müssen uns noch mehr unterhalten.“

Mein Rückzug war beinahe vollbracht; in dieser Nacht häutete ich mich, um den Minnmer mit einem neuen Boot zu versorgen. Er wußte sofort Bescheid, und beim Tageslicht sah ich, wie er aus der abgestreiften Haut meines mittleren Fußes, die auf den Inselstrand geschwemmt worden war, Wasser schöpfte. Der Minnmer arbeitete, war aber von Furcht nicht unberührt.

„Was ist das?“ fragte ich. „Die Haut von einem Drachenfuß?“

„So was ähnliches muß es sein“, brummte der Minnmer. „Weißt du, wie das hierhergekommen ist?“

„Vielleicht.“

„Egal. Ich bin dankbar dafür. Ich kann mir ein Boot daraus machen.“

„Komm zurück“, sagte ich. „Wenn du den Nerv dazu hast, dann komm zurück. Ich werde wieder hier sein, wenn die Sterne über uns . . . auch der mit dem Schweif . . . wieder in genau der gleichen Position sind.“

„Sowie!“ sagte der Minnmer und schaute in den Tageshimmel, wo er wahrscheinlich nicht viel mehr als die Morgensonne sehen konnte.

„Das wird schwierig. Aber ich werde mit Sicherheit kommen. Du bist ganz bestimmt hier?“

„Ganz bestimmt.“

Das Meer von Utner war ruhig. Der Minnmer hatte aus der schwarzen Haut, die er anfänglich getragen hatte, ein Gerät gebaut, mit dem er den Wind fangen konnte. Er kletterte ins Boot und segelte gen Osten, und eine Brise aus dem Höhleneingang half ihm auf den Weg.

Der Junge, Paddy, hielt am Nachmittag im Mastkorb Wache. Er aß einen „Räuberapfel", um sich wach zu halten; der Kapitän schnarchte in seiner Kabine, und die Mannschaft döste haufenweise auf Deck. Mit einemmal sah er etwas in nordwestlicher Richtung; er wußte, daß es nicht das Boot seines Vaters sein konnte. Eine breite Spur war im purpurnen Wasser der westlichen See zu sehen, dann war sie wieder verschwunden. Paddy fröstelte, aber einzig wegen der Brise, die von dem schwärzlichen Wasser in der Meeresenge her kam. Er war erzogen worden, nichts, was die westliche See hervorbringen könnte, zu fürchten. Er erinnerte sich an seine Großmutter, die auf der Brücke ihres Schiffs hin und her gelaufen war und die Position der Sterne beobachtet hatte.

Die Sterne waren wieder in der gleichen Position, und der Minnmer hielt sein Wort mit kleinlicher Genauigkeit. Mehrfach war ich gezwungen, die Insel wieder neu zu bauen und die Quelle wieder herzurichten. Der Minnmer kam in einem neuen Boot und zog das, was von dem „Drachenfuß" übriggeblieben war, als Sicherheit hinter sich her. Wir unterhielten uns.

„Minnmer, was ist das Maß für Intelligenz?"

„Der Gebrauch von Werkzeugen? Bauen?" Der Minnmer hatte sich eine hölzerne Schutzhütte auf der Insel erbaut, so sauber wie das Nest einer Weichkrabbe, und bastelte mit seinen Metallkneifern daran herum.

„Die größeren Seetiere ‚bauen' nicht wirklich, obwohl sie ihre Umwelt verändern mögen."

„Freund Esch, diese Ungeheuer sind möglicherweise stockdumm", sagte der Minnmer. „Was die körperliche Größe anbelangt, muß es für intelligente Lebensformen eine obere Grenze geben, sogar im Meer. Die Viecher sind einfach zu groß."

„Oder du bist zu klein.“

„Was?“ Der Minnmer starrte in das runde Auge meines Sensoren.

Ich war der Wortverdrehung müde.

„Weißt du nicht, Minnmer, daß ein Seetier in dieser Höhle lebt?“

„Ich hatte es einmal geglaubt.“

„Vielleicht mißverstehst du den Teil für das Ganze.“

„Ja“, sagte der Minnmer und betrachtete meinen Sensor sehr genau. Der blaugrüne Lichtkranz der Furcht umhüllte ihn.

„Sag“, fragte der Minnmer, „was bedeutet eigentlich dieser Name . . . Esch?“

„Er bedeutet Tentakel.“ Ich ließ meinen Sensor über den warmen Sand ins Wasser zurückgleiten. Der Minnmer wurde seiner Furcht Herr und rannte ans Ufer.

„Komm zurück!“ rief er. „ Ich fürchte mich nicht.“ Mit meinem Sensorauge schaute ich ihn aus dem niedrigen Wasser an.

„Dann schau hin . . . Minnmer.“

Ich richtete meinen Sensor zu seiner vollen Größe auf und bildete eine Brücke, die in die Höhle führte, und der Minnmer überstand diesen Test. Er kletterte auf die Brücke und marschierte in die Höhle. Er schaute hinunter auf den Wust meiner Fangnetze, hoch in die Dunkelheit, wo meine Augen und Fühler selbsttätig leuchteten, und auf den Wald meiner Sensoren, die an den Höhlenwänden aufgerollt waren. Doch dieser Anblick war zuviel für ihn; der arme Minnmer taumelte und konnte es nicht fassen.

„Esch?“

„Minnmer . . .“, antwortete ich, so sanft ich konnte, doch das Geräusch traf den Minnmer wie ein Schlag. Ohne Bewußtsein fiel er gegen den nächsten meiner drei Landfüße, der an der Höhlenwand lehnte.

Ich dachte, er sei tot; ich empfand mahlenden Schmerz, als sei eines meiner eigenen Gliedmaßen abgehackt worden. Ich brachte den Minnmer mit meinem Sensor zur Insel zurück, seinem freundlichen einäugigen Seetier, und legte ihn auf den Sand. Schließlich kam wieder Leben in die Kreatur, und sie schien etwas gelernt zu haben . . . wenn auch nicht viel. Wir führten unsere Beziehung durch Esch, den Sensor, fort; das Wort „Monster" verschwand aus dem Sprachgebrauch des Minnmers.

Bei unserem nächsten Treffen stellte der Minnmer seine Sinne erneut auf die Probe und besuchte wieder die Höhle; es wurde zu einem Teil der Routine. Der Minnmer gab zu, daß er extreme Schwierigkeiten habe, den Sensor mit meinem ganzen Körper zu verbinden, gleichzeitig aber bestand er darauf, alles „schon die ganze Zeit gewußt", „doch gleich geahnt" oder das Rätsel „gelöst" zu haben.

„Minnmer, wie ist euer Städtebau beschaffen?"

„Weit fortgeschritten. Wir sind tausend Leute."

„Eintausend Minnmer!"

„Spotte nicht! Wir sind ein uraltes Volk. Unsere Ahnen kamen von den Sternen. Wir sind allein auf deiner Welt. Wir haben unsere Technologie verloren."

„Ist Selbstmitleid ein Anzeichen intelligenter Lebensform?"

„Warum nicht?"

Und so unterhielten wir uns und trennten uns wieder, bis der Stern mit dem Schweif wieder über den Himmel glitt, über das Meer von Utner. Doch zu dem Zeitpunkt, an dem ich spreche, sind diese wiederkehrenden Begegnungen vorüber; ich muß mich losreißen und vergessen und vergessen werden. Als ich dies dem Minnmer mitteilte, war er traurig und zeigte mehr Mitleid mit mir als mit sich selbst.

„Esch, du kannst nicht sterben. Du bist mein Vermächtnis ... deine Worte werden in der Stadt in aller Munde geführt. Diese Zusammenkünfte machen uns glücklich ..."

„Mach's gut, Minnmer. Ich ziehe mich nicht mehr zurück."

„Aber muß das denn sein? Wir könnten den Dialog fortsetzen ..."

„Wie das?"

„Schick jemand anders anstatt deiner. Es muß andere Wesen wie dich geben ... Hunderte ..."

„Minnmer, ich kann nicht so leben wie du und meine Gefährten zählen, meine Tage, so wie Sandkörner."

Tatsächlich scheinen mir die Tage meiner Zurückgezogenheit, meine Gespräche mit dem Minnmer wie ein einziger sonniger Tag am Meer von Utner, ein halb begonnenes Projekt, ein Traum, eine Herausforderung. Der Minnmer hat wieder Segel gesetzt auf seinem roten Holzboot, und er segelt gen Osten auf die Meerenge zu. Wir können es nicht zulassen, daß diese Kreatur wieder in die Welt der Legende zurückverschwindet; ohne Zweifel liegt in ihr der Keim der Intelligenz. Sie trägt mehr in sich als Furcht und Eitelkeit. Ich habe das Gefühl, daß ich irgendeinen Teil seiner Gedanken nicht erreichen konnte, daß ich mich an einen der Anschlüsse nicht drangehängt habe. Folglich habe ich meine Aufzeichnungen zusammen mit diesem Vorwort dem zurückbleibenden Teil meines Gehirns anvertraut, auf daß sie vom Rat aufs ernsthafteste geprüft werden. Die Fortsetzung des Dialogs unter exakt denselben Bedingungen könnte sehr informativ sein.

Der lange Tag war beinahe vorüber; das Licht der untergehenden Sonne schien durch die Meerenge auf die westliche See. Marie und Paddy saßen immer noch auf den Masten und hielten scharf Ausschau. Plötzlich richtete Marie sich auf und stieß einen langen lauten Ruf aus. Weit weg im Westen konnte man im Halbdunkel ein Segel größer werden sehen; die Karavelle schwankte im Wasser, als die Mannschaft ein Willkommen schmetterte und sich an der Reling sammelte. Brian Manin O'Moore, der fünfte durch Erbfolge bestimmte Gesandte, stand am Ruder seines roten Schiffes Drachenfuß III. *Er kam näher und wurde an Bord genommen.*

Jay A. Parry

Götter im Feuer, Götter im Regen

Pappis Hände zitterten nur ein wenig, als er die Schachtel von ganz oben aus seinem Schrank herunterholte und sie behutsam öffnete. Zwei blaue Bänder. Pappi lächelte und zog Jodi näher an sich heran. „Hier“, sagte er, „ich möchte sehen, wie sie ausschauen.“ Er grapschte sich ein Büschel Haare an der einen Seite ihres Kopfes und befestigte das Band darum.

„Wo hast du die denn her, Pappi?“ fragte Jodi und kratzte sich oberhalb ihres Ohres, wo Pappi zu fest gezogen hatte.

„Sie gehören zu den Sachen, die ich wegstecke“, antwortete er. Er drehte sie, so daß ihre andere Seite vor ihm war, und nahm ein anderes Haarbüschel in seine große, rauhe Pranke. „Mami“, sagte er, „hol doch bitte mal den kleinen Spiegel, ja?“ Er schlang das andere Band um ihr Haar, dann schob er sie auf Armeslänge zurück und schaute sie an. Während er sie von der einen und der anderen Seite anschaute, bewegte sich sein Kopf leicht vor und zurück.

Als Mami zurückkam, erwartete er sie an der Tür. „Was hältst du davon, Mami?“

Sie streckte ihren Arm aus und berührte behutsam Jodis Haar, wobei sie vorsichtig an einem der Bänder herumzog. „Es ist wunderschön“, flüsterte sie.

Sie gab Jodi den Spiegel, und Jodi sah hinein. Plötzlich sah sie aus wie das kleine Mädchen auf dem Foto, das Mami besaß. Plötzlich war sie nicht mehr ein hausbackenes kleines Mädchen, dessen Haar mit Schnüren zusammengehalten wurde; sie war eine Prinzessin mit blauen Bändern. Sie blickte hinüber zu Pappi und erkannte zum erstenmal, daß er tatsächlich der König des Landes war, daß er gegen alle hereinbrechenden Feinde kämpfen und sie töten würde. Die Straßen wären gesäumt mit Leichen, und Pappi würde sie stolzgeschwellt entlangschreiten, der König, der seine Prinzessin beschützte.

Mit sanfter Stimme fragte sie: „Kann ich sie wohl eine Zeitlang tragen?"

Dann war der König verschwunden. Pappis Stimme klang barsch: „Gib sie zurück, Mädchen. Ich will dir keine Flöhe ins Ohr setzen."

Mami berührte seinen Arm. „Kann sie sie nicht doch nur für einen Moment haben, Pappi?"

Er schüttelte den Kopf, schüttelte ihren Arm ab. Sein Gesicht war umwölkt. „Ich sagte nein. Nein heißt *nein!*" Er streckte seine Hand aus, mit nach oben gekehrter Fläche. „Nun gib sie zurück."

Jodi zerrte ein Band ab, warf es in seine Hand, zerrte dann das andere ab. Er legte sie zurück in die Schachtel. Dann verließ er den Raum und nahm die Schachtel mit sich fort. Er versteckte sie in der Küche. Jodi beobachtete ihn dabei, aber sie war wieder im Obergeschoß, als er zurück nach oben kam.

„Wir dürfen sie nur zu bestimmten Zeiten im Haus tragen", sagte Pappi. „Genauso wie deine Osterkleider und diese Vinylschuhe, die wir dir geschenkt haben."

„Sie sind unersetzlich, Jodi", sagte Mami.

Jodi nickte. „Okay", sagte sie. Aber sie dachte anders darüber.

Später, am selben Abend, kam James von seinen kleinen Verrichtungen zurück. Jodi erzählte ihm, daß sie die blauen Schleifen getragen hatte.

„Das ist blöd", sagte James. „Wen interessieren schon blaue Schleifen?"

Jodi tat, als bemerke sie seine Grobheit nicht.

In dieser Nacht blieb Jodi wach, bis alle anderen eingeschlafen waren. Endlich wurden Vaters leichte, ruhige Atemzüge tief und laut. Vorsichtig stieg sie die Treppenstufen hinab zur Küche. Sie holte die Schachtel herunter. Da rutschte sie ihr aus der Hand, fiel mit lautem, viel zu lautem Geschepper auf den Fußboden. Jodi wartete. Pappi wird sehr böse sein, dachte sie. Er wird aufwachen und . . . Aber Pappi wachte nicht auf. Keiner wachte auf. Sie hob die Schachtel auf und öffnete sie. Eine Ecke war durch den Fall eingedrückt, es war etwas schwierig, sie zu öffnen. Aber sie ging auf. Da lagen die beiden Bänder und glänzten im Mondschein. Jodi nahm sie heraus, schloß den Deckel, stellte die Schachtel wieder an ihren Platz und schlich hinauf ins Bett. Pappi würde es niemals erfahren.

Am nächsten Morgen blieb sie bei ihrem liebsten Versteck auf dem Schulweg stehen: dem alten Amtsgericht, das seit dem Zusammenbruch leerstand. Sie verbarg sich hinter einer der großen Steinsäulen und nahm die Schnüre aus ihrem zusammengeflochtenen Haar und band sich statt dessen die Schleifen fest. Ich werde die Prinzessin sein, dachte sie, und die anderen Kinder meine Sklaven. Ich werde sie losschicken, um das umliegende Land zu plündern, und wir alle werden im Luxus und im Überfluß leben.

Als sie am Schulhaus anlangte, waren alle anderen bereits da. Carl Schweitz sah sie als erster. „Ei guckt doch emal da!" rief er. „Jodi hat Schmuck an!"

Sie lächelte und schritt schneller aus. Dann kam Reuben Schweitz heran und begann sie zu umkreisen, wobei er darauf achtete, daß er nicht über die Beine seiner zu langen, alten Hose stolperte. „Jodi hat 'n paar große blaue Schleifen!"

„Mir gefallen sie gar nicht", sagte Mary Holmes mit gierigen Augen. „Warum soll sie schöne neue Schleifen haben? Und wir haben nur alte Klamotten."

„Mir gefallen sie nicht *an ihr*", sagte Ruthie Schweitz. „Warum soll die sie haben und wir nicht?"

Reuben nickte und rannte schneller um sie herum. Dann holte er aus und schlug Jodi ins Gesicht, rote Striemen erschienen auf ihren Backen. Er boxte sie in den Bauch; er riß sie an ihren Affenschaukeln. Dann stieß er sie zu Boden und setzte sich auf ihren Rücken. „Wer will ein blaues Band?" rief er.

Die anderen Kinder schlossen ihren Kreis um das Paar enger. Fast alle antworteten, bekundeten ihre Zustimmung und drängten sich vor. Aber ein Kind hielt sich im Hintergrund. Die schüchterne Betsy mit den grünen Augen. Sie sagte nichts, aber sie hielt ihre Hand auf.

Reuben sah sie. Er grinste und zog geschickt die Schleife auf, wobei er nicht auf Jodi achtete, die stumm ihren Kopf hin und her warf. „Eins kannste haben, Betsy", sagte er, „das andere kannste behalten, Jodi. Klasse, wenn man untereinander teilt, häh?" Er sprach in jovialem Ton, aber seine Stimme hatte so einen bestimmten Unterton.

Jody biß sich auf die Lippen und wich steif zurück.

Dann kam Mrs. Bolton zur Tür des Klassenraums und rief: „Die Glocke läutet: Bimmelimmelimm", genauso, wie sie es jeden Tag gerufen hatte, seitdem der Zusammenbruch die Schulglocken hatte verstummen lassen.

Reuben war als erster im Klassenzimmer. Betsy ging langsam hinein und versteckte ihre neue Schleife in ihrer geballten Faust. Sie hielt ihre Augen niedergeschlagen und sah keinen an. Sie setzte sich an einen Tisch ziemlich weit hinten im Raum und öffnete langsam ihre zusammengekrampften Finger. Sie schaute auf das dunkle Blau in ihrer Handfläche und deckte es mit ihrem Körper vor neugierigen Blicken ab.

Jodi verharrte im Türrahmen und starrte zu Betsy hinüber. Mit den Augen versuchte sie sie zu erdolchen. Ich sende Pfeile nach dir aus, die dich verletzen und dir weh tun, dachte sie. Du wirst blutend zu Boden fallen, und niemand wird dir helfen, weil ich dir eine *Krankheit* gesendet habe. Dann zog Jodi langsam die andere Schleife aus ihrem Haar und steckte sie in ihre Tasche. Sie machte ihre Affenschaukeln auf, schüttelte ihren Kopf hin und her und betrat das Klassenzimmer mit aufgelöstem und lockerem Haar.

An diesem Nachmittag hatte Jodi Angst, nach Hause zu gehen. Reuben war als erster draußen; er schlug mit seiner Faust Ruthann auf den Hinterkopf und blieb dann kurz stehen, um Carl eine Schweinerei zuzurufen. Beide lachten und waren dann verschwunden. Einige Augenblicke lang stand Betsy neben Jodi, als ob sie etwas sagen wolle. Aber ihre Lippen konnten nicht die Gefühle ausdrücken, die sich in ihren Augen widerspiegelten. Jodi, schien sie sagen zu wollen, bitte verzeih' mir. Aber eine blaue Schleife! Du hättest genau das gleiche getan.

Jodi ignorierte sie. Sie dachte an Pappi. Sie trödelte an ihrem Tisch herum und blätterte abwesend in einem alten Buch, bis Mrs. Bolton kam und es im Schrankfach einschloß. Als Mrs. Bolton zurück in den Klassenraum kam, war Jodi immer noch da. „Geh nach Hause, Mädchen", sagte sie. „Die Eltern machen sich sonst Sorgen."

Jodi fühlte nach ihrer Tasche unter der Bank und schüttelte den Kopf. „Ich kann nicht."

„Sei nicht so dumm", sagte Mrs. Bolton. „Du hast noch genug zu tun. Du gehst jetzt mal schön heim."

Mrs. Bolton geleitete sie zur Tür hinaus und schloß hinter ihr ab. „Nun geschwind nach Haus", sagte Mrs. Bolton. „Ich möchte nicht, daß mich dein Vater für deine Rumtrödelei verantwortlich macht."

Jodi erwiderte nichts. Mrs. Bolton ging die verlassene Straße hinunter. Auf der Straße wuchs Unkraut, das durch die Ritzen im Asphalt hindurchgebrochen war.

Jodis Haus lag nicht weit entfernt. Aber sie hätte es begrüßt, wenn es nicht so gewesen wäre. Es sollte in China liegen, dachte sie. Pappi sollte ein kleiner Chinese mit schmalen Händen sein.

Sie erinnerte sich, wie es gewesen war, als ihr Bruder James einen vollen Eimer mit Milch umgestoßen hatte, den er gerade von der Kuh geholt hatte. Pappi hatte ihn am Arm gefaßt, mit wild funkelnden Augen, und ihn nur einfach einen Moment lang angestarrt. Jodi hatte alles von der „Scheune" – dem Haus, das hinter ihrem eigenen lag – aus mit angesehen.

Dann hatte Pappi James' Oberkörper runtergedrückt und sein Gesicht in den milchigen Matsch hineingestoßen, den er gerade verursacht hatte. „Vielleicht kannst du für alle genug trinken", sagte Pappi. „Dann ist es wenigstens kein völliger Verlust."

James hatte sich schluchzend davonmachen wollen, aber Vater griff aus und packte ihn am Genick. „Glaubst du etwa, daß wir reich sind? Gut, wir haben Dinge, über die andere nicht verfügen, aber heißt das etwa, daß wir Nahrungsmittel verschleudern können?"

Während Pappi so redete, hatte sich James allmählich stocksteif aufgerichtet, mit leeren Augen, und Jodi wußte, daß James die Lektion überhörte. Pappi hatte James dann von sich fortgeschoben, und James war wie ein Stock zu Boden gefallen. Pappi war weggestampft, ohne auch nur einmal zurückzusehen.

Noch zwei Blocks zu gehen.

Jodi stellte sich Pappi als einen Chinesen mit schmalen Händen vor. Die Finger wären schmalgliedrig und kurz. Sie wären sanft und angenehm.

Wenn Pappi schon so wild wegen eines Eimers Milch gewesen war, was würde er dann wegen des verlorenen blauen Bandes anstellen?

Jodi bog um die Ecke und sah ihr Haus in der Mitte des Blocks. Es war einmal ein modernes Etagenhaus gewesen, mit Klinkersteinen um den unteren und einer hübschen braunen Verschalung am oberen Etagenteil. Aber nun war überall von der Verschalung die Farbe abgeblättert und das darunterliegende gebleichte und verwitterte rohe Holz war zum Vorschein gekommen. Die Ziegel auf dem Dach waren geborsten, und einige waren fortgeweht worden.

Aber dennoch hatten sie fast den ganzen Block für sich allein, und wenn das Haus, in dem sie wohnten, zu sehr runtergekommen wäre, konnten sie immer ein neues finden, das dem alten ebenbürtig war. Als der Zusammenbruch gekommen war, hatten sich viele Leute in die ländlichen Gegenden zurückgezogen – und es gab viele davon um Boise herum –, da sie der Ansicht waren, auf dem Land könnten sie besser für sich sorgen. Die Schwachen und Zaudernden hatten die Stadt geerbt.

Pappi stand am Portal. Sein Gesicht war düster. In der Hand hielt er die Bänderschachtel mit der eingebeulten

Ecke. „Du hast die Bänder mit zur Schule genommen", sagte er.

Jodi nickte und versuchte, an ihm vorbei ins Haus hineinzuwischen. Die Glastür hing nur noch in einer Angel, Plünderer hatten eines Nachts sorgfältig die Scheibe herausgeschnitten.

Sie war fast schon drinnen, als Vaters Hand hinter ihr herschoß und ihr Haar packte. Sie blieb stehen, fröstelte tief im Inneren, drehte sich jedoch nicht um.

„Wo sind sie?"

Ihre Hand fuhr in die Tasche ihres Kleides und zog das eine heraus, das sie noch besaß, und hielt es über ihre Schulter hoch.

„Hast du sie getragen?"

Jodi nickte stumm.

„Warum hast du sie abgenommen?"

Sie zuckte mit den Schultern und sagte: „Na, es wurde heute so heiß im Klassenzimmer, und da habe ich –"

Pappi unterbrach sie. „He, und wo ist das andere?"

Jodi gab keine Antwort.

„Wo ist ihr Spielgefährte? Du hast doch wohl nicht seinen Spielgefährten verloren, oder doch, Mädchen?"

Da wirbelte Jodi herum und sagte mit fester Stimme: „Nein, ich hab' es nicht verloren, Pappi. Reuben Schweitz hat es mir weggenommen." Ihre Kehle schnürte sich zu, als würde sie von einer Hand zugedrückt, und sie röchelte: „Er gab es der schüchternen Betsy. Sie nahm es."

Pappi packte sie bei den Schultern und starrte sie an, sein Mund bewegte sich, aber es kamen keine Worte hervor. Seine Augen funkelten. Dann stieß er sie auf die rot und grün gestreifte Couch, die sie aus der Nachbarwohnung zu sich hereingeschleppt hatten, nachdem die Leute abgehauen waren, und machte seinen Gürtel auf. „Über Jahre hinweg haben wir unsere Vorräte versteckt gehalten", sagte er. „Und jetzt hast du sie der ganzen Stadt gezeigt." In einem festen Rhythmus zog er den Gürtel aus den Schlaufen. „Weißt du denn überhaupt, wie viele Bänder in dieser ganzen Stadt übriggeblieben sind?" fragte er. Seine Zähne waren fest aufeinandergebissen, so als wolle er irgendein fürchterliches Monster daran hindern, aus seinem Mund zu flüchten. Gebückt kam er herüber zu Jodi, wobei er den Gürtel in seinen Händen zusammenknäuelte. „Es sind genau zwei Bänder übrig. Sie waren ein aufeinander abgestimmtes Paar. Sie waren blau. Und jetzt weiß es die ganze Stadt. Und jetzt gibt es dieses Paar nicht mehr. Weil du tatenlos zugesehen hast, wie die Hälfte aller Schleifen, die es noch auf der Welt gibt, einem Mädchen gegeben wurde, das nicht einmal seinen Namen aussprechen kann, ohne sich die Zunge dabei abzubeißen!"

Jodi kauerte sich in die Ecke der Couch und vermied es, ihn durch hervorgestammelte „Entschuldigungen" oder durch den Versuch, fortzulaufen, noch mehr zu reizen. Pappi bekam ab und zu diese Touren. Nach einem ähnlichen Vorfall hatte sie eine Zeichnung von ihm angefertigt: Sein Haar stand senkrecht vom Kopf ab, seine Augen waren groß und rot und nahmen zwei Drittel der Gesichtsfläche ein, seine Hände waren groß und behaart. Der Gürtel war eine Schlange, die durch die Luft glitt, um zu beißen und zu stechen.

Nachdem sie das Porträt fertig gemalt hatte, hatte sie es in einer Schachtel in ihrer Kommode verborgen. Wenn Pappi es sah, wäre es möglich, daß er fortginge und dem Ungeheuer sagte, daß es sie holen solle.

Dann spürte sie das erste harte Aufklatschen auf ihren

Schenkeln. „Glaubst du etwa, daß wir reich sind?“ fragte Pappi. *Klatsch!* „Meinst du etwa, wir könnten die ganze Stadt versorgen?“ *Klatsch!* „Ich will meinen Kindern hübsche Sachen bieten.“ *Klatsch!* „Ich will meinen Kindern nur das Beste geben.“ *Klatsch!* „Aber es ist nicht genug da, um die anderen Kinder auch noch damit zu versorgen. Die müssen schon selbst sehen, wie sie zurechtkommen.“ *Klatsch!* „Meinst du etwa, ich könnte einfach nur in New York das fehlende Stück bestellen?“ *Klatsch!*

Dann war er fort. Jodi hörte ihn nicht fortgehen; aber sein stoßweiser Atem war nicht mehr da, und die Schläge hatten aufgehört. Sie setzte sich auf und schlug die Arme um ihren Oberkörper. Dabei versuchte sie, den Rückzug aus diesem fürchterlichen Zimmer in die Abgeschiedenheit der grünen Wiesen anzutreten, die bisweilen in ihrem Geist auf sie warteten. Aber innen drin konnte sie nur Finsternis sehen.

Dann war Mami da und ließ Jodi sich auf den Bauch legen und rieb ihre Schenkel und Hinterbacken mit einem kalten, nassen Tuch ab. Die Kühle, die sich auf ihrer heißen Haut ausbreitete, versetzte ihr einen leichten Schlag, und plötzlich öffnete Jodi zum erstenmal wieder ihre Augen, seitdem sie die Schlange durch die Luft hatte zischen sehen.

„Du darfst Pappi nicht böse sein“, sagte Mami, die behutsam, sehr behutsam mit dem kalten, nassen Tuch rieb. „Pappi erinnert sich noch, wie das war, als jeder alles hatte, als man nur in den Laden zu gehen brauchte, sein Geld auf den Ladentisch legte, und man alles, was es auf der Welt gab, dafür kaufen konnte. Es geht ihm nicht gut, weil er dir jetzt nicht alles geben kann.“

Jodi drückte ihr Gesicht in das Seitenpolster der Couch und versuchte, Mamis tröstende Stimme einfach nicht zu hören. Das alles hatte sie schon tausendmal vorher gehört.

Sie wollte es nicht schon wieder hören.

„Aber Pappi war klug“, sagte Mami. „Er war klug, und er sah den Zusammenbruch im voraus kommen. Er versuchte, alle Leute zu warnen, aber sie lachten ihn aus.“ Mami hörte mit dem Reiben auf, als sie daran zurückdachte. Jodis Beine fingen wieder an zu brennen. „Daher ging er einkaufen und kaufte alles, was er bekommen konnte. Er kaufte Nahrungsmittel in Büchsen und Kisten und hübsche Kleider und Bänder und Juwelen. Als kein Geld mehr da war, fing er an, welches aufzunehmen. Ich machte mir darüber Sorgen und sagte zu ihm: ‚Russell, nimm nicht so viel auf. Wir können es niemals zurückzahlen.‘ Aber Pappi lachte nur und sagte: ‚Wen kratzt das schon, Norma? Wenn der Zusammenbruch kommt, hat niemand irgend etwas, und dann kann niemand irgendwem auch nur irgend etwas bezahlen, aber wir haben dann den ganzen Kram und schulden keinen einzigen Cent.‘ Pappi hat damals immer darüber gelacht, damals, als er dachte, daß der Zusammenbruch käme, es aber noch nicht soweit war, und es machte ihm riesigen Spaß, alle Vorbereitungen zu treffen.“

Mami seufzte und lehnte sich auf der Couch zurück. Jodi wünschte sich, sie würde sie erneut mit dem Tuch berühren, aber Mami saß einfach nur da und starrte die Wand an – so wie sie es immer tat.

Jodi hatte über all dies einen Traum gehabt. Sie hatte ihn James erzählt, aber der hatte nur höhnisch gelächelt und gesagt, daß Träume saublöd seien. Aber Jodi wußte, daß der Traum wahr gewesen war. In diesem Traum hatte Mami *wieder einmal* vom Zusammenbruch erzählt, und welche Vorbereitungen Pappi getroffen hatte, und wie sich sonst niemand darauf vorbereitet hatte, so daß Pappi der reichste Mann der Stadt wurde, als die Wirtschaft in die Binsen ging.

Und man hatte versucht, den alten Zustand wiederherzustellen, aber niemand wollte dabei mitwirken, und so ging es immer weiter bergab und bergab. Und dann versuchten die Plünderer, an das heranzukommen, was Pappi besaß, und er hatte alles versteckt, und niemand konnte beweisen, daß er irgend etwas hatte. Und dann kriegte Mami in dem Traum diesen Blick, und sie saß da und starrte mit einem kaum erkennbaren Lächeln die Wand an, und dann kamen die Plünderer herein und knöpften vorsichtig Mamis Kleid auf und zogen es ihr aus, und sie banden ihre Schuhe auf und zogen sie ihr aus, und Mami saß ganz nackt da, während ihr die Plünderer alle Kleidungsstücke abnahmen, und sie schaute nicht einmal hin, sie saß nur einfach da und hatte immer dieses gleichbleibende, kaum erkennbare Lächeln auf den Lippen.

James hatte gelacht und gesagt, Jodi sei doch bescheuert, solche Träume zu haben. Aber Jodi wußte, daß der Traum stimmte.

Und nun saß Mami wieder da und starrte an die Wand. Das feuchte Tuch lag auf ihrem Schoß, sie merkte es nicht, und es färbte ihr dunkelblaues Kleid noch dunkler.

Jodi stand behutsam auf, zog sich sachte ihre Hosen hoch und ging hinaus. Sie hatte die ihr aufgetragenen kleinen Tätigkeiten verrichtet, gegessen, sich das Nachthemd angezogen und war bereits ins Bett gekrochen, bevor sie hörte, wie Pappi ins Haus zurückkam. Als er nun mit Mami redete, hörte er sich müde und erschöpft an. Er redete leise und sagte nicht viel. „Das blaue Band“, sagte er. „Könnte sein, daß wir deshalb Ärger bekommen.“

„Ja“, antwortete Mami.

„Du hast es aber bezahlt“, sagte James.

Pappi seufzte. „Ja, ich habe dafür bezahlt.“ Dann sagte

keiner etwas. Jodi konnte hören, wie sie aßen. Es gab Suppe zum Abendessen, und Pappi schlürfte sie immer.

Dann fragte Pappi: „Was macht denn Jodi?“ Ein Löffel wurde leise auf den Tisch gelegt, und ein Stuhl scharrte auf dem Boden.

Mami antwortete mit ruhiger Stimme; Jodi konnte die Antwort nicht verstehen. Aber offenbar hatte sie Pappi auch nicht gehört, denn Mami sagte in lauterem Ton: „Sie ist sehr traurig. Sie ist traurig.“

Der Stuhl wurde weiter zurückgeschoben, und dann konnte Jodi hören, wie Pappi die Treppe heraufkam. Er kam in ihr Zimmer und setzte sich auf ihr Bett. Sie hatte ihre Augen geschlossen und machte sie nicht auf. Vielleicht würde er glauben, daß sie schlief.

Pappi legte seine schwere Hand auf ihre Stirn und begann nach oben durch ihr Haar zu streichen und dann über ihre Flechten zu gleiten, die sich über das Kissen verteilten. „Es tut mir leid, Kindchen“, flüsterte Pappi. „Es tut mir leid.“

Dann saß er nur einfach da und strich ihr durchs Haar. Er sagte kein Wort. Nach einer Weile sog er scharf den Atem ein und blies ihn dann schwer und unregelmäßig wieder aus, und Jodi öffnete ein ganz klein wenig ihre Augen. Er saß einfach nur da und starrte aus dem Fenster. Seine Augen schimmerten im Mondschein. Nachdem er noch einige Minuten so dagesessen hatte, stand er auf, ging jedoch noch nicht aus dem Zimmer. „Ich wünschte, du hättest einen Kopfkissenbezug“, flüsterte er, beinahe wie zu sich selbst. „Ich erinnere mich an gestärkte Kopfkissenbezüge, und an kühle Laken, die an den Beinen prickelten, wenn man ins Bett stieg, und an Großmutters Topfblumen, die in ihrem Wohnzimmer standen.“

Dann lachte er leise auf, zog Jodis Laken bis zu ihrem Hals

hoch und glättete ihre Zudecken und verließ das Zimmer. Da öffnete Jodi ihre Augen. Er flüsterte: „Blumen“, als er aus der Tür ging.

Spät in derselben Nacht wurde sie durch ein Hämmern gegen die Tür geweckt. Sie hörte Pappi fluchen; sie hörte, wie nebenan die Sprungfedern quietschten; sie vernahm Pappis schwere Schritte, die den Flur entlang und die Treppe hinabpolterten. Sie hörte, wie Pappi die Tür öffnete, dann einen lauten Fluch. Pappi knurrte: „Was willst du?“

Dann erklang die Stimme eines anderen Mannes. Jodi wußte sofort, daß es der Sheriff war, weil er der einzige Mann in der Stadt war, der ausschließlich durch die Nase sprach. Jodi wußte nicht, wie er das bewerkstelligte oder warum; mehr als einmal hatte sie ohne Erfolg versucht, ihn zu imitieren. James hingegen konnte ihn recht gut nachmachen.

Eigentlich konnte sie sich fast vorstellen, daß der Rufer in der Nacht James war, von dem sie allerdings genau wußte, daß er nebenan schlief; aber sie mußte bei der Vorstellung von Körper und Antlitz ihres Bruders im Zusammenhang mit der Stimme, die die Treppe hinaufdrang, beinahe kichern.

„Russell“, sagte der Sheriff, „du sitzt ganz schön tief in der Tinte.“

Ein weiterer unterdrückter Fluch. Dann: „Laß es gut sein, Bob. Ich hab’ keinen Bock, mitten in der Nacht aufzustehen. Das Leben ist auch schon so beschissen genug, warum sollte man da auch noch auf seinen Schlaf verzichten?“

Der Sheriff hustete; er hustete sehr lange, als wollte er damit versuchen, seinen Auftrag länger hinauszuzögern; er hustete so lange und heftig, daß Jodi sich schon zu fragen begann, ob Pappi ihn erwürgte. Aber dann räusperte sich der Sheriff und redete in einem solch lauten Ton, daß James erwachte. Jodi hörte, wie er sich grunzend im Bett aufrichtete. „Russell“, sagte der Sheriff, „Betsy Parr ist heute von der Schule mit einer blauen Schleife heimgekommen.“

Mehr sagte er nicht.

Es wurde drunten so leise, daß Jodi die Atemzüge der beiden Männer hören konnte.

Dann sagte Pappi: „So? Ist das alles? Ich muß morgen früh raus. Du weißt, daß einer nicht mehr einfach durchs Rumsitzen sein Brot verdienen kann.“

„Deine Tochter Jodi hatte diese Schleife. Reuben Schweitz nahm sie ihr ab. Er gab sie Betsy Parr. Ich will folgendes wissen, Russell: Wo in der Welt hast du diese Schleife aufgetrieben?“

Pappi gab keine Antwort. Jodi konnte seine schweren Atemzüge vernehmen.

„Russell, es gibt ein Gesetz gegen das Horten von Sachen. Ich habe gehört, daß sich die Leute erzählen, du hättest die unmöglichsten Dinge versteckt: eingemachte Pfirsiche, Thunfisch, ja sogar getrocknete Bananen; Kleider und Röcke, Gürtel und Schärpen, Schuhe und hübsche Hausschuhe, auch Schmuck – sogar Schleifen.“

Pappis Stimme war heftig. „Ich kenne das Gesetz ebenso gut wie du. Und ich halte mich dran. Du weißt das.“

Der Sheriff antwortete durch die Nase: „Nein, das weiß ich nicht. Deshalb bin ich hier. Du weißt, daß ich im Zweifelsfall für den Angeklagten spreche. Ich gebe den Leuten gern die Gelegenheit, mir zu beweisen, daß sie das Gesetz achten und ehrlich sind. Gerüchte über dich sind mir schon zuvor zu Ohren gekommen. Du weißt auch, daß sie im Umlauf sind. Aber ich dachte, auf Gerüchte könne man nichts geben. Bis Betsy Parr mit einem blauen Band heimgekommen ist.“

Pappi antwortete nicht.

Dann sagte der Sheriff: „Laß mich doch mal nachschauen." Da hörte sie, wie Pappi mühevoll-beherrscht aufgrunzte und wie jemand gegen die Tür polterte, die offenbar auf gewesen war, weil sie in das Schloß fiel. Für Jodi klang es, als habe der Sheriff versucht, ins Haus einzudringen – und als habe Pappi ihn zurückgestoßen.

Dann sagte Pappi: „Geht in Ordnung." Seine Stimme klang fest und ruhig. „Eins zu Null für dich, Bob." Und er polterte die Treppe hinauf, polterte in sein Schlafzimmer.

Jodi hörte, wie Mami sagte: „Was ist denn da unten passiert? Will er uns festnehmen?" Und sie hörte auch, wie Pappi in scharfem Ton: „Halts Maul!" flüsterte.

Sie hörte, wie er unter dem Bett rumorte, wo er seine Schrotflinte aufbewahrte, aber statt des Gewehrs zerrte er eine Kiste hervor. Dann polterte er den Gang zurück und die Treppenstufen hinab.

Jodi hatte keinerlei Geräusch vom Sheriff gehört. Aber offenbar stand er am Fuß der Treppe, weil Pappi nicht ganz hinunterging. Er stampfte nur einen Teil der Stufen hinab und sagte dann mit weinerlicher Stimme: „Es tut mir sehr leid! Ich habe eben meine Nerven verloren, Sheriff. Es ist eben heutzutage alles so schwer. Bitte verzeih mir." Einen Augenblick lang herrschte Ruhe, dann sagte er: „Hier. Das ist das Zeugs. In dieser Kiste ist all das drin, was du vermutet hast – und mehr. Ich hab' für diese Sachen bezahlt. Sie gehören mir. Aber ich will hier nicht noch mehr Unruhe stiften. Nimm sie mit."

Als der Sheriff antwortete, schien ein Lachen tief drinnen in seiner Kehle mitzuschwingen, ein Lachen, das er jedoch versteckt halten wollte. „Entschuldigung angenommen", sagte er, „und nichts Tragisches passiert. Es sind eben harte

Zeiten für jeden von uns." Jodi hörte, wie er die Kiste nahm. „Das ist also die gesamte Kollektion?"

„Yes, Sir. Das ist alles."

„Na, in diesem Fall erachten wir den Fall für geschlossen. Gute Nacht, Russell." Die Tür schloß sich hinter ihm.

Pappi stand noch einen Augenblick da und atmete, er atmete schwer. Er mußte dastehen und auf die Tür, vielleicht auch auf die Wand starren. Dann stieg er langsam die Treppe hinauf, ging in sein Schlafzimmer und schloß die Tür hinter sich. Jodi konnte hören, daß Mutter heftig zu flüstern begann, aber sie konnte die Worte nicht verstehen.

Sie sagte sich, daß sie versuchen wolle einzuschlafen. Sie drehte sich auf die andere Seite und schloß ihre Augen. Sie sah James, der mit der Stimme des Sheriffs redete, im Türrahmen umhertanzte und Betsys Kopf am Haar gepackt hatte. In der Mitte ihres langen, blonden Haares war eine weiche blaue Schleife befestigt.

Dann wurde sie von James gerüttelt, und sie wachte auf. Sie schwitzte. Er kam mit seinem Gesicht ganz dicht an ihres heran, und sie schreckte zurück. „Hey, Schwesterchen", sagte er. „Wach auf. Ich bin's nur."

Dann redete er weiter, als führe er eine Unterhaltung fort, die niemals unterbrochen worden war. „Meinst du denn, daß ihm der Sheriff geglaubt hat?"

„Was?" Sie rieb sich ihre Augen und versuchte, einen klaren Kopf zu bekommen. „Wieviel Uhr ist es denn?"

„Ich weiß es nicht. Der Sheriff war gerade da. Hast du ihn denn nicht gehört?" Wieder brachte er sein Gesicht zu nahe an sie heran.

So war also der Sheriff gerade erst fort, und sie war unmittelbar darauf eingeschlafen. Sie setzte sich auf und blickte James an, als sei er soeben erst hereingekommen.

„Ich glaube nicht, daß ihm der Sheriff ein einziges Wort abgekauft hat“, sagte sie. „Er wird mit einem Suchtrupp zurückkommen.“

„Ja, das dachte ich auch“, sagte er. Er wandte sich ab, um ins Bett zurückzugehen, als sei seine Aufgabe damit beendet. Aber dann drehte er sich noch einmal um und flüsterte: „Hey, du wirst morgen in der Schule doch wohl keine Schwierigkeiten bekommen? Wenn du willst, komme ich mit, und dann knüpfen wir uns diesen Heini von Reuben mal ordentlich vor.“

Jodi schüttelte den Kopf. James ging nicht zur Schule. Er war dreizehn Jahre alt und den ganzen Tag lang zum Arbeitsdienst auf den Feldern dienstverpflichtet. Er mußte sogar härter als Pappi arbeiten. Aber sie wollte nicht, daß er mitkam. Dann wäre es am übernächsten Tag nur um so schlimmer. „Danke, James“, sagte sie und schüttelte erneut den Kopf.

Am Morgen hatte es zu regnen begonnen. Im Badezimmer, das sie niemals benutzten, war eine neue undichte Stelle entstanden, und eine alte, von der Pappi ganz sicher gewesen war, daß sie dicht sei, war wieder leck. Jodi erwog den Gedanken, nicht in die Schule zu gehen, sondern unter dem Vorwand, sie sei krank, zu Hause zu bleiben – aber dann hätte sie den ganzen Tag lang fortwährend Pappi auf der Pelle gehabt, und das wollte sie nicht.

Die meisten Kinder in der Schule taten so, als sei nichts passiert. Betsy sah so aus wie immer; die Schleife trug sie nicht im Haar. Auch Reuben war ganz wie sonst: frech und aufdringlich. Aber keiner schien zu bemerken, daß die Welt irgendwie ein wenig aus den Angeln gehoben war; keiner schien zu bemerken, daß Jodi ein wenig verkrampft ging, daß sie ihre ältesten Sachen überhaupt trug und daß ihr Haar ungekämmt war. Jodi dachte, daß der Regen aus giftigen Tropfen bestünde, den die Götter gesandt hatten, um die Erde endgültig von all den Tollheiten zu reinigen, die sich auf ihr ansammelten, aber niemand bemerkte es. Aber Jodi merkte es: Sorgfältig suchte sie sich vor den Tropfen zu schützen; sorgfältig vermied sie die anderen, denn die würden heute alle sterben, und sie wollte nicht unter ihnen sein.

In der Pause ging Jodi zu einer entfernten Ecke des Schulhofs, oder besser: sie rannte, damit sie der Sprühregen nicht vernichtete. Dort saß sie allein in einem alten Schuppen. Die Einsicht kam ihr so plötzlich, daß es ihr schwerfiel, einen klaren Gedanken zu fassen, aber sie mußte alles in die Reihe kriegen, bevor es zu spät war.

Dann hatte sie es: Der Zusammenbruch hatte das Ende der Welt bedeutet; die Götter hatten die Zivilisation zerstören müssen, bevor sie den Menschen vernichteten. Die Regenfälle stellten nun die letztendliche Reinwaschung dar, bevor die Götter niederstiegen, um ihre Aufgabe zu Ende zu führen.

Jodi saß schweigend da und lächelte über ihre Phantasiegebilde, als plötzlich die schüchterne Betsy vor ihr stand. Jodis Lächeln erstarb, und sie blickte weg. Die Götter waren verschwunden, und bald würde der Regen aufhören. Die Götter waren tot.

Betsy setzte sich direkt neben Jodi auf den Boden und blickte sie an. Lange sprach keiner einen Ton. Dann sagte Betsy stockend: „Jodi, es ist furchtbar."

Jodi sah sie mit blitzenden Augen an und sagte: „Die Götter sind tot."

„Es war deine Schleife. Ich hatte noch niemals jemand gesehen, der eine Schleife trug. Und ich wollte eine haben, genauso wie du auch."

„Bist du naß geworden?" Jodi lächelte altklug. „Dein Haar, deine Arme und deine ganzen Kleider sind naß vom Regen." Dabei deutete sie jedesmal auf die entsprechende Stelle an Betsys Körper, berührte sie jedoch nicht.

„Gestern abend habe ich sie mir ins Haar gesteckt. Es war himmlisch. Mein Vater hat geweint, und er sagte, ich sähe aus wie ein Engel aus vergangenen Zeiten."

„Bänder sind gut, um Kinder damit zu erwürgen", sagte Jodi und erhob sich, um zu gehen. Dann aber blickte sie zurück auf ihre ehemalige Freundin, weil sie ihr Verhalten als zu grausam empfand. Ihre Stimme klang weich. „Wenn du mich gefragt hättest, hätte ich es dir erlaubt, sie anzuprobieren." Dann schritt sie hinaus in den Regen, völlig überzeugt davon, daß sie damit Selbstmord beginge. Aber Betsy hielt sie zurück. Sie schob Jodi ihre Hand entgegen, die sie zur Faust geballt hatte. „Hier", sagte sie, und ihre Finger öffneten sich über einem verstümmelten Band. „Es gehört dir."

Jodi blickte auf die Schleife, dann auf Betsy. Jodis Augen flackerten, und sie sagte: „Das Band ist ohne Wert. Du hast es ruiniert!"

Betsy verkrampfte sich, und Jodi befürchtete einen Augenblick lang, sie würde nach ihr greifen und vornüber fallen, so wie es James manchmal tat. Aber Betsy klappte nur einfach schnell mit ihren Augendeckeln, würgte und schluckte erneut und stand da und schaute Jodi von der Seite an, aus den Augenwinkeln, so, als habe sie Angst, ihr direkt ins Gesicht zu schauen. „Mein Vater", sagte sie langsam, „er hat mir die Schleife abgenommen. Er hat sie angeschaut. Dann kam meine Mutter und wollte sie auch sehen. Er hielt sie empor, und sie baumelte hin und her. Er wollte nicht, daß meine Mutter die Schleife anfaßte. Sie grapschte danach, und dann zerrten sie an beiden Enden.“ Betsy wandte ihr Gesicht Jodi zu und streckte erneut ihren Arm aus. „Schließlich gaben sie sie mir zurück und sagten mir, ich solle sie nicht behalten.“

Jodi glaubte es nicht. Sie blickte aus ihrem Unterschlupf nach draußen. Die Kinder spielten im Matsch. Carl hatte einem anderen Jungen seine alte Mütze abgenommen, und Reuben und er neckten den anderen, indem sie sich die Kappe gegenseitig zuwarfen, so daß der andere nicht an sie herankam. Mrs. Bolton stand in der Tür und beobachtete alles; Jodi wußte, daß sie bald wieder die Glocke nachahmen würde, und dann müßten sie wieder alle ins Klassenzimmer. Es regnete immer noch, vielleicht sogar heftiger als zuvor. Aber ihr Phantasiegebilde war verschwunden. Die Götter kamen nicht. Betsy würde nicht an einer Vergiftung sterben.

Alles, was blieb, war ein einzelnes blaues Band.

„Behalt es“, sagte Jodi und blickte Betsy dabei nicht an. Und sie rannte über den Schulhof und hinein ins Klassenzimmer, bevor Mrs. Bolton mit hoher Stimme rief: „Kommt herein. Aber wischt euch die Füße ab.“

Dann stand Pappi in der Tür, mit nassem Haar, das auf seine Schultern, ja sogar auf den Boden tropfte. Er blickte im Klassenraum umher, bis er Jodi erblickte, und sagte dann: „Entschuldigen Sie bitte, gnädige Frau, aber wir haben einen Unglücksfall. Ich muß daher Jodi heute vorzeitig nach Hause holen.“ Dann, ohne auf eine Antwort zu warten, kam er zu Jodis Bank herüber und packte sie am Handgelenk. „Komm mit“, sagte er.

Sie gingen hinaus in den Regen. Pfützen quatschten unter ihren Füßen, als Pappi sie behutsam die Straße hinuntergeleitete. Er gab keine Erklärung ab, und Jodi fragte auch nicht nach. Aber sein Griff wurde fester, je näher sie ihrem Haus kamen, und als sie endlich ihren Block erreicht hatten, ging Pappi in die Luft. „Eine blaue Schleife", sagte er und sprach die Worte aus wie einen Fluch.

Er zerrte sie ins Haus hinein. James und Mami warteten auf sie neben einer Pfütze, die durch eine undichte Stelle in der Decke entstanden war.

„Wir ziehen weg", sagte er ärgerlich und schob Jodi zu den anderen hinüber.

„Er hat die Kuh gegen ein Pony eingetauscht", sagte James.

„Halt die Schnauze", sagte Pappi.

James wandte seinen Blick ab und starrte auf das herabtröpfelnde Regenwasser dicht neben ihm.

„Ich möchte, daß du deine blaue Schleife trägst, wenn wir abfahren", sagte Pappi. Dann ging er hinaus in den Hinterhof.

Mami zog Jodi dicht an sich heran. „Pappi vermutet stark, daß der Sheriff mit einem Suchtrupp hier auftaucht", sagte sie. „Sein Knie tut ihm weh. Pappi und ich können nicht all diese hübschen Sachen so einfach aufgeben, die wir jahrelang gehortet haben. Er hat die Kuh gegen ein Pony eingetauscht, damit wir was haben, womit wir alles ziehen können. Aber wir müssen uns beeilen." Sie wandte sich an James, der immer noch wie mesmerisiert bei dem herabtröpfelnden Regenwasser saß. „James, los, hilf dem Pappi. Wir müssen uns beeilen."

James schlenderte langsam aus dem Zimmer und trat dabei voll in die Pfütze.

Dann zog Mami eine Bürste und das blaue Band aus ihrer Hosentasche und begann Jodis Haar durchzubürsten. Sie machte einen Pferdeschwanz. „Hier", sagte sie. „Pappi möchte, daß du hübsch aussiehst, wenn wir abfahren. Er sagt, daß die Leute dich womöglich sehen, und daß er ihnen zeigen möchte, daß du immer noch dein blaues Band hast."

Als sie fertig damit war, ging sie mit Jodi zur Hintertür hinaus, wo sie warteten. Endlich kamen Pappi und James mit dem Pony aus der Scheune heraus. „Wir haben nur etwa zwei Stunden Zeit, um unser restliches Zeug zu holen", sagte Pappi. „Wir müssen uns beeilen." Er trat hinaus in den Regen und führte das halbbeladene Pony am Zaumzeug.

„Wir schaffen's nie, Pappi", sagte Mami. „Sie werden uns fangen und uns unseren ganzen Besitz abnehmen."

Pappi gab keine Antwort und ging weiter. Jodi schloß sich ihm an, fiel dann jedoch zurück. Der starke Regen durchweichte ihr Haar und zerzauste es. Das blaue Band zerrte an ihrer Kopfhaut. Ihr Kopf pulsierte und fühlte sich an, als blutete er.

Pappi und James eilten den Block entlang, durch leere Hinterhöfe. Jodi bemerkte, wie die Häuser ihr Fortgehen beobachteten, und plötzlich wußte sie, daß eines der Häuser sein Maul aufsperren und sie verschlingen würde, bevor sie das Ende des Blocks erreicht hätten.

Aber sie kamen unbehelligt durch, überquerten die holperige Straße und gingen den nächsten Block entlang, immer noch im Schutz der Hinterhöfe.

Dann platzte Mami heraus: „Sie warten nicht auf uns. Beeilung." Und dann schrie sie mit schriller Stimme nach vorn: „Pappi! Halt an! Wir schaffen's nicht. Wir müssen uns verstecken!"

Pappi behielt sein Tempo bei und erwiderte nichts.

Jodi wartete immer noch. Die finsteren Wolken oben am Himmel spien immer noch Regen aus, und sie wußte, sie würden herunterkrachen und alles zerschmettern.

Mami rannte den Häuserblock entlang. Pappi und James

waren vor einem Zaun angelangt und mußten vor den Häusern weitergehen. Die schwarzen Wolken hatten sie nicht erdrückt. Mami war in Sicherheit.

Jodi holte tief Luft und rannte hinter ihnen her. Ihr Pferdeschwanz richtete sich in der Luft auf, und ihre Kopfhaut begann zu prickeln. Bald hatte sie Mami eingeholt. Sie überholte sie und rannte weiter. Sie stolperte über ein Grasbüschel, fiel hin und schlitterte über den Boden. Aber da war sie schon wieder auf den Beinen, Ihre Hosenbeine waren vorn durchweicht. Vor ihr hatten Pappi und James angehalten; Pappi hatte sein Gewehr aus einer Packtasche vom Pferderücken herausgeholt und lud es mit zwei Patronen.

Jodi rannte vor zu ihnen, ihr Atem ging stoßweise. Das Pony hielt seinen Kopf im Regen gesenkt. „Ich jage ihnen blaue Bohnen um die Ohren", sagte Pappi und schwenkte den Gewehrlauf von einem Haus zum nächsten.

Mami hatte sie eingeholt. Ihr Gesicht war schlohweiß, ihre Augen waren gerötet. „Was ist los?" fragte sie.

Pappi schüttelte den Kopf. „Los jetzt", sagte er. „Der Sheriff kommt."

„Aber es ist zu spät", sagte Mami.

„Halt die Fresse, Mami", sagte Pappi. „Wir schaffen's schon. Wir holen jetzt unseren restlichen Krempel, und die kriegen niemals raus, wo wir hin sind." Er klopfte auf den Gewehrschaft. „Das hier brauchen wir nur, wenn wir Ärger bekommen."

Mami schloß die Augen und zitterte, sie schlang die Arme um ihren Oberkörper. Sie begann zu weinen, und der Regen spülte die Tränen von ihrem Gesicht. „Er wird uns niemals unbeobachtet ziehen lassen, Pappi. Das würde er niemals tun. Sie werden uns folgen und uns töten."

Pappis Augen flackerten plötzlich. Er blickte Mami an

und sagte: „Du hast recht. Sie werden uns aufspüren und uns unseren Kram abnehmen.“

Mami nickte und wischte sich ihre Augen. Pappi wog das Gewehr in der Hand. „Wir brauchen daher erst gar nicht den Versuch zu unternehmen. Sie kriegen uns ja sowieso, nicht wahr, Mami? Aber es wird ihnen leid tun.“ Sein Gesicht entspannte sich und verlor seine Härte. „Es wird ihnen noch leid tun“, wiederholte er mit weicher Stimme. Aber seine Augen blickten traurig drein.

Er ergriff das Pony am Halfter und begann mit ihm die Straße hinab zu laufen.

Kurze Zeit später waren sie vor Reubens Haus angelangt. Die Schule würde bald aus sein, aber eben doch erst bald, und deshalb waren Reuben und Carl noch nicht daheim. Aber vermutlich ihre Mutter und ihr Vater. Er arbeitete auf den Feldern, und sie ging hausieren; aber bei einem solchen Wetter war damit nicht viel drin.

Pappi verhielt aufs neue und zielte mit seinem Schrotgewehr auf ihr großes Vorderfenster, dabei ging er so nahe an das Haus heran, wie er sich nur traute. „Ich zeig's ihnen“, sagte er. Er drückte den Abzug des Gewehres. Das Glas zerbrach, wurde dröhnend ins Haus gefegt, Wind und Regen folgten nach.

„Pappi!“ schrie Mami. „Ihre *Fenster*. Du kannst doch nicht ihre *Fenster* kaputt machen!“

Pappi lächelte, so wie immer, wenn er verrückt war und sich bereit machte, Jodi mit seiner Schlange zu stechen. „Weiß ich“, sagte er. Dann übergab er James das Gewehr und nahm eine Eisenstange aus ihrem Gepäck. „Haut ab“, schrie er ihnen zu.

Mami und James begannen erneut in Windeseile die Straße hinabzurennen. Aber Jodi blieb stehen und schaute zu. Pappi stapfte hinauf zur Eingangstür und zertrümmerte sie mit drei wuchtigen Schlägen seiner Stange. Dann ging er rasch im Hause umher und zertrümmerte alle Fenster. Jodi hatte gerade gedacht, es könne niemand daheim sein, als Mr. Schweitz mit hochrotem Kopf aus der Tür trat. „Hey!" schrie er ihr zu. „Was soll das denn?" Er kam die Stufen herabgeschossen und streckte die Hände nach ihr aus.

Jodi duckte sich und wich ihm aus, aber er packte sie und warf sie zu Boden. Sie lag da und erhob sich nicht. Dann erblickte er ihre blaue Schleife. „Hey, du bist doch das Mädchen von den Washingtons, oder? Und du versuchst also unser Eigentum zu zerstören?" Er hob seinen Fuß und versetzte ihr einen heftigen Tritt in die Rippen. „Wie?" Er zog seinen Fuß zurück und trat erneut fest zu. „Wie?"

Ein stechender Schmerz entflammte in Jodis Seite, und einen Moment lang war sie ohnmächtig. Aber ein weiterer Tritt brachte ihr Bewußtsein zurück, und sie kugelte sich über den nassen Boden, um sich dem schwarzen Stiefel zu entziehen.

„Ihr Washingtons seid wohl was Besseres als alle anderen Leute, weil ihr Bänder und anderen überflüssigen Scheißdreck habt, wie?" Er trat nach ihr wie nach einem rollenden Ball. Aber er kam dadurch aus dem Gleichgewicht, daher entschloß er sich zu einer anderen Vorgehensweise: Er packte sie mit seinen behaarten Armen und sagte mit zusammengebissenen Zähnen: „Wir rotten euch Gesindel aus, und dann gibt es keine blauen Bänder mehr!"

Da hatte er ihren Pferdeschwanz gepackt und zerrte sie am Haar empor. Jodi hatte das Gefühl, als würde ihre Kopfhaut losgerissen. Er hielt sie am Haar gepackt in der Luft und riß mit seiner anderen Hand das blaue Band ab. „Das nehm' ich mir", zischte er.

Dann war Pappi da. Er hielt die Stange an einem Ende umklammert, holte damit aus und knallte sie auf Mr. Schweitz' Genick. Mr. Schweitz gurgelte auf, sank mit verrenkten Gliedmaßen auf den Boden und rührte sich nicht mehr.

Pappi grinste. Er langte hinüber und nahm das Band aus Jodis zusammengepreßten Fingern. Dann drehte er sich um und begann davonzueilen. Jodi blickte hinab auf Mr. Schweitz. Auf seinem Nacken bildete sich ein grauenhaftes purpurnes, rotes und schwarzes Farbgemisch. Er zuckte nicht einmal mehr.

„Pappi!" schrie sie krächzend.

Aber Pappi blickte sich nicht um.

Dann hörte Jodi ganz unten auf der Straße ein Geschrei und sah, wie Reuben und Carl auf sie losrannten. Sie machte kehrt und raste hinter Pappi her.

Als sie bei Mami und James ankamen, waren die beiden gerade damit beschäftigt, die Fenster im Haus des Sheriffs zu zertrümmern. Er war nicht daheim. Pappi nickte, und dann fügte er ihrem zerstörerischen Treiben einen weiteren Aspekt hinzu: Er rannte hinein ins Haus und steckte mit Hilfe eines Sturmfeuerzeugs die Gardinen an. Sie wallten auf, ein helles Orange war auf grünem Hintergrund durch das Fenster zu sehen. Da kam Pappi herausgerannt, und sie eilten weiter die Straße entlang, das Pony wurde hinterhergezerrt.

Auf beiden Seiten der Straße waren die Häuser tot, so lange unbewohnt, wie es noch bessere Wohnmöglichkeiten gab. Die meisten Fenster waren fort; auf einigen waren die Schornsteine zusammengefallen und aufs Dach gestürzt. Seit Jahren hatte niemand mehr in ihnen gewohnt. Trotzdem ging Pappi am Ende der Reihe in eines dieser Häuser hinein und setzte es auch in Brand. Als er zurückkam, bleckte er die

Zähne und sagte, wobei er zum Himmel empordeutete: „Es regnet zwar – aber spürt mal diesen Wind." Dann lachte er. „Wir brennen den *ganzen Ort* in Grund und Boden!"

Er stapfte in ein Haus auf der gegenüberliegenden Straßenseite, nicht ohne zuvor die Eingangstür mit seiner Eisenstange einzuschlagen. Als er wieder auftauchte, konnte Jodi hinter ihm im Inneren die Flammen züngeln sehen. Er sagte kein Wort, sondern ging weiter die Straße entlang. Jodi, Mami und James folgten ihm, keiner sagte einen Ton.

„Wir werden nach Oregon ziehen", rief Pappi über seine Schulter zurück. „Wir werden nach Kalifornien gehen. Dort werden wir keine Schwierigkeiten bekommen."

Sie hielten vor einem anderen Haus an, es gehörte den Boltons. Pappi nahm sein Gewehr auf und deutete zum Fenster. „Nein!" schrie Jodi. „Sie hat mich gut behandelt!" Aber Pappi schüttelte den Kopf und feuerte das Gewehr übergangslos ab. Dabei fing er den Rückstoß mit seinen Schultern ab, anstatt zurückzutaumeln.

„Sie hat es anfangen lassen", sagte Pappi. „Sie hat es zugelassen." Er wandte sich nach James und Mami um. Ihr geht auf den gegenüberliegenden Seiten um das Haus herum und schlagt alle Fenster kaputt. Ich selbst gehe rein." Dann blickte er auf Jodi. „Mädchen", sagte er. „Du paßt auf, daß wir nicht überrascht werden." Dann war er auch schon verschwunden.

Jodi konnte hören, wie das Zersplittern von Glas um das Haus herum fortlaufend zunahm. Sie konnte auch hören, wie Pappi drinnen Dinge zerfetzte und fluchte, während er herumstapfte. Und dann hörte sie neue Geräusche, drehte sich um und sah eine Horde von Menschen, die die Straße herab auf sie zukamen. Ein Gebrüll ging ihnen voran, als sie durch den Regen herangepatscht kamen. Einige von ihnen waren mit Gewehren bewaffnet. Einige hatten hölzerne Knüppel oder Eisenstangen, so wie Pappi. Sie sahen alle böse aus.

„Pappi!“ schrie Jodi, aber ihre Stimme war vor Angst ganz zusammengepreßt, und der Schrei wurde zu einem heiseren Krächzen. „Pappi!“

Mami und James kamen von ihrem Rundgang um das Haus zurück. Dann war der Mob heran, und einige Männer packten schweigend Jodi, Mami und James und hielten ihnen den Mund zu. James wurde daraufhin steif, seine Augen glasig, und er sackte zwischen den beiden Männern zusammen, die ihn hielten.

Dann kam Pappi aus dem Haus der Boltons. Einer der Männer feuerte sofort auf ihn. Pappi sprang zurück ins Haus.

Jodi konnte sehen, wie die Flammen im Wohnzimmer der Boltons aufzüngelten. Pappi war mit den Flammen darinnen. Einige Männer rannten zum Haus empor und versuchten, durch das Fenster zu schauen. „Er ist verbrannt“, sagte einer. „Der ist hinüber.“

„Nein“, rief ein anderer, „vielleicht ist er zur Hintertür raus!“

„Checkt es!“ schrie der Sheriff. „Laßt ihn nicht abhauen. Schießt auf ihn, wenn er nicht stehen bleibt.“

Die Flammen begannen durch das Fenster zu lecken. Jodi blickte die Straße hinab. Der Himmel war schwarz von Rauch. Es sah aus, als stehe die ganze Stadt in Flammen.

Mehrere Männer plantschten um das Haus herum. Sie waren nur einen Augenblick verschwunden. Dann waren sie zurück, zwei von ihnen zerrten Pappi an den Armen heraus. Sein Haar war versengt und sein Gesicht geschwärzt. Er hustete.

Die beiden Männer ließen ihn los, und er fiel mit dem Gesicht nach unten auf den Boden. Dann kam er hoch, stützte sich auf Arme und Beine und streckte eine zusammengeballte Faust gegen Jodi aus. Er fuchtelte damit in der Luft herum. „Da", krächzte er. Dann schoß ihm einer der Männer ins Gesicht. Pappis glattes Gesicht wurde zerrissen, und Blut stürzte daraus hervor. Er gab keinen Laut von sich, fiel erneut in den Matsch, seine Hände blieben verkrallt und ausgestreckt.

Der Mann, der geschossen hatte, ging zu ihm hinüber. Er entblößte grinsend ein Loch zwischen seinen oberen Schneidezähnen. Er drückte Pappis Hand auf und holte das blaue Band daraus hervor. Er ließ es im Wind flattern und sagte: „Die Fahne der Selbstsucht. Lange möge sie wehen." Dann ließ er das blaue Band auf den Boden fallen und trat es mit einem seiner Absätze in den Matsch.

Der Sheriff schrie: „Feuer", und da bemerkten die Leute offenbar erst, wie sich der Brand ausbreitete. Ein Aufschrei erhob sich, und alles stürzte zum Pony und schlug sich wild um den Inhalt der Packtaschen. Dann rannten sie allesamt in die Richtung zurück, aus der sie gekommen waren; den bewußtlosen James ließen sie einfach auf den Boden gleiten, auch Mami und Jodi wurden freigelassen und sofort vergessen. Eine Frau rannte einige Schritte, kam dann jedoch zurück und nahm das Pony mit sich.

Dann waren sie fort. Plötzlich herrschte eine tiefe Stille, mit Ausnahme des pfeifenden Windes, des prasselnden Feuers, des zischenden Geräuschs, das entstand, wenn der Regen auf die helle Glut traf, und des Gluckerns, wenn der Regen in Pfützen und kleine Rinnsale fiel.

Jodi blickte auf James, der wie ein nasser Sack zusammengekrümmt dalag. Sie blickte auf Mami, die einfach nur in das

Feuer starrte. Sie blickte auf die Stelle, an der der Mann das blaue Band in den Boden gestampft hatte. Eine dünne, halbzerfaserte Strähne lugte aus dem Matsch hervor.

Sie sah nicht auf Pappi.

Dann blickte sie empor zu dem brennenden Haus. Die östliche Hauswand war vom Rauch völlig geschwärzt. Die Flammen fraßen sich durchs Dach, und der Stuhl stand bereits kurz vor dem Einsturz. Der Wind pfiff durch die zerbrochenen Fenster und entfachte das Feuer immer stärker.

Durch das Fenster konnte Jodi einen brüllenden Drachen erblicken. Die Zunge hing ihm lang heraus, und er blies seinen Feueratem achtlos in alle Richtungen.

Und plötzlich wußte sie, daß sie tatsächlich all das verstand. Die Götter kamen heute. Sie hatten den Regen geschickt, um vor ihrer Ankunft zu säubern, und nun verbrannten sie die Erde, mit einem Sengen, mit dem sie ihre Schänder ausrotteten.

Sie lächelte vor sich hin und schritt hinüber, um Mamis Hand zu ergreifen. Es war schön, recht zu behalten.